착한 도둑

THE GOOD THIEF
by Hannah Tinti

착한 도둑

해나 틴티 장편소설
엄일녀 옮김

THE GOOD THIEF

문학동네

언니 헤스터와 동생 호노라에게

어떤 이가 다른 이들보다 더 좋은 책을 쓰고, 더 훌륭한 설교를 하고, 더 우수한 쥐덫을 만든다면, 숲속 한가운데 집을 짓더라도 세상이 그 집 문 앞까지 길을 닦을 것이다.

― R. W. 에머슨

차 례

1부

1

남자는 아침 기도가 끝나고 도착했다. 누가 찾아왔다는 소문이 삽시간에 퍼졌고, 남자가 말의 고삐를 풀고 물을 먹이러 말을 구유 쪽으로 데려가는 동안 성 안토니오 보육원의 소년들은 기를 쓰고 서로 밀치며 그를 한 번이라도 보려고 까치발로 섰다. 남자는 챙이 코에 닿을 정도로 모자를 푹 눌러쓰고 있어서 얼굴을 알아보기 힘들었다. 그는 말뚝에 고삐를 묶고 그 자리에 서서 물을 마시는 말의 목덜미를 토닥였다. 남자는 기다렸고, 소년들은 구경했다. 이윽고 암말이 고개를 들자 남자는 허리를 숙여 암말의 코를 가볍게 두들기고는 콧등에 입을 맞추었고, 아이들은 그 모습을 지켜보았다. 남자는 손등으로 입술을 훔치더니 모자를 벗어 들고 뜰을 가로질러 수도원 쪽으로 발을 옮겼다.

이따금 아이들을 보러 남자들이 왔다. 값싼 노동력을 구하러도 왔고, 선행을 하고자 올 때도 있었다. 그러면 성 안토니오의 수사들은 아이들을 일렬로 쭉 세웠고, 남자들은 왔다갔다하면서 유심히 살폈다. 그들의 눈길이 닿는 곳을 보면 어떤 아이를 원하는지 금방 알 수 있었다. 대체로 열네 살이 거의 다 된 소년들, 키도 크고 목청도 크고 힘도 제일 센 축들을 훑었다. 그다음에는 이제 막 걸음마를 시작해 아장거리는, 아직 때묻지 않고 천진난만한 돌쟁이들한테 눈길을 돌렸다. 그 중간에 낀 아이들은 늘 뒷전이었다. 이들은 아기다운 통통함과 동글동글함이 이미 가신데다 아직 충분히 나이들지도 않아서 쓸모가 없었다. 이 또래 아이들은 보통 사나웠고, 주린 배와 들끓는 머릿니밖에 내세울 게 없었다. 렌도 그런 아이 중 하나였다.

렌은 어릴 때 기억이 아예 없었다. 어머니도 아버지도 형제도 몰랐다. 그냥 처음부터 성 안토니오 보육원에서 살고 있었고, 생애 첫 기억은 밑도 끝도 없이 불쑥 등장했다. 삶아 빤 시트와 잿물 냄새, 멀건 귀리죽의 맛, 바위 위로 벽돌을 떨어뜨릴 때의 감각, 빨간 벽돌이 산산조각나던 모습, 깨진 벽돌 조각으로 수도원 담벼락에 낙서를 하고, 그 때문에 두들겨맞고, 차갑고 축축한 걸레를 들고 낙서를 전부 지워야 했던 기억.

렌이라는 이름은 잠옷 목깃에서 비롯된 것이었다. R, E, N 세

글자가 짙푸른색 실로 깃에 수놓여 있었다. 질 좋은 리넨으로 지은 옷으로, 렌은 두 살이 다 될 때까지 그 잠옷을 입었다. 그후엔 수사들이 거두어 가서 더 어린 아이에게 입혔다. 렌은 에드워드를 감시하는 법을 알아냈고, 그다음엔 제임스, 그다음엔 니컬러스를 감시했다. 요컨대, 뜰 한쪽 구석으로 끌고 갔다는 말이다. 렌은 몸부림치는 아이를 땅바닥에 눕혀 옴짝달싹 못하게 꾹 누르고, 어떤 손이 수놓았을까 궁금해하며 닳아서 점점 희미해지는 글자들을 면밀히 살피곤 했다. R자와 E자는 십자수로 굵게 놓은 데 비해, N자는 가늘었고 오른쪽으로 기우뚱했다. 수를 놓던 사람이 급하게 바느질을 마무리한 것 같았다. 잠옷이 해어지자 수사들은 천을 잘라서 붕대로 만들었다. 조지프 수사가 글자가 수놓인 목깃 부분만 따로 챙겨 렌에게 주었고, 소년은 그것을 베개 밑에 고이 간직했다.

렌은 이제 방문객이 수도원 계단참에서 기다리는 모습을 구경하고 있었다. 남자가 모자를 손에 들고 앞뒤로 돌리며 만지작거리자 펠트 챙을 따라서 눅눅한 손자국이 남았다. 문이 열리고 남자가 안으로 들어갔다. 잠시 후, 조지프 수사가 와서 아이들을 불러모았다. "석상 아래 집합이다."

성 안토니오 석상은 뜰 한가운데 서 있었다. 프란체스코회 수도복을 입은 대리석 조각상이었다. 동그스름한 맨머리의 이마

주위에는 후광이 빙 둘려 있었다. 한 손에는 백합을 들고, 다른 손에는 아이를 안았다. 왕관을 쓴 조그만 아이는 무언가 간청하듯 한쪽 손바닥을 펼쳐 보였고, 다른 손으로는 성자의 뺨을 어루만지고 있었다. 오후 해가 뉘엿뉘엿 기울면 묘하게 그림자가 져서 어루만진다기보다 뺨을 올려붙이는 것처럼 보일 때도 종종 있었다. 아이는 예수 그리스도였고, 이 둘의 조합은 성 안토니오가 하느님께 전언할 수 있다는 증표였다. 부엌에서 빵 한 덩이가 사라지거나 존 신부가 예배당 열쇠를 아무리 찾아도 안 나올 때, 아이들은 석상 아래 집합했다. 성 안토니오 님, 성 안토니오 님, 제가 잃어버린 물건을 찾아주세요.[*]

뉴잉글랜드 지방에서도 이 부근은 특히 가톨릭교도가 드물었다. 어느 아일랜드 부호가 이 지역에 정착해 싸구려 포도로 도수 높은 포트와인을 생산하여 한몫 톡톡히 잡은 뒤, 천국에 가려는 필사적인 노력의 일환으로 죽기 얼마 전 자신의 포도밭을 가톨릭교단에 기부했다. 교단은 성 안토니오 수사들을 그곳에 파견해 소유권을 주장하고 수도원을 세웠다. 포도밭 주변은 온통 신교도들의 땅이었다. 채 한 달도 되기 전에 신교도들은 수도원의 헛간을 태우고 우물에 오물을 넣고, 어둑해진 길을 가던 수사 두

---

[*] 성 안토니오는 분실물의 수호성인.

명을 붙잡아 타르를 온몸에 덕지덕지 바른 뒤 깃털을 붙여 되돌려보냈다.*

수사들은 신의 인도를 간청하며 기도했고, 이어 아일랜드 부호의 포도 압착기로 주의를 돌렸다. 그것은 수도원 부지에 멀쩡한 상태로 남아 있었다. 수사들은 이탈리아에서 종묘를 공수해, 몇 번의 시행착오 끝에 뉴잉글랜드의 척박한 토양에 잘 맞는 포도 품종을 찾아냈다. 얼마 안 있어 성 안토니오 수도원은 그들만의 고유한 빈티지로 명성을 얻었고, 와인은 오래 묵은 나무통 안에서 숙성되어 아침저녁으로 미사에 사용됐다. 축성하지 않은 와인은 근처 술집에 도매로 팔거나 지주들에게 소매로 팔았다. 지주들은 구교도와 거래한다는 것을 이웃에게 들키지 않으려고 오밤중에 하인을 보내 술을 받아 갔다.

바로 그 직후에 첫번째 아이가 발견됐다. 어느 날 새벽에 조지프 수사가 울음소리를 듣고 문을 열어보니 웬 아기가 지저분한 치마폭에 싸인 채 놓여 있었던 것이다. 두번째 아이는 우물가 양동이 안에 버려져 있었다. 세번째 아이는 옥외 변소 옆 양동이 안에서 발견됐다. 여자아이일 경우에는 수도원에서 멀리 떨어진

---

* 중세 유럽에서 군중이나 폭도들이 적을 공공연히 욕보일 때 쓰던 방법에서 비롯된 관습.

병원에서 일하는 채러티 수녀회 소속 수녀들이 몇 달에 한 번씩
와서 거두어 갔다. 도대체 왜 아이들이 거기 버려지는지는 아무
도 몰랐지만, 어쨌든 사내아이들은 성 안토니오 수도원에 그대
로 남았고, 머잖아 수도원은 사실상 근방 마을 사람들의 사생아
를 떠맡는 보육원이 되고 말았다. 그때까지도 마을 사람들은 수
도원을 잿더미로 만들려고 호시탐탐 노리고 있었다.

　방화를 막기 위해 수사들은 부지 주위에 높은 벽돌담을 둘렀
고, 담은 경사진 길을 따라 요새처럼 비스듬히 쌓였다. 출입구
역할을 하는 나무문 아래쪽에는 아주 작은 여닫이문이 달려 있
었는데, 사람들은 이 조그만 통로로 아기를 넣었다. 렌도 이 쪽
문으로 들어왔고, 다음날 아침 수도원 뜰에서 진흙 범벅이 된 채
발견됐다고 들었다. 전날 비가 왔기 때문이었다. 렌은 폭풍우 같
은 건 하나도 기억나지 않았지만 이따금 왜 하필 그런 지독한 날
씨에 버려졌을까 궁금했다. 그리고 항상 똑같은 결론에 도달했
다. 즉, 렌을 수도원에 갖다놓은 사람은 한시라도 빨리 아이를
치워야 했던 것이다.

　문은 한쪽으로만 열렸다. 밖에서 안으로 밀어야 했다. 렌이 손
끝으로 조그만 문을 밀자 문 뒤편에 나무틀이 단단히 버티고 있
는 게 느껴졌다. 아이들이 지내는 안쪽에는 손잡이가 없었고, 밑
에서 잡고 들어올릴 만한 틈도 없었다. 수도원 너머 숲에 자라

는 수십 년 된 참나무의 가장 좋은 부위로 만든 목재는 묵직하고 굵고 오래됐다. 렌은 문의 반동 덕분에 반대편에서 누가 미는 듯한 착각에 빠졌고, 어머니가 마음을 돌이켜 도로 문을 밀치고 하얗고 가느다란 팔로 미친듯이 더듬어 자신을 찾고 있다고 상상했다.

성 안토니오 석상 밑에서 어린아이들은 안절부절못하며 서로 떠밀었고, 그보다 큰 소년들은 신경질적으로 목청을 가다듬었다. 조지프 수사는 일렬로 세운 아이들을 사열하면서 옷을 똑바로 매만져주고, 손바닥에 침을 묻혀 얼굴을 문질러 씻어주고, 줄에서 삐죽 나온 아이들을 남산만한 배로 통 밀어넣었다. 그리고 너무 흥분한 탓에 갑자기 코피를 터뜨린 여섯 살짜리 아이한테 달려가 몸으로 아이를 가리고 재촉했다. "얼른 닦아." 뜰 저쪽에서 존 신부가 엄숙하게 걸어오고 있었다. 신부의 뒤를 따라오는 사람은 아까 말에게 입을 맞추었던 남자였다.

남자는 농부였다. 나이는 마흔쯤 되었을까. 어깨는 강인했고 손가락은 못이 박여 굵직했으며 피부는 햇빛에 그을린 구릿빛이었다. 이마와 손등에는 온통 얼룩덜룩하게 뽀루지가 나 있었다. 인상은 나쁘지 않은 편이었고 깨끗한 외투와 새하얗게 다림질된 셔츠를 입었으며 목깃도 목에 딱 맞았다. 여자가 입힌 솜씨다.

그러니까 아내가 있다는 소리였다. 어머니가 될 사람.

남자는 줄 맞춰 선 아이들 앞을 걷기 시작했다. 그리고 금발의 사내아이 둘을 보고 걸음을 멈추었다. 브롬과 이키였다. 그 애들 역시 중간에 낀 아이들로, 렌이 보육원에 들어오고 나서 다섯번째 맞은 겨울에 들어온 쌍둥이였다. 브롬은 이키보다 목이 2인치쯤 더 굵었고, 이키는 브롬보다 발이 2인치쯤 더 컸지만, 이 눈에 띄는 특징에도 불구하고 둘이 가만히 서 있으면 누가 누군지 분간하기 힘들었다. 둘의 차이가 두드러질 때는 밭에서 일할 때와 소나무에 돌을 던질 때, 아침에 세수할 때뿐이었다. 브롬은 한 움큼 물을 받아 머리 꼭대기부터 한 번 확 끼얹고는 끝이었다. 이키는 수건을 두 번 접어서 세면대 안을 살살 닦은 다음에야 세수를 시작해서 귀 뒤까지 한참을 꼼꼼하게 씻었다.

브롬과 이키를 입양하려는 사람은 없을 거라고들 했다. 둘은 쌍둥이였으니까. 둘 중 하나는 분명 재수가 옴 붙은 녀석이었다. 보통 나중에 태어난 쪽은 바꿔치기된 아이*로 여겼고, 낳자마자 물에 빠뜨려 죽였다. 하지만 브롬과 이키 중 누가 먼저 태어났는지 아무도 몰랐고, 그래서 불운이 누구한테서 비롯되는지 알 도

---

* 인간의 아이를 데려가는 대신 트롤이나 엘프 같은 동화 속 괴물의 아이를 두고 간다는 서유럽 민담.

리가 없었다. 쌍둥이를 입양시키려면 되도록 갈라놔야 했고 가능하면 닮은꼴이 눈에 띄지 않게 해야 했다. 렌은 그 사실을 혼자만 알고 있었다. 자신의 유일한 친구인 그애들과 떨어지기 싫어서였다.

쌍둥이는 나란히 서서 농부를 향해 이를 드러내며 싱긋 웃었고, 그러다 느닷없이 브롬이 팔을 뻗어 이키를 끌어당기더니 번쩍 들어올리려 했다. 브롬은 전에도 한번 나이 지긋한 두 신사 앞에서 그런 식으로 힘자랑을 했다가 본전도 못 찾은 적이 있다. 렌은 줄 맨 끝에서 그 모습을 바라보았다. 얼떨결에 휘말린 이키는 브롬을 떼어내려고 마구 버둥거리며 구구단을 외기 시작했고, 그 와중에 장화 한 짝이 벗어져 농부의 귀를 스치고 날아갔다.

존 신부는 사제복 소매 안에 항상 넣어 다니는 조그만 회초리를 당장 쌍둥이한테 써먹었다. 조지프 수사는 이키의 장화를 주우러 달려갔고, 농부는 다시 줄지어 선 아이들 앞을 걷기 시작했다. 렌은 뒷짐을 지고 똑바로 섰다. 남자가 렌 앞에서 멈춰 섰고 렌은 숨을 죽였다.

"몇 살이지?"

렌이 막 입을 떼려는 찰나에 남자가 자답했다.

"열둘쯤 됐겠군."

아저씨가 원한다면 몇 살이든 맞출 수 있다고, 무엇이든 될 수 있다고 말하고 싶었지만 수사들이 주의 준 대로 그냥 아무 말도 하지 않았다.

농부가 말했다. "나는 남자애가 필요해. 내 일을 도와줄 수 있을 정도로 크면서도, 아내는 아이가 생겼다고 여길 정도로 어린 녀석으로. 정직하고 배울 의지가 있는 아이. 우리 아들놈이 될 수 있는 아이가." 그는 허리를 숙이고 렌만 들을 수 있게 목소리를 낮췄다. "할 수 있겠니?"

존 신부가 따라와서 두 사람 뒤에 섰다. "그 아이는 성에 안 차실 텐데요."

농부는 한 걸음 물러섰다. 잠시 어리둥절해하다가 이내 신부의 간섭에 화를 냈다. "그게 무슨 말입니까?"

존 신부는 렌의 손을 가리켰다. "보여드려라."

그러자 다른 아이들이 고개를 내밀고 구경했다. 신부와 농부는 기다렸다. 렌은 지금 이 순간만 어떻게든 버텨내면 상황이 달라질 거라고 믿는지 미동도 하지 않았다. 소년의 시선은 농부를 지나쳐 돌담 너머 이제 막 물들기 시작한 단풍나무에 고정되었다. 조만간 나뭇잎은 다른 색을 띨 테고, 곧 찬바람이 불고, 그러고 나면 나무는 완전히 달라 보이겠지. 존 신부의 손이 사제복 소매 안으로 사라지더니 회초리가 떨어졌고, 소년이 고집을 꺾고 비밀을 털어놓을 수밖에 없도록 한줄기 가느다란 붉은 선이 그어졌다.

소년은 한쪽 손이 없었다. 렌의 왼팔은 손목 부분에서 끝났고, 늘어난 피부가 깔끔히 뼈를 덮고 V자 모양으로 봉합되어 있었다. 흉터는 남았지만 완치된 상태였다. 군데군데 부채꼴로 하얗게 퍼진 지네 발 같은 봉합 자국은 화석이 되어 얼어붙은 듯 보였다.

세상에 나와서 성 안토니오 수도원의 문간에 놓이기까지 그 사이 어딘가에서 렌은 한 손을 잃어버렸다. 렌은 그 손이 지금쯤 어디에 있을까 궁금했다. 눈을 감으면 선명하게 보였다. 손바닥은 펴고 손가락을 살짝 구부린 손. 렌은 쓰레기통 뒤에, 나무상자 안에, 혹은 들판의 잡초 사이에 숨겨진 손을 그려보았다. 크기는 개의치 않았다. 더는 팔에 맞지 않을 거라는 생각도 들지 않았다. 그저 오른손을 보면서, 짝이 이 세상 어딘가에서 다시 맞춰질 날을 참을성 있게 기다리고 있을 거라고 생각했다.

농부는 내색하지 않으려 했지만, 고개를 돌리고 다시 걸음을 옮기는 순간 그의 얼굴에 비친 역겨움을 렌은 놓치지 않았다. 줄 반대편 끝에서 빨강 머리에 손톱을 깨무는 나쁜 버릇이 있는 윌리엄이라는 아이를 고른 농부는, 마치 그 아이가 자신의 처음이자 마지막 선택이라는 태도였다.

렌은 농부가 새로 들인 아들을 번쩍 안아 짐마차에 태우는 모습을 지켜보았다. 남자는 윌리엄의 머리를 쓰다듬고는 몸을 돌려 돈을 센 뒤 존 신부에게 건넸고, 신부는 재빨리 돈을 사제복 소매 속으로 밀어넣었다. 농부는 마부대에 올라 떠날 채비를 했고 떠나기 직전에 고삐를 늦추고 성 안토니오 석상 쪽을 힐끗 뒤돌아보았다.

"아무도 데려가지 않은 아이들은 어떻게 됩니까?"

"징집되어 군대에 갑니다." 존 신부가 대답했다.

"고달프겠군."

"신의 뜻이지요. 저희는 그분이 인도하시는 길에 의문을 품지 않습니다."

농부는 성직자를, 그리고 신경질적으로 엄지손가락 밑을 물어뜯고 있는 자신의 양아들을 내려다보았다. 그러고는 마차의 브레이크를 풀었다. "나는 궁금하오." 농부는 마지막 한마디를 남기고 말을 몰아 길을 떠났다.

2

작업장에서 조지프 수사는 와인을 한 잔 쭉 들이켜고 자기 자리에 앉았다. 그는 수도복 속으로 발밑에 탕파를 두었다. 그 조그만 양철 깡통에는 부엌 아궁이에서 꺼내 온 석탄이 가득 채워져 있었다. 조지프 수사는 아이들이 일하는 것을 감독하면서 덧신을 신은 발을 번갈아 탕파 위에 올렸다. 가끔 긁어떨어지면 수도복 자락에 불이 붙기도 했다. 그럴 때마다 항상 용케도 때맞춰 잠에서 깨어 시음용 컵에 담긴 와인을 뿌려 불꽃을 껐다.

그의 주변에서 아이들은 포도 꼭지를 따고 압착하고 걸러냈다. 때는 가을이요 수확도 거의 끝나가고 있었다. 조지프 수사는 아이들을 지휘하여 포도즙을 한데 모아 설탕과 누룩을 넣고, 무명천으로 들통을 덮은 다음 한쪽으로 잘 치우도록 했다. 나중에 침전물을 걷어내고 나무통에 옮겨 담아 기존 와인을 약간 첨가한 다음 발효될 때까지 놓아둘 것이다. 이렇게 숙성된 와인을 병에 담아 코르크마개로 닫으면 완성이다. 석 달 후면 마실 만한 와인이 된다.

조지프 수사는 이 노동 과정 중 어느 한 군데서도 렌을 열외하지 않았고 대신 거들 방법을 강구했다. 밭에서 포도를 딸 때는 소년의 허리에 바구니를 묶어주었고, 팔을 접어 거름국자를 받치는 법을 몸소 보여주었고, 렌의 손가락과 그루터기만 남은 손목 사이에 깔때기를 고정시켰다. 일을 끝내기까지 렌은 왕왕 다른 아이들보다 배는 더 시간이 걸렸지만, 조지프 수사가 건네는 가벼운 격려의 말에 대체로 힘을 내서 맡은 바를 완수했다.

수사는 시음용 컵을 들여다보면서 바닥에 고인 검은 찌꺼기를 검사했다. 그러고 나서 아이들을 바라보았다. 무리 중 한 명이 입양되고 나면 늘 그렇듯 아이들은 유난히 조용했고, 침울하고 골난 기색이 완연했다. 조지프 수사는 컵을 바닥에 내려놓고 탕파를 옆으로 밀었다. "우리 모두 윌리엄을 위해 기도하자꾸나."

"걔는 그런 거 필요 없을걸요." 이키가 대꾸했다.

"누구한테나 기도는 필요해. 특히나 좋은 일이 있을 때는 더더욱." 조지프 수사는 한숨을 쉬었다. "좋은 일에는 항상 불운이 따르게 마련이지. 그리고 나쁜 일은 항상 셋씩 연달아 생기거든."

소년들은 손놀림을 쉬지 않으면서 그의 말을 곱씹었다. 그리고 적지 않은 수가 내심 반겼다.

"윌리엄한테 재수없는 일이 생긴다면 가령 어떤 거요?" 이키가 물었다.

"콕 집어 말하기는 뭣하다만 무슨 일이든 생길 수 있지." 조지프 수사가 대답했다.

"집에 가다가 강도를 만날 거야." 이키가 단언했다.

"그리고 도착했더니 집에 불이 난 거야." 브롬이 거들었다.

다른 소년들도 하나둘 끼어들어 각자 윌리엄과 그의 양아버지가 맞이할 불운을 예언했다. 두 사람은 벌떼에 둘러싸이고 늑대 무리에 쫓겼다. 또 관절염과 수두, 전염병에도 걸렸다.

"자자 그만하면 됐다. 그런 건 딱 세 번만 일어난다고." 조지프 수사가 진화에 나섰다. 하지만 아이들은 점점 더 악랄한 상상을 보탰고, 자신들의 사악함에 자기들이 들떴다.

렌도 윌리엄을 기다리는 잔인한 운명을 지어내보려고 나름 애썼지만, 자꾸 농부가 윌리엄을 번쩍 안아 마차에 태우던 장면만 머릿속에서 맴돌았다. 윌리엄이 자리잡고 나면 우리한테 편지를 보낼까? 입양된 소년들 중 몇몇은 편지를 썼고, 새로 시작한 생활을 자세히 묘사했다. 따뜻한 침대와 깨끗한 옷가지, 어머니가 자신을 위해 특별히 마련한 음식. 아이들은 그런 편지들을 매우 소중히 간직했고, 편지지가 해지고 잉크가 희미해질 때까지 돌려 보았다.

렌은 집에서 윌리엄을 기다리고 있을 저녁식사를 상상했다. 아주머니는 아끼는 좋은 접시를 꺼낼 거야. 아, 좋은 접시가 있다면 말이지만. 그래, 그 집에 좋은 접시가 있다고 치지 뭐. 하얀 도자기 접시. 그리고 조그만 꽃병도 있어. 부엌 뒷문 밖에서 꺾은 파랗고 빨간 들꽃과 귀여운 노란 미나리아재비를 꽂은 꽃병. 빵은, 아직 따스한 걸 적당한 크기로 잘라 바구니에 넣고 그 위에 냅킨을 덮었어. 무슨 스튜도 있을 거야. 허브에 절여서 부드럽게 씹히는 고기가 잔뜩 들어 있는 뜨거운 스튜. 또 산더미 같은 감자도. 옥수수는 먹기 좋게 알갱이를 떼어놓고, 신선한 우유도 몇 컵이나 있어. 그리고 아주머니는 아저씨의 마차가 언제 오나 문간에 서서 기다리면서, 바로 뒤편 창문턱에 블랙베리 파이를 올려놓고 식히는 중이야. 자기네 세 식구만을 위한 파이.

아주머니라면 내 손에 신경쓰지 않았을 거야. 전혀 개의치 않았을 거야.

렌은 작업장 바닥에 앉아 포도송이를 선별했다. 과육에서 잎과 덩굴을 떼어내고, 상한 것과 덜 익은 것은 따서 옆으로 던졌다. 밭에서 가져온 바구니에는 항상 거미와 각다귀 떼가 들끓었고, 때로는 날씬한 까만 뱀도 기어나왔다. 렌의 손가락에는 붉은 포도 물이 들었다. 붉은 기가 지워지려면 한 며칠 걸릴 것이다.

선별을 다 끝내고 렌은 작업장 한가운데 자리잡은 거대한 기계장치 즉, 와인 압착기 위로 포도를 쏟아부었다. 밑에서는 아이들이 포도즙이 내려오는 수로관 근처에서 양동이를 들고 왔다갔다하면서 농축액을 모으고, 또 한옆에서는 압착기 중앙에 연결된 풍차처럼 생긴 크랭크를 돌렸다. 상당히 고된 노동이었다. 나이가 제일 많은 소년들이 크랭크 돌리는 일을 맡았고, 축마다 네 명씩 붙어서 원을 그리며 밀었다. 내년이면 렌도 크랭크 일을 담당하게 된다.

성 안토니오 보육원에서 자라 군대에 징집될 나이가 된 소년은 극소수였다. 그중 하나가 프레더릭이라는 뚱뚱한 아이였는데, 호흡기에 문제가 있어 자주 기절했고 소리 없이 마룻바닥에 쓰러지곤 했다. 밤에 군인들이 들이닥쳐 소년을 데려갔다. 렌은 작은 애들 방 창문에서 병사들이 축 늘어진 프레더릭을 끌고 뜰을 가로질러 나무로 된 정문으로 나가는 모습을 봤다. 프레더릭의 두 발이 질질 끌려가며 자갈길 위에서 통통 튀었다. 이후로 그의 소식은 듣지 못했다.

서배스천이라는 유난히 창백하고 가냘픈 소년도 군대에 끌려갔다. 군인들과 함께 나간 뒤 여섯 달이나 지나 서배스천은 보육원 정문에 다시 나타났는데, 너무 많이 변한 탓에 아이들은 그를 알아보지 못했다. 얼굴은 비쩍 마르고 눈은 퀭한데다 입술이 갈라 터지고 한쪽 다리는 부러진 것 같았다. 서배스천은 자신이 보육원에 버려질 때 들어온 정문의 작은 쪽문을 밀면서 다시 들여보내달라고 수사들에게 애원했다. 존 신부가 다가가서 기도를 중얼거리고는 빗장을 하나 더 질러 잠갔다. 소년은 문밖에서 사흘을 버텼다. 처음엔 울었고 그다음엔 애걸했고 그러다 소릴 지르더니 곧 기도를 했고 다시 저주를 퍼붓다가 마침내 잠잠해졌다. 그리고 군인 셋이 모는 마차가 와서 짐칸에 서배스천을 떠메어 넣고 실어갔다.

존 신부가 군인들한테서 대가를 받는다는 말이 돌았고, 아이들의 소유권을 넘겨준다는 모종의 계약서를 쓴다고도 했다. 렌은 하루에도 몇 번씩 그 일이 떠올랐고, 그럴 때마다 손목의 흉터가 가려웠다. 다른 아이들과 함께 줄지어 선 렌을 사람들이 그냥 지나칠 때마다, 다른 아이가 선택되는 것을 지켜볼 때마다, 그리고 한 해 한 해 나이가 들어가면서 렌의 흉터는 점점 더 근질거렸다.

가려움을 가라앉히기 위해 렌은 물건을 훔쳤다. 처음엔 먹을거리 같은 소소한 것들이었다. 렌이 아궁이를 청소하고 나서 요리사 앞을 기웃거리면 요리사는 소년의 흉터를 힐끗 보고 몸을 돌려 다른 사람한테 강낭콩 좀 씻으라고 소리치면서 양배추 더미를 살폈다. 그 정도면 조리대 위에 남은 빵 몇 조각 중 하나를 슬쩍 주머니에 챙길 시간은 충분했다.

렌은 쉽게 숨길 수 없는 물건에는 아예 손대지 않았다. 훔치는 것은 양말이나 신발끈, 빗, 기도 카드, 단추, 열쇠, 십자가 따위였다. 지나가다 우연히 눈에 띄는 것들이었다. 훔친 물건은 그대로 간직하거나 돌려주었고 우물에 던지기도 했다. 그래서 성 안토니오 석상을 향해 잃어버린 물건을 찾아달라는 아이들의 기도 대부분은 렌 탓이었다.

간직하기로 한 물건들은 우물 안쪽 1피트 아래의 벽에 난 조그만 틈새에 숨겼다. 우물 돌벽에 기대면 한 손이 은닉처에 겨우 닿았고, 숨소리가 저 밑의 우물물에 반향되어 들렸다. 파란 무늬가 있는 하얀 도자기 파편, 숲에서 발견한 뱀의 허물, 진짜 장미나무로 만든 존 신부의 로사리오 묵주 세트와 렌이 세상에서 제일 아끼는 돌멩이들.

성 안토니오 보육원의 아이들은 너나없이 돌멩이를 수집했다. 장석과 혈암을 쌓아 새로운 생활에 이르는 길을 닦기라도 할 것처럼 소년들은 값비싼 보물인 양 돌을 그러모았다. 장소를 잘 골라 파기만 하면 석영이나 운모, 화살촉 등 보기 드문 것을 손에 넣을 수 있었다. 아이들은 그런 돌을 간직하고 서로 바꾸기도 하며 소중히 아꼈다. 아이가 입양되어 나가면 주인 없는 돌이 생기

기도 했다.

그날 오후, 조지프 수사가 곯아떨어진 후에 아이들은 작업장 바닥에 윌리엄이 가지고 있던 돌멩이들을 펼쳐놓고 어떻게 분배할 것인지 논쟁을 벌였다. 윌리엄의 돌은 삼사십 개쯤 됐다. 금속처럼 반짝이는 것, 갈색과 검은색 줄무늬가 있는 것, 노을처럼 붉고 노란 것 등등. 그중 압권은 소원석이었다. 하얀 띠가 끊긴데 없이 감긴 무른 회색 돌. 한 가지 소원만을 이뤄주는 돌.

렌은 전에 딱 한 번 소원석을 본 적이 있다. 서배스천이 가지고 있었다. 그는 렌에게 한 번 보여주기만 했을 뿐, 아무도 만지지 못하게 했다. 효력이 없어질까봐 겁을 냈다. 만약을 대비해서 소원을 빌지 않고 아껴뒀다며 군대에 들어갈 때 가지고 갔다. 나중에 보육원을 둘러싼 벽돌담 바깥에서 정문 아래 조그만 여닫이문을 사이에 두고, 서배스천은 햇볕에 튼 입술로 렌에게 말했다. 잠든 사이에 누가 소원석을 훔쳐갔다고. 그는 흐느끼면서 한탄했다. "갖고 다니는 게 아니었는데. 손에 들어오자마자 써먹었어야 했어."

소년들이 윌리엄의 수집품을 어떻게 가를 것인가를 놓고 갑론을박을 벌이는 동안, 작업장의 서까래는 그들의 말소리를 머금었다가 점점 더 크고 사나운 메아리로 되돌려보냈다. 몇몇은 이미 소원석을 알아채고 눈여겨보고 있었다. 분배가 결정되고 나면 때가 늦을 게 분명했다. 렌은 소원석이 있는 쪽으로 조금씩 전진하면서 소매를 걷어붙였다. 그리고 뒤에서 누구한테 떠밀린 척 아이들 한가운데로 몸을 날렸고, 바닥에 나동그라지면서 뭉툭 잘린 왼팔로 오른손을 가렸다. 아이들은 렌을 옆으로 떼밀었다.

"저리 꺼져."

"문둥이 새끼."

"나가."

렌은 방 뒤쪽으로 물러났고 아이들은 회의를 재개했다. 돌은 렌의 손가락 속에 무사히 들어왔다. 렌은 주먹을 펴고 힐끗 내려다보았다. 소원석은 비의 색깔이었다. 가장자리가 매끈매끈했다. 하얀 띠가 시작되는 지점에서 움푹 들어간 자국이 만져졌다. 무엇을 빌까 오만 가지 생각이 떠올랐다.

브롬과 이키가 둘이서 수군대더니 아이들 무리에서 빠져나와 렌에게 다가왔다. 렌이 뭔가 한 건 했다는 걸 알아차린 눈치였다. 쌍둥이는 렌의 친구였지만 자기들 몫을 챙기고 싶어했다.

"너 손에 그게 뭐야?"

"아무것도 아냐."

"이리 내놔봐."

다른 아이들도 낌새를 채기 시작했다. 먼저 코찔찔이 에드워드가, 그다음에 루크와 마커스도 감을 잡았다. 이제 금방 애들이 우르르 달려들 것이다. 렌은 브롬을 향해 주먹을 날렸다. 감아쥔 주먹의 툭 튀어나온 마디 끝에 친구의 단단한 턱이 제대로 걸렸다. 그리고 나서 이키의 팔을 피해 머리를 홱 숙이고 작업장 밖으로 쏜살같이 빠져나갔다. 렌은 있는 힘껏 우물을 향해 달리면서 제때 돌을 숨길 수 있기를, 그때까지만 애들한테 잡히지 않기를 빌었다. 그러나 잡히고 말았다. 아이들은 바로 뒤에서 쫓아왔고, 맨 앞에 있던 브롬이 렌의 어깨를 잡을락 말락 하다 곧 잡아채곤 둘이 같이 땅바닥을 굴렀다.

이키가 렌의 가슴팍을 깔고 앉았고, 브롬이 렌의 팔을 비틀어서 주먹을 억지로 폈다. 렌은 물고 할퀴면서 쌍둥이를 걷어차내려고 버둥거렸지만 애당초 얼마 버티지 못할 것임을 알았다. 손바닥에서 돌이 빠져나가는 느낌이 들었다. 아이들은 먼지 구덩이 속에서 헐떡이는 렌을 내버려두고 획득한 전리품 주위로 둥글게 모여들었다.

"화살촉을 달라고 빌어야지." 이키가 말했다.

"겨우 그거냐." 브롬이 타박했다.

"그럼 사탕으로 하지 뭐."

"존 신부님의 목이 부러지길."

"장난감!"

"입양 줄에서 뽑히기를."

"소원 하나 대신 백 개."

렌은 친구들 말을 듣고 있었다. 그렇게 미울 수가 없었다. 렌은 벌떡 일어나서는 덤벼들어 돌을 낚아챘다. 내가 써먹지 못한다면 아무도 못 쓰게 만들 테다. 쌍둥이가 셔츠를 잡아당겼지만 렌은 필사적으로 뿌리쳤다. 북받친 증오가 입때껏 있는 줄도 몰랐던 힘을 끌어냈다. 렌은 몸을 숙이고 돌을 우물 속으로 던졌다. 돌멩이는 소리도 없이 아래로 떨어졌고 렌 자신의 가쁜 숨소리만 어둠 속에서 메아리쳤다. 곧이어 돌이 수면에 부딪혀 풍덩하는 소리가 아주 작게 들려왔다.

3

존 신부의 서재는 수도원 2층에 있었다. 이 아담한 공간에서 지시와 명령, 식전 기도와 식사 분량, 취침 절차와 기도 일과, 금지 목록과 화장실 청소 순번이 정해졌고, 이러한 규칙과 규범이 강제되는 소리가 흘러나왔다. 렌은 음식을 쟁여놓은 죄로 세 번, 밤에 침대를 이탈한 죄로 여섯 번, 허락 없이 지붕에 올라간 죄로 열다섯 번, 나쁜 말을 입에 담은 죄로 스물일곱 번 이곳에 들어왔다. 렌은 이 방을 아주 잘 알았고, 신부가 인정사정없이 채찍질하리라는 것도 확신했다. 다른 애들이 맞은 회초리 자국도 엄청 깊었으니까.

존 신부는 벽면 서가에서 책을 한 권 골랐다. 『성자들의 삶』. 신부는 자기 책상으로 걸어가 책을 읽기 시작했고, 렌은 한쪽 구석에 서서 그 모습을 빤히 지켜보며 기다렸다. 삼십 분이 경과했다. 존 신부는 종종 그런 식으로 아이들을 몇 시간씩 세워뒀다. 막상 벌을 받을 때보다 그렇게 기다리는 시간이 항상 더 끔찍했다.

렌도 자기 나름대로 믿음을 지녔다. 신앙은 숨쉬는 것처럼 자연스러웠다. 보육원 뒤편 숲속에 개울이 하나 있었다. 냇물에 손을 담그면 손가락 사이로 물이 세차게 흘러가는 느낌이 좋았다. 렌은 하류로 떠내려가는 나뭇잎과 잔가지를 구경했고, 손목을 끌어당기는 힘찬 물살을 음미했다. 기도할 때면 이따금 비슷한 끌림이 생겼다. 깊은 곳으로 끌어당겨지는 느낌. 그러나 그 이끌림을 끝까지 따라갈 용기는 없었다. 울컥 놔버리고 싶어지는 순간, 물에서 손을 빼냈다.

신부는 책장을 넘겼다. 손가락으로 책등 한가운데를 훑고는 큰 소리로 낭독하기 시작했다. "파도바에서 레오나르도라는 이름의 한 청년이 홧김에 제 어미를 발로 찼다. 그러고 나서 양심의 가책을 느껴 성 안토니오에게 고백했다. 성자는 청년에게 죄지은 곳을 없애버리라고 말했다. 레오나르도는 집에 가서 자신의 발을 잘랐다. 성 안토니오는 그 소식을 듣고 상처 입은 청년을 찾아가 단 한 번의 손길로 다시 발을 붙여주었다." 존 신부는 해당 페이지에 손가락을 끼우고 책을 덮었다. "너는 이 이야기에 흥미가 있을 거라고 생각하는데."

렌은 말대답하지 않아야 한다는 것을, 입을 열지 말아야 한다는 것을 잘 알고 있었다. 렌의 왼쪽 눈은 부어올랐고, 얼굴은 브롬이 땅바닥에 처박는 바람에 진흙이 묻어 더러웠다. 쌍둥이는 렌이 수집품 은닉처를 실토할 때까지 머리끄덩이를 잡아당겼고, 렌이 지금까지 애써 모은 보물을 다 갖고 달아나 조지프 수사가 잠에서 깨기 전에 슬그머니 작업장으로 기어들었다. 존 신부는 서재에 있다가 왁자지껄 싸우는 소리를 들었고, 보물을 다 빼앗기고 깨지고 멍든 채 혼자 우물가에서 울고 있는 렌을 발견했다.

"죄는 육신에만 깃드는 것이 아니다." 존 신부는 자리에서 일어나 방을 가로질렀다. "죄는 영혼의 씻어낼 수 없는 오점이지. 죄를 지을 때마다 검은 자국이 생겨나고, 그것은 경건한 고해와 하느님의 신성한 심판의 불길에 의해서만 지워질 수 있다." 신부는 책을 덮고서 서가의 원래 자리에 꽂았다. "성자들은 우리를 위한 좋은 본보기다. 다음에 또 유혹에 빠지게 되거든 이분들을 떠올려라." 신부는 소매 안에서 회초리를 꺼내 살펴보고는 살짝 일어난 나무껍질을 벗겨냈다. "늘 하던 대로." 그는 체벌 의자를 가리켰고 소년은 그리로 걸어가 바지를 내렸다.

등받이 없는 체벌 의자는 렌의 무게를 견뎠고, 여러 해 동안 수많은 아이들의 하중을 버텨냈다. 렌은 처음 체벌 의자를 잡고 섰던 때를 기억했다. 거짓말을 하다가 피터 수사한테 들켰을 때였다. 나무판이 잔뜩 긁히고 여기저기 이음매도 삐거덕거려 부서질 날이 얼마 남지 않은 것 같았다.

"누구와 싸웠느냐?"

첫번째 타격이 항상 제일 충격이 컸다. 소년은 매가 살갗을 파고들 때 미동도 하지 않으려 애썼다. 등허리와 가랑이 사이에 땀이 찼다.

"누구와 싸웠느냐?"

렌은 다른 생각을 하려고 무진 애썼다. 상처가 벌어지기 시작하고 온몸이 저릿저릿하게 쓰라렸다. 입에서 침이 흘러 바닥에 고였다.

"이름을 밝힐 때까지 식사는 하루 한 번뿐이다. 겨울용 신발과 담요도 되돌려보낸다."

렌은 체벌 의자를 으스러져라 움켜잡았다. 혹시 부서지지 않을까 기대해봤다. 해마다 새로운 신발과 이불이 지급된다는 얘기가 있었다. 그리고 해마다 구경도 못 했다.

작은 애들 방은 좁고 긴 다락방이었고, 접이식 침대와 하잘것없는 침구가 쭉 놓여 있었다. 양측 벽면은 비스듬히 기울었고, 천장에는 가운데 길게 금이 하나 가 있었다. 빗장 걸린 창문 두 개가 하나는 문 옆, 다른 하나는 어두운 안쪽 구석에 있었다. 바로 이 안쪽 창문에 기대어 렌은 잠을 청하려 하고 있었다. 허벅지와 종아리가 아직도 화끈거렸다.

방에서는 삶은 생선 냄새 같은 것이 났다. 그와 똑같이 기름에 전 내가 보육원 전체에 감돌았다. 아이들 몸에서 나는 그 냄새는 식탁과 의자와 건물 벽 구석구석에 스며들었다. 한 달에 두 번 자선 단체 할머니들이 와서 아이들의 침구를 빨고 몸을 씻겨주었다. 그런 날에는 수사들도 창문과 문을 활짝 열어젖히고 환기를 했지만 별 소용은 없었다. 하룻저녁도 지나지 않아 냄새는 다시 나게 마련이었다. 자다가 지린 오줌과 걱정거리와 병치레의 합작품이었다.

브롬과 이키의 자리는 성 안토니오 보육원에 들어온 첫날 이후로 쭉 렌의 바로 옆 침대였다. 조지프 수사가 담요에 꽁꽁 싼 쌍둥이를 품에 안고 허겁지겁 방으로 뛰어들어온 그날 밤은 지금도 생생했다. 두 아이는 흠뻑 젖어서 온몸을 사시나무 떨듯 했다. 조지프 수사는 아이들을 침대에 누이고 담요를 끄르기 시작했다.

"애들 엄마는 강에 몸을 던졌다는군." 조지프 수사는 젖은 옷가지를 바닥에 던지며 어두컴컴한 데서 중얼거렸다. "운도 지지리도 없지. 애네 둘은 아무도 데려가지 않을 거야." 그는 아이들의 팔과 다리를 비볐다. "따뜻하게 해줘야 할 텐데." 그러더니 수사는 렌의 침대에 한 아이를 밀어넣고, 이어서 다른 아이도 마저 집어넣었다. 그리고 아이들에게 입힐 마른 옷가지를 찾으러 아래층으로 급히 내려갔다.

이불 속에서 아이들은 렌한테 꼭 붙어 꼼지락거렸다. 나이는 렌보다 한 살쯤 어렸을 테지만 공간은 두 배나 차지했다. 렌은 이놈들을 바닥으로 차낼까 심각하게 고민했다. 이키는 렌의 잠옷을 그러쥐었고, 렌의 마음을 읽기라도 한 듯 얼른 한 자락을 자기 입에 쑤셔넣었다. 브롬은 씩씩거리며 숨가쁘게 흐느꼈다. 렌은 강물 위로 떠내려가는 아이들의 엄마를 떠올렸다. 그 사람의 머리카락은 무슨 색일까 궁금했다. 금발로 하기로 했다. 눈은 파란색, 피부는 흰색, 치마는 분홍색으로 정했다. 이윽고 바로 눈앞에 쌍둥이의 엄마가 물을 뚝뚝 흘리며 서 있는 모습이 보였다. 신발은 진흙투성이였고 머리카락에는 잔가지가 뒤엉켜 있었다. 여자는 한기가 드는지 두 손을 포개어 가슴에 댔고, 몇 분쯤 흐른 뒤에야 렌은 여자가 자기에게 뭔가 바라는 게 있음을 깨달았다.

"원하는 게 뭐예요?" 렌의 물음에 여자는 대답하지 않았다. 그래서 렌은 휘파람을 불기 시작했다. 그냥 방에서 무슨 소리든 나면 좋겠다는 생각이 들었다. 옆에 있던 쌍둥이는 울음을 그치고 조용해졌다. 혹시 죽어버린 건 아닌지 걱정이 됐다. 렌은 일어나서 애들의 자는 얼굴을 살폈고 숨은 쉬고 있는지 확인했다. 다시 고개를 드니 애들 엄마는 사라지고 없었다.

렌은 쓰라린 다리를 뒤척거리며 통증을 무시해보려 애썼다. 존 신부는 오른손잡이여서 맷자국은 왼쪽에 쏠려 있었다. 렌은 옆으로 누웠다가 다시 반대편으로 돌려누웠다. 눈 주위 살갗이 따가웠고 브롬이 비틀었던 팔이 쑤셨다. 렌은 무릎에 막 앉기 시작한 딱지를 긁어내다가, 이를 악물고 숨을 들이켜고는 딱지를 홱 잡아뗐다.

"아파?" 옆 침대에서 이키가 조그맣게 속삭였다.

렌은 겁쟁이로 보이기 싫었다. "아니."

"그러게 나한테 주먹질하지 말았어야지." 브롬이 말했다.

렌은 등을 돌려 창밖을 바라보았다. 아직 친구 사이를 되돌릴 기분이 아니었다.

"윌리엄은 지금쯤 집에 도착했을까?" 이키가 물었다.

"그랬겠지." 브롬이 대답했다.

"해적들한테 잡히지 않았다면." 이키가 덧붙였다.

그러고 나서 쌍둥이는 더 말이 없었고 이내 숨소리가 고르게 얕아졌다. 렌은 그대로 누워 레오나르도의 다리를 다시 붙여준 성 안토니오를 생각했다. 흉터가 남았을까 아니면 흔적 하나 없이 깔끔하게 발목을 도로 이었을까. 렌은 침대 커버 밑에 손을 넣어 『성자들의 삶』을 꺼냈다.

존 신부가 매질을 끝낸 후 회초리를 다시 소매 속에 넣으려고 돌아선 틈을 타 소년은 책장으로 손을 뻗어 그 책을 꺼냈다. 그리고 나가도 좋다는 말을 들을 때까지 책을 똘똘 말아 윗도리 밑에 숨기고 체벌 의자에 기대고 있었다. 가죽 장정을 쭉 품고 있던 터라 책은 마치 생물처럼 따스했다.

렌은 달빛에 글자가 보이게끔 책을 팔꿈치로 받치고, 성 안토니오 축일인 6월 13일 부분을 펼쳤다. 그가 일으킨 기적은 레오나르도의 발만이 아니었다. 성 안토니오는 호두나무에서도 살았고 마법사처럼 동에 번쩍 서에 번쩍 했다. 그는 물고기한테도 설교를 했고, 도둑을 잡으러 천사들을 파견했고, 노새가 건초를 마다하고 주인에게 바치게 했다. 또 폭풍우에서 어부를 구했고, 이교도 수천 명을 개종시켰고, 모로코에서 수녀들을 인도했고, 아마 이게 가장 감명 깊은 대목일 텐데, 죽은 소년을 되살렸다.

바로 성 안토니오의 아버지네 마당에서 매장된 채 발견된 소년이었다. 성인의 아버지는 붙잡혀 살인죄로 감옥에 갇혔다. 그때 성 안토니오가 와서 소년의 시체에 살짝 손을 댔더니 소년이 다시 숨을 쉬었다. 아이는 번쩍 눈을 뜨고 진짜 범인의 이름을 말했다. 책에는 그다음에 어떻게 되었는지는 나와 있지 않았다. 렌은 소년이 그후에 무덤으로 되돌아갔을까 궁금증이 가시질 않았다. 그건 불공평해 보였다. 한 번 죽었으면 됐지 두 번이나 죽어야 한단 말인가.

방 반대편 끝에서 엉엉 우는 소리가 났다. 렌은 잠시 귀를 기울이다가 책을 몰래 이불 속으로 밀어넣었다. 아이들이 술렁이기 시작했다. 비몽사몽 중에 한두 명이 웅얼거렸다. 브롬이 일어나 시끄럽다고 꽥 소리를 질렀다. 다른 소년이 욕지거리를 했다. 누군가 이불을 박차고 나왔다. 렌은 마루를 가로지르는 발소리를 들었다. 순간 아이들이 전부 숨을 죽였고 찰싹하고 때리는 소리가 크게 났다. 울음소리가 멈췄고 발소리는 침대로 돌아갔다.

이제 다들 잠이 깨서 어둠 속에서 말똥말똥 서까래를 올려다보며 귀를 기울였다. 밤에 아이들은 돌아가며 울었다. 또다른 아이가 울먹이는 건 그저 시간문제였다. 숨죽인 울음들이 시작되면 다시 책을 읽을 수 있기까지 몇 시간은 걸리리라.

렌은 책장을 덮고 눈을 감았다. 우물 밑에 가라앉은 소원석을 상상했다. 한순간에 지나지 않았지만 어쨌든 렌은 그것을 손에 넣었다. 렌은 주먹을 말아 쥐고 돌이 어떻게 생겼는지 기억해내려 애썼다. 주먹 속 피부 저 밑에서 맥박이 뛰는 게 느껴졌고, 순간 돌의 열기가 손가락 끝에 되살아나 빌 수 있었던 모든 소원이 눈앞에 펼쳐졌다. 렌은 달빛 아래 손을 내밀고 천천히 손가락을 폈다. 혹시나 돌이 다시 나타나지 않을까 반신반의하면서. 그러나 그날 밤 작은 아이들 방에서 마법은 일어나지 않았다. 렌의 펼친 손바닥 안에는 싸늘하고 텅 빈 어둠뿐이었다. 몇 줄 건너 아이가 흐느끼기 시작했다. 렌은 베개에 얼굴을 묻었다. 돌을 던져버려서 차라리 잘됐다. 이제 아무도 그 돌에 소원을 빌지 못한다.

4

피터 수사의 수업은 매일 수도원 전실前室에서 열렸다. 이 공부방에서 아이들이 배우는 것은 그때그때 달랐고, 특히 날씨에 좌우되는 것 같았다. 비 오는 날이면 피터 수사는 지도를 펼치고 세계 각지에 관해 얘기했다. 해가 나면 시를 낭송했다. 눈이 오면 책상에서 주판을 꺼내 수數를 논했다. 바람이 거세지면 완전히 손을 놓고 창문 밖 나무가 이리저리 흔들리는 모습을 멀거니 바라보기만 했다.

수사들은 아이들에게 교육이 필요하다고 일찌감치 결론을 내렸다. 최소한 성경은 읽을 줄 알고, 신교도들에게 속지 않을 만큼 산수를 알아야 했다. 이 교육의 의무가 어째서 피터 수사에게 지워졌는지 소년들은 이해할 수 없었다. 그는 툭하면 자기 책상에 엎드려 잤고 아이들의 존재는 깡그리 무시했다. 아이들은 배운 지식 대부분을 마치 전염병을 옮기듯 자기들끼리 전이했고, 그 내용은 주로 뉴잉글랜드 지방 근대사에 관한 단편적인 사건들이었다. 가령 민병대와 노스브리지*라든가, 자일스 코리**나 크리스퍼스 애턱스*** 등등.

오늘 소년들은 쓰기 연습을 하고 있었다. 하나를 여럿이 돌려쓰는 조그만 석판에 시편 118장 8절 주님께 피신함이 더 낫네, 사람을 믿기보다를 베껴썼다. 피터 수사는 아이들이 소곤거리며 창문을 가리키기 시작할 때 막 얼굴을 책상에 묻은 참이었다. 렌은 한 글자씩 꾹꾹 눌러쓰다 말고 고개를 들었다. 못 보던 사람이 뜰을 가로질러 걸어가고 있었다.

안경을 쓴 사내였다. 밀짚 색깔 머리를 리본으로 묶어서 학생 같아 보였다. 모자는 안 썼지만 마부처럼 부츠를 신고 목깃을 세운 짙은색 긴 외투를 입었다. 조지프 수사가 사내를 수도원으로 안내하고 있었고 아이들은 손님이 잠시 발걸음을 멈추고 다리가

* 1775년 렉싱턴 교외 노스브리지에서 미국 식민지 민병대와 영국 주둔군이 무력충돌하면서 미국 독립전쟁이 발발했다.
** 1692년 매사추세츠주 세일럼 마녀재판 당시 악마의 사주를 받은 혐의로 바윗돌에 깔려 죽는 극형에 처해졌다.
*** 1770년 보스턴에서 영국 주둔군의 발포로 시민 다섯 명이 사망한 보스턴 학살의 최초 희생자.

아픈 듯 한쪽으로 비스듬히 기대는 모습을 지켜보았다. 사내의 몸매는 호리호리했다. 그가 건물 안으로 사라지기 전 렌은 사내의 하얗고 가느다란 손을 놓치지 않았다. 농부는 아니었다.

십오 분 후 조지프 수사가 가쁜 숨을 내쉬며 교실로 뛰어들었다. 앞섶에는 와인 얼룩이 묻어 있었다. 그는 교실 안을 한 바퀴 둘러보더니 모두가 고대하던 대사를 읊었다. "석상으로 모여라."

렌은 서둘러 교실을 빠져나가 성 안토니오 석상을 향해 냅다 뛰었다. 어쩐지 자신의 행운이 한발 앞서 달려나가는 것 같았다. 렌은 다른 소년들과 함께 한 줄로 섰다. 조지프 수사가 아이들 앞을 지나며 셔츠를 바지 안에 쑤셔넣고 목깃을 매만져주는 사이, 뜰 건너편 수도원으로 통하는 문이 열렸다.

존 신부는 매질하기 직전 같은 불편한 자세로 다가왔다. 한 손에는 몇 가지 서류를 들었다. 다른 손은 소매 속에 있었는데 이는 회초리를 지니고 있음을 뜻했다. 손님은 바로 뒤에서 따라왔고 긴 외투 자락이 흙바닥에 끌렸다.

손님은 젊은 남자였다. 찌푸렸지만 잘생긴 얼굴에 귀가 좀 큰 편이었다. 성 안토니오 석상 아래로 와서 팔짱을 끼고 기대어 선 그는 안경 위로 소년들을 넘겨다보았다. 사내의 눈은 푸른색이었다. 한여름 하늘같이 푸른 것이, 렌이 지금까지 보아온 눈 중 가장 파랬다.

"냅 씨를 소개하마." 존 신부는 손에 든 서류를 힐끗 보고 나서 손님에게 시선을 돌렸다. 사내는 이제 한 발로 서서 다른 쪽 발목을 빙빙 돌리고 있었다.

"전쟁 때 부상을 입어서요." 남자가 설명했다. "날이 추워지면 좀 쑤십니다." 그는 땅에 발을 내려 바닥을 한 번 구르고 다시 한번 구르고는, 크고 밝게 환히 빛나는 함박웃음을 머금었다. 사람의 마음을 잡아끄는 데가 있는 미소였다. 그는 먼저 신부를 향해 한껏 미소 지은 다음, 줄 맞춰 선 아이들을 향해 빙그레 웃어 보였다.

존 신부는 정신을 추스르고 다시 서류를 들여다보았다. "냅 씨는 남동생을 찾고 있다. 아기일 때 이곳에 보내졌다는군. 대략 열한 살쯤 되었을 거라고 하고. 맞습니까?"

"그렇다고 알고 있습니다. 하도 오래전 일이라 가물가물하지만요."

"흠흠." 존 신부는 잠시 말문이 막혔다. 인내심이 바닥나고 있는 게 눈에 보였다. "이중에 낯이 익은 아이가 있습니까?"

벤저민 냅은 앞으로 나와서 아이들 하나하나를 구석구석 면밀히 들여다보았다. 무언가 찾고 있는 듯했지만 뭐라 꼬집어 말하기 애매한 것이, 아이들마다 들여다보는 구석이 달랐다. 아래턱을 잡고 햇빛에 얼굴을 이리저리 비춰보기도 하고 목을 만지거나 손가락으로 눈썹 길이를 재기도 하고 갈색 머리카락 한 줌을 들어 코끝에 두어 번 대보기도 했다.

"너무 작아"라고 한 아이를 평했다.

"너무 크잖아"라고 다른 애한테 말했다.

"혀를 내밀어보렴." 마커스는 햇빛에 혀를 쑥 내밀었고, 남자는 한참 쳐다보더니 이내 또 고개를 가로저었다.

렌은 바로 옆에서 쌍둥이가 안절부절못하는 걸 느꼈다. 브롬은 주먹을 꽉 쥐었고 이키는 두 발을 똑바로 맞춰 섰다. 그러나 벤저민 냅은 쌍둥이를 거들떠보지도 않았다. 그는 멀찍이 돌았는데, 쌍둥이의 불길한 기운을 알았는지 불운이 옮을까봐 두려워하는 것 같았다. 그리고 렌 차례가 되었다.

벤저민 냅은 렌의 어깨를 쿡 찔렀다. 졸다가 딱 걸리기라도 했다는 듯 꽤 세게 찔렀다.

"여어 꼬마, 제법 사나이 같은데."

칭찬처럼 들렸지만 렌은 다른 뜻이 있지나 않을까 불안했다. 자기가 또래보다 작다는 걸 알고 있었다. 벤저민 냅은 한 발짝 다가와서 그 새파란 눈으로 렌의 얼굴, 목, 어깨를 빈틈없이 훑어보았다. 렌은 기다렸고 심장이 두방망이질했다. 소년은 널빤지처럼 꼿꼿하게 몸을 세웠다. 남자가 손을 아래로 뻗어 팔을 잡았을 때 렌은 팔을 움츠렸다. 돌연 움직임이 멎었고, 렌은 벤저민 냅이 자신의 없어진 손을 알아챘음을 깨달았다.

사내는 눈을 감았고, 무언가 기억해내려 무진장 애쓰는 눈치였다. 그러더니 무릎을 꿇고 팔을 뻗어 와락 소년을 끌어안았다. 렌의 얼굴이 길 먼지와 땀냄새 범벅인 남자의 외투 옷깃에 푹 파묻혔고 이어서 벤저민 냅이 외치는 소리가 들렸다. "이 아이예요. 얘가 틀림없습니다."

렌은 뭐가 뭔지 얼떨떨했다. 처음엔 줄 속에 서 있었는데, 순간 낯선 사람의 품에 안겼고, 귓가에 기쁨의 탄성과 환호가 윙윙 울리더니, 이마에 마구 키스가 퍼부어졌다. 다른 아이들은 서로 눈짓을 교환했다. 렌은 자기가 섰던 자리에서 잔물결이 일어나는 것을, 그 파문이 안뜰을 가로질러 퍼져나가는 것을 느낄 수 있었다. 자신이 선택되었고 이제 가족이 생겼고 보육원과는 영영 이별이라는 것이 확실해지면서 별안간 환희가 폭풍처럼 전신을 강타했다. 뺨이 확 달아올랐고 밀어닥친 환희가 느닷없이 엄청난 현기증으로 바뀌면서 렌은 땅바닥에 토하고 말았다.

벤저민 냅은 얼른 소년을 밀쳐내고 주머니에서 손수건을 꺼내 외투를 열심히 닦았다. 얼굴에 혐오감이 떠올랐지만, 신부를 힐끗 쳐다볼 때는 금세 다시 웃는 얼굴이 되었고, 손수건을 렌에게 내밀었다. 그는 소년의 머리를 가볍게 토닥거렸다.

"흥분했나보구나. 미안하다."

존 신부는 옆에서 이 모든 과정을 쭉 지켜보더니 평소 안 하던 행동을 했다. 차나 한잔하자며 벤저민 냅을 안으로 청한 것이다. 토하면서도 렌은 존 신부가 손님이 자신을 데려가지 못하게 방해할지도 모른다는 생각에 덜컥 겁이 났다. 렌은 손님에게서 손수건을 받긴 했지만 차마 쓰지는 못하고 평소처럼 소맷등으로 입술을 훔쳤다. 토악질 때문에 일이 잘못되지 않기를 빌었다. 그리고 고개를 들었을 때, 하느님이 렌의 기도에 응답한 것 같았다. 벤저민 냅은 줄 다른 쪽으로 걸음을 떼지 않았다. 그는 손을 뻗어 손수건을 도로 낚아채면서 내내 그 기묘한 미소를 띠고 있었다.

시재에서 존 신부는 책상 앞에 앉아 벤저민 냅에게 그 방 안의 유일한 의자인 체벌 의자에 앉으라고 손짓했다. 남자는 의자를 방 한가운데로 가져와서 엉덩이를 내려놓고는 상체를 한껏 뒤로 젖혔다. 렌은 의자가 부서질까 걱정했다. 소년은 평소 자기 자리인 한쪽 구석으로 가서 섰다. 그러나 존 신부가 무섭게 노려보는 바람에 이제 새 자리가 생겼음을 깨닫고 벤저민 냅 옆으로 자리를 옮겼다.

차가 나왔고, 신부는 이야기를 나눌 의사가 전혀 없다는 듯 조용히 차를 음미했다. 존 신부는 보통 그런 식으로 침묵을 이용해 아이들한테서 자백을 받아냈지만 벤저민 냅에게는 통하지 않았다. 벤저민은 받침 접시에 흘린 차까지 후루룩 마시는 품이 아주 제집 안방 같았다. 그는 입맛을 다시고 찻잔을 내려놓은 다음 렌이 손을 잃어버린 경위를 설명했다.

"아버지가 저희를 마차에 태우고 서부로 향하면서 이 모든 일이 벌어졌지요. 우리는 변방의 점령 주둔지 근처에서 농지를 개간했습니다. 와가포닉 요새라고 혹시 아세요?" 존 신부는 모른다고 했다. 벤저민 냅은 렌을 쳐다봤고, 소년은 그가 말을 잇기전에 자신의 대답을 기다리고 있음을 깨달았다. 렌은 고개를 절레절레 흔들었다.

"흠. 너는 알 텐데. 하긴, 너무 어려서 기억 못할 수도 있겠다. 거기는 나무가 집채만큼 커서 둥치를 한 바퀴 빙 돌려면 남자 스무 명이 팔을 벌리고 서야 했습니다. 나뭇가지에 사는 새는 당나귀만큼이나 컸고, 저 높은 하늘 위를 날다가 개나 어린아이를 덮쳐 새끼한테 먹이려고 물고 가기도 했어요. 산은 구름에 닿을 정도로 높았고 덕분에 날씨가 아주 제멋대로였죠. 한여름에도 눈이 날리고 1월 중순인데도 사막처럼 더웠거든요. 거기서 네가 태어난 거야. 산밑 계곡에서, 야생의 위험이 도처에 살아 숨쉬는 숲과 강 사이에서 말이야.

저희 아버지는 꿈 많은 모험가였습니다. 항상 세상 끝까지 가

보고 싶어하셨어요. 뭐, 사실 꿈을 이루신 셈이었죠. 사나운 황무지와 이름 모를 생물들밖에 없는 곳이었으니까요. 이상하게 생긴 재빠른 것들이 숲속 나뭇잎 사이를 휙 지나가고 육중한 동물들이 밤마다 어슬렁거렸습니다. 당시 난 너보다 훨씬 컸지만," 그는 얘기 도중에 렌을 턱으로 가리켰다. "물을 찾으러 밖에 나가기가 무서웠단다.

우리는 사냥꾼들이나 요새 군인들하고 흥정해 품을 사서 오두막을 하나 지었습니다. 첫 집이었죠. 안은 어두컴컴했습니다. 창문에는 유리도 없었고, 외풍을 막느라 통나무 벽에 역청을 발랐거든요. 돌을 쌓아서 벽난로를 만들고, 연기를 뺄 굴뚝도 세웠는데 그게 제구실을 한 적은 한 번도 없었죠. 항상 밤이면 난로 주위에 모여 옥수수 껍질로 속을 채운 매트리스 위에서 잤는데 눈이 새빨개질 정도였어요. 넌 그 난로 때문에 아팠어. 엄청 앓았고 기침을 해댔지. 어머니가 무척 걱정하시면서 너를 요새로 데려가 일주일 동안 고생해 폐를 깨끗이 치료했어."

렌은 깊이 숨을 들이마셨다가 내쉬었다. 폐 한구석에 남아 있는 연기 그을음이 느껴졌다. 목구멍 안쪽에도 검댕이 좀 남아 있는 것 같았다. 자신을 담요로 싸서 품에 꼭 안고 숲을 헤치면서 한참을 걸어가는 어머니를 상상했다. 담요 밑으로 어머니의 빠른 걸음이 느껴졌다.

"봄이 돼서야 밖에서 불을 피울 수 있었지요. 서리가 내리기 전에 심었던 작물이 고개를 내밀었고, 얼어붙었던 강이 풀려나 다시 흐르면서 얼음판이 둑 밑으로 밀려와 쌓였습니다. 해가 길어져 우리는 밭을 5에이커나 갈았고 땔감을 쪼개고 자갈과 나무뿌리를 골라내고 마멋과 토끼, 여우와 들쥐, 사슴, 곰, 엘크, 족제비 따위를 사냥했습니다.

아버지는 아주 신이 나셨더랬어. 우리에게 성을 지어주고 해자를 파서 악어를 잔뜩 풀어놓을 생각이셨지. 엄청나게 큰 침대를 놓고 벽마다 태피스트리를 걸고 초를 가득 밝힌 샹들리에를 늘어뜨린 방이 수천 개쯤 돼. 그래서 매일 방을 바꿔가며 사는 거야. 아 물론 하인들도 있어야지. 또 요리사도 수십 명 있어서 먹고 싶은 건 뭐든 말만 하면 대령해. 소작민이 농사를 대신 지어주고 겨울에는 새 옷을 입을 거야. 황소와 닭과 돼지와 말을 키우고 늙지 않도록 주문을 걸어주는 마법사도 고용하겠지." 벤저민 냅은 쉬지 않고 이야기보따리를 풀었다.

"네가 걸음마를 배운 건 그해 여름이야. 어머니는 네가 멀리 가지 않도록 줄로 묶어놓으셨어. 한눈파는 사이에 늑대가 너를 물어갈까봐 걱정하셨는데, 정작 문제는 늑대가 아니었어. 인디언이었지."

방안 공기가 싸늘해졌다. 렌은 태어나서 한 번도 인디언을 본 적이 없었지만, 지금 꼭 인디언 하나가 물감을 칠한 탄탄한 몸을 책장 그늘 밑에 숨기고 숨결에 실린 퀴퀴한 냄새가 느껴질 만큼 가까이 있는 기분이었다.

"나는 물 길러 밖에 나가 있었어. 양동이 두 개를 어깨에 짊어지고 오두막에 거의 다 왔는데 그 이상한 소리를 들은 거야. 누가 병상에서 신음하는 것 같았어. 난 양동이를 내려놓고 나무 사이에 숨었지. 좀더 가까이 가서 보니까 인디언 한 무리가 있었어. 갈색 피부의 작은 남자들이 여자들 잠옷 같은 걸 걸치고 있더라. 어머니 잠옷처럼 주름이 많이 잡힌 하얀 가운이었지. 제대로 입은 건 딱 한 명밖에 없었어. 그냥 어깨에 둘러멘 놈도 있고, 어떤 놈은 소매를 허리에 매서 앞치마처럼 두르고 있었어. 놈들은 채마밭에서 무언가를 둘러싸고 곤봉으로 마구 때리고 있었어. 아버지였어. 한 놈이 아버지 다리를 들고 신발을 벗겨낼 때 알아봤지.

신음소리를 흘리고 있던 건 어머니였어. 얼굴은 피투성이였고 바닥에 엎어져서 네 발목을 꼭 잡고 계셨어. 인디언 한 놈이 네 팔을 잡아 끌어당겼고, 어머니는 땅에 엎드린 채로 질질 끌려갔지. 놈들은 장작더미 옆을 지나갔는데, 그때 어머니가 도끼를 찾아들더니 순식간에 머리 위로 휘둘러 네 팔을 두 동강 냈어." 벤저민 냅은 렌을 똑바로 쳐다보았다. "어머니는 분명 인디언을 노리셨던 거야.

어머니는 다른 놈들이 달려들기 전에 세 명을 해치웠지. 그 틈을 타 나는 너를 낚아채서 달아났어. 숲에 닿을 때까지 넌 자지러지게 울었지. 할 수 없이 내 셔츠로 네 입을 틀어막았어. 나는 널 데리고 강으로 가서 헤엄쳤어. 네 머리가 잠기지 않게 쳐들고 물살이 흐르는 대로 내맡겼지. 네가 죽지 않은 건 오로지 차가운 강물 덕택이야."

렌은 뒷짐을 지고 오른손으로 그루터기만 남은 왼손목을 감쌌다. 얼음에 덴 것처럼 얼얼했다. 존 신부는 상체를 앞으로 내밀었다. 허리에 차고 있던 무거운 나무 묵주가 신부의 들숨 날숨에 맞춰 책상에 부딪히며 딸그락거렸다.

"개척지에서 손을 떼고 동부로 돌아가는 사람들이 가득 탄 마차에 너를 맡겼어. 좋은 집에 넣어달라고 부탁했지. 어디든 문명화된 곳으로, 교육을 받을 수 있는 곳으로 말이야." 벤저민 냅의 표정이 심각해졌다.

"그러고 나서 인디언들을 뒤쫓았어. 총 쏘는 법을 배웠고, 음주와 도박도 알게 됐지. 나는 인디언과 어울렸어. 아, 그 친구들은 착한 인디언들이었어. 그들과 버팔로를 사냥하고 천막에 살면서 몇 년 동안 놈들의 행방을 수소문했어. 물이 없는 곳에서 물을 찾는 법, 길이 없는 곳에서 길을 찾는 법, 숨을 데가 없는 곳에서 은신처를 찾는 법을 배웠지."

이 대목에서 벤저민 냅은 잠시 말을 멈추고 눈을 가늘게 떴다. "십 년이 걸렸지. 하지만 기어이 그 인디언들을 추적해서 부모님을 찾아냈어." 그는 긴 외투의 주머니에서 가죽으로 된 주머니를 꺼내 끈을 풀었다. 그러고는 머리 가죽 두 개를 책상 위에 올려놓았다. 하나는 갈색 고수머리의 네모난 단면이었고, 하나는 빛바래고 굽슬굽슬한 금발이었다.

"남은 건 그것뿐이었지만."

벤저민 냅과 존 신부, 렌은 머리 가죽을 응시했다. 신부는 헛기침을 했다. 렌은 손을 내밀어 머리카락을 만지고 싶은 충동에 휩싸였다. 구불구불한 금발 두 가닥이 서로 엉켜 있는 게 보였다.

"그것들 좀 치워주시지요." 존 신부가 마침내 항복했다.

벤저민 냅은 두피를 다시 외투 속에 집어넣었다. "이 아이는 제 동생입니다. 다른 어느 누구도 아닌 제 혈육입니다."

"네, 당연히 그렇겠지요." 신부가 말했다. 불현듯 렌은 존 신부가 자신을 버리리라는 것을 직감했다. 렌은 평생을 여기서 살았다. 이 돌담 안쪽에서 말을 배웠고 글을 깨쳤다. 그런데 존 신부는 더는 아무 질문도 하지 않으려 했다. 그는 소년의 머리에 손을 얹고 축복을 내렸다. 그리고 가서 짐을 싸라고 했다.

조지프 수사는 바깥 복도에서 기다리고 있었다. 그는 렌의 표정을 보더니 후 하고 숨을 내쉬었다. "그래, 그렇게 됐구나, 그럼, 뭐." 그는 렌을 데리고 작은 애들 방으로 가는 계단을 힘겹게 올랐다. "나는 몇 년 더 같이 있을 줄 알았는데 말이다." 그렇게 말하고 조지프 수사는 문을 열고 통로를 걸어가, 아이가 베개 밑에 있는 물건을 챙기는 동안 옆에 서 있었다. 별로 많지도 않았다. 파란 글자가 수놓인 천, 양말 한 켤레, 그리고 『성자들의 삶』.

조지프 수사는 책을 집어들고 책장을 휘리릭 넘겼다. "이건 어디서 난 거니?"

렌은 수사의 더럽고 얼룩진 수도복과, 허리띠 대신 동여맨 노끈 위로 늘어진 뱃살을 보았다. 이제 두 번 다시 이 사람을 볼 일은 없겠지. 그래도 거짓말은 나오지 않았다. "훔쳤어요."

"계율을 어겼구나."

렌은 어깨를 으쓱했다.

수사는 책을 덮었다. "왜 이 책을 훔쳤니?"

렌은 마땅한 대답이 떠오르지 않았다. 원래는 성 안토니오 이야기의 나머지 부분을 알고 싶어서 책에 손을 뻗었다. 하지만 그 다음에 티베리우스 황제의 병을 고친 성녀 베로니카에 관한 이야기를 읽었고, 바위에서 샘물이 솟아나게 한 성베네딕트와 앞치마에 장미를 가득 안은 성녀 엘리자베스에 관한 일화도 읽었다. 책을 소유함으로써 책갈피 속에서 일어난 사건들도 왠지 자신의 일부가 된 기분이었다. 낮 동안 렌은 해가 지기를, 다른 아이들이 모두 잠들어 책을 다시 꺼내 읽을 수 있는 순간을 애타게 기다렸다. 먹는 것보다 책을 읽는 게 더 좋았다. 잠자는 것보다도 좋았다. 렌은 마침내 입을 열었다. "기적을 갖고 싶었어요."

조지프 수사는 책을 보다가 아이를 응시하더니, 다시 책으로 시선을 돌렸다. 그는 손가락으로 표지를 쓱 훑었다. "얼른 고해성사를 하는 게 좋겠다."

소년은 침대 옆에 무릎을 꿇었다. 렌이 기도하는 동안 조지프 수사는 침대에 앉았고, 그의 육중한 무게에 어린이용 침대의 나무가 삐거덕거렸다. 렌이 기도를 마치자, 수사는 『성자들의 삶』을 렌에게 건넸다.

"이거 안 돌려드려도 돼요?"

조지프 수사는 소년의 이마에 성호를 그었다. "가져가거라. 이젠 훔친 게 아니다."

계단을 내려가면서 렌은 낡은 목제 난간을 손으로 훑었다. 이걸 만지는 것도 이게 마지막이야 하고 생각했을 때 마침 툭 튀어나온 가시 하나가 손바닥에 박혔다. 렌은 밖으로 나와 뜰을 가로지르면서, 가시 박힌 데를 핥으며 혀로 가시 끝을 더듬어 찾아 이로 빼내려 했다. 햇살 아래서 소년은 살갗 속에 자리잡은 가시를 살폈다. 성 안토니오 보육원의 티끌만한 일부가 소년과 함께 가려고 결심한 모양이었다.

렌은 몸을 돌려 작업장을, 그다음엔 예배당을, 그리고 보육원을 바라보았다. 더는 이곳에서 일하지도 기도하지도 자지도 않을 거라는 게 믿기지 않았다. 평생 소원이 이곳을 벗어나는 것이었지만 막상 떠나려니 어쩐지 불안했다. 렌은 수도원을 둘러싼 높다란 담벼락 쪽으로 걸어가 축축한 손바닥을 댔다. 돌벽은 여전히 두껍고 견고했다.

"잘 있어." 그걸로는 충분치 않은 것 같았다. 그래서 있는 힘껏 벽을 발로 찼다. 그 서슬에 다리뼈가 시큰거렸다. 잠시 숨을 헐떡이며 서 있다가 절뚝거리며 그곳을 벗어났다. 장화 안에서 발가락이 욱신거렸다.

우물가에서 브롬과 이키가 기다리고 있었다.

"진짜로 가는 거야?"

렌은 고개를 끄덕였다. 쌍둥이는 두 손을 주머니에 꾹 찔러넣고 있었다. 렌은 쌍둥이가 자신을 위해 기뻐해주려 노력하고 있다는 걸 잘 알고 있었다. 브롬은 얼굴을 잔뜩 찌푸렸고, 이키는 신발로 땅바닥을 팠다. 지금까지 함께한 모든 것들이 이키가 지금 땅바닥에 파고 있는, 쌍둥이와 렌 사이에 긋고 있는 금 속에 들어 있는 것 같았다. 쌍둥이는 매 끼니를 렌과 같이 먹었고, 해마다 첫눈을 같이 맞으며 놀았고, 군인들이 와서 다른 소년을 데려갈 때마다 같이 창밖을 내다봤다. 쌍둥이는 보육원에 들어온 그날부터 이때까지 밤이면 렌 옆에서 몸을 뻗었고, 아침이면 렌 옆에서 눈을 떴다.

세 소년은 아무 말 없이 어색하게 서 있었다. 그러다 이키가 허리를 굽히고 발치에서 돌멩이를 파냈다. 이키는 셔츠 끝자락으로 돌을 깨끗이 닦아서 렌에게 건넸다. 돌은 햇볕을 받아 따뜻했고, 표면은 까맣고 울퉁불퉁했다. 붉은 석류석도 섞여 반짝거렸다. 렌은 한동안 황홀하게 돌을 바라보다가 손안에 넣고 손가락을 말아 쥐었다. 손바닥에서 여전히 가시가 느껴졌다.

"어디로 데려간대?" 브롬이 물었다.

"나도 몰라." 렌의 가슴에 불현듯 후회가 밀려들었다. 자신이 버리려 하는 모든 것에 대한 향수였다. 기름내, 아침의 귀리죽, 얇은 담요, 메아리를 들려주는 차가운 담벼락. 하지만 렌은 남겨지는 게 어떤 기분인지도 잘 알았다. 생전 처음으로, 다른 아이가 선택되어 정문을 지나 집으로 가는 모습을 배 아파하며 구경하는 입장이 아니었다. 그리고 그들이 한결같이 하는 말도 잘 알았다. 보러 올게. 그리고 그들처럼, 자신도 절대 보러 오지 않을 것임을 잘 알고 있었다.

5

정문의 빗장이 걸리기도 전에 렌은 슬그머니 겁이 났다. 오후 기도가 시작될 시간이었다. 존 신부는 로사리오 묵주의 첫번째 알을 굴릴 것이고, 렌은 그 자리에 없을 것이다. 렌은 바깥세상에서 낯선 이를 따라가는 중이었다. 풀도 나무도 해도 이 사실을 아는 것 같았다. 지나는 길의 공기조차 흥분하는 듯했다. 렌은 무슨 말을 해야 할지 몰라서 성큼성큼 걷는 벤저민 냅과 보조를 맞춰 걷는 일에 집중하기로 했다.

채 반 마일을 걷기도 전에 블루베리 숲의 끝에 이르렀다. 보육원에서 이렇게 멀리 나와본 건 처음이었다. 수사들은 한여름이면 블루베리를 따러 아이들을 밖으로 내보냈다. 벽돌담을 벗어나는 기분은 항상 짜릿했고, 렌에게 그 느낌은 블루베리의 맛, 즙의 얼룩, 금방 물러지는 얇은 파란 껍질로 연상됐다. 지금은 가을이니 나무는 전혀 딴판으로 보였고 잎은 붉고 노랗게 변했다.

렌과 벤저민 냅은 내리 걷기만 했다. 경작지 몇 군데를 지나 언덕을 올랐고 꼭대기에 다다를 즈음엔 숨이 차서 헉헉거렸다. 저 멀리 산맥 끝자락과 계곡 밑까지 훤히 다 보였다. 나무들이 빈틈없이 빽빽하게 들어섰고 가을 나뭇잎은 노랑색, 빨강색, 오렌지색뿐만 아니라 황토색, 주홍색, 자홍색, 황금색까지 온갖 색으로 물들어 오후 햇빛을 머금고 찬란하게 일렁였다.

벤저민 냅은 양손을 허리에 얹고 그 땅이 다 제 것인 양 휘 둘러보았다. 그리고 소년을 향해 몸을 돌렸다.

"자, 다시 한번 보자."

사내가 렌 주위를 빙 돌며 걷는 동안 렌은 꼼짝 않고 서 있었다. 벤저민 냅은 쭈그려앉아 소년의 팔을 들어올리고는 피부를 당겨 봉합한 손목 끝부분을 찬찬히 살폈다. 렌은 사람들이 흔히 보이는 경악이나 불쾌감의 흔적을 찾았다. 그러나 벤저민 냅의 표정에는 그런 게 전혀 없었다. 그는 눈썹을 치켜올리며 말했다.

"뭐, 저쪽 손은 멀쩡하잖아. 안 그래?"

사내의 광대뼈 아래쪽에는 흉터인 듯 피부가 거칠어진 부분이 있었다. 눈썹 색은 옅었지만 안경테 덕분에 굴강한 인상을 주었다. "넌 잘할 수 있을 거야." 벤저민이 말했다. 그는 몸을 일으켰고 두 사람은 내리막길을 계속 걸어 계곡 안쪽으로 향했다. 등뒤에서 해가 저물었고 성 안토니오 보육원도 저녁 해와 함께 넘어갔다.

벤저민 냅은 걸음이 무척 빨랐다. 땅에 팬 마차 바큇자국이나 말똥더미를 장화 앞코만 획 틀어서 잘도 피해 다녔다. 성 안토니오 보육원에서 투덜거렸던 전쟁의 해묵은 상처는 애저녁에 다 나은 것 같았다. 렌은 뒤처지지 않으려고 고군분투했다. 렌은 벤저민 냅이 부모님에 관해서 좀더 얘기해줬으면 싶었다. 그러나 하늘을 인 나무들이 어둑한 그림자에서 시커먼 윤곽으로 바뀌도록 냅은 침묵을 지켰다.

"어디 가는 거예요?" 렌이 참다 참다 물어보았다.

"금방 알게 될 거야."

"화장실 가고 싶은데."

벤저민 냅이 우뚝 멈춰 섰다. 그는 머리를 쓸어넘겨 리본을 고쳐 매고는 숲을 가리켰다. "저기가 다 네 화장실이다."

렌은 주저주저하며 길가 바로 너머에 있는 덤불 뒤로 들어갔다.

"너무 멀리 가진 마라." 벤저민이 덧붙였다. "숲에서 뭐가 튀어나와 널 잡아갈지도 모르니까."

렌은 바지 단추를 끄르며 나무에서 나는 소리에 귀를 기울였다. 바람이 산들산들 불었고 이제 막 별이 나오려 하고 있었다.

머리 위에서 나뭇가지 스치는 소리가 났고 나무둥치가 웅웅 흔들거렸다. 뭔가 후드득 렌의 바로 왼쪽 옆으로 떨어졌고 렌은 소스라치며 펄쩍 뛰어올라 머리카락에 덤불 가시가 엉키든 말든 허겁지겁 길가로 뛰쳐나왔다.

나뭇잎을 헤치며 나와보니, 벤저민이 긴 외투 자락을 바람에 휘날리며 뒷짐을 지고 서 있었다. 그는 나무 꼭대기를 올려다보는 중이었다. 렌은 그의 시선을 따라갔고 그 끝에 언덕 위 농가가 보였다. 갈라진 샛길 하나가 조금 떨어진 농가의 헛간으로 이어졌다. 창문은 캄캄했지만 굴뚝 위에서는 아직도 연기가 피어오르고 있었다. 불은 거의 꺼져가는 듯했다.

벤저민은 렌의 재킷을 가다듬었다. 그는 소년을 위아래로 훑어보았다.

"바지 제대로 입어."

렌은 단추를 잘 채우고 바지를 추슬러 허리띠를 조였다.

"아무 말도 하지 마. 넌 그냥 입다물고 조용히 있어. 그리고 잘 보고 배워둬." 그러고는 렌의 손을 잡더니 농가로 통하는 오솔길을 성큼성큼 걸어올라갔다.

자그마한 집 뒤로 5, 6에이커쯤 되는 채마밭이 딸려 있었다. 지붕은 슬레이트였고 한가운데 굴뚝이 나 있었다. 문가의 장미 덤불에는 쌀쌀한 날씨에도 여태 단단한 꽃봉오리가 몇 개 맺혀 있었다. 벤저민은 문을 두드렸고, 잠시 후 창문 하나에 촛불이 어른거리더니 창틀이 올라가고 엽총 총신이 스르륵 튀어나와 그들을 겨눴다.

벤저민은 사람 대하듯 총에 대고 고개를 까딱해 보였다. "저희는 웨넘으로 가는 중인데요, 도중에 길을 잃은 것 같습니다. 하룻밤만 댁의 헛간에서 신세 좀 져도 되겠습니까?"

"내 땅에 외지인은 들이지 않소. 밤이든 낮이든." 남자 목소리가 들렸다. "나가시오."

"폐를 끼치게 되면 돈은 기꺼이 지불하겠습니다." 벤저민은 주머니를 뒤지는 척했다. "제가 걱정하는 건 이 아이인데요. 이밤에 아이를 데리고 더 갈 수 있을지 걱정입니다. 하루종일 걸었더니 애가 완전히 녹초가 됐어요."

그 말과 동시에 벤저민은 렌의 오금을 찍었다. 소년은 창문 앞 땅바닥에 나동그라졌고, 엽총이 바로 머리 위에 와 있었다.

"짐." 여자 목소리가 들렸다. 렌은 고개를 들었고 촛불에 비친 여자의 얼굴을 보았다. 갈색 머리를 땋아내렸고 잠옷 위에 숄을 걸치고 있었다. 여자는 유리창에 이마를 대고 두 사람을 내다보았다. 그녀가 어두운 집안을 향해 무언가 소곤거리자 뒤이어 낮게 투덜거리는 대답이 들렸다. 엽총이 창문 안쪽으로 사라졌다.

현관문이 열렸다.

"들어오세요." 여자가 말했다.

벤저민은 렌을 바닥에서 일으켜세우고 먼지를 털어낸 다음 팔꿈치를 붙잡고 부축해 집안으로 들어갔다. "이거 뭐라 감사를 드려야 할지, 정말 고맙습니다."

"기독교인이라면 당연히 해야 할 일인걸요." 여자가 대답했다.

촛불만으로는 앞을 분간하기가 어려웠다. 렌은 낮은 의자 같은 것에 부딪혔고, 조금 뒤에는 탁자 모서리 같은 것에 걸렸다. 여자는 초를 내려놓고 다른 초의 심지에 불을 옮겨 붙였다. 그러곤 나중에 불붙인 초를 들어올려 천장에 매달린 고정쇠에 넣고 유리갓을 씌워 방 전체를 밝혔다. 그제서야 렌은 성 안토니오 보육원에서 자신을 지나쳤던 농부가 잠옷 차림으로 엽총을 들고 벽난로 옆에 서 있는 것을 보았다.

농부도 소년을 알아보았고 일순 그의 얼굴에 겸연쩍음에 가까운 표정이 떠올랐다. 그는 총을 내리고 자기 잠옷의 앞섶만 빤히 내려다보았다. 농부는 다시 고개를 들고 입을 열었다. "결국 널 데려갈 사람을 찾은 모양이구나."

렌은 마땅히 할말을 찾지 못했다. 그러다 자기가 아무 말도 해서는 안 된다는 사실을 기억해내고는 마음을 놓았다.

"윌리엄은 자고 있다." 농부는 말을 이었다. "하지만 내일 아침에 너를 보면 무척 기뻐할 거다." 그는 벤저민에게로 몸을 돌려 손을 내밀었다. "우리도 성 안토니오 보육원에서 소년을 하나 데려왔다오."

"아, 네." 벤저민은 그게 무슨 말인가 어리둥절해하며 대답했다. 그러다 다시 "아, 네!" 하고 농부의 손을 꼭 잡고 힘차게 흔들었다.

그들은 식탁에 둘러앉았고, 농부의 아내는 재빨리 아궁이의 불을 살려 커피를 끓였고 남아 있던 차가운 고기 파이를 내왔다. 렌은 파이를 한입 게걸스레 물었다. 상상하던 맛 그대로였다. 쇠고기는 진한 풍미에 부드러웠고 야채는 육즙이 배어 매끌매끌했고 빵은 완벽하게 결이 살아 있어 신선한 버터 맛이 그대로 혀끝에 남았다. 어른들은 렌이 먹는 양을 지켜보며 웨넘까지 가는 가장 좋은 길이 어딘지 의견을 나눴다. 두 사람이 접시를 깨끗이 비우자 농부는 벤저민에게 담배를 권했고 남자들은 의자를 난롯가로 끌어당겨 앉았다.

농부의 아내는 높은 선반에서 항아리를 하나 내려 뚜껑을 열고 뭔가 시커멓게 둘둘 말린 것을 꺼내 렌에게 내밀었다. 소년은 어떡해야 할지 몰라서 멍하니 보고만 있었다.

"말린 감초란다." 렌이 여전히 보고만 있자 농부의 아내가 다시 말했다. "먹어보렴."

렌은 감초를 코에 갖다댔다. 냄새가 좀 이상하긴 했지만 아주 꺼릴 정도는 아니었다. 농부의 아내가 흥미진진해하는 표정으로 쳐다보고 있었다. 소년은 조심스럽게 감초를 입안에 밀어넣었다. 말랑말랑했고 맛보다 향이 강했다. 뭔가 역한 것이 들어 있는 게 썩 좋지는 않았다. 렌은 농부의 아내를 올려다보고 웃어 보이려 애썼다.

"저희는 큰아버지 농장에 가는 길입니다. 벌써 가본 지 몇 년은 됐군요." 벤저민이 말했다.

"여행중이구려." 농부가 말을 받았다.

벤저민은 고개를 끄덕였다. "저는 상선에서 요리사로 일했습니다. 삼 주 전에 보스턴에 입항했어요."

렌은 감초를 씹다가 멈췄다.

농부는 파이프를 입에서 뺐다. "그럼 어느 어느 나라에 가봤소?"

"중국에요. 인도에도 한 번 갔어요."

"어떻습디까?"

"더워요." 벤저민은 파이프를 물고 한줄기 연기를 내뿜고는 허리를 앞으로 숙였다. "일 년 내내 여름 같아요. 음식은 너무 향이 진해서 먹기 힘들고, 밀림에는 어른 남자를 통째로 삼킬 만큼 엄청나게 큰 뱀들이 우글거리죠."

"정말 소름 끼치네요." 농부의 아내가 말했다.

"덕분에 뉴잉글랜드의 좋은 점을 알게 됐습니다. 눈 오는 게 그럽더라고요."

"메리, 이불 남는 게 있나 좀 찾아보지." 농부가 아내에게 말했다.

여자는 식탁에서 물러났다. 그러고는 난로 굴뚝에 기대어 있던 사다리를 타고 올라가 머리 위 좁은 다락 안으로 모습을 감췄다. 남자들은 다시 담배를 뻐끔거리며 화롯불을 바라보았다.

"결혼했소?"

벤저민은 잠시 머뭇거렸다. "아직입니다."

"그럼 저 아이는 친척이 되겠구먼?"

"큰집에 데려가려고요. 아이가 없으시거든요."

농부는 렌을 힐끗 쳐다보고 다시 불가로 시선을 돌린 다음 나지막이 속삭였다. "알고 있소?"

"네? 무슨 말씀이신지."

"저 아이 성치가 않은데."

"그래서 저애를 골랐습니다."

"하지만 큰댁 양반들도 농부라며. 저애는 쓸모가 없을 텐데."

"그분들은 함께 살 식구를 바라셨어요. 일꾼이 아니라." 벤저민 냅이 대답했다. "또 저애는 다른 재주도 있지요."

농부와 벤저민 냅은 둘 다 자리에서 몸을 돌려 렌을 쳐다봤다. 렌은 씹다 만 감초를 손바닥에 뱉는 중이었다.

"네가 할 줄 아는 걸 말씀드려." 벤저민이 부추겼다.

모두 기다렸고 장작이 타닥 터졌다.

"휘파람을 불 줄 알아요." 렌은 용기를 내어 말했다.

"뭐, 것도 재주긴 재주지." 농부가 맞장구쳤다. "그럼 한번 해봐라, 꼬마야."

렌은 감초 찌꺼기를 슬그머니 주머니에 털었다. 입안에 고약을 문 것 같았다. 렌은 입술을 적셨다. 예배당에서 수사들이 부르던 찬송가를 떠올려 곡을 하나 시작했고 선율에 맞춰 숨을 뱉었다. 곡이 거의 끝나갈 무렵, 렌은 농부의 아내가 사다리를 반쯤 내려오다 말고 이불 보따리를 옆구리에 낀 채 귀를 기울이고 있음을 눈치챘다.

꼭 꿈에 그리던 어머니의 모습이었다. 그림자에 반쯤 가려진 모습이 아름다웠다. 렌은 곡을 끝내고 싶지 않았지만 찬송가는 끝이 났고, 농부의 아내는 고개를 돌려 다시 사다리를 짚고 내려왔다.

농부가 일어나 렌의 등을 툭 쳤다. "자, 헛간으로 데려다주마." 그는 아내에게서 담요를 받아들며 말했다.

그들은 어둠 속으로 발을 내디뎠고 농부가 랜턴을 들고 앞장섰다. 나무가 바람결에 마구 흔들리며 서로 가지를 맞부딪었다. 나뭇잎이 한데 엉켜 들판을 휩쓸고 지나갔다. 농부는 헛간 문의 빗장을 열고 벤저민과 렌이 들어갈 때까지 문을 붙잡고 있었다.

아담한 헛간 위층에는 건촛더미가 쌓여 있었고, 건초 덕분에 달달한 향이 가득해서 거름냄새는 거의 나지 않았다. 외양간에 서 랜턴 불빛에 흥분한 가축들이 움직이는 소리가 났다. 한쪽에 는 농부가 성 안토니오 보육원까지 몰고 왔던 짐마차가 있었다.

"닭 몇 마리하고 소 한 마리뿐이오. 말도 있고. 서까래에 박쥐 가 몇 놈 살지만 별 지장은 없을 거요." 농부는 벤저민에게 이불 을 건넸다.

"정말 뭐라 감사의 말씀을 드려야 할지 모르겠군요."

"아내가 아침 일찍 소젖을 짜러 올 거요." 농부는 머뭇거리며 뭔가 할말이 있는 듯 렌을 쳐다보다가 그만두고 말 있는 데로 걸 어갔다. 갈색 암말이 머리를 들어 농부의 목 언저리에 대고 코를 문질렀다. 그는 암말의 이마를 툭툭 치고 콧잔등에 또 입을 맞추 었다. "랜턴은 두고 가지." 그들에게 한 말인지 말한테 한 말인 지 알 수가 없었다. 어쨌든 그 말을 던지고 농부는 땅바닥에 랜 턴을 내려놓은 다음 문을 닫고 나갔다.

벤저민은 한쪽 구석의 밀짚 위에 이불을 펴고 그 위에 앉아서 장화를 벗은 뒤 뒤집어서 잔돌 몇 개를 털어내고 다시 신었다. 렌은 으슬으슬해져 팔을 감싸 쓸어내리고는 자신의 형이 여행하 고 구경했다는 온갖 장소와 그가 겪었을 온갖 모험을 상상했다.

묻고 싶은 얘기가 태산이었지만 어디서부터 시작해야 할는지 감이 오지 않았다.

"코끼리 본 적 있어요?"

"뭐?"

"코끼리요. 인도에서요. 책에서 딱 한 번 그림으로 본 적 있는데."

"멍청하긴." 벤저민의 대꾸였다. "내가 언제 인도에 가봤다고." 그는 이불 하나를 돌돌 말아 머리 아래 받쳤다. "좀 자둬. 한두 시간 있다가 일어나야 하니까."

소년은 한발 물러났다가 다시 화제를 꺼냈다. "하지만 아까……"

"나도 내가 무슨 말 했는지 알아. 못 들었냐? 그 집에 들어가기 전에 내가 한 얘기?"

"입다물고 있으라고."

"그리고 또?"

"배우라고."

"우린 잘 곳이 필요했어. 그리고 이제 그걸 얻었지. 나는 그 사람들이 듣고 싶어하는 얘길 해줬고, 그래서 그들은 우리에게 잠자리를 준 거야. 간단하잖아."

벤저민 냅이 잠자리를 준비하는 광경은 보면 볼수록 놀라웠다. 사내는 한 손으로 마른 밀짚을 한 다발 끌어모으더니 그 위에 담요를 덮었다. 지푸라기를 더 모아서 외투 안을 채우고 장화 속에도 밀어넣었다. 그리고 외투깃을 세워 얼굴을 감싸고 또 이불 한 장을 어깨에 두른 다음 직접 만든 침대 위에서 몸을 새우처럼 동그랗게 말았다. 일평생 노숙만 하고 다닌 사람 같았다.

"다시 보고 싶어요." 렌이 말했다.

"누구를?"

"우리 부모님."

벤저민은 외투 주머니로 손을 뻗었다. "옜다. 너 가져라." 그는 가죽 주머니를 바닥에 던졌다.

렌은 졸라맨 끈을 풀고 머리 가죽을 둘 다 꺼내서 랜턴 불빛에 살펴보았다. 갈색 머리는 작고 뻣뻣했다. 멧돼지 털 같았고 모낭이 굵고 기름진데다 얇았다. 금발 쪽은 부드러운 편이었지만 가닥가닥이 아마처럼 푸석푸석했다. 곱슬머리를 아교풀로 가죽에 붙인 자국이 보였다.

"자세히 보지 않으면 제법 괜찮은 물건이야. 적어도 그 신부는 속여넘겼잖아. 덕분에 널 금방 놔줬지. 안 그래?"

렌은 머리 가죽을 다시 주머니 속에 갈무리하고 짚더미 위에 앉았다. 우리 안에서 닭들이 활개치며 조그만 발톱으로 닭장을 긁어대는 소리가 들렸다. 헛간 널빤지 틈으로 바람이 새어들었다. "우리 부모님은 진짜로 어떻게 됐어요?"

벤저민은 몸을 굴려 똑바로 눕더니 천장 서까래를 응시했다. 한참이 지나 렌은 대답해주지 않으려나보다 생각했다. 그때 벤저민이 입을 열었다. "살해됐어. 잔혹한 남자한테 죽임을 당했지."

나방 한 마리가 등잔에 날아들었고 놈의 그림자가 벽을 어지럽혔다. 렌은 겉옷 깃을 꼭 여몄다. "왜 거짓말했어요?"

"네가 사실대로 듣기를 바라지 않았으니까." 벤저민은 몸을 일으켜 앉았다. 기분이 상한 듯 화가 나 보였다. 그는 이불을 젖히고 헛간 입구로 성큼성큼 걸어가서 문을 열었다. 금방이라도 나갈 것처럼 한동안 그렇게 차가운 밤바람에 어깨를 웅숭그리고 문턱 위에 서 있더니 문을 닫고 돌아와 렌 옆에 털썩 앉았다.

"우리 아버지는 군인이었어. 어머니는 지체 높고 부유한 집의 따님이었지. 두 사람은 어느 날 숲에서 만났어. 어머니는 버섯을 따고 있었고 아버지는…… 아버지는 뭐하고 있었는지 잘 모르겠다. 아버지는 전장에서 너무 오랜 시간을 보냈으니까 고요하다는 게 어떤 건지, 누군가 등뒤에서 다가와 죽일지도 모른다는 공포 없이 나무에 둘러싸인다는 게 어떤 건지 잊었을지도 모르지. 아버지는 그냥 거기 서서, 나뭇가지들이 하늘을 배경으로 흔들리는 모습을 멍하니 올려다보고 있었을지도 몰라. 그때 그들 발밑의 이끼처럼 푸르스름한 드레스를 입은 여인이 다가와 그이 옆에 서서, 아무 말도 하지 않고, 같이 하늘을 올려다봤어.

어머니한테는 오빠가 한 명 있었어. 아주 잔혹한 사람이라고 말하는 이들도 있었고, 대부분은 그가 너무 두려워서 그에 대해서는 아예 입에 올리질 않았지. 하지만 오라비는 누이를 사랑했어. 너무나도 사랑한 나머지 다른 사람이 자기 동생을 사랑하는 걸 용납하지 않았지. 그 외삼촌 때문에 우리 부모님은 둘의 만남을 비밀로 했고 그러다 아버지가 다시 징집되어 서부로 갔어. 두 사람은 서로에게 편지를 썼어. 그 멋진 편지가 음식과 물처럼 두 사람을 지탱하는 자양분이었지만, 편지는 오가는 게 느렸고 종종 잘못 배달돼서 어머니가 아이를 가졌다는 소식을 아버지가 들은 건 거의 반년이 지나서였어.

결국 아버지는 탈영했어. 말을 타고 주둔지를 빠져나와 숲을 지나고 강과 호수를 건너고 산을 넘어서 수백 마일을 달려 되돌아왔어. 그동안 어머니는 아이를 가졌다는 사실을 숨기려고 애썼지. 그런데 출산이 임박해서 외삼촌에게 들통이 났고 외삼촌은 어머니의 손과 발과 코를 베어버렸어. 우리 아버지가 사랑한 모든 곳을 잘라냈어. 어머니는 조각조각 잘려 버려졌고, 결국 아무것도 남지 않았지."

벤저민은 랜턴에 손을 뻗어 가까이 가져왔다.

"손 이리 내봐."

벤저민은 손목을 불빛으로 끌어와 손가락으로 피부가 접혀 봉합된 윤곽을 따라 흉터를 만졌다. 어떤 곳은 아무 감각이 없었고 어떤 곳은 민감했으며 살갗의 작은 혹들은 간지러웠다. 렌은 손을 빼내려 했지만 벤저민이 워낙 단단히 붙잡고 있어 여의치 않았다.

"더는 알고 싶지 않아요."

"좋아." 벤저민은 손을 놔주었다. "이게 네가 듣고 싶었던 얘기냐?"

"아니요."

사내는 팔을 뻗어 등잔을 잡고 후 불어 껐다. 밤이 헛간을 에워쌌다. "거봐." 이윽고 그는 두 사람 사이의 어둠을 향해 말했다. "진실을 알면 그렇다고."

6

렌은 꼭두새벽에 사슬이 찰랑거리는 소리에 잠이 깼다. 헛간 안은 여전히 캄캄했지만 농부의 짐마차 윤곽이 눈에 들어왔다. 그 옆을 잰걸음으로 왔다갔다하며 말에 마구를 씌우는 사람은 다름 아닌 벤저민 냅이었다.

"뭐하는 거예요?"

"쉿!" 사내는 마차 밑으로 기어들어갔다. "이리 와서 이것 좀 거들어."

렌은 일어나 가까이 다가갔다. 축축해진 지푸라기가 옷에 달라붙었고 질려버린 달달한 냄새가 콧속을 메우는 걸 보니 꿈을 꾸고 있는 건 아니었다. 벤저민은 말을 훔치는 중이었다. 렌은 성 안토니오 보육원에서 물건을 훔칠 때 그랬던 것처럼 피가 점점 빨리 흐르는 게 느껴졌다. 헛간 안쪽에 있던 젖소가 콧김을 뿜으며 이쪽 발 저쪽 발 체중을 옮겨 싣고 있었다. 우유를 짤 때가 된 것이다.

벤저민은 쥠쇠를 다 채우고 마부대 쪽으로 고삐를 끼워 넘겼다. 갈색 암말은 머리를 앞뒤로 흔들며 등 근육을 씰룩거렸다. 렌은 말굴레를 붙잡고 짐승의 콧등을 토닥이려 했다.

"주인이 금방 올 거야. 서둘러!" 벤저민은 잠자리로 삼았던 건 촛더미 쪽으로 달려가 담요를 한 무더기 주워모아 소년에게 던졌다. 렌은 이불더미를 수레에 쟁여넣고 바퀴 옆에 서서 혼자 여기 남을 수는 없을까 고민했다. 농부 부부에게 자신은 이 도둑질과 아무 상관 없다고 어떻게든 납득시킬 수만 있다면. 또 그들이 자신을 입양해주기만 한다면. 하지만 그때 벤저민이 마부대에 올라 헛간 문을 열라고 지시했고, 렌이 오들오들 추위에 떠는 동안 마차가 빠져나갔다. 도저히 가망 없는 희망사항이라는 걸 렌 자신도 잘 알고 있었다. 렌은 벤저민의 옆자리에 뛰어올라 탔고, 벤저민이 갈색 암말의 머리를 채찍으로 철썩 때리자 짐마차는 내리막길을 쏜살같이 달려나갔다.

마차는 속도를 올려 달아났고, 렌은 나무의자를 꽉 붙든 채 고개를 돌려 집 쪽을 쳐다보았다. 창문 하나에서 불빛이 새어나왔다. 렌은 숨을 죽이고 농부가 미친듯이 쫓아오기를, 엽총 쏘는 소리가 들리기를 기다렸다. 그들이 막 큰길로 접어들었을 때 현관문이 열렸다. 커브를 도는데 수레바퀴 한쪽이 들렸다. 렌은 마차 옆면에 매달려 분명 누가 따라올 거라고 생각했다. 그러나 집 쪽을 다시 흘끗 돌아보니 농부의 아내가 양손에 들통을 하나씩 들고 서 있는 모습이 윤곽으로만 어렴풋이 보일 뿐이었다.

그로부터 한 시간이 지나서야 동이 텄다. 렌은 담요 하나를 어깨에 둘러쓰고 서서히 밝아오는 하늘을 바라보았다. 공기는 시렸고 나뭇잎은 칙칙한 구릿빛이었다. 계곡을 빠져나오니 경사가 완만해지기 시작했고 주변에 참나무며 단풍나무며 느릅나무가 하늘을 찌를 듯 서 있었다.

벤저민은 기분이 한결 나아져 길가 여기저기를 가리키며 수다를 떨었다. 장물을 갖고 도망치는 중이 아니라 휴가를 맞아 놀러 나온 것 같았다. 그는 자작나무 껍질의 무늬에 관한 전설과 메인 주로 가는 길가에 쭉 늘어선 성벽에 얽힌 이야기를 들려주었다.

벤저민의 얘기를 들으면서 렌은 이 죄를 보속하려면 어느 정도가 합당할까 가늠해보았다. 그동안 받았던 보속 중 가장 긴 것은 주님의 기도 열 번과 성모송 열다섯 번이었다. 다른 사람의 말과 탈것을 훔쳐 달아나는 짓은 죄질이 전혀 달랐고 아마 그 두 배쯤, 뭐 세 배까지는 아니더라도 그 정도 해야 할 것 같았다.

"너 뭐하는 거냐?" 벤저민이 물었다.

"기도요."

"붙잡히지 않게 해달라고?"

"아뇨." 렌이 대답했다. "도둑질을 회개하는 기도."

"이건 도둑질이 아니야, 빌린 거지. 선의로."

렌은 담요를 더 바싹 끌어당겼다. 렌도 성 안토니오 보육원에서 도둑질을 할 때마다 그 비슷하게 스스로를 위로했지만 마음속으로는 하느님이 어떻게든 자신을 벌하리라는 것을 알고 있었다. 하느님을 생각하면 보통 상냥하지만 게으른 정원사 노인이 연상됐다. 노인은 장미만 정성스럽게 가지치기하고 나머진 마음대로 자라도록 놔두다가, 덩굴손이 울타리 너머에서 손을 뻗어오면 그제야 눈치채고는 분기탱천한 나머지 아예 화단 전체를 갈아엎어버린다. 이번 죄는 너무 커서 숨길 수도 없었다. 신의 인내를 얻으려면 한참은 노력해야 할 터였다.

벤저민 냅은 마차 옆으로 침을 퉤 뱉고는 고삐를 늦췄다. "좀 들어봐. 지금까지 숱하게 겪어봤지만 기도한다고 달라지는 건 아무것도 없어. 뭐, 네가 좀 색다른 환경에서 자랐다는 건 이해해. 하지만 밖에서 살아남으려면 그 틀을 깨게 될 수밖에 없을걸. 필요한 게 뭔지 알고 그게 마침 눈앞을 지나가면 챙겨야지."

소년은 퉁퉁거리며 걸어가는 암말의 등허리를 응시했다. 말은 힘센 동물이고 맘만 먹으면 두 사람쯤이야 대수롭지 않게 제압할 수 있을 텐데, 그저 재갈을 입에 물고 가던 길을 부지런히 재촉할 뿐이었다.

"처음에 성 안토니오 보육원에는 어떻게 들어가게 됐어?" 벤저민이 물었다.

"기억이 없어요."

"그래도 뭔가 생각나는 게 있을 텐데?"

"개구멍으로 들어와 있었대요. 다른 애들하고 똑같이."

"너하고 똑같은 애는 세상에 단 한 명도 없어." 벤저민은 진심으로 그렇게 말했고 렌의 뺨에 홍조가 번졌다. 그 말을 듣는 것만으로도 몸이 떨렸다.

"내가 사람 보는 눈이 있거든. 한 번만 봐도 그 사람이 어떤 삶을 살아왔는지 대강 알아맞힐 수 있어. 사소한 것들이 그 사람을 드러내지. 가령 아까 농부를 예로 들면, 그 양반 신발끈 매는 품을 보니 집에서 20마일 이상 나가본 적이 없더군. 그렇다면 우리를 끝까지 추격할 가능성은 별로 없는 거지. 너희 존 신부만 해도 그래. 나는 그가 소매 속에 뭔가 숨기고 있다는 걸 알아. 그리고 그걸 너한테 종종 사용했다는 것도 알지. 내가 모르는 유일한 건, 네가 과연 맞을 짓을 했느냐야."

새들도 잠에서 깨어났다. 아직 눈으로 볼 수는 없었지만 마차가 지나가면 나무에서 새들이 지저귀는 불협화음이 앞서거니 뒤서거니 울렸고, 길 이편에서 우는 듯싶다가 다시 저편에서 들리고, 그 소리가 하도 커서 세상 모든 날개 달린 것들이 두 사람을 둘러쌌나 싶었다.

"난 네 형이 아니야." 벤저민이 말했다.

"알아요." 렌이 답했다. 비록 지금 이 순간까지 희망의 끈을 놓지 않고 있었지만.

벤저민은 외투를 젖혀 바지 허리춤에 찔러넣어둔 권총을 슬쩍 보였다. "이걸 보여주는 건 널 해치려는 게 아냐. 단지, 네가 상대하는 사람은 자기 일을 제대로 아는 프로라는 걸 알아줬으면 해서."

렌은 무심한 표정을 유지하려 했지만 벤저민이 해치려는 게 아니라고 말하는 순간, 어쩐지 그가 자신을 해칠 것 같은 느낌이 강하게 들었다. 렌은 숲속을 쳐다보며 마차에서 뛰어내릴까 고민했다.

"네 그 손은 권총보다 더 빨리 사람들 지갑을 열게 할 거야." 벤저민은 다시 외투 자락을 여몄다. 그러고는 말을 멈춰 세웠다. "자, 이제 내 얘긴 다 했어. 어쨌든 나는 너를 양도받았고 법적으로 네 친권은 나한테 있어. 그리고 무기도 있으니 맘 내키면 널 쏴버릴 수도 있지. 하지만 여기서 놔줄 테니까 돌아가고 싶으면 돌아가. 농담이 아니라 진짜로." 그는 빙그레 웃었다. "아니면, 나하고 같이 가면서 네 운을 한번 시험해보든가."

마차 주위에서는 새들이 계속해서 울어댔다. 날이 밝으면서 소리는 점차 눅었지만, 렌의 귀에는 여전히 미친듯이 외치는 것처럼 들렸다.

벤저민이 가까이 몸을 숙였다. "네가 세상에서 가장 바라는 게 뭐야?"

난생처음 듣는 질문이었다. 답을 곰곰 생각할수록, 바라지 않는 것만 확실해질 뿐이었다. 방금 본 총에 맞기를 바라지 않았다. 길 위에 홀로 남겨지길 바라지 않았다. 렌은 이른 새벽하늘을 올려다보았고 농부의 아내가 떠올랐다.

"가족요." 렌은 마침내 대답했다.

"생각한 게 고작 그거냐." 벤저민이 핀잔을 놓았다. "눈치보지 말고 뭐든 갖고 싶은 걸 말하라고. 뭐든지."

소년은 뭔가 색다른 것을, 한계 너머에 있는 것을 떠올리려 애썼다. "오렌지. 오렌지가 먹고 싶어요."

"내가 오렌지 실컷 먹게 해줄게." 벤저민은 손을 내밀었다. "어때, 꼬마 사나이?"

손가락이 길고 가늘었다. 굳은살도 없었고 험한 노동의 흔적은 전혀 찾아볼 수 없었다. 손목은 우아했고 손톱도 놀랄만치 깨끗했다. 렌은 그의 손바닥에서 동전만한 크기의 주근깨를 보았고, 그것이 행운의 표시란 걸 알았다. 다른 무엇보다 그것에 동하여 렌은 손을 마주 내밀어 벤저민의 손을 잡았다.

7

두 사람은 오후 늦게 그랜스턴에 도착했다. 배도 고프고 목도 말랐고, 말은 온통 땀투성이였다. 그랜스턴은 항구 마을이었다. 둥그런 해안가를 따라 집과 가게들이 오종종히 둘러앉았고, 조그만 부두는 대양을 향해 아가리를 벌렸으며, 부두 끄트머리에 등대가 하나 서 있었다. 모든 길은 바나로 이어져서 마차는 금세 항구의 어수선함 한가운데로 들어섰다. 어부들은 소금기 진한 생선이 가득 담긴 어망이나, 살아 있는 게와 바닷가재가 집게 발로 긁어대는 나무상자를 내렸다. 포경선에서 끌어올린 커다란 기름통과, 문신을 한 단단한 근육질의 사내들도 보였다. 상선에서는 향신료 통과 피륙 다발, 도자기 꾸러미를 부렸다.

파는 이들은 길가에 즉석 좌판을 차리고 에누리하려는 치들과 악다구니했고 사는 이들은 물건을 요모조모 뜯어보았다. 어부 하나는 엎치락잦히락 꿈틀대는 문어를 부두에 설치된 저울에 달았고 그전에 다리 한쪽을 떼서 꼬불쳤다. 한 선원은 머리 위에 원숭이를 얹고 있었다. 어디 파티라도 가는지 공단 드레스에 레이스 숄을 걸친 여자들 한 무리가 유리 세공품 상자를 억지로 열더니 그 자리에서 물건을 살펴보기 시작했다. 군인은 우산을 펼쳐 햇빛을 가리고 있었다. 초록색 우산이 햇빛까지 물들였다. 사람들 머리 위로 대형 범선의 돛대가 눈부시게 파란 하늘을 찔렀다. 뗏국에 전 아이들이 기어올라 공중에서 이 돛대 저 돛대 건너다녔고, 괴성을 지르며 밧줄을 타고 줄에 매달려 항구로 뛰어내렸다. 그 모든 광경을 감싸며 생선 비린내가 떠돌고 있었다.

렌은 몇 마일 밖, 마을에 도착하기 전부터 생선냄새를 맡았다. 그리고 말과 마차가 모퉁이를 돌자마자 안개처럼 자욱한 썩은 악취에 포위당했다. 비린내는 농가를 떠나올 때부터 계속 머릿속을 맴돌던 농부 아내의 잔상을 밀어냈고, 선창에 닿을 즈음에는 이미 이 냄새 저 냄새 구별하지 못할 정도로 코가 마비되어버렸다.

수면에 반사된 햇빛에 눈이 부셔 렌은 손차양을 만들었다. 생전 바다라곤 보지 못한 그에게 지금 눈앞에 펼쳐진 바다는, 햇빛결을 따라 일렁이는 잔물결이 수평선을 향해 뻗어나가며 광대무변한 공간을 넘실거리는 거대한 생물이었다. 이마가 활짝 열리고 파도 위로 불어오는 바람이 머릿속을 지나가며 온갖 잡념을 한구석으로 싹 쓸어버리고, 새롭고 재미있는 것들이 들어올 공간을 마련하는 것 같았다.

렌은 부두 가장자리를 물끄러미 내려다보았다. 갈조류 군락이 조수에 밀려 들락날락하는 모습이 거센 바람이 부는 들녘 같았다. 뾰족하고 하얀 따개비 무리와 조개, 고둥 따위가 썩어가는 널빤지를 뒤덮고 있었다. 말뚝 위에선 갈매기들이 날개를 쉬고, 머리 위에선 비둘기들이 쉰 울음소리를 내며 겁없이 굴었다.

벤저민은 해안 멀찍이 말을 돌렸고 세 블록을 지나자 자갈 포장길이 진창과 모래투성이 골목길로 바뀌었다. 목조가옥이 길양편으로 나란히 줄지어 서 있었다. 선원들은 항구에 있는 집에서 기껏 몇 주 머물렀고, 어부들은 다음번 그랜드뱅크스* 출항을 기다리며 지냈다. 건물 사이로 난 길은 점점 옥죄어오며 마차 한 대가 간신히 지날 정도로 좁아졌다.

앞쪽에 여자 둘이 군인에게 수작을 붙이고 있었다. 여자들은 목둘레가 깊이 파인 화려한 옷을 겹겹이 입고 볼연지를 발랐다. 한 여자는 치마를 들어올렸고, 한 여자는 병사의 허리에 팔을 둘렀다. 벤저민은 그들을 피하려 마차 속도를 늦춰야 했다. 그들

---

* 뉴펀들랜드 남동부 인근의 얕은 바다로 세계적인 어장 가운데 하나.

옆을 지날 때 벤저민은 외면했지만 렌은 궁금했다. 그런 여자들은 한 번도 본 적이 없었다. 렌은 고개를 돌려 계속 쳐다봤고 군인이 그런 소년을 보고 씨익 웃더니 윙크했다.

벤저민은 두 블록을 더 내려가 어느 버려진 건물 앞에 마차를 세웠다. 유리창은 판자로 둘러막았고, 불이라도 났는지 벽돌이 시커멨다. 벤저민은 고삐를 렌에게 넘기고 작은 마당으로 통하는 다 망가진 나무문을 열었다. 그러고는 말을 매어두고 렌을 안으로 데려가 경첩이 빠진 녹슨 대문 앞에 섰다. 그가 문을 두드렸다. 둘은 기다렸다. 다시 문을 두드렸다. 안에서 누군가 발을 질질 끌며 나오는 소리가 났다.

"누구냐?" 문틈으로 저음이 새어나왔다.

"나야." 벤저민이 대답했다. "문 좀 열어."

철제 자물쇠가 덜거덕거리는 소리가 들렸다. 덥수룩한 빨강 수염에 몸집이 큰 남자가 감옥 문이라도 여는 듯 조심스럽게 문을 열고 입구 한가운데를 막고 서서 눈을 껌벅이며 쳐다보았다. 셔츠는 입고 잔 그대로인 것 같았고, 바지는 가랑이 한쪽에 얼룩이 묻어 있었다.

"좋아 보이네." 벤저민이 말했다.

"입만 산 놈. 쟨 누구야? 새로운 먹잇감?"

"내 아들."

"허!"

"톰, 들여보내줄 거야, 말 거야?"

남자는 혼자서 뭔가 중얼대더니 옆으로 비껴 서 들어가게 해주었다.

지하로 내려가는 짧은 계단이 있었다. 바닥에는 먼지가 두껍게 쌓였고, 벽면의 벽돌은 풍화되었다. 움푹 꺼진 싸구려 침대와 의자가 둘 딸린 테이블이 보였다. 테이블에는 초 하나와, 담배 파이프 몇 개가 나뒹구는 접시가 있었다. 침대 옆에는 술병이 쭉 늘어서 있었다.

"재미 좋아?" 벤저민이 물었다.

"요즘은 그닥." 톰이 말했다. 그는 경계의 눈초리로 렌을 노려봤다.

벤저민은 파이프 하나를 집어들어 손가락으로 대통을 닦았다. 숯검댕이 까맣게 묻어나자 그걸로 테이블 위에 A, B, C 하고 휘갈겼다. 그러고는 렌을 돌아보았다. "저 아저씨가 왕년에 학교 선생이었거든."

렌은 더럭 겁이 났다. 벤저민이 나를 여기에 버리려는 걸까. "저 글 쓸 줄 알아요."

"들었지? 똑똑하잖아." 벤저민은 술병을 들어 한 모금 마셨다. "쓸모가 있을 거야."

"뭐에다? 우린 계속 이동해야 해. 어린애를 끌고 다닐 순 없어."

"어린애가 아냐." 벤저민은 렌의 소매를 잡고 끌어올려 흉터를 드러내 보였다. "화수분이지."

톰은 곁눈질로 힐끗 보고는 고개를 설레설레 흔들었다. "맙소사, 벤지."

"이앤 스물네 시간 전에 내 소유가 됐는데 그때부터 맛있는 식사와 담배, 잠자리에 말과 마차까지 생겼다고."

"그앨 뭐에 쓰게? 미끼?"

"이 꼬마가 문을 열어주면 우리 둘 다 들어갈 수 있지." 벤저민은 손을 뻗어 톰이 막 한 잔 따르려는 위스키 병을 빼앗았다.

"자넨 애들을 몰라. 그것들은 골치만 썩인다고. 쬐끄만 괴물들 같으니." 톰이 투덜거렸다.

"이 아인 우리의 작은 괴물이 될 거야." 벤저민이 대꾸했다.

톰은 의자에 푹 주저앉았다. 더는 논쟁을 벌이지 않았다. 벤저민은 조금 더 기다렸다가 위스키를 도로 테이블 위에 올려놓았다. 선생이 술병을 낚아채서 자기 잔에 따랐다.

"그럼 이제 된 거다?" 벤저민은 동의를 구했다는 듯 고개를 끄덕였고, 렌은 자신의 거처가 진짜로 문제시된 적은 없었음을 깨달았다. 톰은 부루퉁해서 위스키를 홀짝거렸고, 벤저민은 안경을 깨끗이 닦아서 조심스럽게 접은 후 주머니에 밀어넣었다.

"그럼 나는 말을 풀어줘야겠어. 딴 놈이 훔쳐가기 전에." 벤저민은 그 말을 남기고 몸을 돌려 계단을 올라가버렸다.

둘만 남게 되자 톰은 바로 렌의 호주머니를 뒤졌다. 나온 건 별거 없었다. 렌의 이름자가 새겨진 천조각과 이키한테 받은 돌이 테이블 위에 팽개쳐졌다. 그리고 『성자들의 삶』이 소매에서 나왔다. 톰은 촛불 쪽으로 책을 가져가 살펴보았다. 불빛에 비친 남자는 렌이 생각했던 것만큼 나이가 많아 보이지는 않았다. 입술이 부르텄고 수염은 마구 뒤엉켰으며 눈은 지나오면서 본 항구의 바다처럼 짙은 초록색이었다. 톰은 책등을 유심히 들여다봤고 손가락으로 가죽 장정을 쓸다가 표지를 넘겨 읽기 시작했다. 그는 책장을 넘기면서 이마를 찌푸렸고, 렌은 벤저민이 얼른 돌아오기를 빌었다.

"이걸 진짜로 믿냐?" 톰이 마침내 말을 걸었다.

"아니요." 렌은 생각과 반대로 대답했다.

톰은 책을 덮고 손바닥으로 짚었다. "값은 그럭저럭 나가겠네."

"팔고 싶지 않은데요."

"네가 결정할 일은 아니지." 톰이 수염 밑의 피부를 긁적거렸다.

렌은 페인트칠한 벽과 빈 술병들, 움푹 꺼진 침대가 있는 방안을 둘러보았다. "정말 여기 사세요?"

"몇 달간은." 톰은 책을 탁자 위에 올려놓고 다른 손도 수염 속으로 넣어 집요하게 긁어댔다. 붉은 수염 다발 때문에 손가락은 보이지도 않았다. "우린 떠돌이야. 일이 생기면 어디든 가는 거지."

"무슨 일요?"

"딱 잘라 말하긴 어려워. 정해져 있는 게 아니라서. 오필리어왈, 오늘은 이렇지만 내일은 어떻게 될지 모른다*, 라는 거지." 톰은 수염 속에서 뭔가 꺼당기더니 손끝에서 굴리다가 마룻바닥으로 튕겼다. "우린 주로 물건을 팔아."

"어떤 물건요?"

톰은 허리를 숙여 소년과 눈높이를 맞추고, 소년을 신뢰할지 말지 결정하려는 듯 녹색 눈동자로 찬찬히 응시했다. 렌이 눈길을 피하지 않자 톰은 방구석에 있는 네모난 가방을 가리켰다. "가서 열어봐."

나무로 만든 가방은 가죽끈으로 동여매져 있었다. 렌은 윗면의 먼지를 조금 털어낸 다음 가죽끈을 버클 사이로 빼내고 고정 쇠를 풀었다. 가방 아래짝이 쿵 하고 떨어지면서 열렸다. 안에는 조그만 유리병이 잔뜩, 스물네다섯 개쯤 들었는데, 일일이 코르크를 씌웠고 손글씨 라벨이 붙어 있었다. '닥터 파우스트의 불면

* 셰익스피어 희곡 『햄릿』 4막 5장의 대사.

증 특효 약용 소금'.

"남은 건 그게 다야?" 벤저민이 문간에 서서 말했다.

"그나마 건진 거야. 나머진 뉴햄프셔주의 재산이지."

벤저민이 병을 하나 집어들고 뚜껑을 열고서 병 입구에 코를 대고 킁킁거렸다. "아편을 너무 많이 넣은 것 같아."

"그걸 말이라고 하냐." 톰이 팔꿈치로 렌의 옆구리를 찔렀다. "저 친구가 전 시장 마누라를 아편쟁이로 만들었거든."

"고의는 아니었어." 벤저민이 변명했다.

"그게 그거지. 이젠 못 팔아."

"희석하면 돼." 벤저민은 병을 거꾸로 들고 불빛에 갖다댔다. "다른 이름을 붙여야겠어. 라벨을 다시 쓰자."

"차라리 은행을 털고 말지." 톰이 삐죽거렸다.

두 사람이 몇 년 혹은 그보다 더 오래전부터 알고 지낸 사이임은 두말할 나위가 없었다. 두 남자는 서로 말을 툭툭 내뱉었고 막말을 들어도 개의치 않았다. 톰은 호기롭게 허장성세를 부렸지만 늘 망설였고, 벤저민이 한 다리만 걸면 재깍 그쪽으로 기울었다.

"내년 봄까지만 기다리자." 벤저민이 말했다. "움직일 채비가 갖춰지면. 그때 다시 팔지 뭐."

톰은 얼굴을 쓸어내리며 대답했다. "알았어."

"돈 좀 남은 거 있어?"

잠시 어색한 침묵이 흐르고 톰이 껄껄 웃기 시작했다. 벤저민은 그럴 줄 알았다는 듯 싱긋 웃었다. 그러더니 테이블 위에 있던 파이프로 손을 뻗었다. 외투 주머니에서 담배쌈지를 꺼내 엄지손가락으로 대통에 꾹꾹 눌러 담았다. "그러면 낚시하러 가야겠네. 땅이 얼어붙기 전에."

"삽도 한 자루 필요해."

"내가 사둔 건 어쨌어?"

톰은 술병을 들어 보였다.

벤저민은 고개를 절레절레 저었다. "그러다 나중엔 영혼까지 팔겠군."

톰은 한 잔 더 따랐다. "네 영혼도 덤으로 끼워주지."

"낚시하러 가는데 삽이 왜 필요해요?" 렌이 끼어들었다.

두 남자는 난처한 기색으로 머뭇거렸다. 톰이 벤저민에게 손가락질했다. "거봐. 작은 괴물이라고 했잖아."

벤저민은 들고 있던 파이프에 초로 불을 붙였다. 파이프를 빨았고 한줄기 가느다란 연기가 입술 사이로 새어나왔다. "지렁이를 찾아야 하니까."

렌은 테이블에 기대섰다. 담배 연기 때문에 머리가 어질했다. 농부의 집에서 끼니를 때운 후로는 아무것도 먹지 못했다. 뭐 좀 먹을 게 있기를 바랐지만 보아하니 오늘은 허탕일 것 같고, 벤저민이 고기를 못 잡아오면 내일도 허탕일 게 뻔했다. 그런 생각을 하고 있자니 뱃속이 꼬르륵거리며 난리가 났고, 두 남자는 하던 얘기를 멈췄다.

"배고픈가보군." 톰이 말했다.

"여기 어디 뭔가 있을 텐데." 벤저민은 텅 빈 찬장이며 서랍을 뒤졌다.

톰은 한 잔 더 따르려 했지만 술병은 이미 바닥을 드러냈다. 그는 못마땅하다는 듯 얼굴을 찌푸렸다. "나갈 때는 큰소리 떵떵 치더니만. 내 빈손으로 돌아올 줄 알았다니까."

"빈손이긴." 벤저민이 되받았다. "아들내미가 있잖아."

8

　가게 앞 간판에는 이렇게 쓰여 있었다. 제퍼슨 서점: 새책, 헌
책, 희귀본 취급. 가게 현관은 먼지투성이였고 소금기 머금은 바
닷바람에 페인트칠도 벗어져 흐릿했다. 렌은 유리창으로 안을
들여다보려고 했지만, 책장은 구겨지고 책등은 찢기고 바랜 책
들이 잔뜩 쌓여 가로막혀 있었다.

　문을 열자 조그만 종이 울렸다. 대낮인데도 안은 어두침침해
서 촛불 몇 개가 켜져 있었다. 서점 안에 책장이 하나도 없는 것
같았다. 책 무더기가 들쑥날쑥한 키로 쌓여 있을 뿐, 책의 탑은
벽에 기대어 천장까지 뻗었으며, 탁자 주위나 발치에도 온통 책
들이 널브러져 있었다.

　"살 거요, 팔 거요?" 오른쪽 어딘가, 해부학 도록 언덕 뒤쯤에

서 목소리가 들렸다.

"팔 겁니다." 벤저민이 대답했다.

"흠." 뚱뚱한 흑인이 책 무덤을 타고 넘어오며 말했다. "재밌는 거였음 좋겠군." 중키에 나이는 예순쯤 되어 보였으며 하얀 구레나룻을 길게 길렀고, 고급품이지만 낡은 회흑색 슈트를 입고 있었다. 재킷에 장식용 핀을 몇 개 꽂고 목깃은 풀을 먹여 빳빳했으며 조끼 윗주머니에는 밝은 녹색 손수건을 꽂았다.

"제퍼슨 씨, 그러니까 여기 주인은 안에 계십니까?" 벤저민이 물었다.

"내가 주인이오."

벤저민은 오래 망설이지 않았다. 그는 외투 주머니에서 『성자들의 삶』을 꺼내 책방 주인에게 넘겼다.

제퍼슨은 탁자 위에 있던 전기 한 무더기와 사전 한 질을 바닥에 내려놨다. 그리고 초를 몇 개 더 가져와서 렌의 책 주변에 배치했다. 그는 이 모든 과정을 세심하게 또박또박 행했고, 주변 정리가 끝나자 외투 주머니에서 안경을 꺼내 쓰고 서적을 검사하기 시작했다. 가죽의 솔기를 살피고 책장을 넘기고 새끼손가락 끝을 책등 안쪽에 끼우고 마구 흔들어댔다.

제퍼슨이 값을 매기는 모습을 바라보면서 렌은 사기당하는 기분이 들었다. 『성자들의 삶』은 자기 것이었고, 비록 값나갈 만한 게 그 책밖에 없다곤 해도 내놓고 싶은 마음은 조금도 없었다. 렌은 얇은 가죽 장정 책이 산처럼 수북이 쌓인 근처 테이블로 어슬렁어슬렁 발걸음을 옮겼다. 표지에 인디언을 새긴 동판화가 실린 책이 보였다. 인디언은 곰 발톱 목걸이를 하고 양쪽 귀 뒤에 깃털을 꽂고 있었다. 렌은 고개를 모로 기울여 책 제목을 읽었다. 『디어슬레이어』*.

제퍼슨이 안경을 벗고 말했다. "5센트 주겠소."

"그보단 더 나갑니다." 벤저민이 책을 도로 뺏으며 말했다.

"그 정도면 많이 쳐준 거요."

"딴 데 알아보리다."

"다른 헌책방은 없소. 적어도 이 마을에는. 록포트까지 가져갈 수도 있겠지만 그 사람들이 더 쳐줄지는 모르겠군. 이 근방은 성자에 관심이 없거든."

"알겠습니다." 벤저민은 책을 테이블 위에 던지고 커다란 사전을 집어서 손에 들고 무게를 가늠해보았다. "5센트라고요. 그럼, 주십시오."

제퍼슨은 자기 책상 뒤로 느릿느릿 걸어가 잔돈을 셌다. 그가

---

* '사슴 사냥꾼'이라는 뜻으로, 미국 소설가 제임스 페니모어 쿠퍼(1789~1851)의 장편 역사소설.

등을 보이는 순간, 렌은 벤저민이 사전으로 그의 뒤통수를 후려칠 거라고 생각했다. 그러나 벤저민은 사전을 펼치고 손가락에 침을 묻혀 페이지를 넘겼다. "섬색하다." 그가 읽기 시작했다. "재물을 아끼는 태도가 몹시 지나치다. 어떤 일을 하는 데 대하여 지나치게 박하다. 동의어는 인색하다."

『성자들의 삶』은 탁자 위에 그대로 놓여 있었다. 렌은 조지프 수사가 책을 건네주던 순간이 생각났고 손에 잡히던 책의 무게가 떠올랐다. 렌은 제퍼슨에게 걸어가 그의 소매를 끌어당겼다.

"그 책 제 거예요." 렌이 말했다.

제퍼슨이 동전 세던 것을 멈추고 물었다. "응? 뭐라 그랬습니까?"

"그 책 안 팔래요."

벤저민이 사전을 탁 덮었다. "그 녀석은 신경쓰지 마세요. 걔가 어릴 때 머리부터 땅에 떨어진 적이 있는데 그때부터 좀 맛이 갔어요. 사사건건 참견하고 길 잘 가다 갑자기 무릎을 꿇어요." 벤저민은 허리를 숙이고 귓속말로 속삭였다. "지가 가톨릭교도인 줄 알아요."

제퍼슨이 눈썹을 치켜올렸다.

"진짜라니까요. 가톨릭교에 관련된 거라면 뭐든 모읍니다. 그 책 안 사시면 제가 불태워버릴 겁니다."

렌은 책을 불태운다는 사실, 그게 비록 가톨릭 서적이라고 해도 그 자체만으로 제퍼슨에게는 몸서리쳐지는 일임을 눈치챘다. 서점 주인은 다시 지갑을 열었다.

벤저민은 렌을 사납게 쏘아보고는 문 쪽을 가리켰다. 렌은 잡고 있던 제퍼슨의 옷자락을 놓고 손톱으로 지그시 손바닥을 눌렀다. 『성자들의 삶』을 되찾을 방도는 없었다. 하지만 바로 그때, 렌은 절대 빈손으로 제퍼슨 서점을 나서지 않으리라 마음먹었다.

책을 훔치려면 일단 주의를 분산시켜야 했다. 렌은 눈을 감고, 벤저민이 시킨 대로 문가로 가는 대신, 일부러 가장 가까운 책더미를 향해 곧장 걸어갔다. 그리고 넘어졌다. 책 무더기가 그 옆무더기를 밀쳤고, 또 그 옆 무더기가 도미노처럼 넘어가서 역사책과 평전, 지도첩, 과학 교과서, 석판화 시리즈, 노예 문학, 노래집 등등이 쏟아지며 뒤엉켜 바닥이 난장판이 되었다.

벤저민이 팸플릿더미에서 기어나왔다. 그는 머리를 절레절레 저으며 후들후들 일어섰다. 제퍼슨은 안쪽에 서서 아수라장이 된 자신의 책방을 바라보았다. 그는 착잡한 얼굴로 벤저민에게 돈을 지불했다. 그러고 나서 녹색 손수건을 윗주머니에서 끄집어낸 다음 허리를 굽히고 시집을 주워 표지의 먼지를 떨기 시작했다.

"이만 가시는 게 좋겠소." 손에 든 시집에게 말하는 투였다.

벤저민은 고개를 끄덕였다. 그리고 렌의 등을 문밖으로 떠밀고 밖에서 문을 탕 닫고서 길을 따라 내려갔다.

렌은 뒤로 처지면서 우물거렸다. "우연이었어요."

"아니, 그건 우연이 아니었어." 벤저민은 고개를 돌려 서점을 힐끗 바라보고는 제퍼슨이 뒤쫓아오지 않는다는 것을 확인한 후 웃음을 터뜨렸다. "어쨌든 쌤통이다. 5센트라니!" 벤저민은 주머니에 손을 넣어 동전을 짤랑거리다 소년의 목덜미를 한 대 후려쳤다. "나한테 미리 귀띔하지 않은 벌이야."

렌은 하마터면 외투 속에 찔러넣은 『디어슬레이어』를 놓칠 뻔했다. 이 책은 『성자들의 삶』보다 판형이 작았고 셔츠 겨드랑이 밑에 숨기기에 딱 좋았다. 렌은 한 손을 외투 안에 집어넣고 가죽 장정을 만져보았다. 생각보다 훔치는 건 어렵지 않았다.

두 사람은 초 공장과 대장간, 생선가게와 옷가게 앞을 지났다. 얼마 지나지 않아 렌은 자기들이 한자리에서 빙빙 돌고 있음을 깨달았다. 선창까지 내려갔다가 다시 돌아오고, 옆길로 샜다가 다시 돌아오고, 그러다 중앙광장으로 돌아나왔다. 광장에선 사람들이 모여 흥정도 하고 둘러앉아 담배도 피우고 인형극장 주위에서 구경도 하고 있었다. 벤저민은 줄곧 거리를 탐색하고 사람들의 표정을 살폈다.

그러다 정육점 앞에 이르렀다. 창문 안에는 가축의 몸통과 허옇고 시뻘건 속 빈 가죽이 걸려 있었다. 진열된 조그만 토끼 머리엔 뼈에 살이 덜렁덜렁 매달려 있었다. 벤저민이 걸음을 멈췄고 렌도 그 옆에 섰다. 어디선가 가까운 곳에서 종소리가 들렸다. 렌은 고개를 돌렸고, 도로 안쪽 깊숙이 자리잡은 정방형 석조 건물이 눈에 띄었다. 뾰족한 철탑을 거느린 그 예배당을 보고서야 그날이 주일이라는 게 생각났다. 렌은 이제까지 한 번도 미사에 빠진 적이 없었다. 요 며칠간의 변화가 떠오르며 머릿속이 복잡해졌고 그동안 고해도 하지 않았음을 깨달았다. 그때 예배당 문이 열렸고, 렌은 조지프 수사와 존 신부가 나와 자신에게 손가락질할 것만 같았다.

성도들이 거리로 쏟아져나왔다. 가족 단위였다. 가족들이 참 많기도 했다. 어머니들, 아버지들, 가장 좋은 옷을 차려입은 할머니들, 빳빳하게 풀 먹인 새하얀 리넨 옷을 입은 아이들. 그들은 담소하며 아침 인사를 나눴고, 여자애들과 남자애들은 소릴 지르고 쫓고 쫓기며 길을 내달렸다. 키가 작고 뺨에 커다란 사마귀가 난 깐깐해 보이는 목사가 성의 차림으로 문가에 서서 사람들이 지나가는 동안 위엄 있는 척 애쓰고 있었지만 오히려 사람들한테 겁먹은 것처럼 보였다.

뒤에서 누가 렌의 등을 떠밀었다. 익숙한 기척이었다. 고꾸라진 렌은 인도를 벗어나 예배당 바로 앞, 말똥이 산처럼 쌓인 곳까지 굴렀다. 가족들이 뒤로 물러섰다. 목사는 가운 자락을 들어올렸다. 사람들은 모두, 도랑에 빠져 머리끝부터 발끝까지 똥칠을 한 소년을 쳐다보았다.

"아, 저런!" 군중 속에서 목소리가 하나 튀어나왔다. 사람들이 양쪽으로 갈라졌다. 누군가 사람들을 밀치며 앞으로 나오고 있었다. 벤저민이었다. 안경을 쓰고 머리칼을 단정히 하나로 묶어 뒤로 넘긴 모습이었다. "괜찮니?" 그는 도랑에서 렌을 일으키더니 어깨에 묻은 오물을 털어내고 코 위에 얹은 안경 렌즈 너머로 렌의 눈을 똑바로 쳐다보았다. 마치 거기서도 똥덩어리를 찾아내려는 듯.

"괜찮아요." 소년은 조용히 대답하며 목사나 주변에 모인 여자들을 쳐다보지 않으려고 애썼다.

"아니, 이게 어떻게 된 거야?" 벤저민이 목청 높여 외쳤다. 그는 렌의 왼손을 잡고 소매를 밀어올렸다. 모두가 보는 앞에서 아이의 손목이, 시리고 쓸쓸한 작은 그루터기가 드러났다. 렌은 뿌리치려 하며 이게 다 제퍼슨 서점에서 한 짓에 대한 벌이라고 생각했다. 그러나 벤저민은 손목을 단단히 붙들고 경악과 연민어린 표정으로 인도에 서 있는 단란한 가족들을 돌아보았다. "저기, 뭔가 도울 만한 게 있을 거야. 네 가엾고 고단한 생활을 좀 낫게 할 만한 것이, 여기, 이거 받아." 벤저민은 호주머니에 손을 집어넣어 제퍼슨이 준 5센트를 꺼냈다. "얼마 안 되지만, 도움이 됐으면 좋겠구나." 그는 눈물을 애써 참는 것처럼 빠르게 눈을 깜박거렸다. 그런 다음 호주머니에서 손수건을 꺼내 아이의 볼에 묻은 오물을 열심히 닦아내기 시작했다.

성도들의 시선이 렌의 손에 쏠렸다. 몇몇은 자기들끼리 수군대더니 자리를 떴다. 아이들은 겁에 질린 것 같았다. 렌은 손목을 잡아 빼려고 했지만 벤저민은 허리가 굽은 노부인이 다가온 후에야 손을 놔주었다.

"불쌍한 것." 노부인이 말했다. "자, 애야, 이거 받아라." 그녀는 가슴께 안쪽 옷주름 사이에 손을 집어넣더니 커다란 동전을 끄집어냈다. 그것을 내밀어 렌의 코끝에 댔는데, 따뜻했다.

"감사합니다"라고 말하는 렌의 볼이 화끈 달아올랐다. 노부인은 렌의 외투 주머니로 동전을 미끄러뜨렸다. 벤저민은 잠시 멈췄다가 다시 맹렬하게 문질러 닦았다.

"나도 저 불구 애한테 돈을 주고 싶어." 조그만 여자애가 인도에서 발을 동동 굴렀다. 아이 엄마는 아이를 잡아끌었지만 아이는 까맣게 빛나는 고수머리를 찰랑이며 떼를 써 기어이 엄마의 지갑에서 1페니짜리 하나를 받아냈다. 꼬마는 이쪽으로 다가와 맹수에게 먹이를 주듯 멀찌감치 서서 동전을 내밀었다. 렌은 가만히 쳐다보았다. 이렇게 완벽한 머리카락은 처음 봤다. 까마귀 날개처럼 칠흑같이 새카맣고 풍성한 머리채였다.

"얼른. 가져." 여자애는 손을 한껏 올려 렌의 얼굴께에다 동전을 들이밀고 있었다.

왼손은 쓸모가 없었다. 외투 호주머니 안에 찔러넣은 오른손은 서점에서 훔친 책을 쥐고 있었다. 책을 떨굴 생각은 없었다. 그래서 돈을 받으러 손을 뻗는 대신 입을 벌리고 혀를 내밀었고, 렌의 뜻을 알아들은 여자아이는 동전을 성체 빵처럼 혀 위에 올려놨다. 렌은 구리의 무게와 쨍한 맛을 느끼며 한동안 그렇게 서 있었다. 사람들이 가볍게 박수를 쳤다. 사람들이 하나둘 동전을 쥐고 앞으로 나와 렌의 주머니에 쑤셔넣기 시작했다.

"고아웁니다." 렌은 거듭 말했다. "감아압니다. 감아합니다."
순간 입에서 동전이 떨어졌고 벤저민이 잽싸게 낚아챘다.

9

두 남자는 그날 밤 외출했다. 초 몇 자루를 쥐여주며 다 쓰러져 가는 지하실에 렌만 덜렁 남겨두고, 누가 와서 무슨 말을 하든 절대로 아무한테도 문을 열어주지 말 것을 단단히 다짐받았다. 톰은 랜턴을 들었고 벤저민은 그날 낮에 산 나무삽을 걸메고 나갔다. 삽값은 『성자들의 삶』을 팔고 받은 돈과 똑같은 5센트였다.

어른들이 나간 다음 자물쇠를 채우고 렌은 어두운 계단을 걸어내려와 테이블 앞에 앉았다. 빵 몇 덩어리와 소시지, 소금 간한 대구 몇 토막이 여태 굴러다녔다. 성도들한테 받은 돈으로 산 것들이었다. 소년은 이제 별로 배고프지 않지만 빵 하나를 골라 들고는 조금씩 갉아먹었다. 갓 구워낸 빵은 속이 부드럽고 씹는 맛이 있었다.

어른들은 초를 하나만 켜두었고 가물가물한 빛이 사방 벽에 그림자를 드리웠다. 그런 곳에 혼자 있으려니 기분이 이상했다. 성 안토니오 보육원에서는 혼자 있을 때가 거의 없었다. 가장 최근에 혼자였던 적은 이 년 전, 쌍둥이가 홍역에 걸려 쓰러지고 아이들이 하나둘씩 옮아서 결국 렌만 빼고 몽땅 앓았던 때였다. 홍역이 한바탕 휩쓸고 지나간 후 세 아이가 죽었다. 수사들은 렌을 헛간에 재워 병이 옮지 않도록 했다. 외로운 날들이었고 격리가 끝나자 렌은 무척 기뻤다.

탁자 위에는 두 남자가 나가기 전에 나눠 마시던 위스키가 있었다. 한 잔 마실 때마다 톰은 분위기가 시시각각 변했는데, 식사 자리에 처음 앉았을 때는 명랑하다가 이내 멍하니 침묵 속으로 빠져들고 결국 술이라곤 한 모금도 입에 안 댄 것처럼 평소의 까칠한 상태로 원위치했다. 렌은 술병을 들어 냄새를 맡았다. 콧속 털까지 얼얼했다. 시험삼아 한입 홀짝여봤는데 목구멍에서 불이 나는 바람에 입안에 머금고 있던 것을 바닥에 뱉어야 했다. 이렇게 끔찍한 맛은 성 안토니오 보육원에서 만들던 와인을 제외하고는 처음이었다. 렌은 와인을 한 병 훔쳐 쌍둥이하고 나눠 마신 적이 있었다. 포도밭 한 귀퉁이에 숨어서, 아이들은 와인을 돌려 마시다가 어질어질해졌다. 브롬은 옆으로 재주를 넘다 발목을 삐었고 이키는 토악질을 해댔고 렌은 심한 딸꾹질이 일어진정되기까지 꼬박 이틀이 걸렸다.

그런 회상을 하다보니 렌은 친구들이 새삼 그리워졌고 곧바로 브룸과 이키에게 편지를 쓰기로 결심했다. 코딱지만한 방을 뒤져 펜과 잉크병을 찾아냈지만 종이가 안 보였다. 다른 데를 더 찾아보다가 '닥터 파우스트의 불면증 특효 약용 소금'에 관한 광고지 한 묶음을 발견했다. 렌은 종이를 뒤집어 뒷면에 편지를 쓰기 시작했다. 한 번도 써본 적은 없었지만 꼭 좋은 소식이 들어 있어야 한다는 것쯤은 잘 알고 있었다.

브룸과 이키에게

먼저 알아둘 게 있는데, 나 술 취했어. 위스키 한 병을 다 마셨거든. 이거 다 쓰기 전에 토할지도 몰라.

벤저민이 말과 마차를 사서 그걸 타고 우리는 먼 나라에서 온 배와 선원들이 잔뜩 있는 마을에 왔어. 벤저민이 그러는데 배를 타고 코끼리를 보러 인도에 갈 거래.

여긴 내 방도 있고, 미사에 안 가도 된대. 너희 둘 다 얼른 가족이 생겨서 군대에 가지 않길 바라.

친구 렌으로부터

봉투가 있어야 했다. 그리고 우표도. 그러자면 돈이 들 텐데.

렌은 편지를 반으로 접고 또 접었다. 접을 때마다 이걸 꼭 부쳐야 하나 하는 생각에 열의가 점점 식었다. 거짓말이라는 걸 친구들도 알 거라고 얼마간 짐작하고 있었다. 그러다 퍼뜩 깨달았다. 입양된 아이들이 보내온 편지도 십중팔구 거짓말이었다.

문밖에서 무슨 소리가 났다. 렌은 조심스레 계단을 올라 귀를 기울였고 그러면서 내내 누가 옆에 있었으면 하고 바랐다. 자물쇠를 다시 확인한 뒤 나무 틈 사이에 눈을 대고 바깥을 내다보았다. 마당 한쪽만 보였지만 아무것도 없었다. 조금 기다리고 나서 다시 좀더 기다렸다가 계단을 되돌아내려와 『디어슬레이어』를 꺼내들었다.

표지의 인디언이 이국적인 얼굴로 침착하게 렌을 쏘아보았다. 렌은 그림을 만지작거리다 불 옆으로 더 가까이 가서 책장을 펼치고 읽기 시작했다. 이야기에 빠져들자 소나무와 전나무가 머리 위로 솟아올랐고, 눈앞에 거울처럼 하늘이 투영된 호수가 펼쳐졌으며, 소총 소리가 귓속에서 탕 울렸다. 렌은 디어슬레이어와 나란히 울창한 숲속을 헤치며 걸었고, 도끼로 나무를 찍어 카누를 만들고, 사냥도 하고 고기도 낚고, 인디언 소녀들도 구해냈다. 매복 습격도 있었는데 거기서 디어슬레이어는 어느 선주민을 쏴서 쓰러뜨렸고, 그 일로 호크아이라는 새로운 이름이 주어졌다. 그가 죽인 남자의 이름을 물려받은 것이었다.

역사나 시편보다 재미있었고 『성자들의 삶』도 이만 못했다. 어떨 땐 렌 자신이 꾼 꿈의 파편을 읽는 듯했다. 꿈의 장면 장면 이 문장으로 재구성되어 심장을 끌어당기는 것만 같았다. 가슴 속 어딘가에 달린 끈이 책 속으로 파고들어 등장인물들에 딱 붙어서는 책장 사이로 자신을 잡아끄는 것도 같았다. 소년은 읽고 읽고 읽고 또 읽었고, 눈이 충혈되고 촛불도 꺼졌지만 그때까지도, 그 어둠 속에서도 여전히 디어슬레이어가 빽빽한 수풀 사이를 헤치고 목표물을 찾아내고는 길고 날씬한 소총을 어깨 위로 들어올려 발사하는 장면을 볼 수 있었다.

어른들은 동트기 직전에 돌아왔다. 그들이 계단을 내려오자 렌은 테이블에서 머리를 들었고, 톰이 든 랜턴에서 빛이 한줄기 나와 길을 밝혔다. 두 사람은 몹시 지저분했고 바지와 신발이 진흙투성이였다. 생선 비린내가 날 줄 알았는데 방안에 풍기는 냄새라곤 축축한 흙내뿐이었다. 톰은 랜턴을 내려놓았고 벤저민은 주머니에 든 것을 꺼내 테이블에 올렸다.

작은 진주알로 엮은 목걸이가 나왔다. 이어서 산호, 터키옥, 색유리 목걸이가 차례로 나왔다. 벤저민은 회중시계를 꺼내더니 내려놓기 전에 잠시 귀에 대고 소리를 들었다. 또 귀고리 세 쌍, 벨트 버클 하나, 가느다란 금 목걸이 몇 개, 귀여운 장식이 달린 팔찌 하나, 카메오[*]브로치 한 세트, 가죽장갑 두 벌, 반지 예닐곱 개를 꺼내놓았다.

톰은 탁자 위에 있던 술병의 마개를 땄다. "아름다운 밤이었단 다, 꼬마야!" 그는 위스키 한 모금을 머금고 삼키기 전 입안에서 굴렸다. "우리의 폰토스 승리를 자축해야지. 왔노라, 보았노라, 이 겼노라."

장신구에는 먼지와 오물이 잔뜩 묻어 있었고, 보석 받침이나 버클 틈새에는 진흙이 끼어 있었다. 카메오는 때묻고 더러웠으 며 회중시계에는 시커먼 빗금이 가 있었다. 반지가 그나마 깨끗 한 편이었다. 대부분 디자인이 단순한 금반지였다. 결혼반지. 안 쪽에 글자를 새긴 것도 있었다. 이름 머리글자. 아니면 시 한 구 절. 혹은 다짐.

"땅속에서 파낸 것 같아요." 렌이 말했다.

"맞아." 톰이 선선히 대답했다. 그러더니 자기 호주머니를 뒤 지기 시작했고, 병을 내려놓은 다음 다시 좀더 열심히 뒤져 마침 내 보따리처럼 묶은 손수건을 꺼냈다. 톰은 짤랑 소리가 날 때까 지 손수건을 허공에 대고 흔들고 나서 소년을 향해 테이블 위로

---

[*] 마노, 호박 등 색상이 여러 층인 보석을 깎아 어두운 배경에 밝은 그림을 돋을 새김한 장신구. 주로 여인의 옆얼굴이나 꽃을 새긴다.

던졌다. "열어봐."

손수건 안에는 이가 한 움큼 들어 있었다. 렌은 그것들을 목걸이와 반지 옆에 쏟았다. 콩알만한 것도 있고, 다 자라서 도토리만해진 영구치도 있었다. 다양한 부패 상태의 이가 오륙십 개쯤 됐고, 이뿌리는 비틀려 있었다. 머리 없는 조그만 도자기 인형 같은 이들은 끄트머리에 분홍색 살이 여전히 붙어 있어, 인간의 육체를 배불리 먹고 있던 것처럼 보였다.

렌은 불에 덴 듯 손가락을 홱 뗐고 그제야 대강 알아차렸다.

테이블 위에 놓인 결혼반지, 부드러운 장갑, 이. 모두 시체에서 훔친 것이었다. 렌은 마룻바닥이 흔들리는 것 같았고 하느님이 이 죄에 대해서는 어떤 벌을 내리실까 가늠할 엄두도 나지 않아 충격과 공포에 떨었다. 머릿속에서 자신의 동료들이 묘지를 파헤치고 관 뚜껑을 들어올리는 장면이 그려졌다. 탐욕스럽고 흉측한 표정으로 시신에 입힌 수의 주머니를 샅샅이 뒤지고 있었다. 그때 벤저민이 하품을 했다. 톰은 턱수염을 긁었다. 두 사람 다 어제와 다를 바가 없어 보였다.

"그것들 뽑느라 엄청 애먹었어." 벤저민이 말했다.

"내가 이걸 얼마에 팔 수 있는지 알게 되면 피로가 싹 풀릴 걸." 톰이 이죽거렸다. "괜찮은 건 일괄 10달러를 쳐주겠다는 사람이 있거든." 톰은 테이블 아래 서랍을 열고 내용물을 이리저리 뒤적였다. 그러다 조그만 솔을 하나 꺼내서 "비켜봐" 하고 렌을 옆으로 밀어내고는 의자에 앉아 위스키를 술잔에 아주 조금 따랐다. 그러고는 솔을 술에 적셔서 이에 붙은 부드러운 조직을 닦아내기 시작했다.

"전에 이가 하나도 없는 노인한테서 라틴어를 배웠지." 톰이 말했다. "항상 라벤더 비누 냄새가 났어. 그래도 꽤 똑똑한 영감 탱이였는데."

"학비는 어떻게 댔어?" 벤저민이 물었다.

"우리 어머니가 그 영감 집을 청소해줬어. 내 학비를 모두 그런 식으로 때웠지."

"어머니가 여기 안 계셔서 아쉽군."

톰은 일손을 멈추었다. 그의 입이 일그러졌다. 그는 이를 내려놓고 술병으로 손을 뻗었다.

벤저민이 렌을 불렀다. 팔찌와 시계를 들고 있었다.

"어느 쪽이 더 값나갈 것 같아?"

시계는 금이었고 문자판에 나무가 한 그루 새겨져 있었다. 팔찌는 은이고 악기 모양의 귀여운 장식이 달려 있었다. 렌은 앙증맞은 피아노를 가리켰다. 그러면서 이 팔찌를 차고 있었을 생기 없는 팔을 상상했다.

"쓸데없는 데 현혹되면 안 되지." 벤저민은 장화 속에서 칼을 꺼내 시계 뒷면 사이에 끼워 뚜껑을 땄다. 안에는 수백 개의 태엽이 맞물려 돌아가고 있었다. "선택을 하기 전에 모든 면을 다 봐야 해." 그는 뒷면을 다시 맞추고 탕 닫았다. "그러니까 항상 시계를 고르라고."

어른들은 반지와 목걸이를 죽 늘어놓고 세세히 살폈다. 카메오는 닦아놓으니 정교하게 세공된 요정들과 예쁘장한 소녀의 옆얼굴이 드러났다. 귀고리 한 쌍은 벤저민이 먼지를 벗겨내자 번쩍번쩍 광채가 났고, 진주는 등잔불 아래서 새것처럼 윤이 났다.

"이 정도면 봄까진 먹고살 수 있겠지."

톰의 말에 벤저민이 고개를 끄덕였다. "들키지 않게 마을 몇 개를 돌면서 팔아야 할 거야." 그는 귀고리를 전부 깨끗이 닦아서 한쪽으로 치웠다. 나머지 액세서리를 몇 무더기로 나누고 나서 각각 값이 얼마나 나갈지 재고, 손가락으로 숫자를 셌다. 그리고 장갑 한 켤레를 집으려다가 책상 위에 놓인 『디어슬레이어』로 눈길을 돌렸다.

톰은 솔질을 멈췄다. "오늘밤에 낚은 거냐?"

어른들이 책등의 제목을 읽고 이리저리 뒤집어보는 동안 책표지의 인디언은 담담하게 그들을 응시했다. 벤저민은 곰 발톱 목걸이를 손가락으로 하나하나 따라 짚었다.

"내 생각엔 제퍼슨 씨한테 빌린 것 같은데." 벤저민이 실눈으로 렌을 쳐다보았고 소년은 간이 철렁했다. 몇 년 동안 성 안토니오 보육원에서 이것저것 훔쳤지만 들킨 건 이번이 처음이었다.

톰은 두 사람을 번갈아 쳐다보다가 결국 렌을 보고 씨익 웃었다. "내가 널 보육원으로 되돌려보내려고 했단 말이지……"

"말도 안 돼. 전혀 몰랐어." 벤저민의 얼굴에도 이제 미소가 감돌았다. "어떻게 했는지 보여줘. 뭐 딴걸로 해봐."

렌은 잠시 긴장으로 얼어붙었다. 그러다 등뒤에 숨긴 주먹을 앞으로 내밀고 손가락을 펴서 좀전에 일찌감치 테이블 위에서 훔쳐둔 반지를 내보였다. 나뭇잎 무늬를 금으로 섬세하게 새긴 반지였다. 안에는 1831년이라는 연도와 나를 잊지 마세요라는 글귀를 새겼다. 톰과 벤저민은 몸을 내밀어 그것을 보고 다시 뒤로 물러나더니 배꼽을 잡고 웃었다.

벤저민은 옷깃을 세우고 제퍼슨과 놀라울만치 똑같이 성대모사를 하며 책을 두고 반쯤 농으로 야단법석을 떨기 시작했다. 그러더니 테이블을 돌아 렌을 쫓아오며 소리쳤다. 서라! 이 도둑놈! 소년이 의자 밑으로 기어들어가 요리조리 달아나자 톰은 웃다가 눈물을 찔끔거렸고, 렌도 함께 웃자 지하실 안에 웅어리졌던 무언가가 풀려난 듯 왁자지껄한 소리가 천장에 닿고 방 구석구석까지 쩌렁쩌렁 울리며 다들 숨을 못 쉴 때까지 낄낄거렸다.

벤저민은 의자에 무너지듯 털썩 주저앉아 발을 앞으로 쭉 뻗었다. 그는 코를 문지르면서 렌이 세상을 훔칠 능력을 지니기라도 한 듯 파란 눈으로 소년을 주시했다.

"애는 훈련이 따로 필요 없겠어, 전혀." 톰이 말했다.

"당연하지." 벤저민이 대꾸했다. "이미 우리 일원이야."

10

선박 수리소에는 온갖 배들이 바다에서 끌려와 있었다. 목에
는 양모로 짠 목도리를 두르고 손에는 손가락 없는 장갑을 낀 목
수들이 버팀목 아래서 바쁘게 뛰어다녔다. 한 계절은 족히 항해
하고 온 선체를 깨끗이 닦아내고, 해조류를 긁어내고, 삭은 목재
를 바꿔 대고, 판자 틈에 뱃밥을 메웠다. 렌은 건조중인 배를 쳐
다보았다. 앙상한 갈빗대가 하늘을 향해 아가리를 쩍 벌린 형상
으로 길이가 못해도 70피트는 되었다. 그 옆의 스쿠너*에서는 조
선공들이 한창 돛대를 세우는 중이었다. 나뭇가지를 쳐내고 그
리스를 잔뜩 바른 거대한 나무 기둥을 천천히 밧줄로 끌어와 선

---

* 돛대가 두세 개 정도 있는 중간 크기의 범선.

박의 심장에 꽂았다.

선박 수리소 옆에는 도르래나 그물, 밧줄, 놋쇠 부속장치, 돛, 닻, 소금, 얼음, 노, 기름, 양동이, 작살 따위를 파는 상점들이 쭉 늘어서 있었다. 톱밥이며 대팻밥이며 번쩍번쩍 윤이 나는 각종 장치들에 배를 만들고 팔고 사는 이들의 활기찬 기운이 넘쳤다. 톰은 모퉁이를 돌아 삐걱대는 낡은 계단으로 일행을 안내했다. 붉은색 페인트로 쓴 '바워스 치과'라는 희미한 간판이 건물 옆에 못으로 고정되어 있었고 글자 밑에 그려진 손이 가파른 나선 계단을 가리켰다.

톰과 벤저민은 서로 눈짓을 주고받더니 렌을 슬쩍 앞으로 밀었다. 소년은 두 남자를 꽁무니에 매단 채 계단을 올라가기 시작했다. 난간이 흔들거렸고 계단은 언제 발밑에서 꺼져도 이상하지 않을 정도였다. 렌이 다 올라서기도 전에 모퉁이에서 웬 남자 머리 하나가 쏙 튀어나와 그들을 내려다보았다.

짧은 회색 수염이 송송한 볼은 홀쭉했고, 동글동글하게 말려 올라간 케케묵은 흰색 가발을 썼는데 그게 대머리의 반만 덮고 있었다. 목깃엔 냅킨을 꽂았고 좀더 올라가서 보니 한쪽 눈 주위가 푸르죽죽 멍든 것이 굉장히 아플 것 같았다. 보라색으로 퉁퉁 부어 눈이 감겨 있었다.

"바워스 씨 되십니까?" 톰이 물었다.

"누구시오?"

"우리 애가 치통이 있어서요." 벤저민이 렌을 손짓하며 말했다.

"보통은 이렇게 일찍 진료 안 하는데……" 그는 망설이는 것처럼 보였으나 막상 세 사람이 계단 꼭대기에 다다르자 오히려 손님을 놓칠까봐 불안해하는 눈치였다. 숨결에서 설탕을 너무 많이 탄 커피 냄새가 났고 악수를 하는 손은 축축했다. "들어오시죠. 들어와요."

치과는 얼룩덜룩한 마룻바닥에 빛바랜 러그가 한 장 깔려 있고 벽지 대신 신문 광고지가 덕지덕지 붙은 방 한 칸이 고작이었다. 방 가운데에 발판이 달리고 쿠션을 댄 의자가 놓였고 그 밖에 테이블과 유리문이 달린 키 큰 진열장이 있었다. 탁자 위에는 소형 망치, 집게, 드릴, 줄 같은 각종 도구가 담긴 상자가 뚜껑이 열린 채 놓였고 그 옆에 분홍색 액체가 담긴 세면대가 구비되어 있었다. 렌은 겁에 질려 치과 도구들을 쳐다봤고 그것들이 입 근처에 오지 않기를 속으로 빌었다.

도구함 옆에는 바워스의 아침식사인지 잼을 바른 흑빵 한 조각과 머그잔에 든 커피가 남아 있었다. 바워스는 목깃에 꽂고 있던 냅킨을 당겨 식사를 덮었다. 그러곤 잠시 망설였다.

"잼 좋아하니?" 그가 렌에게 물었다.

"네." 좀 나눠줄까 싶어 렌은 냉큼 답했다.

치과의사는 아랫입술을 빼물고 어디 멀리서 조망하듯 렌을 지그시 쳐다봤다. 그러더니 손가락을 자신의 입안에 집어넣어 치아를 끄집어냈다. 줄로 연결된 아래위 틀니 한 세트였다. 그는 젖어서 번들거리는 틀니를 손바닥 안에 쥐고 있었다. 의치가 빠진 입이 쪼그라들었고 볼 주위 피부는 축 늘어졌다.

"잼을 먹는 사람들은 이렇게 되지." 바워스가 싱긋 웃었다. 다시 말해 흐물흐물한 입으로 최선을 다해 미소 비슷한 것을 짓고 있었다. 그는 입안에 틀니를 다시 밀어넣었다. 치아를 자리에 잘 맞춰넣고 외투 앞깃을 끌어올리고 가발을 정리한 다음 말했다. "자리에 앉아라."

렌은 바워스의 틀니를 멍하니 바라보고 있었고 벤저민이 쿡 찌르고 나서야 쿠션 의자에 올라앉았다.

"어디 한번 볼까." 바워스의 말에 렌은 입을 벌렸고 의사는 가까이 몸을 숙여 입안을 들여다보았다. "어떻게 아프니?"

"이가 흔들거려요."

"그래?" 치과의사는 손톱으로 렌의 혀 가장자리를 따라 잇몸을 아래위로 찔러보고 이쪽저쪽 이를 흔들어댔다. 그러다 몇 년 전에 깨진 어금니의 빈 구멍을 더듬었다. 의사의 손가락에서 짠맛이 났다.

"우리가 이를 좀 모으고 있는데요." 톰이 이를 잔뜩 싸 담은 손수건을 치과의사의 팔꿈치께에 내려놓았다.

"아." 바워스가 손수건을 힐끗 쳐다보았다. "그렇다면 얘기가 달라지지." 그는 렌의 입에서 손가락을 빼 세면기 안의 분홍색 액체 안에 담갔다가 외투에 슥슥 문질러 닦았다. 렌은 자기 역할이 끝난 것에 안도하며 얼른 의자에서 내려왔다. 치과의사의 찝찌름한 손 맛이 입안에서 가시지 않았다.

바워스는 창가로 걸어가 커튼을 치고 출입문을 닫았다. 문틀과 문이 잘 들어맞게 맞추고 자물쇠를 돌리고 나서 손수건의 매듭을 풀어 테이블 위에 펼쳤다. 그러고는 도구함에서 집게와 돋보기를 꺼냈다. "갓 뽑은 거군요." 바워스는 어금니 하나를 살피더니 말했다. "젊은 여자군. 나이는 스물서넛쯤? 사인은……" 그는 돋보기를 이에 갖다댔다. "출산일 확률이 높군. 이를 악물었어. 여기 긁힌 자국이 있네."

"얼마나 주시겠소?" 톰이 물었다.

"글쎄올시다……" 바워스는 등을 돌리고 앞니 하나를 창문 틈으로 새어들어온 빛에 비추었다. "이거 보이쇼? 금간 거? 속이 썩었단 얘기지." 그리고 테이블에서 또다른 이를 집었다. "이것도 썩었소. 잇몸 질환 때문에 뿌리부터 썩었어."

톰은 거부된 것들 중 하나를 들어 살펴보고는 손바닥 안에서 굴렸다. "값을 깎으려는 수작이잖아."

"나는 전문가요." 바워스가 점잖게 항의했다. "학위도 받았소. 미국 치의학 외과의사 협회에서 수여하는 학위요."

"당신 학위 따윈 관심 없소." 톰이 대꾸했다.

바워스는 톰의 손에서 이를 하나 낚아채고는 도구함에서 망치를 골라 꺼내더니 한 방에 깨부수어 시커멓게 썩은 속을 보여주었다.

톰은 그걸 자세히 살펴보고는 욕설을 뇌까리며 탁자 위에 있던 나머지 것들을 몽땅 싸잡아 구석으로 집어던졌다. "헛고생했잖아."

"그러길래 내가 뭐랬어." 벤저민이 한마디 보탰다.

"뭐, 안됐소만." 이가 흩어진 구석 쪽으로 가면서 바워스가 중얼거렸다. 그는 마룻바닥을 기어다니며 캐비닛 밑에까지 손을 넣어 러그 위에 깔린 조그맣고 하얀 조각들을 그러모았다. 벤저민과 톰은 문가로 걸어나갔고, 치과의사도 무릎으로 기어 그 뒤를 따랐다. 그러고는 렌의 팔을 붙잡고 그러모은 삭은니를 아이의 손에 쥐여주려고 했다. 그러나 이는 마룻바닥을 굴러 다시 흩어졌고, 바워스는 흠칫 놀랐다가 렌에게 손이 없다는 걸 알아채고는 흥미로워하는 표정을 지었다.

"세상에." 그는 렌의 소매를 붙잡고 그 속을 들여다보았다. "너 갈고리는 필요 없냐?"

벤저민은 문고리에 손을 얹은 채로 멈췄다. 관자놀이 아래 혈관이 툭 불거졌다. 화를 내려나보다 했는데 이내 예의 차가운 미소가 얼굴에 스쳤다. "코미디에 소질이 있으시네요."

"어떻게 아셨소? 놀랍구려. 내 유머감각은 정평이 나 있는데. 특히 미국 치의학 외과의사 협회 사람들 사이에서는 말이오."

"그래서 눈퉁이가 밤퉁이가 되셨구려?" 톰이 끼어들었다.

바워스는 손을 들어 검푸르게 부어오른 눈 가장자리를 만졌다. 멍이 여태 있다는 데 새삼 놀란 눈치였다. "아, 아니오. 이건 단순한 오해였지."

"무슨 오해?"

"어금니와 앞니 사이의 오해." 바워스가 답했다. 그는 사람들의 반응을 기다렸다. 벤저민은 톰을 힐끗 쳐다봤고 두 사람은 그럭저럭 최선을 다했다. 렌도 웃으려고 애썼지만 웃음이라기보다 기침소리처럼 들렸다. 어쨌든 치과의사는 그들의 노력을 가상히 여긴 듯 전보다 훨씬 호의어린 눈길로 대했다.

"하지만 방금 전 말은 진심이었소." 바워스가 말했다. "여기 선원들은 잃어버린 팔다리 대신 온갖 도구들을 맞추거든. 선창에 가보면 목제 의수를 만드는 데가 있는데 제법 그럴듯해요. 나무다리도 만들고. 그런 걸 깎아 만드는 친구를 한 명 아는데 내가 주문을 넣어서 틀니를 만든 적도 있지."

바워스는 유리장으로 걸어가 문을 열었다. 안에는 의치가 줄줄이 놓여 있었다. 상아로 된 것, 도자기로 된 것, 동물 뼈로 된 것, 나무를 깎아서 페인트칠한 것. 한 벌씩 가느다란 철판에 붙여 철삿줄로 꿰었고, 양쪽 끝에 여닫을 수 있게 스프링을 달았다. 바워스는 조그만 나무 쥐덫처럼 생긴 틀니를 한 벌 꺼냈다. 쭉 곧고 평평한 틀니 전체에 페인트 마른 자국이 보였다. 저렇게 큰 게 사람 입에 들어가려나 싶었다.

"잘 만들었네요." 벤저민이 칭찬했다.

바워스가 고개를 끄덕여 동의를 표하고는 다시 유리장 안쪽으로 손을 뻗어 다른 의치 한 벌을 꺼냈다. 척 보기에도 진짜 이로 만든 게 틀림없었다. 색이나 모양은 고르지 않았지만 그쪽이 훨씬 자연스러워 보였다. "아름답지 않소? 노스엄브리지 인근 대학병원에 있는 사람하고 협의를 맺었지."

"노스엄브리지." 벤저민이 발길에 가슴팍이라도 차인 것처럼 그 이름을 되뇌었다. 렌은 단박에 뭔가 이상하다는 것을 눈치챘다. 바워스는 벤저민이 흙빛이 된 얼굴로 저만치 걸어가든 말든 계속 지껄였다.

"해부를 마치고 남은 것들을 나한테 보내주거든. 물론 값은 눈 튀어나오게 비싸지만."

톰이 벤저민을 힐끗 쳐다봤다. "왜 비싼 거요?"

"거기 의사는 무덤에서 되돌아온 자들을 돈 주고 사야 해. 지금 시세가 아마 한 구당 100달러는 될걸."

"100달러?!" 톰이 소리쳤다.

"위험부담이 크니까." 바워스는 의치를 도로 유리장 안에 넣고 문을 닫았다. "하지만 댁들은 그만한 위험쯤은 대수롭지 않게 여길 것 같은데."

"값만 잘 쳐주면야." 톰이 받았다.

벤저민은 고개를 가로저었다. "굳이 위험을 무릅쓰고 할 만한 일은 아냐."

"목돈이라고, 벤지."

"품에 비해선 적어."

톰은 당황한 것 같았다. "왜 그래? 뭐가 무서워서?"

벤저민은 렌을 바라보았다. 렌은 재채기를 막고 있는 것처럼 코끝을 쥐었다.

"그 의사 양반이 믿을 만한 친구가 필요하다던데. 보는 눈이 있고 치아 상태를 먼저 확인할 줄 아는 사람으로. 상태 좋은 시신은 늘 치아를 보면 알 수 있거든." 바워스가 말했다.

톰은 벤저민을 구석으로 끌고 가 귓속말로 뭐라 뭐라 퍼부어댔지만 벤저민은 끄떡도 하지 않았다. 그는 창문 쪽으로 돌아서 바깥 하늘을 쳐다보았다. 칙칙한 잿빛 하늘은 비라도 한바탕 퍼부을 것 같았다. 그는 옆얼굴을 긁적였고 렌은 그 아래 숨은 감정을, 뭔가 미심쩍고 불안한 느낌을 읽어냈다.

바워스는 다시 이를 줍느라 분주했다. 그는 그것들을 손수건에 다시 싸서 묶고 허공에 내밀었다. 렌은 눈치를 보다 아무도 나서지 않자 자신이 직접 치과의사의 손에서 보따리를 받았다.

"그 양반에게 내가 말을 넣어줄 수는 있소." 바워스가 말했다. "물론 당신들이 관심이 있다면 말이지만."

벤저민이 유리창에서 몸을 돌렸다. 그는 호주머니에 손을 찔러넣고 렌이 결정권자라도 되는 듯 소년을 응시했다. "생각 좀 해보죠."

"오래 생각진 마시오." 치과의사는 검사 의자에 앉아 테이블을 가까이 당기고는 아까 아침식사 위에 덮었던 냅킨을 치웠다. 그는 빵을 집어들고 렌에게 한입 먹어보라는 시늉을 했다.

빵 위에 자주색 잼이 발려 있었다. 산딸기 향과 설탕냄새가 났고 찐득하니 맛있어 보였지만 렌은 고개를 흔들고 물러서며 몸을 움츠렸다. 바워스는 만족스러워 보였고, 렌을 두고 거대한 음모를 짜는 것처럼 시커멓게 멍든 눈으로 날카롭게 소년을 노려보았다. 그러더니 구운 빵을 반으로 찢어서 입안 가득 물고 우물우물 씹기 시작했다. 그의 틀니는 자유의지를 지닌 듯 서로 맞물려 짓찧었다.

"이빨이란 놈들은 달아날 궁리만 하거든." 치과의사가 말했다. "도망갈 구실을 주면 안 된단다."

11

몇 주 후, 된새바람이 그랜스턴에 불기 시작했다. 항구는 몇 피트 깊이로 얼어붙어 빙판 위를 걸어다녀도 될 만큼 단단히 굳었다. 어부들은 매일 아침 곡괭이로 얼음을 깨서 배를 풀었고 눈보라 속에 돛을 올리고 나가 그물을 던지고 물속에서 게통발을 끌어올렸다.

렌은 거의 온종일 지하실에서 『디어슬레이어』를 읽고 또 읽으며 지냈다. 톰과 벤저민은 카드를 치거나 근처 술집에 갔다. 1월 중순쯤 톰이 수두에 걸렸다. 렌은 몇 해 전 성 안토니오 보육원에 있을 때 걸렸었고 벤저민도 어릴 적에 치러서, 결국 톰 혼자만 침대에 누워 한 달 동안 몸을 긁으며 끙끙 앓았다. 렌은 기뻐했는데, 왜냐면 벤저민이 톰 대신 자신을 술집에 데려가서 파이프 담배 피우는 법도 가르쳐주고 맥주도 시켜주고 저녁도 잘 먹이고, 그러고 나서 이야기를 들려주곤 했기 때문이다.

벤저민은 거짓부렁 선원 생활과 여러 해 동안 돌아다닌 온갖 곳들에 관해 신나게 떠들었다. 그는 험한 강과 사막을 건너고, 화산과 산을 넘었노라고 했다. 그러면서 도마뱀과 원숭이, 털투성이 젖이 달린 젖소와 눈알이 셋 달린 물고기를 봤다고 했다. 모로코에서 노예로 팔려갔던 일과 남태평양에서 식인종에게 잡아먹힐 뻔했던 일, 터키 왕자의 하렘을 방문해 황금 옷을 입은 여자들 천 명을 봤던 일도 들려주었다.

술집 안의 다른 남자들도 입을 쩍 벌리며 이야기를 들으려 의자를 더 가까이 당겼다. 대부분 근방에 사는 어부들이었고, 그들 자신에게도 바다에서 목격한 괴상한 생물들, 자기 삭구에 걸려 반 동강 난 사내들 같은 이야깃거리가 있었다. 그들은 갈고리가 몸을 꿰뚫고 지나간 흉터를 보여주었다. 그리고 항상 그즈음에 벤저민은 렌을 앞으로 불러 없어진 한쪽 손을 보여주라고 했다.

벤저민이 어머니와 인디언 얘기를 다시 들려줄 때도 있었다. 렌의 손은 어느 날은 사자가 먹어버린 것이 되었고, 또 어느 날은 냇가에 담그고 덜렁거리다가 살인 거북이 삼킨 것이 되기도 했다. 무슨 얘기를 하든 어부들은 개의치 않는 것 같았다. 마냥 웃으면서 렌을 술집 안에 빙 돌려가며 팔을 구경했다. 그들도 여기저기 없어진 데가 있었다. 동상으로 귀가 없어진 사람, 상어한 테 다리를 먹힌 사람. 비바람에 거칠어진 노선장 하나는 바워스가 말한 대로 한 손이 나무였고, 렌에게 한번 끼어보라며 의수 끈을 어깨에 둘러 묶어주었다. 의수는 렌의 손보다 세 배는 크고 엄청 무거워서 손목 끝에 어색하게 매달렸다. 손가락은 살짝 구부러져 악수를 하려는 듯한 모양새였다.

이야기가 끝나면 바텐더가 술을 돌리곤 했다. 축배를 들었고 렌의 흉터를 찬양했다. 소년이 손을 높이 들면 어부들은 환호했다. 벤저민은 멀리서 잔을 들어 보이며 미소 지었다. 그 미소는 존 신부나 농부에게 지어 보이던 것과는 달랐다. 입매가 좀더 편안했고 빙그레한 웃음 속에 눈빛도 명랑했다. 만약 렌이 그를 잘 몰랐다면 벤저민이 진심으로 웃고 있다고 생각했으리라.

겨울이 지나가고 눈이 녹을 즈음, 그랜스턴은 물에 잠긴 듯 축축했고 거리는 진창이었다. 아네모네가 땅에서 새하얀 꽃망울을 밀어올렸고 벚나무가 활짝 피었다. 훔친 보석을 팔아 마련한 돈도 다 떨어져 벤저민은 이동해야 할 때라고 선언했다.

다음날 그들은 강을 따라 마을을 벗어났다. 암말에겐 고된 노동이었다. 근처에서 겨울을 날 만한 마구간을 발견하긴 했지만 운동은 별로 시키지 못했다. 렌은 매주 마구간으로 찾아가서 제대로 먹이고 있는지 확인했고, 간이 좀 커져선 말의 옆구리에 머리를 대고 거대한 심장이 뛰는 소리를 들었다. 이제 암말은, 이 따스한 봄날에, 세 남자가 탄 마차를 힘겹게 끌고 언덕을 오르고 있었다. 그들은 오후 내내 이동했고 잠깐 쉬어 들판에서 끼니를 해결하고 나무 그늘에서 낮잠을 잤다. 노스엄브리지까지는 하루가 더 걸릴 터였다.

바워스의 제안에 대해 벤저민이 마음을 돌리기까진 꽤 시간이 걸렸다. 렌은 밤에 두 남자가 수군거리는 것을 들었다. 톰은 그 일을 하자고 압박했고 벤저민은 노스엄브리지는 두 번 다시 발을 들이고 싶지 않은 곳이라는 말만 되풀이했다. 그러던 어느 날 오후, 톰의 수두가 거의 다 나아 살갗에서 마지막 부스럼이 떨어져나갈 무렵, 지하 아지트에서 학교 선생이 축하주로 위스키를 따르며 렌에게 커서 뭐가 되고 싶으냐고 물었다.

"모르겠는데요." 렌이 책에서 고개를 들고 대답했다.

"생각해본 적 없어? 한 번도?" 톰은 혀를 찼다. "그럼 저기 술집에서 만난 사람들처럼 어부는 어때?"

벤저민은 테이블에서 장화를 닦고 있었다. 그는 새까만 광택제를 앞코에 둥글게 바른 다음 가죽에 스며들도록 박박 문질렀다. "애 좀 그냥 냅둬."

"우리 꼬마 괴물한테도 직업이 있어야지." 톰은 위스키를 한입 홀짝였다. "일평생을 이딴 지하실에서 살고 싶진 않을 거 아냐."

"우리도 이 짓을 오래하진 않을 거야."

"만날 그 소리." 톰은 조그만 딱지를 튕겨내며 이죽거렸다. "우리한테 필요한 건, 한탕 뛰어 몇 년을 우려먹을 만한 건수야, 몇 달이 아니라."

이런 식의 대화는 전에도 한번 있었다. 그런데 이번엔 벤저민이 하던 일을 멈추고 광을 내다 만 신발을 물끄러미 바라보았다. 뒤축이 깨져 수선해야 하는 낡은 부츠였다. 그는 렌을 쳐다보았다가 다시 자신의 신발을 응시했다. 그러더니 맨발로 방 저쪽으로 걸어가 오후 내내 톰과 위스키를 주거니 받거니 마셔댔다. 그는 종종 구석에 처박힌 렌을 쳐다봤는데 소년은 그때마다 마주 쳐다보았고 벤저민의 표정은 점점 더 침울해졌다.

다음날 일어나보니 벤저민이 없었다. 그날 저녁 느지막이 담배 냄새를 풍기며 돌아온 그는, 노스엄브리지 건을 하기로 했다고 선언했다. 두 남자는 계획을 짜기 시작했고, 벤저민은 더는 술집을 들락거리지 않았다. 대신 거의 온종일 숫자를 세고 묘지를 전전하고 주머니에 늘상 넣고 다니는 검은색 수첩에 뭔가를 끼적였다. 지하실에 며칠씩 안 보일 때도 있었고, 어디 갔다오느냐고 물어보면 그냥 조사중이라고만 대답했다. 한번은 렌이 그를 뒤쫓았다. 벤저민은 시장을 지나 꼬불꼬불 길을 건너고 돌아서 어느 변호사 사무실로 들어갔다. 나중에 손톱을 물어뜯으며 밖으로 나와서는 걷다 말고 길 한복판에서 막 황당한 말이라도 들은 것마냥 낄낄 웃었다.

지금 벤저민은 고삐를 꽉 쥐고 앞서 지나간 수레바퀴자국을 따라 마차를 몰고 있었다. 전방을 주시하며 파이프를 입술 사이에 꽉 물었고 담배 연기가 길 위에서 꼬리처럼 뒤따라왔다.

얼마 안 가서 두 언덕 사이에 놓인 계곡에 다다랐다. 사방으로 펼쳐진 목초지에 양이 깔려 있다시피 했고 얼굴이 하얀 양, 갈색인 양, 검은 양이 풍경을 수놓았다. 마차는 털을 깎기 전에 양떼를 강에서 목욕시키는 한 무리의 목장주들 옆을 지났다. 사람들이 가까운 마을 방향을 일러주었다. 그곳에서 여관을 찾아서 마지막 남은 돈을 긁어모아 방값을 치렀다. 방안 마룻바닥은 먼지투성이였고 침대에는 담뱃불 자국이 있었다. 톰은 탁자 앞에 털썩 앉았고 벤저민은 짐을 풀기 시작했다.

렌은 한쪽 귀퉁이에 말없이 앉아서 책의 마지막 부분을 다시 읽었다. 디어슬레이어는 주디스 후터의 청혼을 거절하는 중이었다. 주디스는 디어슬레이어의 사랑을 얻기 위해 자신의 모든 것을 던졌지만 그래도 소용없었다. 렌은 이 마지막 장을 여러 번 읽었지만, 여전히 말할 수 없이 안타까웠다. 호크아이는 책 속에서 줄창 인디언과 싸우고 잘못된 것을 바로잡지만, 주디스를 홀로 외로이 남겨두고 떠나는 장면에서는 늘 무슨 영웅이 이러나 싶었다.

"내일 양털 깎기를 할 땐 사람이 많이 모일 거야." 벤저민은 나무가방을 열고 '닥터 파우스트의 불면증 특효 약용 소금'이 든 갈색 병을 하나 꺼냈다.

"우리를 알아보는 사람이 있을지도 몰라." 톰이 말했다.

"나를 알아보는 사람이겠지."

"하여튼 간에." 톰은 외투를 벗어 침대 위로 던졌다.

"돈도 다 떨어졌잖아. 꼬마랑 같이 해볼 만한 아이디어가 있어." 벤저민이 말했다.

"애는 좀 빼지?"

"하고 싶다잖아. 안 그러냐, 렌?"

렌은 책에서 얼굴을 들었다. 벤저민은 뭔가 새로운 것을 하고 싶어 근질근질한 모양이었다. 겨울 동안 그는 렌에게 지금껏 맡아본 직업에 관해 들려주었다. 선장이나 의사나 성직자인 척하면서 카탈로그에 실린, 그러나 결코 배달되는 일이 없는 물품을 팔고 유언장을 위조하고 사기 행각을 펼쳤다. 모두 엇비슷했다. 복장과 소도구로 호의를 얻고 재빨리 재물을 교환한 다음, 최대한 서둘러 마을 밖으로 내뺐다. 일정 장소에 한동안 머물러야 할 때는 한층 상대하기 편하고 쫓길 염려도 없는 묘지로 향했다.

렌은 책을 덮었다. "하고 싶어요."

톰은 걱정스러운 표정이었다. "쟤는 아직 안 될 것 같은데."

"뭔 소리야." 벤저민이 일축했다.

"아직 어린애잖아. 쟤 때문에 우리까지 잡힐 거야."

벤저민은 침대 매트리스 위로 올라가 등을 대고 누워 모포를 끌어당겨 덮었다. 그러곤 눈을 감고 하품을 했다. "아직은 괜찮아."

그날 오후 벤저민은 저녁거리를 구하러 나갔고, 톰과 렌은 '닥터 파우스트의 불면증 특효 약용 소금'을 '마더 존스의 착한 아이 만능 물약'으로 라벨을 바꿔 붙이는 일에 착수했다. 렌은 전에 쓰던 병들을 물에 담갔다가 칼로 라벨을 긁어냈고, 톰은 펜과 잉크를 들고 테이블에 앉아서 한 장 끝낼 때마다 위스키를 한 모금씩 홀짝이면서 새 약 이름을 썼다.

그랜스턴을 떠나기 전에 톰은 턱수염을 자르고 새 셔츠를 사 입었다. 지금 그는 옷이 더러워지지 않게 목깃에 냅킨을 두르고 조심스럽게 소매를 걷어올리고 있다. 촛불 빛이 그의 얼굴을 비추며 깜박였다. 침착했고 술도 거의 깬 것 같았다.

렌은 그의 펜글씨체가 남다르다는 것을 알았다. 글자 끝부분은 문양처럼 휘었고, 줄표와 엑스 자는 굵기도 다양하고 유려하게 떨어졌다. 라벨을 제 위치에 붙이니 진짜 약병처럼 감쪽같았다. 톰은 한 잔 더 들이붓고는 잉크로 더러워진 손가락 마디마디를 폈다.

렌은 테이블 위로 몸을 굽혀 글씨를 보면서 감탄했다. "왜 선생님을 그만뒀어요?"

톰의 얼굴이 일그러졌다. 손으로 얼굴을 쓸어내리자 이마 위에 검은 잉크 한 줄이 생겼다. "너 친구 있냐?"

"있었어요." 렌이 대답했다. "쌍둥이인데, 브롬하고 이키예요."

"걔들 보고 싶냐?"

"네"라고 입 밖에 내는 순간, 렌은 새삼 진심으로 그애들이 그리웠다. 쌍둥이에 관한 거라면 뭐든 그리웠다. 예배당에서 저녁을 먹으면서 자기들끼리만 통하는 암호로 렌을 웃겼던 것도, 심지어 지긋지긋하게 싫어했던 짓들, 가령 항복 선언을 한 다음에도 계속되던 브롬의 주먹질과 렌이 하지도 않은 일을 일러바치던 이키의 고자질까지도 그리웠다.

"친구를 잃는다는 건 젠장, 못할 짓이지." 톰은 또 한 잔 마셨다. 수두를 치르고 생긴 조그맣고 붉은 부스럼 자국이 팔 여기저기에 보였다. 그는 흉터 위로 소매를 내리고 나서 소매 밑단에 대고 코를 문질렀다. "나도 친구가 한 놈 있었다. 어렸을 때부터 같이 자라서 아리스토텔레스의 말처럼 두 육신에 깃든 하나의 영혼 같은 사이였어. 둘도 없는 친구였지. 일평생 그런 사람 몇 못

만난다. 진짜로.

우린 한 여자를 똑같이 사랑했고 그 여자한테 우리 둘 중 하나를 고르라고 했어. 나는 교사였고 돈도 별로 못 모았지. 크리스천은 땅과 물려받은 재산이 좀 있었어. 그래서 그녀는 그놈하고 약혼했지. 하지만 밤마다 나하고 숲속에서 만났다. 그리고 그때 난, 하느님 맙소사, 그 여자가 말만 하면 밤하늘의 별이라도 따줬을 거야."

톰은 위스키 잔을 들어 입술로 가져가 비운 후, 잠시 그대로 유리잔 가장자리를 물고 있었다.

"결혼식 날, 친구 놈은 웃으면서 그녀의 팔짱을 끼고 내 손을 잡고 악수했어. 놈의 바로 턱밑에서 그 여자가 버터 바른 빵처럼 여전히 암내를 풍기더군. 어느 날 밤에 나는 엄청 술에 취해서 그놈한테 다 불어버렸지. 저 여자 살에서 무슨 냄새가 나는지 알아? 저 여자 손가락에서 내 체취 못 맡았냐? 녀석이 서랍에서 권총을 꺼내놓더군. 그러면서 그만하래. 나는 계속했어. '우리 둘이 널 얼마나 비웃었는지 생각도 못했지?' 친구는 권총을 자기 이마에 대고 나한테 그만두라고 소리쳤고, 난 또 말했지. '어디 한번 방아쇠를 당겨보시지.' 그리고 놈은 당겼어."

렌은 '닥터 파우스트의 불면증 특효 약용 소금'이 들어 있던 빈병을 꼭 쥐었다. 톰의 얼굴을 보지 않아도 되게끔 라벨만 뚫어지게 쳐다봤다. 조지프 수사는 자살을 하면 교회 묘지에 누워 안식을 취하지 못한다고 했다. 자살한 사람들은 네거리 한복판, 즉 성스럽게 정화되지 않은 땅에 묻혔다. 브룸과 이키의 어머니처럼. 그들의 영혼은 지옥에 가고, 그들의 유령은 흰 토끼가 되어 임자 없는 무덤 곁을 떠돌면서 말을 놀래키고 여행자들이 길을 잘못 들어서게 속인다.

톰은 눈을 꼭 감고 있었다. 손바닥으로 이마를 문질렀고 잉크가 피부 깊숙이 스몄다.

"그뒤에 선생질 때려치웠다."

잠시 두 사람은 아무 말 없이 앉아 있었다. 렌은 톰이 그다음에 어쩌려나, 욕지거리를 퍼부으려나 흐느껴 울려나 가만 살폈지만, 학교 선생은 그저 손가락 끝을 마주 부비더니 테이블 위에 엄지손가락을 꾹꾹 눌러 일렬로 지문을 찍어내려갔다.

소년은 다시 라벨 제거 작업에 들어갔고, 톰은 한숨을 내쉬고는 '마더 존스의 착한 아이 만능 물약' 제조에 착수했다. 깔때기를 사용해 빈병에 메이플 시럽과 아편 희석액, 비버향 오일, 산유 약간을 넣고, 살짝 갈색이 돌며 말갛고 걸쭉해질 때까지 섞었다. 그리고 잔에 조금 따라서 렌에게 주었다.

"꿀꺽 마셔."

소년은 액체의 냄새를 킁킁 맡아보고 혀로 약간 맛을 봤다. 달고 쓴 맛이 동시에 났다.

"그래서 되겠냐. 더 자신감 있게, 설득력 있게 보여야지."

렌은 잔을 들었다. 약은 천천히, 엿처럼 진득하니 느리게 컵 가장자리를 따라 흐르다가 한 방울 똑 입안에 떨어졌다. 맛은 끔찍했지만 어쨌든 꿀꺽 삼켰다. "그다음엔 어떡해요?"

"그다음엔," 톰이 말했다. "착하게 굴어."

다음날 아침 톰과 렌이 양털 깎는 곳에 도착했을 땐 작업이 한창 진행중이었고 들판은 여전히 아침이슬에 젖어 있었다. 남자, 여자, 아이들 할 것 없이 백 명 가까이 되는 사람들이 와자지껄 몰려다니며 서로서로 양떼를 점검했다. 잔디밭 여기저기 먹고 마실 것이 그득 차려진 테이블이 널렸고, 나무와 울타리마다 색색의 리본이 묶여 있었다.

렌은 모여 있는 사람들을 넘겨보며 벤저민을 찾았다. 벤저민은 동트기 전에 나무가방을 들고 나갔다.

"잊지 마." 벤저민은 문을 닫기 전에 마지막으로 당부했다. "난 너랑 모르는 사이다."

들판을 가로질러오느라 렌의 부츠는 푹 젖었다. 젖은 가죽에 맨발목이 쓸렸다. 사람들이 모인 곳 끄트머리쯤에 와서 톰은 팔을 내리고 렌의 손을 잡았다. 아버지와 아들 행세를 하는 것은 기분이 묘했다. 둘 다 역할에 어울리지 않는 행색이었다. 렌의 머리카락은 사방으로 뻗쳤고 학교 선생에게선 술냄새가 풀풀 났다. 톰은 렌의 손을 꽉 쥐었고 렌은 그를 올려다보았다.

"괜히 영웅 노릇 하려 들지 마." 그가 렌에게 일렀다. "일이 틀어지면 넌 바로 튀어. 알았지?"

렌은 고개를 주억거렸고, 남자와 소년은 사람들 속으로 걸어 들어갔다. 두 사람은 스콘과 머핀, 옆구리살 햄, 사이다 통, 설탕 뿌린 케이크 자투리 등 먹을 것이 가득 쌓인 탁자 옆을 지나갔다. 털 깎는 곳이 가까워오자 냄새가 바뀌어 신선한 거름과 양모의 묵직한 향이 주를 이뤘다.

목장주들은 양을 한 마리씩 잡아 등에 짊어지고 옆으로 던진 다음, 털 깎는 기계를 들고 밀기 시작했다. 머리부터 시작해 등줄기를 지나 옆구리로 밀어내려갔고 동물의 겉옷은 텁수룩한 한 장짜리 매트 조각이 되어 나왔다. 그러고는 옆으로 보내져 무게가 달리고 검사를 거쳐 가격이 결정되었다.

하얗고 가느다란 실오라기들이 허공에 떠돌았다. 털 깎는 이들의 손가락은 양모 기름으로 번들거렸고 가죽 앞치마도 기름때로 얼룩졌다. 날이 돋돋해지고 해가 높아지면서 몇몇은 웃통을 벗어젖혔고, 멜빵을 허리춤에 늘어뜨리고 수건을 목에 두른 채 맨가슴을 드러내고 일했다.

양들은 울타리 안에서 차례를 기다리며 다른 동료들이 털을 깎이고 매 하고 우는 모습을 구경했다. 한 놈 두 놈 밖으로 나온 양은 옆으로 누워 전문가의 손에 털을 맡겼다. 털이 깎이고 난 다음에는 벌거벗고 망연자실해진 모양이었다. 동물들은 풀려나면 머리를 푸드득 흔들고 비틀비틀 서로 부딪히며 풀밭으로 걸어갔다. 걸음걸이가 후들후들한 것이 막 태어났을 적 같았다.

시합이 열렸다. 조끼를 입고 목 긴 부츠를 신은 사내가 나섰고, 다른 쪽은 볼에 길게 흉터가 있는 사내가 나와 서로 대항하여 털 깎는 시간을 쟀다. 털 깎는 기계가 휘날고 양은 버둥거리고 사람들은 소리 높여 응원했다. 마쳤을 때는 둘 다 땀과 양털 범벅이었다. 심판은 양모를 심사하고, 흉터 난 이를 승자로 선언했다. 모두 환호성을 질렀고, 다음 두 명의 경기자가 앞으로 나왔다. 근처에서 아이들 한 무리가 시합을 더 잘 보기 위해 나무에 올라탔다.

"가봐." 톰이 말했다.

렌은 쭈뼛쭈뼛 톰의 곁을 떠나서 남자애들과 여자애들 사이에 끼었다. 아이들은 나뭇가지에 기어오르거나 나무둥치를 끼고 돌며 서로 잡으려 쫓아다녔다. 렌이 걸어와서 나무 옆에 서자 몇 명이 호기심어린 눈으로 쳐다봤다. 풀밭 저 건너편에서 톰이 힘껏 들이받는 시늉을 했다. 렌은 혀로 입술을 축였다. 주먹을 꽉 쥐었다. 그리고 이를 악물고 옅은 금발의 소년을 향해 걸어가 온 힘을 다해 주먹으로 아래턱을 날렸다.

소년은 땅에 쓰러져 숨을 헐떡이며 씨근거렸다. 아이들이 나무에서 내려와 렌을 둘러쌌다. 렌은 주먹이 욱신거렸다. 놀랍게도 속이 다 시원했다.

오버올을 입은 한 소년이 앞으로 나왔다. "너 왜 그랬어?"

"나도 몰라." 렌이 답했다. "그냥 때리고 싶었어."

쓰러진 아이는 숨을 못 쉬겠는지 캑캑거렸다. 아이들 중 몇 명은 뒷걸음질쳤고 몇 명은 더 가까이 들이댔다.

"애 죽어버리는 걸까?" 한 여자애가 물었다.

"안 죽어." 다른 애가 대꾸했다. "어쨌든 얘가 죽으면 누가 그랬는지는 알잖아."

오버올을 입은 소년이 렌을 밀어 땅에 쓰러뜨렸다. "맛이 어떠냐?" 소년은 발로 차기 시작했다. 렌은 맞서 싸우려 했지만 다른 아이들이, 심지어 여자애들까지 우르르 합세하는 바람에 그냥 뻗은 채 발길질이 멈추기만을 기다렸다. 이건 불공평했다. 풀밭 위, 바로 몇 걸음 옆에 맨 처음 주먹으로 쓰러뜨렸던 소년이 보였다. 소년은 기운을 차리고는 엉금엉금 기어와서 렌에게 침을 뱉었다.

"그만해." 양 주인 중 한 명이 와서 말렸다. "그만하랬다, 찰리."

"쟤가 먼저 그랬다고요." 오버올을 입은 소년이 대꾸했다.

"누가 먼저 했든지 간에." 아이들이 물러났고 남자는 렌의 겉옷을 잡고 일으켜세웠다. 그는 렌의 웃옷에 묻은 흙을 털어주다가 흠칫했다. "세상에!"

렌은 잘린 손목을 다시 소매 속으로 끌어당겼다. 아이들이 숨을 죽였다. 렌은 온통 시뻘게진 얼굴로 아이들을 하나하나 훑어보았다.

"탈곡기에 손이 껴서 그렇게 됐어요." 톰이 말하면서 앞으로 걸어나왔다. "그뒤로는 만날 이렇게 틈만 나면 쌈질입니다그려."

"뭐, 이번 일은 이걸로 끝이니 괜찮습니다." 양 주인이 말했다.

"하여간 죄송하게 됐습니다." 톰은 렌의 팔을 거칠게 잡아당겼다. "애가 도무지 말을 안 들어서 죽겠어요."

"그런 애들은 이 약을 한 번만 먹이면 얌전해져요." 벤저민이 나무가방을 흔들며 사람들 사이를 헤집고 나와 예의 환한 미소를 지었다. 그는 가방을 내려놓고 가죽끈을 끄른 다음 약병을 하나 꺼냈다. "마침 오늘 제가 몇 개 갖고 있네요. '마더 존스의 착한 아이 만능 물약'인데, 애들 버릇 잡는 데 즉효입니다."

"만약 그거 먹고 우리 아들놈이 더는 말썽을 안 부리면 내 5달러 내리다." 톰이 말했다.

"아이고 이 양반 통 한번 크시네. 이건 한 병에 1달러밖에 안

합니다."

"1달러? 그거 싸네."

"그죠." 벤저민이 맞장구쳤다.

톰은 구깃구깃한 지폐 한 장을 벤저민에게 내밀고 약병을 받았다.

렌은 입술이 부르텄고 갈비뼈도 아팠다. "안 먹어."

"좋은 말로 할 때 먹어라. 뚜드려맞기 전에."

톰은 병마개를 따서 렌의 입안에 들이부었고, 렌은 꿀떡꿀떡 그걸 다 삼켰는데 달고 쓴 걸쭉한 액체가 목구멍을 넘어갈 때 구역질이 날 뻔했다. 더 참을 수가 없어서 렌은 소맷부리로 입을 쓱 문질러 닦고는 아까 턱을 쳤던 소년한테 비칠비칠 걸어가 무릎을 꿇고 용서를 빌었다.

"말도 안 돼! 기적이야!" 톰이 소리쳤다.

양 주인은 미심쩍은 눈초리였다. 렌이 진심으로 감사하는 표정을 짓고 기도문을 외우기 시작하자 비로소 아낙들이 모여들었다. 아편 덕분에 갈비뼈의 통증이 덜했다.

"약효는 보장하죠." 벤저민이 한마디 더했다. 이 한마디는 마법의 주문 같았다. 그도 그럴 것이, 벤저민이 그 말을 하자마자 옅은 금발 소년의 어머니가 첫 타자로 약을 샀다.

약을 먹은 아이들은 싸우기도 쫓기 놀이도 나무 타기도 그만

두었다. 싸움질도 침 뱉기도 식탁에서 음식을 훔치는 짓도 안 했다. 실상 아이들은 그 어떤 짓도 하지 않았다. 그저 풀밭에 앉아서 멍하니 눈알만 굴렸다.

"굉장하군요." 한 엄마가 감탄하면서 약병에서 쿵쿵 냄새를 맡았다.

"천연 재료로 만든 겁니다." 벤저민이 설명했다. 한 상자가 거의 다 팔렸다. 사람들이 털 깎는 곳에서 나와 벤저민 둘레에 모였다.

렌의 눈이 의지와 상관없이 자기 멋대로 떴다 감겼다. 입안 가득 침이 고이더니 양쪽 입가로 흘러내렸다. 렌은 고개를 돌렸다. 풀밭 저 끄트머리에 한 남자가 있었다. 문득 그가 존 신부라는 생각이 들었고, 존 신부가 맞다고 확신하면서 자기가 꿈을 꾸고 있나보다 했다. 그 남자는 담배를 피우고 있었고 존 신부는 담배를 피우지 않았다. 남자는 벤저민을 유심히 쳐다보더니 피우다 만 담배를 장화에 비벼 끄고 일부러 사람들을 헤치고 나왔다.

"성함이 어떻게 되시오?"

"존슨입니다." 벤저민은 대답하면서 악수하려 손을 내밀었으나 상대는 거들떠보지도 않았다.

"전에 당신을 본 적이 있는데 그땐 그런 이름이 아니었는데."

"다른 사람하고 착각하신 걸 겁니다."

사내는 땅에 침을 탁 뱉었다. "지금 나보고 거짓말한다는 거요?"

"천만에요." 벤저민은 모여든 사람들을 향해 자신이 좋은 말로 성의를 다해 처신하고 있음을 비쳤지만 그들에게 여기 이 사내는 잘 아는 사람이고 벤저민은 그렇지 못한 게 분명했다.

"재스퍼, 저 사람 어디서 봤어?" 누군가 물었다.

"게일즈버그에서 포스터로." 사내가 대답했다. "무장 강도 수배 포스터야. 확실해."

아이 엄마들이 비명을 질렀다. 아낙네들은 사람들을 떠밀고 각자 자기 아이한테로 달려갔다. 엄마들은 울먹이며 애들 이름을 부르면서 아이를 흔들어대고 뺨을 때렸다. 남자들 몇 명이 앞으로 튀어나왔다. 벤저민은 나무가방을 집어던지고 달려드는 남자들을 발로 차 쓰러뜨린 다음, 울타리를 뛰어넘어 무릎걸음으로 기어 양떼 사이로 사라졌다. 남자들은 털 깎던 다른 사람들을 불러모아 엽총을 들고 사방으로 흩어졌고, 사람들이 마구 달려가자 양떼는 겁에 질려 매 울었다.

톰은 렌의 손을 잡고 빠져나와 마차 있는 데로 성큼성큼 걸어갔다. "멈추지 말고 계속 걸어."

렌은 배를 부여잡고 있었다. 약 때문에 아픈 척했지만 실은 기분이 아주 끝내줬다. 이런 느낌은 생전 처음이었다. 발밑의 풀은 푸르디 푸르러서 그 위로 쓰러지면 끝없이 떨어질 것만 같았다.

"내 이럴 줄 알았다고. 그러길래 내가 뭐랬어?" 톰이 구시렁거렸다.

렌은 톰이 무슨 말을 하는지 알아듣지도 못하면서 고개를 주억거렸다. 마차는 아까 매어둔 곳에, 나무 사이에 그대로 있었다. 풀을 뜯고 있던 암말이 고개를 들었고 렌은 말의 눈에서 실망의 흔적을 읽었다고 확신했다.

암말을 아끼고 콧등에 입을 맞추기까지 하던 농부에게서 말을 훔쳐와서 미안했다. 그리고 문득 소년은 말의 코에 입을 맞춰야겠다는 생각이 들어 재갈을 잡으려 했다. 톰이 욕설을 퍼붓고 마차 뒤에 타라고 소리질렀다. 그러나 렌은 말의 코에 입맞추기로 마음먹었고, 말은 소년에게 입맞춤당하지 않겠다고 마음먹은 것 같았다. 말은 머리를 이리저리 휘저으며 렌의 손에서 벗어나려 코를 높이 쳐들었다. 렌은 마구를 잡고 체중을 실어 힘껏 끌어당겨서 동물의 머리를 가까이 내리려 했다. 톰이 마부대에서 내려와 말채찍으로 다리를 후려쳤지만 렌은 꿈쩍도 하지 않았다. 말은 펄쩍 뛰어 발굽으로 나무를 마구 찍었고 그때 마차 안에서 사람 그림자가 어른거렸다.

"너 우릴 다 죽일 셈이야?" 벤저민이 숨죽여 속삭였다. 그는 한 장짜리 온전한 양털을 머리부터 어깨까지 뒤집어쓰고 마부대

바로 뒤에 웅크리고 있었다. 그 모양이 하도 괴상해서 렌은 말을 놓치고 말았다. 톰이 소년을 질질 끌어다 짐마차 뒤에 던져넣었다.

"말한테 입맞춰야 해요." 렌이 설명했다.

"걱정하지 마." 벤저민이 말했다. "대신 나한테 해도 되니까."

톰은 도로로 나와서 마차를 느린 템포로 몰았다. 아이들 엄마들의 비명소리가 저 뒤로 멀어졌다. 가끔 들판에서 총소리도 났다. 반 마일쯤 가다가 톰은 말의 속도를 올렸다. 렌은 머리 위로 흘러가는 구름이 여러 가지 모양을 만들었다 흩어졌다 하는 것을 구경했다. 아, 저건 뭐다 하고 알아보면 구름은 바로 다른 모양으로 변했다.

"빠져나온 것 같아." 톰이 말했다.

벤저민이 담요 밑에서 기어나왔다. "하느님 감사합니다, 끝났군요."

"잡히지 않은 걸 감사해야지." 톰이 샐쭉거렸다.

벤저민은 어깨에서 양털을 벗어 옆으로 치웠다. 그러고는 완전히 널브러진 채 하늘에서 온갖 것이 보인다는 렌을 걱정스럽게 바라보았다.

톰이 고개를 설레설레 저었다. "아주 맛이 갔어."

벤저민은 입고 있던 마부 외투의 주머니를 뒤지더니 돈을 한

다발 꺼내서 톰의 코밑에 대고 흔들었다. 그리고 오렌지 세 개를 꺼냈다. 약간 멍이 들고 껍질도 두껍고 단단했지만 색깔만은 완벽했다. 태양처럼 밝고 환했다. 벤저민은 하나를 톰에게 던졌다. "자네 말이 맞아. 하지만 벌었잖아."

"언제 내 말이 그른 적 있어?" 톰이 대꾸했다.

"자." 벤저민은 오렌지 하나를 마차 뒤로 던졌다. 오렌지는 소년의 이마에 떨어졌다.

"아야." 렌은 신음만 흘릴 뿐 움직이지 않았다.

"야. 눈 좀 떠봐."

렌은 자기가 눈을 뜨고 있는 줄 알았다. 소년은 눈꺼풀을 손가락으로 비볐다.

"입 벌려봐."

입을 벌리자 벤저민이 오렌지 한쪽을 먹여주었다. 오렌지 향이 렌의 코밑에서 꽃처럼 활짝 피어났다. 이를 앙다물어 씹자 혀가 둥그렇게 말렸고 과즙이 목구멍으로 흘러들어갔다. 뭔가 단단한 게 있길래 씹어 삼켰다. 씨다. 렌은 생각했다. 씨였을 거야. 벤저민은 계속 오렌지를 갈라서 렌에게 먹여줬다. 하늘은 오렌지와 똑같은 색으로 황홀하게 물들었고, 렌의 턱은 행복감으로 아려왔다.

2부

12

노스엄브리지로 들어가는 다리를 건널 즈음에는 이미 사위가 어둑어둑했다. 언덕 너머부터 집들이 길가에 다닥다닥 붙어 골목은 점점 좁아졌다. 거리는 휘휘했고, 그나마 밖에 나와 있는 사람들은 한 귀퉁이에서 웅숭그리고 담배를 피우며 렌과 일행이 탄 마차를 눈으로 좇았다. 렌은 비쩍 마른 개떼가 싸움을 붙고, 골목 안에서 남녀가 드잡이하는 모습을 보았다. 인도와 차도 사이 도랑에서는 오물 썩은 내가 진동했다. 톰은 권총을 꺼내 앉은 자리 옆에 올려놓았다.

그랜스턴으로 가면서 벤저민이 렌에게 보여주었던 바로 그 총이었다. 그때 벤저민은 만족스럽고 유유자적해 보였는데, 지금은 좌석 끄트머리에 움츠러들어 있었다. 목깃을 올려 단추를 끝까지 채우고, 창문 커튼 뒤에서 누구 아는 사람이라도 찾으려는지 유리창 앞을 지날 때마다 그쪽으로 고개를 돌렸다.

마차는 자갈길을 따라 덜컹덜컹 앞으로 나아갔다. 전방에서 거대한 그림자가 길을 덮었다. 그림자는 거리를 따라 길게 노스엄브리지 시내 지붕과 집 들에 먹물 같은 벽을 드리웠다. 말이 그림자 속으로 들어가자 주변 공기가 싸늘해졌고 렌은 얼마나 엄청난 탑이 솟아 있나 고개를 들었다. 그러나 정작 눈에 들어온 건 공장 한 채로, 요새처럼 지어진 건물이 하늘을 향해 쭉 뻗어 있었다.

커다랗고 굵은 굴뚝에서 시커먼 연기를 꾸무럭꾸무럭 토해내는 4층짜리 건물이었다. 벽돌을 쌓아올린 벽은 2층에서 철제 가로대를 덧댄 통유리창에 자리를 내주었다. 정문 위 아치의 쐐기돌에 이름이 새겨져 있었다. 맥긴티 쥐덫 제조 및 유통 회사.

"분위기 한번 좋구먼." 톰이 평했다.

"여긴 원래 탄광도시였어." 벤저민이 말했다.

"첨 듣는 얘긴데."

"못 들었을 거야. 사고가 나서 마을이 거의 초토화됐거든. 탄약을 보관하던 컨테이너가 탄광 입구에서 폭발해 안에 있던 광부들이 몽땅 매몰됐어. 시신은 한 구도 못 찾았고 회사는 터널을 폐쇄하고 나갔어. 나중에 다시 지나다 보니 여자들이 여전히 시장 한가운데서 무릎을 꿇고 혹시나 남편 기척이 들릴까 땅에 귀를 대고 있더군."

마차는 종종 인도 가장자리에 부딪혔고, 렌은 수십 년 동안 사람들이 탄광에 내다버린 녹슨 팬과 냄비, 낡은 장화, 말편자, 깨진 도자기 같은 잡동사니들과 함께 땅속에 묻힌 남자들을 생각했다. 마차는 오래 묵은 밤나무 한 그루를 지났고 렌은 밤나무 뿌리가 광부 아내의 손가락처럼 땅속으로 뻗어 거기 있는 것들을 일일이 더듬는 모습을 상상했다. 광부의 아낙들이 남편을 잡아먹은 땅을 삽과 곡괭이로 헤집는 장면, 다른 아낙과 아이들도 모두 같이 나서고 언덕 위에서 내려온 농부들도 합세하는 장면을 상상했다. 렌의 머릿속에서 그림이 그려지기 시작했고 세세한 것들까지 연이어 떠올라, 이제는 마을 전체가 한시가 늦을세라 안간힘을 다해 땅을 파헤치는 장면을 목격할 수 있었다. 그러다 호각이 울리고 다들 멈춰 귀를 기울인다. 얼마 후 한 여자가 울부짖는다. 왜들 그러고 섰는 거야? 또다른 여자가 울먹인다. 안돼! 바로 저기야! 봐! 들었어? 저기라고! 저기!

톰은 마차를 몰아 폐가가 즐비한 거리를 지났다. 다음 블록은 건물마다 소란스러웠으며 불빛도 요란했고 열린 창문 너머로 유리잔 깨지는 소리와 음악소리가 넘쳐났다. 마차가 또 한번 모퉁이를 돌자 이번엔 사방이 어둡고 고요했다. 다시 모퉁이를 돌고 돌고 또 돌았다. 불 켜진 집이 없었다. 그때 딱 한 집이 나타났다. 바깥 현관 앞에 조그맣게 나무 간판이 붙었는데 손으로 쓴 페인트 글씨였다. '빈방 있음'.

"저기다." 벤저민이 말했다. "여기 세워."

"확실해?" 톰이 물었다.

"말 데리고 잠깐 있어." 벤저민은 수레 뒤로 기어나갔고 렌이 그 뒤를 따랐다.

문을 두드리고 조금 지나서 한 여자가 나왔다. 여자는 벤저민보다 적어도 머리 하나는 더 컸고 어깨도 넓고 팔도 굵었는데, 목은 매우 길고 가늘었다. 얼굴은 중년쯤 돼 보였고 눈은 빈틈없이 예리했으며 한쪽 콧구멍이 다른 콧구멍보다 컸다. 머리카락은 챙 없는 모자 속으로 꾹꾹 쑤셔넣었고 갈색 원피스 위에 결이 거친 앞치마를 두르고 있었다. 허리에 찬 두꺼운 가죽벨트에는 열쇠 꾸러미가 달려 있었다.

"뭔 일로 문은 두들겨대오?" 여자가 소리쳤다.

"방을 얻으려고요." 벤저민이 대답했다.

"낯모르는 사람한테 줄 방은 없소."

"저는 벤저민 냅이라고 합니다." 그는 예의 미소를 띠면서 손을 내밀었다. "자, 그럼 이제 낯모르는 사람 아니죠?"

"냅 씨, 나는 모진 세상을 모질게 살아온 여편네고 더는 모진 일은 **필요 없소.**" 여자는 옆구리에 찬 엽총을 들어 보였다. "**가 던 길 마저 가시라고.**"

렌은 동정을 사야 할 차례가 왔음을 알았고 실행에 옮겼다. 최 대한 불쌍해 보이게끔 한껏 웅숭그려 몸집을 더 작게 만들었고 눈을 빠르게 껌벅였다.

"저도 그러고 싶습니다." 벤저민이 말을 이었다. "불구가 된 제 가엾은 조카만 아니라면요. 부모를 잃은 지 얼마 안 됐는데 여기까지 너무 먼길을 와서요."

렌은 여관 주인의 얼굴 앞에 팔을 들어 보이고 인사를 하는 양 손목을 흔들었다.

"누님은 병든 이웃을 돌보고 있었어요. 그러다 그만 누님 자신 도 병에 걸린 겁니다. 매형은 밤낮으로 누님을 간호했어요. 그동 안 밭은 돌보지 않아 썩어버렸고요. 가진 재산은 병원비로 다 날 렸죠. 사람들이 그러는데 누님은 피부가 노랗게 되고 이는 녹색 으로 변했다더군요. 얘 아버지도 그 병에 걸려서 고래고래 소리 지르고 헛소리를 지껄이고 벽을 핥았습니다. 제 친구 톰에게 부 탁해 짐마차를 빌려 누님이 사는 마을에 갔는데 제가 도착했을 때는 이 가엾은 고아 소년만 남긴 채 이미 누님 내외 모두 땅에 묻히고 난 다음이었습니다." 벤저민은 마지막 문장을 말하면서 모자를 벗어 가슴께에 갖다댔다.

별안간 허공에서 주인 여자의 치아가 하얗게 떠올랐다. 길고 가는 이들은 틈이 상당히 벌어졌고 농부들이 그렇듯 삐뚤삐뚤 했다. "흠." 여자는 아랫입술을 물고 방금 들은 얘기를 곰곰 생각했다. 그러더니 총을 옆으로 치우고 두 팔로 렌을 안아올린 다음 끝장이라도 낼 듯 좌우로 흔들어댔다. 여관 주인은 거친 사람이었지만 그에 균형을 맞춰 부드러운 구석도 있어 지금 그 부드러운 부분에 렌의 얼굴을 대고 꾹 누르고 있었다. 부풀어오른 빵 반죽의 효모 냄새가 소박하고 시큼하게 났고, 렌은 어찌해야 할 바를 몰라서 그냥 축 늘어졌다. 그렇게 가만 내맡기다가 숨이 막혀서 버둥거리자 주인 여자는 렌을 땅에 다시 내려놓았다.

벤저민이 손짓하자 톰이 마차에서 내려와 집 뒤꼍의 조그만 마구간으로 말을 데려갔다. "정말 감사드립니다. 얼마나 더 갈 수 있을지 막막했거든요. 그리고 제가 혼자 사는 젊은 것이라 어린애를 어떻게 거둬야 하는지 아는 것도 없고요."

"**알 리가 없지!**" 주인 여자는 그들을 집안으로 들였다. "**하룻밤에 3달러. 식사는 끼니당 1달러.**"

"합리적인 가격이네요." 하지만 벤저민은 돈을 꺼낼 기미가 전혀 보이지 않았다. 주인 여자는 그의 외투를 받아 옷장에 걸었다. 벤저민은 감사를 표하며 이름을 물었고 주인 여자는 샌즈 부인이라 부르라고 했다.

"그럼 남편 되시는 분은, 그분이 이곳을 운영하시나요?"

"내 남편은 광산에 묻혀 죽었어."

"아아 이런, 샌즈 부인……" 벤저민은 한쪽 무릎을 꿇고 주인 여자의 손을 들어 자신의 두 손 안에 모아쥐었다. 그러는 동안 샌즈 부인은 꼼짝도 하지 않았다. 그때 턱수염이 엉망진창으로 엉킨 톰이 문간으로 들어왔다. 톰은 빗장을 걸다가 권총을 떨어뜨렸고 재빨리 주워서 바지 앞섶에 쑤셔넣었다. 주인 여자는 코웃음을 치고 발걸음을 돌렸다.

"대단한 친구를 두셨구려, 냅 씨."

그리고 샌즈 부인이 항상 큰 소리로 고함치듯 말한다는 것을 다들 금방 알게 됐다. 어렸을 때 총기 오발 사고가 나 그후엔 사람들의 입 모양으로 말을 알아들었는데 정작 본인이 말하는 소리는 잘 듣지 못했다. 샌즈 부인은 벤저민과 톰을 씻으라고 위층으로 올려보냈다. **"위에 올라가면 방이 하나 있어. 벽장에 보면 아이한테 맞을 만한 옷도 있을 거야. 요만한 아들을 두었던 친구가 있거든. 언젠가 나도 애를 낳을 거라고 생각했는지 자기 애가 강에 빠져 죽은 뒤에 애 물건을 몽땅 나한테 보냈어. 빠져 죽은 애라니! 요 꼬마도 강에 빠진 꼴이구먼. 안 그러우?"** 샌즈 부인은 렌의 외투 끝자락을 잡고 아래위로 당겨보더니 렌을 끌어 꽁무니에 매달고 옆의 부엌으로 들어갔다.

부엌에 들어서니 맛있는 냄새가 났다. 그레이비소스를 잔뜩 뿌린 구운 쇠고기 덩이였다. 식탁 위나 조리대에는 아무런 흔적이 없었지만 바로 얼마 전에 요리한 게 분명했다. 조리대는 박박 문질러 깨끗이 닦여 있고 냄비는 번쩍번쩍 빛났고 접시는 모조리 귀퉁이 유리 찬장 안에 정리되어 있었다.

방안 대부분을 벽난로가 차지했다. 렌이 지금까지 본 것 중 가장 큰 화덕이었다. 한쪽 벽면 전부도 모자라 모서리를 돌아 다음 벽면을 반쯤 더 차지했고, 벽돌과 선반을 한 겹 더 올렸다. 화로 위에는 자수로 새긴 주님의 기도를 액자에 넣어 걸었고 그 아래 이런저런 조리 기구들이 복잡한 회로처럼 놓여 있었다. 엄청난 수의 화기며 주전자며 팬이 금방이라도 발톱을 세우고 벽돌 선반에서 걸어내려와 산책을 나갈 것 같았다. 가운데에는 잘 쪼개진 통나무 여섯 개에 불이 활활 타오르고 있었다.

그 철제 도구들 틈에서 샌즈 부인은 살진 돼지만한 크기와 모양의 가마솥을 끌어냈다. **"원래는 내가 쓰려고 물을 데웠는데 너한테도 좋을 것 같구나."**

렌은 그렇게 큰 솥은 처음 봤고 정신을 차려보니 이미 그 안에 들어가 앉아 있었다. 샌즈 부인이 렌의 옷을 벗기고 렌이 머뭇거리자 엉덩이를 찰싹 때려 안에 집어넣었던 것이다. 이제 샌즈 부인은 기다란 의자를 하나 끌어다 엉덩이를 붙이고 엄청난 크기의 감자 양동이를 가져와 칼로 깎기 시작했다. 구운 고기 냄새가 여전히 공기중에 떠돌았고 렌의 배에서 꼬르륵 소리가 났다.

"넌 살 좀 찌워야겠어." 샌즈 부인이 말했다.

렌은 손목 흉터를 겨드랑이 밑에 끼우고 다리를 꼬아 무릎을 꼭 붙였다. 팔꿈치가 솥에 부딪히자 등 하는 둔중한 소리가 길게 울렸다. 가마솥 안쪽은 꺼끌꺼끌했고 물은 미지근했다.

샌즈 부인은 곁눈질로 렌을 보더니 솥 안에 손을 집어넣고 렌의 왼팔을 들어올려 흉터를 다시 유심히 살폈다.

"어머니 성함이 어떻게 되시냐?"

렌은 못 들은 척 물만 내려다보았다.

"아버지는 누구시고?"

렌은 어깨를 으쓱했다.

"나한테 그 어깨 으쓱대는 짓 하지 마라." 샌즈 부인이 수면을 찰싹 때렸다. "알면서 모르는 척하는 짓도 안 통해."

렌은 솥 안에 거의 잠길만치 푹 내려앉았다.

"그럼," 샌즈 부인은 껍질을 반쯤 벗기다 만 매끈한 감자를 내려놓고 몸을 앞으로 내밀었다. 렌이 뺨 가까이에서 부인의 숨결을 느낄 수 있을 정도였다. "저 뎁이라는 양반이 진짜 네 삼촌이냐?"

렌은 손목 그루터기를 손톱으로 꾹 누르고 고개를 끄덕였다.

"네 부모님은 진짜로 돌아가셨고?"

그 대목에서는 더 힘차게 고개를 끄덕였다.

샌즈 부인이 무릎 위에 놓인 감자를 꽉 쥐었다. 소년은 기운이 다 빠져 녹초가 됐다. 바로 그때 벤저민과 톰이 물에 빠져 죽은 소년의 윗도리 아랫도리 한 벌을 들고 돌아왔다.

샌즈 부인은 두 남자를 의심스러운 눈빛으로 쏘아보더니 톰의 손에서 바지를 낚아채 좀 먹은 구멍이 있나 살피고 선언하듯 말했다. **"일단 이거면 되겠군."** 부인은 화로 쪽을 가리켰고, 렌이 원래 입던 옷이 장작 위에 얹혀 있었다. 옷은 연기를 내면서 불꽃의 일부가 되어가고 있었다. 어둠 속에서 주황색 실이 불꽃을 튀며 타들어갔다. 렌은 사라져가는 옷을 바라보며 처음 그 옷을 입었을 때를 떠올렸다. 적어도 이 년 전이었다. 한 달에 두 번 보육원 아이들을 깨끗이 씻겨주던 할머니들 중 한 분이 주신 선물이었다. 렌은 그 옷가지들이 마음에 들었다. 바느질도 몇 군데 새로 한 것으로 기장도 넉넉했다. 그게 불태워 마땅할 만큼 허접한 옷인 줄 미처 몰랐다. 어쨌든 옷은 저 통나무 위에서 연기를 내며 타고 있었고 소년은 여기 가마솥 안에서, 불 앞에서, 더는 벗겨낼 것도 없이 벌거벗은 채로 옷가지가 사라지는 것을 지켜보고 있었다.

벤저민은 샌즈 부인이 앉은 벤치 옆에 자리잡더니 장화를 벗어도 되겠냐고 양해를 구했고, 부인이 고개를 끄덕이자 장화를 벗어 불 옆에 놓았다. 그가 신은 두꺼운 모직 양말은 발가락과 발뒤꿈치에 구멍이 몇 개 났고 땀에 절어 고린내가 났다. 솥 안에 있는 렌도 냄새를 맡을 수 있을 정도였다. 톰은 불편한 듯 미적거리고 섰다가 샌즈 부인에게 제발 좀 앉으라고 호통을 들었다. 부인은 먹을 걸 찾아서 가져다주겠다고 나섰다.

부엌에서 샌즈 부인은 갈색 빵 한 덩이와 얇게 썬 햄 조금, 우유와 커피 한 주전자씩을 뚝딱 만들어냈다. 부인은 식탁을 차리고, 가마솥 안에 든 소년에게 빵 한 조각과 햄을 건네더니 다시 감자 깎는 일로 되돌아갔다. 마지막으로 요기를 한 지 꼬박 하루가 지난 뒤여서 그들은 맹렬하게 음식에 달려들었다.

"냅 씨는 집이 어디신가?"

"저는 선원이라서 거의 뭍 밖에 나가 살았어요. 맨 처음 탄 게 동인도로 가는 상선이었고 나중에는 포경선을 탔습니다. 누님이 병석에 누웠다는 소식을 듣지 않았다면 지금쯤 바다에 있었을 겁니다."

"거참 위험한 일이로군."

벤저민은 커피를 후루룩 마셨다. "외롭기도 하죠."

톰은 눈알을 굴렸다.

"그럼 옆의 친구분은?"

"무직이오." 톰이 대답했다.

"학교 선생이에요." 벤저민이 얼른 정정했다.

"참 대단한 선생이구려."

톰이 벌떡 일어섰다. "그건 무슨 말이오?"

그러나 샌즈 부인은 톰에게서 등을 돌리고 있었으므로 그의 말은 못 듣고 자기 말을 계속했다. **"자고로 선생이라면 이렇게 밤늦게 애를 밖에 내놓으면 안 된다는 정도는 알아야지. 선생이라면 애한테 저런 넝마를 입혀 돌아다니면 안 된다는 것도 알 테고."**

"이봐,"라고 운은 뗐지만 톰은 말을 잇지 못했다. 다만 여관 주인을 쳐다보다가 반쯤 먹다 만 저녁을 봤고, 다시 입을 열었다. "그만 가서 자겠어." 톰은 자기 접시를 휙 잡아채서 그 위에 햄 두 조각과 빵을 더 얹은 다음 쿵쿵거리며 계단으로 올라갔다.

"양해해주세요." 벤저민이 변명했다. "친구가 제 누님을 좋아했거든요."

"저 사람하고 결혼하지 않았으니 누님이 현명했네."

"그러게요"라고 답하는 벤저민의 얼굴은 생각에 잠긴 듯했고 조금은 슬퍼 보였다. 그는 주머니를 뒤적여 파이프를 찾더니 벽난로에서 장작을 하나 집어내 불을 붙였다. 그리고 감자를 하나 집고는 칼을 꺼내들었다. 벤저민은 감자를 깎기 시작했고 샌즈 부인과 나란히 아무 말 없이 감자 깎는 데만 집중했다.

렌은 한기가 들었고 빵도 한 조각 더 먹고 싶었지만 침묵을 깨거나 샌즈 부인의 허락 없이 가마솥에서 나올 엄두가 나지 않았다. 발가락이 쪼글쪼글해졌다. 가마솥은 불 쪽이 좀더 따뜻해서 렌은 몸을 그쪽으로 기대었다.

샌즈 부인은 벤저민의 얼굴을 쳐다보고 있었다. 화로 불빛에 비친, 윗도리 단추를 풀고 머리카락을 뒤로 넘긴 벤저민은 나이보다 젊어 보였다. 감자 하나를 다 깎은 다음 벤저민은 상체를 숙이고 파이프를 한 모금 길게 빨았다. 담배 연기에서 설탕 같은 냄새가 났다. 렌은 깊게 숨을 들이마셨다. 그때 벤저민이 샌즈 부인의 갈색 원피스를 한 겹 들어올리더니 손가락을 그녀의 무릎 위에 올렸다. 한 손으로는 파이프 담배를 계속 피웠다. 샌즈 부인은 다시 감자에만 신경을 쏟으며 부지런히 껍질을 벗겼다. 부인의 뺨 위로 살짝 붉은 기운이 돌았다.

렌은 가마솥 가장자리에 턱을 올렸다. 화롯불은 사그라지는 참이었다. 장작은 가운데부터 푹 꺼져서 새까만 재가 됐다. 소년의 옷은 다 타버리고 철망 밑에 그을린 천조각 몇 개만 남았다. 렌은 그걸 하염없이 바라보다가 더는 눈물을 참지 못할 것 같아 숨을 참고 물속으로 확 들어갔다. 조금 있으니 가마솥 옆을 두들기는 소리가 났다. 렌은 얼굴을 내밀었고 목욕물이 눈에 들어갈까봐 눈을 깜박거렸다. 벤저민은 여전히 샌즈 부인의 치마 속에 한 손을 넣고 있었고 렌에게 윙크를 하더니 문 쪽을 고갯짓해 보였다.

"나갈래요." 렌의 말에 샌즈 부인이 묘한 눈길로 쳐다보았다. 부인이 눈을 감았고, 이어서 벤저민의 두 손이 갑자기 다시 나타나 장화를 집어들었다.

샌즈 부인은 일거리를 옆으로 치우고 일어났다. 부인은 경쾌한 몸놀림으로 단번에 렌을 들어 난롯가에 올려놓고 조그만 수건으로 목덜미를 문지르기 시작했다. 렌에게 화가 난 것 같았다. 렌은 찬 공기에 전혀 대비를 못 했다. 소름이 쫙 돋았고 이가 딱딱 부딪히는 바람에 기어이 샌즈 부인한테 한소리 듣고 말았다. **"좀 가만있어!"**

"애한테 잘해주세요. 안 그럼 누님 귀신이 나타날 겁니다." 벤저민이 한마디했다.

샌즈 부인은 수건으로 렌을 한 번 찰싹 때려서 귀신 따위 겁내지 않음을 분명히 했다. 그러고는 모직 내복을 머리부터 씌우고 위층에서 가져온 옷들을 입혔다.

렌은 물에 빠져 죽은 소년보다 작았다. 바지 기장도 발밑으로 한참 남았고 손도 소매 안에서 안 보였다. 샌즈 부인은 소맷단과 바짓단을 말아올리고, 목깃 길이를 손가락으로 잰 다음 옷을 홱 벗긴 후에 잠옷을 렌의 머리 위로 푹 뒤집어씌워 입혔다. 그것은 잠옷이라기보다 담요 같았는데 목 근처의 단추 때문에 간지러웠고 뒷자락은 질질 끌렸다. 샌즈 부인은 아기를 안듯 소년을 양팔로 끌어안고 계단을 올라 위층으로 데려갔다.

"다 왔다." 샌즈 부인은 문을 발로 차서 열었다. 양끝에 침대를 하나씩 놓은 아담한 방이었다. 한쪽 침대에서는 톰이 이미 코를 골고 있었다. 샌즈 부인은 렌을 다른 쪽 침대 위에 텅 내려놓았다. 성 안토니오 보육원에서 렌은 종종 저녁때 엄마 품에 안겨 침대에 몸을 누이는 상상을 했다. 하지만 이건 좀 아니었다. 상상 속의 엄마는 조용하고 아름다운 분이었다. 엄마는 렌의 머리칼을 부드럽게 쓸어내리고 뺨에 가볍게 키스했다. 샌즈 부인은 베개가 무슨 나쁜 짓이라도 저지른 듯 탕탕 때리고 렌을 숨도 못 쉴 정도로 베개에 쑤셔박았다.

"자, 기도할 줄 아니?" 샌즈 부인이 렌에게 고함쳤다.

그건 잘할 수 있었다. 렌은 재빨리 로사리오 묵주를 찾아들고 머물 곳을 베푼 샌즈 부인을 위해 감사 기도를 올리고, 덤으로 아마도 열병으로 죽은 부모님과 새로 찾은 벤저민 '삼촌'을 위한 기도도 덧붙였다. 비록 렌과 함께 기도를 외지는 않았지만 샌즈 부인은 매우 흡족한 듯 보였다.

"아이가 있으세요?" 렌이 물었다.

"그럴 리가. 없어. 나한테 애가 있어 뭐해?"

"하지만 친구가 물에 빠져 죽은 아이 옷을 줬다면서요."

"그랬지." 샌즈 부인은 갑자기 파리해진 얼굴로 창밖에 시선을 던졌다.

렌은 이불 밑으로 파고들었다. 뭔가 잘못 말했구나 싶었다. "좋은 어머니가 되셨을 거예요." 렌은 만회하려 했다.

"글쎄다, 그건 자신 없구나." 부인의 손이 머리 뒤로 올라갔다. 부인은 몇 가닥 삐져나온 곱슬머리를 다시 모자 속으로 밀어 넣고는 렌의 팔을 꼬집었다. "어쨌든 그 헌옷들도 쓸데가 있었네. 안 그러냐?"

"그런 것 같네요." 렌은 꼬집힌 데를 문질렀다.

"내 기도까지 한꺼번에 해줬으면 좋겠는데." 벤저민의 목소리가 들렸다. 그는 장화를 들고 문간에 서 있었다. 벤저민이 신발을 벽장에 넣고 윗도리를 벗기 시작했다.

별안간 샌즈 부인이 허둥지둥 서둘렀다. 부인은 서랍장 위에 열쇠를 올려놓고 방을 나갔다. 조금 뒤에는 수건더미를 들고 달려와 책상 위에 놓았다. 잠시 후 베개 세 개를 더 갖고 와서 구석에 있는 흔들의자 위에 던졌다. 다시 한번 담요를 잔뜩 안고 와서 렌의 머리맡에 쌓았다. 전부 코바늘이나 대바늘로 뜨거나 조각보를 누빈 것들이었다.

"잘들 주무시오." 샌즈 부인이 소리쳤다.

"안녕히 주무세요." 벤저민은 화답하고 여관 주인이 나간 뒤 문을 잠갔다.

"여기서 얼마나 오래 있을 거예요?" 렌이 담요 무더기를 한쪽으로 밀면서 물었다.

벤저민은 멜빵을 풀어 던졌다. "당분간은."

"저 아주머니 싫어요."

"진짜?" 벤저민이 말했다. "너 아주 푹 빠진 것 같던데."

"벤저민이 푹 빠진 것 같던데요."

"나야 그저 사는 걸 좀 재밌게 해준 거고."

렌은 매일 저녁 이어지는 가마솥 목욕에 대해 생각해보았다. 침대 발치께를 걷어찼는데 뭔가 무거운 것이 바닥에 툭 떨어졌다. 벤저민이 허리를 숙이고 주웠다. 뜨거운 물을 담아 코르크 마개로 주둥이를 막는 두툼한 보온용 갈색 도자기 병이었다.

렌이 항상 꿈꿔왔던 바로 그 뜨거운 물병이었다.

"이거 채워 와도 돼요?"

"맘대로." 벤저민이 말했다. "하지만 샌즈 부인을 깨우진 마."

렌은 침대에서 빠져나와 잠긴 문을 열고 보온병을 옆구리에 낀 채 살금살금 계단을 내려갔다. 긴 잠옷의 끝자락이 손가락에 자꾸 걸렸다. 부엌 화롯불은 꺼졌고 어둠 속에 뜬숯만 몇 점 남아 있을 뿐이었다. 렌은 얼른 가마솥에서 물을 떠 보온병을 채우고 깜부기불 속에 집어넣었다. 난롯가의 벽돌은 아직 따스해 소년은 거기에 발을 대고 비볐다. 그러고는 정갈한 부엌을 둘러보았다. 벽에는 반짝이는 구리 냄비가 걸렸고, 벽 테두리를 따라 파인애플이 그려져 있고, 땔감용 나무는 깔끔하게 바구니 안에 쌓여 있다. 진짜 집 같은, 항상 꿈에 그리던 집이었다.

벽난로 옆 식탁 위에는 냅킨을 덮은 쟁반이 있었다. 한쪽 가장자리를 슬쩍 엿보니 완벽한 한끼 식사였다. 아까 먹은 것 같은 단출한 빵과 햄이 아니라, 육즙이 흥건하고 감자와 당근을 곁들인 쇠고기가 먹기 좋게 썰려 있었다. 맨 처음 부엌에 들어왔을 때 맡았던 바로 그 냄새의 주인공이었다. 옆에 포크와 칼이 있고, 맥주도 한 잔 놓여 있었다. 사과도 있었다. 게다가 조그만 케이크도 한 조각 딸렸다.

입안에 침이 고였다. 케이크가, 완전무결한 케이크 한 조각이 옆으로 누워서 소년이 앞으로 손을 뻗기만을 기다리고 있었다. 렌은 케이크를 입안에 쑤셔넣었다. 이가 부딪는 속도가 따라주질 않아서 채 씹지도 않고 꿀떡 삼켰다. 레몬과 설탕, 양귀비 씨 맛이 혀 위에서 녹아내렸다. 접시에 남은 부스러기를 쓸어내고 쟁반을 다시 냅킨으로 잘 덮었다.

다 먹어치우자마자 슬슬 걱정이 되기 시작했다. 샌즈 부인은 분명 케이크를 먹어치운 걸 알아차릴 것이다. 렌은 숨을 죽이고 여관 주인이 모퉁이를 돌아 나오기를 기다렸다. 조금 지나고, 조금 더 지나도 샌즈 부인은 모습을 드러내지 않았다.

굴뚝에서 숯검정이 화덕으로 쏟아졌다. 안에서 긁히는 소리가 났다. 뭔가 연통 안에 들어왔다. 렌은 새나 다람쥐일 거라고 생각했다. 성 안토니오 보육원에서는 날이 추워지면 새들이 열기에 이끌려 굴뚝 안으로 들어왔다. 그것들은 부엌 여기저기 부딪히며 날아다녔고 대개는 하루종일 유리창에 몸을 날렸다. 샌즈 부인의 굴뚝 안에서 움직이고 있는 것은 그게 뭐든 간에 상당히 느린 편이었고, 소년은 몇 분 뒤에야 누군가 굴뚝을 타고 내려오는 게 틀림없다는 생각에 미쳤다. 심장이 두방망이질했고 그 소리를 굴뚝 안에 있는 것이 듣기라도 한 듯 연통 긁는 소리가 멈췄다.

렌은 웅크리고 앉아서 연통 속을 보았다. 위쪽에서 한 사내가 두 다리와 어깨로 몸을 지탱한 모양새로 삐죽 나왔다. 사내는 신발 뒤축을 굴뚝 벽돌에 대고 한 발 한 발 미끄러뜨렸고, 검은 먼지구름이 렌의 얼굴 쪽으로 피어올랐다. 소년은 몇 걸음 물러나면서 재채기가 나오려는 것을 참았다. 잠옷 끝자락으로 코를 덮고 꽉 눌렀다. 다급히 숨을 곳을 찾다가 감자 바구니 속으로 기어들어갔다. 안에 남아 있던 조그만 감자 몇 개가 소년의 무릎에 눌려 으깨졌다.

한 발이 굴뚝에서 대롱거렸다. 다른 발도 나왔다. 두 발은 장작과 재와 다 타버린 렌의 옷 찌꺼기를 옆으로 찼다. 남자는 벨트에 묶은 밧줄을 푼 다음 몸을 굽히고 손바닥으로 땅을 짚어 엉금엉금 벽난로에서 기어나왔다. 일어나서 외투를 손으로 털고 다리에 묻은 재도 털어냈다. 사내의 키는 고작 4피트 정도였다.

몸 크기가 다른 여러 사람을 조합해서 만든 것 같았다. 머리는 몸에 비해 훨씬 컸고 발은 반대로 너무 작았다. 팔은 길고 힘세 보였으나 다리는 짧았다. 검은 눈은 양끝이 처졌는데 눈썹은 반대로 치켜올라가서 똑똑해 보였다. 머리카락은 턱수염과 똑같이 새까맣게 빛났고 수염은 턱 주위에 단정히 정돈되어 있었다.

작은 사내는 식탁으로 곧장 걸어가 쟁반에서 냅킨을 걷어내고는 식사를 하기 시작했다. 다 먹은 뒤 소매 안에서 잭나이프가 등장했고, 사과를 여러 조각으로 잘랐다. 사내는 혀와 턱을 최대한 놀려 쩍쩍 소리를 내면서 입을 다시고 이를 갈았다. 렌은 속으로 저 사내는 기회만 된다면 인육도 저런 식으로 먹을 거라고 생각했다.

난쟁이는 사과 씨를 벽난로 옆에 두었다. 그리고 장화를 벗고 양말을 벗었다. 부드러운 모직 체크무늬 양말은 재투성이였다. 사내가 양말을 털자 탁한 그을음이 조그맣게 폭발하듯 먼지구름이 일었다. 양말은 사과 씨 옆에 두었다. 그리고 겉옷을 벗었다.

셔츠도 벗었다. 바지도 벗었다. 렌은 그가 솥 안으로 들어가기 전에 등이 굽어 기형인 몸뚱이를 얼핏 보았다. 물이 튀었고 사내가 몸을 씻는 소리가 빈 부엌에 울렸다. 사내는 몸을 헹구고 밖으로 나왔다. 렌은 이제 숨김없이 드러난 그의 몸을 보았다. 굽은 척추에 힘센 팔이 있고 조그맣게 달랑거리는 성기는 렌보다 별로 크지도 않았다. 난쟁이는 샌즈 부인이 렌의 몸을 닦아줬던 수건을 집어들고 재빨리 등을 문지른 다음 두 다리를 닦고 옷을 꿰입었다.

벽난로 옆 탁자 위에는 잘 수선된 깨끗한 양말 한 켤레가 가지런히 놓여 있었다. 렌은 마디가 불거진 난쟁이의 발가락을 힐긋 쳐다보았다. 난쟁이는 맨발을 새 양말 속에 밀어넣고 부츠를 신었다. 신발끈을 다 묶고 나서 작은 사내는 다시 벽난로로 기어들어가 허리에 밧줄을 매고 오르기 시작했다. 덜거덕거리는 소리가 굴뚝의 빈 공간에 메아리쳤고, 연통 위로 얼마간 올라간 듯싶어지자 점점 조용해졌다. 렌은 바구니 너머로 빠끔 내다보았다. 난쟁이는 더러운 양말을 두고 갔다. 사과 씨도 두고 갔다. 게다가 나무를 깎아 만든 조그만 장난감 말도 두고 갔다.

소년은 감자를 옆으로 밀치고 바구니 밖으로 기어나왔다. 말은 그의 손바닥 안에 쏙 들어왔다. 나무의 옹이를 깎아 만든 것이었다. 나뭇가지가 돋았던 가장귀의 흔적이 보였다. 안장이 있어야 할 자리에 밤 껍질이 감겨 있었다. 다리 끝에 발굽도 정교하게 깎았다. 아주 작게 콧구멍도 뚫었고 꼬리의 움직임을 표현하려고 자잘한 선도 세밀하게 그었다.

렌은 보온병을 꺼내 잠옷 자락으로 재를 털어내고 품에 안았다. 병은 따습고 무거웠고, 소년은 본능적으로 병을 감싸며 몸을 동글게 말았다. 머리 위에서 굴뚝 긁는 소리가 먹먹하게 들렸다. 발로 차는 소리도 났다. 렌은 난로 앞에 무릎을 꿇고 앉아 어둠 속을 올려다보았다. 아무것도 보이지 않았다. 그러나 다음 순간, 밤과 별이 보였다.

13

꼭두새벽이었고 바깥 하늘은 아직 어둑어둑했다. 렌은 어깨가 가려웠다. 모직 잠옷은 다리께에 엉켜 있었다. 비몽사몽중에 지하실 바닥에서 담요를 둘둘 말고 있는 게 아니라 진짜 침대에 제대로 누워 있다는 자각이 들 때쯤, 창문 바로 밖에서 쾅하는 소리가 났다. 렌은 이불을 박차고 무슨 일인가 보려고 유리창으로 달려갔다. 샌즈 부인이 집 앞 인도에서 양철통과 조그만 철솔을 들고 난로의 재를 길가에 내다버리고 있었다. 부인은 깡통 밑면을 또 한번 쾅 소리 나게 쳤고 마지막으로 잿빛 먼지구름이 서서히 주위 허공으로 퍼졌다.

샌즈 부인은 진보라빛 원피스에 앞치마를 두르고 소매를 팔꿈치까지 걷어올리고 있었다. 머리에는 전날 밤과 똑같이 챙 없는 모자를 쓰고 있었다. 분명 몇 시간 전에 일어나서 온 집안을 쓸고 닦았음이 분명했다. 렌은 양철통과 솔을 옆구리에 끼고 먼지 구름을 응시하는 샌즈 부인의 얼굴을 바라보았다. 누군가가 던지는 돌에 맞서기라도 하듯 부인의 표정은 결연했다.

방 건너편에서 톰이 코를 골았다. 벤저민은 한옆으로 몸을 뒤치고 이불을 머리까지 뒤집어썼다. 지난밤, 이 방은 냉랭하고 침울했지만 아침햇살 속에 다시 보니 상당히 잘 관리되어왔음을 알 수 있었다. 마룻바닥은 기름을 먹었고 러그는 햇빛에 군데군데 색이 좀 바랬지만 청결했다. 서랍장 위에는 코바늘로 뜬 레이스 깔개가 깔렸고, 거울은 먼지 한 점 없이 깨끗이 닦여 있었다. 한쪽 벽에는 퀼트, 그 맞은편 벽에는 야생화 꽃다발을 압착해서 넣은 유리 액자가 걸려 있었다. 가장 멀리 있는 벽에는 선반이 달렸는데 그 위에는 달랑 책 한 권만 놓여 있었다. 킹 제임스 성경이었다.

렌은 문밖에서 몇 사람이 지나가는 발소리를 들었다. 달려가서 열쇠구멍에 눈을 댔지만 흐릿한 모양만 보이다가 곧 계단에서 장화 소리가 요란하게 들렸다. 구멍으로 바람이 휙 들어오는 바람에 눈을 깜박이며 뒤로 물러나는데 베이컨의 기름진 냄새가 풍겨왔다.

렌은 걸쇠를 풀었다. 짤깍하는 소리가 나고 소년은 방을 빠져

나왔다. 문 앞에는 물에 빠져 죽은 소년의 옷이 얌전히 개켜져 바구니 안에 들어 있었다. 옷은 수선되어 있었다. 바지는 밑단을 접어 감침질했고 허리를 줄이고 소매는 짧게 잡았다. 렌은 잠옷을 머리 위로 뒤집어 벗은 뒤 새 옷을 입어보았다. 이제 몸에 꼭 맞았다. 외투에는 안감을 댔고 단추도 광을 냈다. 셔츠 소맷부리도 잘 마감되어 있었고 바지 주머니에 구멍 하나 없었다. 주머니 안에 손을 넣었더니 완벽하게 각을 맞춰 다림질한 손수건이 나왔다.

보육원에서 주는 작은 바지나 누더기 외투와는 차원이 달랐다. 이건 진짜 사람이 입는 옷이었다. 렌은 팔을 쫙 벌렸다. 한쪽 소매 끝으로는 손가락이 쭉 나왔고 다른 쪽에서는 손목 단면이 살짝 보였다. 어깨선이 반듯하게 어깨를 지나 수직으로 깨끗하게 떨어졌다. 샌즈 부인은 어젯밤을 거의 새우다시피 해서 치수에 맞게 마름질하고 바느질했음이 틀림없었다. 렌은 소매를 뒤집어 부인의 바느질 자국을 보았다. 한땀 한땀이 고르고 매끈하고 정확했다. 렌은 갑자기 신이 나서 어쩔 줄 몰랐다. 자신을 위해 이렇게 무언가 해준 사람은 난생처음이었다.

부엌에서 사람들 말소리가 났다. 렌은 벽을 짚고 계단을 내려갔다. 맨 아래 계단에서 발을 멈추고 귀를 기울였다.

"거기 손 떼라."

부엌 안쪽에서 깔깔거리는 웃음소리가 한꺼번에 터져나오는 걸 보니 샌즈 부인의 위협은 전혀 먹혀들지 않은 게 분명했다. 렌은 모서리를 돌았고, 그때 여자애 네 명이 벤치에 한 줄로 앉아 있는 모습이 보였다. 평범하고 평범하고 평범했으며, 또한 평범했다. 네 명 다 무거운 장화를 신고 똑같은 싸구려 군청색 치마를 입고 있었다. 그중 한 명은 윗입술이 토끼처럼 갈라진 구순열이었다.

"손가락 하나도 안 댔어." 토끼 입술 여자애가 대꾸했다. 등뒤로 숨긴 손에는 베이컨 한 조각이 들려 있었다. 고깃기름이 치마에 묻어 조그맣고 동그란 얼룩이 점점 커졌다.

"네가 제일 나빠, 이것아"라고 소리치며 샌즈 부인이 여자애의 뺨을 한 대 쳤다. 여자애가 넘어지지 않으려고 손을 뻗었다. 하지만 바닥에 쓰러지면서 베이컨이 두 동강 났고, 샌즈 부인이 새처럼 베이컨 조각을 낚아챘다. 부인은 삐뚤빼뚤한 이를 드러내며 얼굴을 찌푸린 채 고깃조각을 앞치마로 닦았다.

여자애는 의자 모서리에 부딪힌 머리를 만졌다. 아이의 입꼬리가 찢어진 입술 쪽으로 말려올라갔다. 아이는 손가락 끝을 들어 보였다. "오늘 아침엔 피를 안 보셨네." 소녀가 말했다. "빗나갔어, 샌즈 여사."

일시에 모든 것이 정지했다. 갑자기 샌즈 부인이 기침을 터뜨렸고—콜록 콜록 콜록—의자에 앉아 있던 다른 여자애들이 일제히 몇 년간 참았던 것처럼 웃음을 터뜨렸다. 토끼 입술 여자애가 일어서는 동안 소녀들은 뒤축으로 바닥을 쾅쾅 울리며 신나게 웃어댔다. 샌즈 부인은 몸을 돌려 베이컨을 조심스럽게 접시 위에 내려놨다. 부인이 눈가를 훔치는 것을 보고 나서야 렌은 그녀도 함께 웃고 있었다는 걸 깨달았다.

"쉿! 손님들 다 깨우겠다." 샌즈 부인이 말했다.

"진작에 일어났어야죠." 토끼 입술 여자애가 말을 받았다. "정직한 사람은 늦잠 자지 않는다잖아요."

여자애들 중 한 명이 문 뒤에 숨어 있는 렌을 보았다. 긴 갈색 머리에 앞니가 벌어져 있었다.

"쟨 누구야?"

"우리의 새 손님, 물에 빠진 소년이지!" 샌즈 부인이 말했다. 부인은 렌에게 걸어가 멱살을 잡고 부엌으로 끌고 들어갔다.

"왜 애가 있다고 말 안 했어요?" 토끼 입술 여자애가 따졌다.

"내가 너희 종이냐? 일일이 고해바치게!" 퉁명스럽게 쏘아붙인 샌즈 부인은 전과 똑같이 와락 렌을 들어올려 눌러 짜듯 꾹 품에 안았다. 이어서 바닥에 떨구듯 내려놓고 손가락으로 렌의 귀를 비틀어 잡더니 그대로 끌어다 의자에 앉혔다.

"침대가 좀 낡았는데 잠은 잘 잤고?" 샌즈 부인이 물었다.

"네." 렌이 대답했다. "그런데 굴뚝에서 뭐가 나왔어요."

샌즈 부인은 멈칫하더니, 렌의 말이 방을 빠져나갈 시간을 벌듯 가만있다가 갑자기 소리쳤다. **"그럼 우리 꼬마 배가 고프겠군?"** 렌이 그렇다고 응수하자마자 샌즈 부인은 렌 앞에 달걀, 버터, 베이컨과 빵이 한가득인 접시를 내려놓았다.

렌의 머릿속에서 난쟁이 따위는 홀랑 날아가버렸다. 렌은 목깃에 냅킨을 쑤셔 걸고 앞에 놓인 음식을 몽땅 먹어치웠다. 베이컨을 다 먹자 샌즈 부인이 또 얹어주었다. 렌이 빵을 다 해치우자 머핀을 꺼내주었다. 렌은 숟가락에 묻은 마지막 노란 부스러기까지 남김없이 핥아먹었고 부인은 반숙 달걀을 하나 더 까주었다. 껍데기를 벗기니 새하얀 젤리 같은 흰자가 신선한 식초와 소금 냄새를 풍기며 드러났다.

소녀들은 장화 신은 발을 대롱거리면서 기다란 의자에 앉아 렌이 먹는 모습을 조용히 감상했다. 앞니가 벌어진 여자애는 눈알을 굴렸고, 토끼 입술 여자애는 렌이 쳐다보는 걸 알아채고 혀를 날름 내밀었다. 건강한 붉은 기가 도는 핑크색 혓바닥이 바로 위의 뒤집힌 입술을 거울처럼 비추었다. 렌은 눈길을 돌릴 수가 없었고, 렌이 계속 쳐다보자 소녀는 키스를 날려보냈다.

"물 좀 있나요?" 벤저민이 대충 옷을 걸친 채 문간에 서 있었다. 머리카락은 헝클어졌고 눈은 충혈되어 빨갰다.

샌즈 부인의 뺨이 붉어졌다. 부인은 얼른 조리대 밑에서 세숫대야를 꺼내 들통의 물을 부었다. 벤저민은 테이블로 걸어오더니 숫제 양동이에 얼굴을 박았다. 한동안 그러고 있자 양 귓가로 거품이 올라왔고, 이내 고개를 뒤로 확 젖히고 개처럼 좌우로 흔들었다. 샌즈 부인이 기침을 터뜨렸다.

앞니가 벌어진 소녀가 토끼 입술 소녀의 옆구리를 찔렀고, 토끼 입술 소녀는 물방울이 벤저민의 셔츠를 적시고 가슴과 어깨를 타고 흐르는 동안 멍하니 바라보고 있었다.

"당신은 자기가 누구라고 생각하는 거예요?" 토끼 입술이 입을 열었다.

벤저민은 걸어가 소녀들 앞에 섰다. 그는 셔츠 단추를 잠그고 멜빵을 올려 멨다. "내 생각엔," 벤저민이 말했다. "나는 여러분의 이웃사촌인데."

샌즈 부인이 조리대에서 밀가루 반죽을 밀기 시작했다. 가루를 뿌리고 몸무게를 실어 박자에 맞춰 나무 밀대를 굴렸다. 렌은 의자 등받이에 머리를 기대고, 마치 아침마다 늘 그래왔던 양 부인을 바라보았다. 부엌 저쪽 끝에서는 벤저민이 자기소개를 하는 동안 여자애들이 또 깔깔거리며 웃음을 연발했다. 샌즈 부인은 탕탕거리며 반죽을 더 세게 치댔다.

뗑그렁하고 종이 크게 울렸다. 그리고 한번 더 높게 울렸다.

여자애들이 의자에서 엉덩이를 들었고 숄을 집어 돛처럼 머리 위에 두른 다음 양쪽 끝을 목 아래서 잡아맸다.

"저녁식사 때 봐요." 토끼 입술 소녀가 어깨 너머로 벤저민을 돌아보며 말했다. 순식간에 여자애들이 사라졌고 부엌문이 쾅 닫혔다.

"누구예요?" 렌이 물었다.

"쥐덫공장 애들." 샌즈 부인은 반죽을 한 움큼 더 떼어 먼젓번 것 위에 올렸다. 그러고는 고갯짓으로 방 한쪽 구석을 가리켰다. 바닥에 조그만 나무상자가 있었다. 웅크리고 앉아서 보니 막 깎은 나무 냄새가 났다. 한 면에 동그란 양철 문이 달려 있었다. 경첩이 한 방향으로만 열리게 만든 것이 성 안토니오 보육원의 정문에 달린 쪽문 같았다. 렌은 손가락을 문에 대고 살짝 밀어봤다. 상자가 들썩이면서 갑자기 살아 움직였고 소년은 얼른 손을 뒤로 뺐다. 쥐가 반대편 벽을 긁어대는 소리가 들렸다.

"저애들은 맥긴티 씨 공장에서 일해. 그 사람이 폐쇄된 탄광 자리를 사들여서 쥐덫공장을 지었지." 샌즈 부인이 설명했다.

벤저민은 식탁에서 이쑤시개를 집어 뾰족한 쪽을 입안에 넣고 씹었다. "그 사람에 대해 들어본 적 있어요."

"그럼 아시겠구려, 그자가 거기다 무슨 짓을 했는지." 샌즈 부인은 손에 묻은 밀가루를 비벼 털어냈다. **"처음엔 우리도 환영**

했어. 일자리도 필요했고 돈도 벌어야 했으니까. 근데 그 사람이 여자애들을 데려오더군. 집도 없고 남편도 없는 못생긴 것들을. 걔네들은 쥐꼬리만한 월급을 받고 밤낮으로 공장에서 일해. 이 마을에 살던 점잖은 사람들은 다 떠났어. 하지만 나는 여기서 태어났고 여기에 남편을 묻었으니 달리 갈 데가 없지."

샌즈 부인이 앞치마에 대고 기침을 했다. 부인은 입을 훔치고 좀전에 만들던 파이를 다시 잡았다. 반죽 한 장을 들어 접시 위에 고르게 폈다. 밀가루와 물, 소금 냄새가 떠돌았다. 렌은 여관 주인의 손이 반죽을 누르고 칼로 가장자리를 잘라낸 다음 포크로 밑면에 송송 구멍을 내는 모습을 구경했다. 샌즈 부인은 반죽에 고기를 채우고 그 위에 다른 반죽을 잘 펴서 덮은 다음, 두 장을 딱 붙여 봉하더니 가장자리를 비틀어올리며 무늬를 만들었다. 망설임이라곤 전혀 없는 손놀림이었다.

렌은 의자에서 일어나 부인이 일하고 있는 조리대 쪽으로 걸어갔다. 소년은 손을 뻗어 밀가루투성이가 된 부인의 손을 만졌다. "옷을 고쳐주셔서 고마워요."

샌즈 부인이 자신의 손 위에 얹은 렌의 손을 가만 응시했다. 부인은 입술을 굳게 다물고 고개를 들었다. 그 얼굴에 금방이라도 울음을 터뜨릴 듯한 표정이 어리더니 이내 언제 그랬냐는 듯 말끔히 사라졌다. **"맘에 든다니 다행이구나."** 샌즈 부인은 손을 내밀어 소년이 입은 재킷의 어깨선을 바로잡아주며 자기 솜씨에 만족하고는 이내 한숨을 내쉬고 행주를 들어 옷에 묻은 밀가루를 털어냈다.

"세상엔 물에 빠져 죽을 운명도 있는 게지."

"이애는 죽어 마땅했을 거예요." 렌이 슬쩍 받아쳤다.

"그게 무슨 말이냐?"

"하느님이 이애를 벌한 거라고요."

"하느님은 너무 바빠서 애들까지 벌주고 다닐 시간은 없으시 단다." 샌즈 부인은 그런 것쯤은 이미 알고 있어야 하는 게 아니 냐는 듯 렌의 어깨를 토닥였다. 그러고 나서 다시 파이 만들기로 돌아갔다.

그동안 내내 벤저민은 부엌 식탁 앞에 앉아서 혀로 이쑤시개를 굴리며 두 사람을 바라보고 있었다. 그러다 이쑤시개 조각을 뱉으며 물었다. "그 맥긴티라는 사람 말인데 가족이 있나요?"

샌즈 부인은 반죽을 더 떼어와 조리대에 탕 하고 내려놨다. "내가 아는 한은 없어. 전엔 누이가 한 명 있긴 했지."

벤저민의 흥미가 동하는 게 눈에 보였다. 작업에 착수하기 전에는 항상 그랬다. 렌은 맥긴티의 누이가 다음 목표가 되려나 궁금해졌다. 렌은 벤저민이 겉으로 꾸미고 있는 것보다 더 많은 것을 알고 있다는 느낌을 받았다. "그 누이는 어떻게 됐는데요?"

"맥긴티 씨가 어디 멀리 보내버렸어. 정신이 나갔다던데. 나라도 돌아버리겠어, 그런 오라비를 두고 있다면."

벤저민은 손가락으로 머리를 마구 쓸다가 골똘히 생각에 잠겨 커피잔을 뚫어져라 쳐다봤다. 계단에서 발소리가 나고 톰이 셔츠를 풀어헤친 채 모습을 드러냈다. 샌즈 부인은 그쪽을 힐긋 쳐다보더니 테이블 위의 양동이를 가리켰다. 톰은 물을 튀기며 세수를 했고 다 씻고 나자 양동이가 거의 빈 대신 바닥에 물이 흥건해졌다. 샌즈 부인은 근처 벽장에서 대걸레를 꺼내 톰에게 내밀었다.

"나는 여관 주인이지 하녀가 아니야."

부인이 등을 돌리자 톰은 욕을 줄줄이 읊었지만 음식이 나올 때까지 바닥을 대걸레로 밀었다. 샌즈 부인은 두 남자 앞에 달걀과 베이컨을 담은 접시를 하나씩 내고는 화로에서 빵을 구워 바구니 안에 쌓았다. 벤저민과 톰의 아침을 챙겨주고 나서는 파이 반죽을 가져가 오븐 속 철망 위로 밀어넣었다. 오븐 문을 닫을 때 하얀 페이스트리가 빛나는 게 살짝 보였다.

렌은 샌즈 부인이 굴뚝 속 난쟁이에 관해 이미 알고 있음을 깨달았다. 샌즈 부인이 난쟁이를 위해 식사를 내놓았다. 또 난쟁이의 양말을 수선했다. 장난감 말은 부인을 위해 난쟁이가 남겨놓은 게 틀림없었다. 렌은 겉옷 주머니에 슬그머니 손을 넣어 손가

락 끝으로 장난감 말을 어루만졌다. 사포로 잘 문지른 나무는 매
끄러웠다.

렌이 가져본 유일한 장난감은 망가진 양철 군인이었다. 대여
섯 살 때쯤인가 자선 모임의 할머니한테서 훔쳤다. 거의 일 년
동안 브롬하고 이키와 함께 장난감을 가지고 놀았다. 얼굴 한쪽
이 잘근잘근 씹히고 다리 한 짝과 총도 어디론가 사라진 것이었
지만, 아이들은 날마다 새로운 전투를 벌이고 온갖 재료로 다리
를 만들어 붙여가며 시간 가는 줄 모르고 놀았다. 그러다 이키가
양철 군인을 우물에 빠뜨렸다. 아이들은 몇 달 동안이나 군인의
죽음을 애도했고 심지어 우물 벽 하단에 장난감과 함께한 추억
으로 양철 군인의 생몰 연도까지 새겼다.

렌은 샌즈 부인에게서 물건을 훔친 데 죄책감이 들었다. 그러
나 돌려주고 싶진 않았다.

"다 됐니?" 벤저민이 외투를 걸쳤다.

렌은 다 됐다고 해야 하는 건지 아닌지 헷갈렸지만 하여간 고
개를 끄덕이고 자리에서 일어났다. 톰은 식탁에서 빵을 한 덩이
더 집었다.

"모두 6달러."

"물론 드릴 거예요." 벤저민이 넉살 좋게 답했다. 그는 부인의
어깨에 한 손을 올렸다가 허리까지 스윽 미끄러뜨렸다.

샌즈 부인이 뒤로 물러섰다. **"오늘 내로 내야 해."** 부인은 벤 저민이 쓰지 않은 세숫대야를 집어 그걸로 벤저민을 후려쳐 기절시키려는 듯 말했다. 톰은 한 손에는 빵을 들고 다른 손은 허리춤에 찔러넣은 권총에 대고 현관으로 걸어갔다.

벤저민은 부인에게서 세숫대야를 뺏어 조리대 위로 치웠다. "네. 오늘요."

"저녁 먹을 때 들어오나?"

"네." 벤저민이 대답했다. "우리 셋 다요." 벤저민은 렌의 소매를 잡아끌고 샌즈 부인이 다른 말을 할 새도 없이 줄행랑쳤다.

14

대낮의 노스엄브리지는 전혀 다른 세상이었다. 간밤에 지나쳤던 빈 건물들은 상점으로 변신했다. 철물점, 그릇가게, 과일가게, 손수건 노상 등등. 가게 주인은 전부 여자였다. 여자 제빵사가 빵덩어리를 매대에 진열했고 부풀어오른 반죽 향이 창문 밖으로 흘러나왔다. 여자 대장장이가 무릎 사이에 말의 한 발을 끼우고 있었고, 그 뒤편에선 아이들이 풀무질을 했다. 소매를 팔꿈치 위까지 걷어붙이고 앞치마에 온통 피칠을 한 푸줏간 여주인도 있었다. 넝마주이조차도 여자였다. 넝마주이는 당나귀가 끄는 수레에 썩어가는 야채며 해진 누더기며 깨진 그릇 따위를 잔뜩 실었고, 돼지 몇 마리가 그 뒤를 따랐다.

벤저민은 쥐덫공장 옆으로 마차를 몰았다. 아침이 된 지금에야 렌은 복잡하게 쌓인 붉은 벽돌과 하늘 위로 쿨렁쿨렁 솟아오르는 시커먼 연기를 볼 수 있었다. 그곳은 왠지 기분 나빴고 속도 약간 메스꺼워서, 벤저민이 다리 쪽으로 말 머리를 돌려 마을 외곽을 향하자 그제야 마음이 놓였다.

강 위의 다리는 잘 닦여 있었다. 한 세기 동안 사람들이 건너다닌 덕분에 모래와 자갈로 차선이 그어지고 길바닥에 두 줄기 홈이 팼다. 길 양쪽에 노인들이 무리 지어 있었다. 낚싯대를 들고 고기를 잡으러 가는 축도 있는가 하면 담배를 피우는 축도, 난간에 등을 기대고 암말을 품평하는 축도 있었다.

몇 마일 더 나아가니 숲으로 이어졌고 길 양쪽에 풀과 잡목이 서서히 수풀을 이루었다. 저멀리 병원 귀퉁이가 보였다. 치과의사가 말해준 대로 육중한 석조 벽에 외딴 탑이 달린, 마치 성 하나가 뚝 떨어진 것 같은 건물이었다. 병원이 가까워지면서 두 남자는 들뜨는 모양이었다. 벤저민은 덜커덩거리는 마차 리듬에 맞춰 콧노래를 불렀고 톰은 담배를 씹었다. 렌도 들뜬 분위기에 동참하려고 애썼지만 정문에 다가갈수록 초조함만 커졌다. "도착하면 어떻게 해요?"

"닥터 밀턴을 불러달라고만 하면 돼." 벤저민이 대답했다. "넌 닥터 밀턴의 환자가 될 예정이거든."

"왜 하필 나예요?"

"의사가 너라야 안심이 된다더군. 전에 한번 말썽이 생겼대."
벤저민은 소년의 어깨를 꽉 움켜쥐었다. "잘만 하면 이건 복권에
당첨된 거나 마찬가지야. 날 실망시키지 마."

렌은 억지로 마음을 다잡고 마차에서 내렸다. 벤저민을 기쁘
게 해주고 싶은 마음은 굴뚝같았지만 혼자서 작업에 들어가는
건 처음이었다. 렌은 앞바퀴 근처에서 바큇살을 붙잡고 머뭇거
렸다. 톰이나 벤저민 중 한 사람이 생각을 바꿔 자기가 하겠다고
나서지 않을까 기다려봤다.

"저쪽 길에서 기다리마." 톰이 말했다. 수레바퀴가 렌의 손에
서 바큇살을 떼어내며 돌아가기 시작했다. 렌은 마차가 나무 사
이로 들어가 모습을 감출 때까지 지켜보았다. 그리고 병원 쪽으
로 몸을 돌렸다.

건물 기단은 화강암이었다. 문은 정원 입구와 안뜰 입구, 병
원 본관으로 들어가는 입구까지 세 개나 있었다. 렌은 어디로 들
어가야 할지 알 수가 없었다. 소년은 건물 벽에 손을 댔다. 차가
웠다. 초인종을 찾느라 두 바퀴를 돌았다. 벨을 누르자 그 소리
가 크게 울리며 되돌아왔다. 방문자가 왔음을 알리는 게 아니라
벨을 누른 사람을 겁주어 쫓아내려는 소리 같았다. 곧 수녀가 한
명 나타났다. 정원 문과 안뜰 문 너머에서 소변기를 들고 철제
구조물 사이로 지나가며 엄격한 얼굴로 의무를 이행하고 있었다.

"수녀님!" 렌이 소리쳐 불렀다.

수녀는 담 안쪽에 소변기를 탕 내려쳤다. 그러고는 "거기 누구요?" 하고 조바심치며 묻더니 울타리 쪽으로 가까이 와서 섰다. 나이는 쉰 살쯤, 코와 턱은 뾰족했고 눈 색깔이 너무 짙고 어두워서 홍채와 동공이 거의 하나로 보였다.

렌은 소매를 걷어 흉터를 들어 보였다. "밀턴 선생님이 도와주신댔어요."

수녀는 렌의 손목을 빤히 바라보다가 그다음에는 얼굴로, 그러더니 다시 손목으로 시선을 옮겼다. "주님을 찬미할지어다." 수녀가 조용히 읊조렸다. 순간 어떤 표정이 그녀의 얼굴을 스쳤지만 이내 예의 달가워하지 않는 기색으로 되돌아갔다. 수녀는 소변기를 옆구리에 끼고 잠긴 문을 열었다.

"일찍 왔구나. 선생님은 아직 수술중이시다."

수녀는 렌을 데리고 건물 안으로 들어가 큰 병실을 몇 개 지났다. 방마다 침대가 줄줄이 들어찼고 어떤 곳은 복도까지 넘쳐나 바닥에 그냥 매트리스만 깔아두고 있었다. 렌은 되도록 숨을 참았다. 건물 전체에서 곰팡내와 삶은 고기 냄새가 났다. 꽉 차서 흘러넘치는 소변기가 모퉁이마다 있었다.

환자들은 나이트가운을 입고 있었다. 샌즈 부인이 렌을 씻긴 후 입힌 것과 별다를 바 없는 두껍고 무거운 모직 옷이었다. 렌이 지나가자 몇 명은 고개를 들어 쳐다봤지만 대부분 팔다리에 몇 겹씩 붕대를 감고 잠들어 있었다. 한 남자가 손을 뻗어 렌의 바짓단을 붙들었다.

"물 좀 줘." 머리는 박박 밀고 팔에 상처 딱지가 앉은 남자였다.

"제가 갖다드릴게요. 자, 이 손 놓으세요." 수녀가 말했다.

남자는 순순히 손을 풀고 이불 속에 다시 누웠다. 수녀는 렌의 어깨를 잡고 계단 쪽으로 발을 옮겼다.

수녀는 머시 수녀회 소속이었다. 렌은 회색 치마를 보고 알았다. 조지프 수사의 사촌도 머시 수녀회 소속으로 성 안토니오 보육원에도 한번 온 적이 있었다. 세라 수녀라고 했다. 보육원에 머문 시간은 닷새에 불과했지만 세라 수녀는 작은 아이들 방에 고인 퀴퀴한 냄새를 싹 없앴다. 아이들 침구를 몽땅 밖으로 내서 햇빛에 말리고 먼지를 두들겨 털었다. 바닥은 페놀 살균제로 박박 닦았다. 직접 구해 온 리넨과 바늘을 큰 아이들에게 나눠주고, 각자 작은 아이들 속옷을 하나씩 새로 지어 입히게 했다. 세라 수녀가 떠날 때 보육원은 울음바다가 됐다. 그로부터 일주일 동안은 완벽하게 기름 전 내에서 해방됐고 밤마다 렌은 잠자리에 들며 베개에 얼굴을 묻고 깊이 숨을 들이마시던 것을 기억한다. 물론 일주일 뒤에는 원래대로 되돌아갔지만.

"손은 어쩌다 그렇게 된 거니?" 수녀가 물었다.

"기억에 없어요."

수녀는 렌의 대답이 마음에 들지 않은 듯 얼굴을 찌푸렸고 구석의 벤치를 가리켰다. 렌은 벤치에 앉아 수녀가 서둘러 복도 끝에 있는 방안으로 들어가는 모습을 바라보았다. 발걸음을 옮길 때마다 수녀복 자락이 가볍게 흔들렸다.

렌은 다리를 흔들거리며 복도를 둘러보았다. 벽에는 귀족들의 초상화가 쭉 걸려 있었다. 남자들과 여자들이 사냥개를 앉히고 포즈를 취하거나, 창문가에 서서 시골 영지를 내다보고 있었다. 초상화 하나만 유달랐다. 값비싸 보이지만 약간 구겨진 재킷을 입고, 책이 산더미처럼 쌓인 책상 앞에 앉은 남자였다. 남자 뒤의 선반에는 유리병에 든 개구리와 무슨 종인지는 모르겠지만 박제된 새, 그리고 인간의 두개골임에 틀림없는 것이 자리잡고 있었다. 초상화 속의 남자는 뭔가 골똘히 연구하는 듯 턱을 괴었다.

렌은 남자가 무슨 연구를 하고 있는 걸까 상상해보았다. 당연히 과학 연구일 텐데, 초상화를 자세히 들여다볼수록 남자가 조금도 지적으로 보이지 않는다는 생각이 점점 커졌다. 남자는 허기져 보였다. 소시지 생각을 하는 것도 같았다. 그래, 소시지야, 하고 결정하려는 순간, 복도 저쪽에서 비명이 터져나왔다. 소년은 자리에서 펄쩍 뛰어올랐다. 또다시 절규하는 소리가 들렸고, 한번 더 이어졌다.

첫 비명은 애원조였다. 소리도 거의 알아들었다. "안 돼! 그대로 놔둬! 제발!" 애걸하는 소리였다. 그다음에는 누군가를 살인자라고 부르더니, 그다음엔 체념한 듯 단순히 찢어지는 비명소리가 끝없이 이어졌다. 렌은 더이상 참을 수가 없어 한쪽 귀를 손으로 틀어막고 다른 쪽 귀는 손목으로 누르고 입술이 아릴 때까지 계속 콧노래를 흥얼거렸다. 절규는 쉰 목소리로 바뀌더니 단조로운 신음소리가 되었고 이내 완전히 사라졌다.

렌은 팔을 내렸다. 병원 밖으로 나가는 길을 찾아볼까 고민했다. 그러나 마음을 정하기도 전에 문이 열리고 커다란 바구니가 복도로 나왔다. 남자 넷이서 재킷을 벗고 소매를 걷어붙인 채 바구니를 운반하고 있었다. 바구니 안에는 핏기 하나 없이 하반신을 붕대로 칭칭 동여맨 남자가 있었는데, 바구니를 흠뻑 적신 피가 바구니의 갈대 무늬까지 물들였다. 렌은 살짝 몸을 내밀어 환자의 얼굴을 엿보았다. 비명소리가 뼈에서 살을 앗아간 듯 얼굴이 아주 퀭했다.

수녀가 남자의 다리 한 짝을 들고 뒤이어 나왔다. 얇은 천으로 꼭꼭 싼 다리를 아기처럼 양팔로 품에 안고 있었다. 빠른 걸음으로 지나는 수녀의 앞치마에 천에서 배어나온 피가 끊임없이 느릿하게 흘러나와 가느다란 줄을 그었다.

렌은 벤치에 도로 털썩 앉았다.

"선생님께 말씀드렸다." 수녀는 멈추지도 돌아보지도 다리를 든 손을 떼지도 않고 말했다. 그리고 바구니를 쫓아 계단을 내려 갔다.

곧이어 책과 종이를 든 젊은 의사들이 무리 지어 몰려나왔다. 그들은 슈트에 조끼를 받쳐 입고, 그에 어울리는 가벼운 외투와 소매 단추, 회중시계, 반짝거리는 신발을 겸비했다. 어떤 이는 은으로 만든 조그만 상자에서 코담배를 조금 집어들었다. 금테 안경을 벗어서 섀미 천으로 닦는 사람도 있었다. 지나가면서 몇몇은 렌을 힐끔거렸고, 렌은 문득 물에 빠져 죽은 소년의 옷을 입은 자신이 초라하게 느껴졌다. 일부는 복도를 따라 사라졌고 일부는 계단을 내려갔다. 복도는 텅 비었고 다시 고요해졌다.

"꼬마야!" 방에서 누가 불렀다.

렌은 일어서서 난간을 짚었다. 후다닥 계단을 뛰어내려 달아나고 싶었지만 실망하는 벤저민의 얼굴이 발길을 막았다. 렌은 목소리가 난 쪽으로 몇 발짝 옮겼고 가느다란 핏자국을 따라서 모두가 떠난 방안으로 들어갔다.

모퉁이를 돌자 어마어마한 빛에 아찔해졌다. 천장이 온통 유리였다. 지붕을 뜯어내고 대신 두꺼운 판유리를 얹어놓았다. 여러 사람이 모일 수 있도록 설계한 공간이었다. 벤치가 중앙의 단상을 둘러싸고 계단식으로 층층이 배열되어 있었다. 그리고 지금 단상 위에서 기름 먹인 천으로 뼈톱을 닦고 있는 사람은, 복도에 걸린 초상화 속의 남자였다.

그림과는 약간 달랐다. 더 늙은 모습이었다. 송충이 눈썹에 숱 많은 머리는 회색이었다. 이마는 인상적으로 툭 불거진 것이 이상한 모양새였고, 헝겊에 침을 뱉어 마른 혈흔을 닦아내는 와중에도 그림 속 남자와 똑같이 소시지가 고픈 표정이었다.

"앞으로는 열시에 오도록. 주 1회. 정기 검진이다." 의사의 옷차림은 흠잡을 데 없이 단정했다. 한쪽 소매에 나비 모양 얼룩이 한 점 튀어 있을 뿐이었다. 닥터 밀턴은 톱을 다 닦고 나서 조심스럽게 테이블 위에 내려놓았다. "이리 와라."

렌은 층층이 여러 줄로 놓인 벤치들 옆을 지나 아래로 내려가서 중앙 단상에 올랐다. 닥터 밀턴은 렌을 위아래로 훑어보고는 번쩍 들어 수술대 끄트머리에 올려놨다. 렌은 절벽 가장자리를 디딘 것마냥 현기증이 났다. 한쪽 끝을 붙잡자 그 위에 있던 톱밥이 손가락에 달라붙었다.

의사는 허리를 숙여 얼굴을 바싹 갖다댔다. 턱수염에서 담배 냄새가 났다. "자네 일은 지시대로 따르는 것이다. 정확히. 할 수 있겠나?"

렌은 고개를 끄덕였다.

"좋아." 닥터 밀턴은 칼을 하나 집어들었다. "여기 끝이 구부러진 게 보이지? 정맥 주위를 자르기 쉽게 만든 거다." 그는 형겊으로 칼날을 닦은 다음 칼을 렌에게 건넸다. "자, 제자리에 돌려놔보거라."

칼은 매끈하고 견고하며 무게감이 있었다. 수술대 반대편에는 나무상자가 열려 있고 그 안에 반짝거리는 각종 은제 도구들이 들어 있었다. 부속 트레이 두 개가 그 왼쪽에 나와 있었다. 도구는 각각 지정된 자리가 있었다. 녹색 면벨벳에 움푹 들어간 자리가 여남은 개쯤 비었다. 소년은 손바닥에서 식은땀이 났고 칼자루가 계속 미끄러졌다. 마침내 렌은 그것이 들어가야 할 자리를 발견했다. 두 정리대 중 한 곳, 뼈톱 바로 아래였다. 구부러진 칼끝 때문에 벨벳이 해져 있었다.

렌은 칼을 제자리에 내려놓았고 닥터 밀턴은 흡족한 듯 보였다. 그는 소년을 이리저리 눈여겨보다가 손목의 흉터를 발견하고 조그맣게 탄성을 올렸다. 닥터 밀턴은 렌의 손을 이리 돌렸다 저리 꼬았다 하면서 열심히 살폈다. "단면은 거칠지만 동맥은 늦지 않게 지혈됐군. 누군지는 모르겠지만 전문가의 솜씨야. 운이 좋았다, 꼬마야. 정말."

"나는 운이 좋아요."

닥터 밀턴이 렌의 살갗을 살짝 꼬집었다. "나는 절단 수술로 첫 수업을 받았지. 이런 경우에 피부가 어떻게 재생되는지 항상 궁금했어." 그는 도구 상자에서 작은 외과용 메스를 집어들었다. "샘플을 채취해도 될까?"

렌이 뭐라 말하기도 전에 의사는 헝겊 끝에 물을 적셔 소년의 손목 단면을 닦았다. "조금 따끔하기만 할 거야." 그러면서 바로 칼로 그었다. 칼날은 정확히 흉터를 지나며 끝부분에서 얇은 조직 한 조각을 베어냈다. 순식간에 벌어진 일이라 렌은 살갗을 떠낸 다음에야 상황을 파악했다.

렌은 상처를 손으로 가볍게 감싸쥐었다. 깊지는 않았지만 쓰라렸다. 닥터 밀턴은 족집게로 피부 조각을 집어 조그만 유리 접시에 놓고, 나무껍질을 벗겨낸 것처럼 아무렇지도 않게 현미경 위에 올렸다. 그는 렌즈에 눈을 대고 나사를 조절하기 시작했다.

"정상 피부는 비늘처럼 보이지." 닥터 밀턴이 설명했다. "정확히 서로 맞물려 있어. 하지만 흉터 조직은 달라. 모낭도 땀샘도 없어." 그는 렌에게 가까이 오라고 손짓했고 옆으로 비켜서서 렌이 들여다보게 했다.

렌은 여전히 한 손으로 손목의 상처를 감싼 채 허리를 숙였다. 처음엔 아무것도 보이지 않았다. 희미한 빛만 있었다. 확대한 탓에 머리가 어질했다. 그러다 상의 초점이 맞춰졌다. 흉터 조각의 한쪽 면은 매끈했지만 그 아래로 가느다란 그물 무늬가 뻗은 것이 창유리에 얼어붙은 서리 같았다.

"내장기관에서 그와 똑같은 종류의 것을 관찰한 적이 있지. 심장과 간 깊숙이에서, 근육조직 사이에서 말이야. 상처는 재생될 수 있다, 조건만 제대로 맞으면." 닥터 밀턴은 다시 렌의 팔을 잡고 갈색 병에서 액체를 묻혀 좀전에 베어낸 자리에 문질렀다. "사람 몸의 내부를 본 적 있니?"

"아뇨."

"아름답지." 닥터 밀턴은 소년의 팔꿈치를 두 손가락으로 눌렀다. "특히 뼈에 가장 가까운 근육이 그렇지. 장무지굴근.*" 그다음에는 오른쪽을 꼬집었다. "심지굴근.**" 그러고는 손가락을 팔 안쪽에 대고 쭉 내렸다. "그리고 방형회내근***은 보통 여기 어디쯤에 있다." 그는 렌의 손목 왼쪽을 가볍게 두드렸다. "네 몸 안에 이렇게 많은 게 있는 줄 몰랐을 거다. 이젠 알겠니, 꼬마야?" 닥터 밀턴은 현미경에서 흉터 조각을 꺼내 유리병에 넣고 마개를 단단히 닫았다. 그는 렌의 이름을 묻고 뒷면에 붙은 라벨에 써넣었다.

"현미경으로 보니까 이게 어떻게 보이든?"

렌은 잠시 생각하다가 말했다. "묵은 거미집."

---

* 엄지를 굴곡시키는 긴 근육.
** 검지에서 새끼손가락까지 굴곡시키는 심층 근육.
*** 팔을 안쪽으로 회전시키는 손목 안쪽의 근육.

의사가 유리병을 내려놓았다. 그는 새삼 흥미롭게 렌을 주목했다. 닥터 밀턴은 난데없이 수첩을 꺼내더니 소년이 한 말을 받아 적었다. 그리고 책장을 덮어 주머니에 깔끔하게 집어넣었다. "내 지기인 바워스 씨가 말하길, 자네와 자네 동료들은 신뢰할 만하다더군. 어째, 내가 친구의 말을 믿어도 될까?"

바워스 씨에게 그렇게 전하라고 돈을 쥐여주었다. 그래도 렌은 확신을 줄 수 있도록 최선을 다했다. "네."

닥터 밀턴은 다시 나직이 끙 소리를 냈다. 그의 눈에 어려 있던 소시지가 크리스마스 거위 요리와 커스터드 파이로 바뀌었다. 그는 도구 상자 옆에 달린 주머니에서 열쇠 한 벌을 꺼내 렌의 손안에 쥐여주며 꾹 눌렀다. "숫자를 셀 줄 아나?"

소년이 고개를 끄덕했다.

"네 일행에게 전해. 나는 넷이 필요하다. 하루나 이틀을 넘기지 않은 신선한 상태로. 반드시 밤에, 지하실 문 쪽으로 가져와야 한다. 아무도 보는 사람이 없어야 해. 알아들었나?"

"네."

"몇이라고?"

"넷."

"다음주 화요일까지 필요해." 그는 열쇠를 가리켰고 렌은 그게 바깥문 열쇠임을 알아차렸다. "잘 지니고 있다가 돌려줘야 한다." 의사는 소년의 베어낸 피부 쪽을 가볍게 두드렸다. "자, 잊지 말고 기억해라. 자네는 내 환자이고, 여기 상처가 감염돼서 여기까지 잘라내는 것을 막으려고 나는 애쓰는 중인 거다." 닥터 밀턴은 가위 모양으로 검지와 중지를 벌려 렌의 팔뚝 맨 위를 자르는 시늉을 했다. "그 때문에 자네는 나를 보러 온 거야. 나갈 때 애그니스 수녀에게 그렇게 말해."

"그럴게요"라고 대답한 렌은 그대로 실행에 옮겼다. 애그니스 수녀는 복도 벤치에서 기다리고 있었고, 렌은 수녀가 여러 문을 거쳐 병원 밖까지 바래다주는 동안 자신의 처지를 설명했다. 렌은 계속 팔을 구부리고 있었다. 다음에 올 때는 삼각건을 메고 오리라 다짐했다.

밖에 나오니 살 것 같았다. 렌은 숨을 깊게 들이쉬고 병원 냄새를 허파 밖으로 내쫓았다. 주머니 속에 든 열쇠의 무게가 의미심장하게 느껴졌다. 해냈다. 그것도 제대로 해냈다.

애그니스 수녀가 문을 열었고, 렌은 밖으로 나갔다. "어디 사니?"

"노스엄브리지요."

"걸어가기엔 멀구나."

"누가 데리러 올 거예요."

수녀는 길을 힐끔 내다보았다. 나무가 우거져 윗가지들이 아치를 이루고 있었다. 벤저민과 톰이 그 아치 밑을 지나 수녀와 소년이 있는 쪽으로 말을 몰아왔다. 기대에 찬 표정들이었지만 지쳐 보였다. 애그니스 수녀는 그들이 소변기를 한 무더기 들고 오기라도 하는 양 얼굴을 찌푸렸다.

"크리스천이니?" 수녀가 얼른 물었다.

"네."

"주님을 찬미할지어다." 수녀는 재앙을 간신히 피한 사람처럼 읊조리고는 성호를 두 번 그었다. "널 위해 기도해도 될까?"

렌의 손이 본능적으로 이마에 가닿았다. 조지프 수사가 『성자들의 삶』을 주기 전에 엄지손가락으로 성호를 긋던 손길을 여전히 느낄 수 있었다. 소년은 손을 내리고 흉터를 감쌌다. 그리고 애그니스 수녀에게 그래도 된다고 답했다.

수녀는 자신의 손바닥을 소년의 머리 위에 얹었다. 수녀의 손은 따스하고 부드러우면서도 강인해서, 렌은 그 손이 행해온 모든 선행을 상상할 수 있었다. 벤저민이 그들 바로 옆 도로변에 마차를 세웠다. 그는 브레이크를 채우고 문을 노크하듯 마차 옆면을 손가락으로 톡톡 두드렸다. 렌은 말이 이를 가는 소리도 들었고 톰이 주의를 끌려고 헛기침하는 소리도 들었다. 그러나 기도가 끝날 때까지 얌전히 기다렸다. 애그니스 수녀가 소년 앞에 서 있었고 소년은 수녀가 손을 내릴 때까지 움직이고 싶지 않았다.

15

묘지를 둘러싼 철책은 높이가 못해도 13피트는 됐고 단단하게 꼰 새카만 철망은 워낙 촘촘해서, 뚫어볼 만한 구석도 없었다. 모퉁이마다 화강암 기둥이 서 있고, 담장 위에는 꽃송이처럼 끝이 구부러져 비스듬히 지면을 향한 대못이 일렬로 박혀 있었다. 십자가와 함께 담쟁이의 덩굴손과 이파리를 정교하게 새긴 정문 한가운데엔 어마어마하게 큰 맹꽁이자물쇠가 달려 있었다.

정문 앞에 짐마차를 세운 벤저민과 톰은 말이 없었다. 그들은 마차에서 내려 주변을 어슬렁거리며 여기저기 쇠 가로대를 흔들어보고 근처 창고에 사람이 없음을 확인했다. 렌은 예배당을 바라보며 혹시라도 불이 켜지지 않을까 기대했지만 스테인드글라스 창은 어둡고 고요하기만 했다.

밤중에 곤히 자고 있던 렌을 벤저민이 두들겨 깨워 채비하라고 일렀을 때, 소년은 잠이 덜 깬 상태로 바닥에서 주섬주섬 옷을 주워 입느라 무섭고 자시고 할 새가 없었다. 그러나 지금은 역겨움과 메스꺼움, 공포감에 벌벌 떨었다. 멀리 사창가에서 음악소리가 들렸다. 묘지는 시 외곽의 공원 옆에 있었지만 여전히 들킬 위험이 있었다.

"어때?" 벤저민이 돌아와서 물었다.

"아무도 없어요."

벤저민은 렌이 뭐 대단한 임무를 완수하기라도 한 듯 소년의 어깨를 탁탁 두드렸다. 그러고는 장화에서 바늘을 꺼냈다. 벤저민은 묘지 정문 앞에서 몸을 숙이고 자물쇠를 잡았다. 온 신경을 집중하느라 굳어진 얼굴로 자물쇠 돌아가는 소리에 귀를 기울였다. 톰이 그 뒤에 바짝 붙어섰고 문이 스르렁 열리자 입술을 깨물었다.

두 남자는 삽을 하나씩 들고 문으로 들어갔다. 렌은 말고삐를 쥐고 뒤에 남아서 걱정스럽게 입구를 쳐다보았다. 달이 너무 밝았다. 만월에 가까운 달은 하늘을 꽉 채울 것 같았다. 렌은 달빛을 향해 손을 들어 길 위로 그림자를 늘어뜨렸다. 철책 너머로 땅속에 삽을 박고 장홧발로 푹푹 밀어넣는 소리가 들렸다. 어둠 속에서 소리가 점점 커지는 듯했다. 소년은 마부대에 웅숭크리고 앉았다. 심장이 가슴에 부딪힐 듯 쿵쾅거렸고 날숨이 차가운 밤공기 속으로 자그마한 구름을 만들어 보냈다.

울타리를 따로 둘러친 교회 묘지는 처음이었다. 성 안토니오 수도원에는 예배당 옆 조그만 공터에 수도사와 아이들 몇이 묻혀 있었다. 조촐한 장소였고 무덤에는 나무 묘비만 서 있었다. 밤이면 그곳에서 소년들의 귀신이 배회한다는 소문이 종종 나돌았고, 이키는 한 해 전 여름에 열병으로 죽은 꼬마 마이클의 유령이 옥외 변소 근처에서 떠도는 걸 봤다고 주장했다. 렌은 묘지를 에워싼 검은 철책을 바라보면서, 유령들이 밖으로 나오지 못할 만큼 철책이 충분히 높기를 바랐다.

벤저민과 톰이 다시 문틈으로 나타나기까지 영원이 흐른 것 같았다. 둘은 같이 마대를 끌고 나왔는데, 하도 커서 한쪽을 먼저 끌어낸 다음 빙 돌아가 다른 쪽 끝을 잡고 앞으로 돌려야 겨우 옮길 수 있었다. 톰이 좀 쉬자며 멈췄다. 벤저민은 재채기를 하고 코를 닦았다. 잠시 후 다시 힘을 내서 풀밭 위로 마대를 굴리기 시작했다. 둘이 힘을 합쳐 겨우 시체를 들어올려 수레에 실었다. 자루는 둔탁한 소리를 내며 바닥을 쳤고 나무판자에서 작은 먼지구름이 피어올랐다.

"어쨌든 하나는 됐고." 벤저민이 말했다.

"이건 값을 두 배로 쳐야 해." 톰이 말했다. 그는 삽으로 밀어 자루를 수레 뒤켠으로 보냈다. 그때 말이 몸뚱이를 위로 쳐들며 앞으로 나아가려 했다. "야!" 하고 톰이 주먹으로 마차 옆면을 쳤다. 진동이 그대로 마부대까지 전해졌다. "말 좀 잘 봐." 톰이 주의를 주었다.

렌은 말이 움직임을 멈출 때까지 브레이크를 세게 잡아당겼다. 암말은 입안에 든 재갈을 어적어적 씹었다. 푸르스름한 침이 말의 입가에 고였다. 암말은 곁눈 가리개 밖을 보려고 이리저리 머리를 돌렸다. 벤저민과 톰은 다시 묘지로 들어갔고 렌의 신경은 온통 수레 뒤의 자루에 쏠렸다.

자루에서는 낙엽과 썩은 나무껍질, 오래된 솔잎 냄새가 났다. 나무 밑에서 잠자고 있던, 숲에서 썩어가는 온갖 것의 냄새였다. 렌은 쥐고 있던 고삐를 비비 꼬았고, 가죽이 손가락 사이를 파고들었다. 날벌레가 윙윙거리는 소리를 빼고는 사방이 쥐죽은듯 고요했다. 날벌레는 마대 속에 기를 쓰고 들어가 안에 뭐가 들었든 한입 건져보려는 것 같았다.

렌은 손가락을 후 불었다. 수레 뒤칸을 힐끔 쳐다봤다. 자루를 오래 들여다볼 수가 없었다. 돌아볼 때마다 자루는 점점 인간의 형체를 띠었고 양심의 가책은 점점 커졌다. 끝이 뾰족한 지팡이로 목덜미를 찌르는 것처럼, 하느님의 눈이 지켜보는 것만 같았다. 렌은 휘파람이라도 불어보려 했지만 입술이 말라서 그마저

나오지 않았다.

벤저민과 톰은 나머지 시체들을 장작처럼 양팔 가득 안고 나타났다. 힘든 것 같진 않았지만 고개는 계속 옆으로 돌리고 있었다. 잔디밭을 건너와서는 자루를 마차 뒤에 털썩 내려놨다. 자루들은 갈수록 냄새가 더 고약해졌다.

"이게 돈값을 해야 할 텐데." 톰이 마지막 자루를 등에서 내려놓으며 말했다.

두 남자는 시체를 하나씩 차곡차곡 짐마차에 쌓았다. 일을 다 마치고 톰은 술병을 꺼내 한 모금 들이켠 다음 곧바로 무덤을 메우러 가버렸다. 벤저민은 심호흡을 하고 헛기침을 한 후 침을 뱉었다. 외투는 흙투성이였고 손톱 밑에도 흙이 껴 있었다. 머리에서 흙먼지를 좀 털어내고는 마차 뒤로 돌아가서 자루들을 담요로 잘 덮었다. 그러면서 벤저민은 코를 감싸쥐었다.

"냄새가 끔찍해요." 렌이 말했다.

"이 친구들하고 오래 같이 있진 않을 거야."

"가족들이 무덤을 보러 오면 어떡해요?"

"그럴 일은 없어."

"그래도 온다면요."

"우릴 쫓아올 때쯤이면 증거는 이미 인멸된 다음이지."

렌은 닥터 밀턴의 외과 도구 상자가 떠올랐다. 집게, 주삿바늘, 엄선된 칼 세트, 미끈한 칼날, 뼈톱.

"우리 꼬마 사나이는 겁쟁이던가?"

"난 겁쟁이가 아니에요." 렌이 응수했다.

"그럼 증명해봐." 벤저민은 느슨해진 자루 주둥이를 다시 꽉 묶은 다음 묘지 정문 안으로 사라졌다.

벤저민이 사라지자 말이 콧김을 내뿜었다. 말은 뭔가 털어내 버리려는 듯 온몸의 근육을 씰룩씰룩 움직이며 떨었다. 렌은 자리에서 내려와 길에 서서 조용히 암말의 허벅지를 토닥였다. 농부의 마구간에서 여기 묘지까지 참 먼 여행길이었다. 말은 더는 전성기 때 모습이 아니었지만 두꺼운 가죽과 날카로운 눈빛은 여전했다. 렌은 농부가 새 말을 찾아 들였을지 궁금했다. 두번째 말에게도 콧잔등에 입맞춤을 해주었을까.

암말이 콧구멍을 벌름거리는 걸 보고 있는데, 뒤에서 뭔가 움직이는 소리가 났다. 렌은 가만히 서 있었다. 멀쩡한 손으로 말을 잡았다. 얼마 후에야 돌아볼 용기가 생겼다. 고개를 돌리자 텅 빈 도로밖에 없었다. 오른편에는 묘지 정문이, 왼편에는 공원이 있었고 바람에 풀이 고개를 숙였다. 나는 겁쟁이가 아니야, 렌은 속으로 말했다. 그리고 마차 뒤를 힐끔 쳐다봤다. 자루 중 하나가 앉아 있었다.

톰과 벤저민이 맨 처음에 날랐던 가장 큰 자루였다. 단단히 묶여 있었지만 머리와 어깨의 윤곽을 알아볼 수 있었다. 소년은 고삐를 떨어뜨렸고, 자루가 소년 쪽으로 고개를 돌렸다. 고개를 약간 기울인 모양이 무언가에 귀를 기울이는 듯도 하고 소년이 말하기를 기다리는 듯도 했다.

렌은 벤저민을 소리쳐 부르려고 했지만 목소리가 나오지 않았다. 입을 벌려도 목구멍이 꽉 막혔다. 렌은 천천히 정문 쪽으로 몇 걸음 옮겼다. 자루 속 머리가 렌을 쳐다보듯 따라왔다. 소년은 그 자리에서 얼어붙었다. 다른 쪽으로 발을 질질 끌며 걸어봤지만 역시나 자루 속 머리가 방향을 쫓았다.

벤저민이 가벼운 발걸음으로 묘지에서 나오다 그 광경을 전부 목격했다. 어깨에 메고 있던 삽이 길바닥으로 굴러떨어졌다. 자루는 그 소리에 재빨리 벤저민 쪽으로 고개를 기울였다. 렌은 달아나고 싶은 마음뿐이었지만 벤저민이 한 손을 들어 그대로 서 있으라고 손짓했다. 그는 짐칸의 자루를 자극하지 않으려는 듯 다른 손으로 천천히 장화 안에서 칼을 꺼냈다. 그와 렌의 목숨을 비롯해 달과 말, 마차, 시체 등 주변 모든 것이 그가 얼마나 신중하게 해내느냐에 달린 것 같았다. 그리고 눈 깜짝할 사이에 시체 옆으로 가서 칼로 자루를 그었다.

말이 발을 질질 끌며 움직이기 시작했다. 암말이 발길질을 해대는 소리가 숲에 울렸고, 그 순간 렌은 목소리를 되찾았다. 톰이 구르듯 묘지에서 달려나와 소년의 입을 틀어막았지만 렌은 톰의 손가락 사이로 계속 비명을 질러댔다.

"괜찮아." 벤저민이 말했다. "움직이지 마."

마차 안에서 시체가 눈을 뜨고 앉아 있었다. 자루는 망토처럼 그의 어깨에 걸쳐 있었다. 머리는 각지고 몽땅하며 지저분했다. 더욱이 대머리였다.

"배고파." 시체가 말했다. 입술에는 진흙이 묻어 있었다. "알 았어." 벤저민은 신경이 곤두서 보였지만 부지런히 칼을 놀려 시체에서 자루를 잘라냈다. 조금씩 칼질을 하고 손으로 갈가리 찢었다. 붙어 있던 자루를 다 떼어내니 자주색 벨벳 슈트가 보였다.

"젠장." 톰이 투덜거렸다. 톰의 손가락에 있던 왕모래가 렌의 이에 묻었다. 렌은 소리지르던 것을 멈췄지만, 학교 선생의 손은 여전히 렌의 목을 잡은 채 가늘게 떨고 있었다.

자주색 슈트의 사내는 마차 안에 앉아서 달빛에 눈을 껌벅였다. 눈이 때꾼한 것이 몇 달은 자다 일어난 것 같았다. 이목구비는 큼직큼직했고 짐승 같은 분위기를 풍겼다. 입은 귀밑까지 찢어졌고 코는 한 번 이상 부러진 것 같았다. 그렇게 일어나 앉은 모습을 보니 수레 뒤칸을 꽉 채울 듯싶었다. 어깨가 목 양쪽으로 벽처럼 뻗어 있었다. 앉아 있는데도 벤저민보다 컸다.

렌이 더 자세히 보려고 막 앞으로 나서는데 남자의 눈이 감기며 수레 옆으로 쿵 쓰러졌다.

"이제 진짜로 죽었어?" 톰이 물었다.

벤저민이 혹시나 하고 목을 짚었다. "아니."

"어서 여길 벗어나자."

"이 사람을 놔두고 갈 순 없어." 벤저민이 말했다. "다른 사람들이 발견할 거야."

"그럼 다시 묻어버리자. 어차피 저놈은 이거나 그거나 별반 차이를 모를걸."

벤저민은 그 가능성을 재어보면서 잠시 서 있었다. 벤저민이 서성거리자 그림자가 발치께의 남자 위로 어른거렸다. "그럴 시간이 없어." 벤저민이 마음을 정했다. 그는 마차에서 뛰어내려 렌을 말 쪽으로 떠밀었다. "밧줄 좀 갖다줘. 이 사람도 데려간다."

렌은 마부대 밑에서 밧줄을 찾아 내밀었고, 벤저민은 한 번 죽었던 사내를 묶기 시작했다. 그리고 삽과 시체들을 담요로 덮었다. 톰은 술병을 찾아 주머니를 더듬었지만 막상 마시려고 보니 이미 바닥나 있었다. 그는 렌 옆에 엉덩이를 들이밀고 말고삐를 쥐었다.

"뒤로 가." 톰이 으르렁댔다.

렌은 마부대를 타고 넘어갔다. 터덜터덜 거리로 나오는 동안 렌은 수레 옆면을 꼭 붙들었다. 담요 밑 시체들은 뻣뻣하면서도 물렁해서 막 썩어들어가기 시작한 나무토막 같았다. 몸뚱이가 어디서 시작해 어디서 끝나는지 구별하기 어려웠다. 렌은 되도록 재빨리 자루를 넘어서, 그 속의 얼굴들을 상상하지 않으려 애쓰며 수레 맨 뒷자리로 기어갔다.

죽었다 살아난 사내는 셔츠를 입고 있지 않았다. 자주색 슈트는 여기저기 구멍이 나 있었고 콩알만한 구멍 사이로 살갗이며 터럭이 보였다. 발도 역시 맨발이었고 그 때문에 무릎 위에 얹힌 손도 괜히 벌거벗은 느낌이 들었다. 손가락은 굵고 거칠었다. 양복 깃 위로 솟은 모가지는 포개지듯 푹 꺾여 있었고 피부는 멍투성이였다.

렌은 되도록 벤저민에게 가까이 붙었다. 소년은 웅크리고 앉아서 수레 가장자리를 꽉 붙잡았다. 그리고 수레 안에 있는 것을 전부 셌다. 시체 세 구, 도둑 두 명, 죽었다 살아난 사내 한 명 그리고 소년 하나. 말은 이 모두를 끌고 앞으로 나아갔고, 말발굽이 도로에 깔린 자갈에 부딪혀 다그닥 다그닥 메아리쳤다.

벤저민은 머리를 감싸쥐고 수레 끝에 앉아 있었다. 이따금 손을 뻗어 죽었다 살아난 남자의 얼굴을 세게 쳤다.

"이봐, 정신이 돌아왔어?" 슈트 속에서 낮게 그르렁거리는 소리가 되돌아왔다. "돌아온 것 같군." 벤저민이 중얼거렸다. "앞으로 쭉 돌아와서 살 것 같군."

16

톰과 벤저민은 사내를 2층으로 나르느라 곤욕을 치렀다. 렌은
등불을 들고 앞장서서 열쇠로 문을 열고, 샌즈 부인이 부엌에 없
는지 확인할 동안 잠시 쉿 하고 사람들을 조용히 시켰다. 네시가
거의 다 된 시각, 아침이 오기 전 밤이 마지막 냉기를 뿜을 때였
다. 죽었다 살아난 사내는 침대 위로 굴려 떨어뜨릴 때까지도 가
볍게 코를 골고 있었다.

"이 자식을 어쩔 거야?" 톰이 물었다. "여기 이렇게 놔둘 순
없어."

"당분간은 놔둬야지." 벤저민이 말했다. "달리 수가 없잖아."
벤저민은 바지 뒤춤에 손을 뻗어 권총을 꺼내 렌에게 주었다.

"잘 지켜." 그러고는 등불을 불어서 껐다.

몇 분 뒤 렌의 눈은 어둠에 적응했다. 소년은 두 남자가 계단을 내려가는 발소리에 귀를 기울였고, 커튼을 옆으로 젖히고 출발하는 모습을 지켜보았다. 마차 뒤에 탄 톰이 어슴푸레하게 보였다. 벤저민은 말고삐를 쥐고 있었고 자리에 앉아 몸을 앞으로 기울인 모습이 심란해하는 것 같았다. 동이 트기 전에 병원에 갖다주지 못하면 수레 한가득 든 시체와 함께 지내야 할 판이었다.

렌은 어둠 속에 홀로 서서, 그들이 남긴 텅 빈 관 위에서 유가족들이 기도하는 모습을 상상했다. 렌의 등뒤에서는 자주색 슈트가 코를 골았다. 코고는 소리는 무겁고 눅진했으며, 내쉴 때마다 점점 커져서 죽었다 살아난 사내가 침대뿐 아니라 방 절반을 차지하고 천장까지 가득 채운 느낌이었다.

소년은 톰의 침대로 기어올라가서 총을 무릎 위에 놓고 손가락으로 공이를 더듬었다. 금속은 차가웠다. 방아쇠를 당기면 총알은 사내의 심장을 관통하겠지. 그럼 확실하게 그를 끝장낼 것이다. 하지만 렌은 그런 일이 일어나지 않기를 빌었다. 자신이 사람을 죽였다는 걸 샌즈 부인이 와서 알게 되면 뭐라고 말해야 할까. 부인은 자신을 착한 아이라고 알고 있었고, 소년은 부인이 자신의 실체를 알게 되는 것을 원치 않았다.

렌은 문가로 다가가 귀를 기울였다. 집안은 조용했고 샌즈 부인은 자기 집 지붕 밑에 그들이 들여온 낯선 이의 존재는 까맣게 모른 채 자고 있었다. 렌은 원래 있던 자리로 돌아와 안도의 한숨을 쉬었다. 조그만 거미가 죽었다 살아난 사내의 배 위를 기어가다가 멈칫하더니 허둥지둥 발을 재빨리 놀렸다. 사내는 벌레를 잔뜩 묻혀 왔을 테고 그것들은 이제 렌의 침대로 옮겨왔을 것이다.

사내는 입을 벌리고 잤고 달빛에 이가 번쩍였다. 렌은 그가 어떻게 산 채로 묻히게 된 건지 궁금했다. 의사가 심장박동을 놓쳤거나 사내가 천국에서 영혼을 도로 끌어오는 방법을 발견한 것인지도 몰랐다. 이건 『성자들의 삶』에 나오는 성 안토니오와 달랐다. 아이를 되살려 아버지의 오명을 벗게 한 것과는 달랐다. 성스러움과는 전혀 달랐다. 렌은 이불 위로 손을 뻗어 엄지와 검지로 거미를 튕겼다. 거미는 바닥으로 떨어졌고 렌은 재빨리 발로 밟아 바닥에 짓이겼다. 끝내고 고개를 드니, 죽었다 살아난 사내가 깨어 있었다.

렌은 총을 들었다. 팔을 뻗어 들고 있자니 무거워 손이 부들부들 떨렸다.

사내는 눈을 껌벅였다. 침대 밖으로 배가 나왔다. 그는 베개가 없는 데 익숙한 것처럼 양손으로 머리 밑을 받쳤다. 이제 보니 훨씬 더 거구였고 소년쯤은 거미처럼 쉽게 발로 밟아 짓이길 수 있을 것 같았다. 좀전부터 렌은 팔이 저려왔다. 소년은 왼손목으로 오른손을 받쳤다.

"너 꼭 춤추는 것 같아." 사내가 말했다. 그는 손을 올려 얼굴에서 뭔가를 쓸어내렸다. 조그만 벌레가 바닥으로 떨어졌다. 다리가 여럿 달린 놈이었고 이제 그 다리를 놀려 렌의 발 쪽으로 달려왔다. 렌은 발을 들어 전처럼 벌레를 밟고 발목을 여러 번 비틀었다.

"봐, 또 춤추잖아. 음악은 어딨어?" 사내의 목소리는, 몇 년 동안 한 번도 말하지 않은 사람의 목소리처럼 낮고 굵었으며 귀에 거슬렸다. 어떤 감각이 렌의 다리 뒤쪽을 타고 스멀스멀 기어올라왔다. 사내는 하루가 아니라 한 세기 동안 묻혀 있었을지도 모른다. 방안은 어두웠고, 그보다 한층 어두운 것이 짙고 사악한 안개처럼 사내에게서 곧장 흘러나왔다. 사내는 잠시 눈을 감았다. "춥다."

렌은 총을 옆구리에 끼고 떨리는 손으로 샌즈 부인의 누비이불 하나를 침대 위로 홱 던져주었다.

"뭐, 그거 괜찮네." 사내가 말했다. 그리고 한동안 조용해서 렌은 그가 다시 잠들었다고 생각했다. 렌은 총을 내리고 벌레가 또 없나 살폈다. 잠시 후, 사내가 울고 있음을 알아차렸다.

렌은 항상 나이가 들면 울음이 없어질 거라고 믿었다. 그러나 지금 흐느끼는 사내를 보면서, 눈물은 사라지는 법이 없다는 걸 알았다. 침대가 들썩였고 자주색 슈트가 앞뒤로 흔들렸다. 가슴 속에서 터져나오는 깊은 울음이었고, 사람 애간장을 녹이는 서 러운 한탄이었다. 렌은 그런 울음소리를 작은 아이들 방에 있을 때 들었다. 우울한 밤, 아이들은 어머니를 그리워하며 울었다.

렌은 침대 가장자리에 앉았다. 퍼져가는 안개의 냄새가 아주 진하고 고약해서 맛까지 느껴지는 듯했다. 렌은 사내의 발목을 이불 위로 가만히 만졌고, 손에 닿은 발이 움츠러드는 게 느껴졌 다. 렌은 발을 토닥였다. 거기 조용히 앉아 계속 사내의 발을 가 볍게 두드렸고 마침내 사내는 울음을 그쳤다.

그후에 찾아온 침묵은 마음이 편했다. 사내는 눈을 훔치지도 코를 닦지도 않았다. 그냥 내버려두었고, 눈물 콧물이 얼굴 위에 서 작은 시내를 이루어 흐르다가 말랐다. 생전 한 번도 울어본 적 이 없는 것 같았다. 사내가 깊게 숨을 들이마시고 다시 내쉬자 콧 구멍에서 작게 찍 하는 소리가 났다. 그가 콜록거리더니 말했다.

"목마르다."

렌은 복도에서 그릇을 하나 찾아 세면대에서 물을 채운 다음, 권총을 주머니에 쑤셔넣고 방으로 돌아왔다. 방문을 열고 보니 사내가 일어나 앉아 있었다. 어느새 윗도리를 벗었다. 어깨가 울 퉁불퉁했고 가슴팍이 넓었다. 털 많고 두꺼운 가슴 아래 배가 늘 어졌다. 이마에는 무언가를 애써 기억해내려는 듯 주름이 잡혀 있었다.

"다른 사람들은?"

"금방 돌아올 거예요." 렌이 물그릇을 내밀었고 사내가 받아
들었다.

사내는 손이 무척 커서 렌의 세 배쯤 됐다. 손바닥은 단단한
근육질이었고 손가락은 짧고 굵었다. 그가 물을 꿀꺽꿀꺽 마시
자 멍든 목덜미가 얌전히 고동쳤다. 그는 다 마신 뒤 그릇을 바
닥에 내려놓았다. "넌 누구냐?" 사내가 물었다.

"제 이름은 렌이에요."

"나는 돌리다." 그의 눈길이 총을 향했다. 뺏을까 말까 고민하
고 있음을 알 수 있었다. "그걸로 날 쏠 거냐?"

"아닐걸요." 렌은 솔직하게 대답했다.

"잘됐군." 돌리가 말했다. "왜냐면 더는 일어나 있을 수 없을
것 같거든."

렌은 누비이불을 젖혀서 그가 자리에 눕도록 거들었다. 벌레
여남은 마리가 매트리스 위를 기어갔다.

돌리는 한숨을 쉬었다. "고맙다." 그는 천장을 보고 누워서는
털이 숭숭한 가슴을 벅벅 긁었다. 그는 지금 자신의 처지도, 산
채로 묻혔다는 사실에도 그닥 관심이 없어 보였다. 가슴 한복판
에는 닻 문신이 새겨져 있고, 굵은 허리에는 쇠사슬 문양이 두

번 휘감겨 있었다. 시커멓게 칠한 쇠사슬의 고리 하나하나가 렌의 손가락 굵기만했다. 렌은 돌리가 숨쉴 때마다 쇠사슬이 짤랑거리지 않을까 기대했지만 그냥 살갗 위에 퍼진 채 조용히 꼬였다 풀렸다를 반복했다.

"그거 어디서 했어요?"

"뉴욕에서." 돌리는 솥뚜껑만한 손으로 가슴을 한 번 크게 쓸고 쇠사슬 양끝의 동그라미를 따라 그렸다. "필라델피아. 보스턴." 그가 렌을 쳐다봤고 표정이 딱딱하게 굳었다. "그렇게 쭉 일을 찾아왔지."

돌리가 말하는 품새가 심상찮아서 렌은 총을 쥔 손아귀에 힘을 주었다. 사악한 기운이 이제 방 이쪽 편까지 넘어왔고 소년은 필사적으로 벤저민이 돌아오기만을 빌었다. 그 와중에도 궁금증을 참을 수가 없었다. "이곳엔 왜 왔는데요?"

"사람을 죽이러."

검은 안개가 눈앞에 들이닥쳤고 렌은 간신히 중얼거렸다.

"죽였어요?"

"아니. 기회가 없었어." 돌리는 자신의 배 위, 쇠사슬이 끝나는 지점을 툭툭 쳤다. "하지만 놈을 끝장낼 거다. 그러고 나서 새 일을 얻어야지. 뉴잉글랜드에는 원한을 품은 사람들이 많아서, 죽어야 할 사람도 많고 누가 죽기를 바라는 사람도 많아. 나는 몇 년 동안 그 일을 해왔어. 나는 천생 살인자다." 돌리는 쇠사슬 고리들을 가리켰다. "이게 내가 죽인 사람들 숫자다."

자랑하는 투였다. 무덤의 악취가 들러붙은 채로 얼굴에 붙은 벌레를 쓸어내리면서 말했다. 그는 희생자들에 대한 동정심도, 평생 해온 짓에 대한 죄책감도 없음이 분명했다. 이 남자에겐 뭔가 결여되어 있었다. 이 세상에 속한 사람이 아니라, 어디 다른 세상에서 온 것 같았다. 살인자 옆에 이렇게나 가까이 서 있다는 것에 소름이 돋았지만, 렌은 감정도 가책도 없다는 게 어떤 것일까 잠시 고민했다. 고해성사를 두 번 다시 하지 않는다는 것은 어떤 느낌일까. "그 때문에 목을 다친 거예요?"

"아니. 누가 내 목을 졸랐다." 돌리가 말했다.

렌은 돌리의 목을 다시 유심히 봤다. 보라색 멍울이 지문처럼 보이기도 했다. "어쩌다가요?"

"나도 잘 모른다."

"이유 없이 목을 졸리진 않잖아요."

"그럼, 뭔가 이유가 있었겠지." 돌리가 순순히 말했다.

"아파요?"

돌리는 골똘히 생각하는 듯했다. "놈들이 밧줄을 들고 내 뒤를 쫓았다. 모자를 쓴 두 놈이었지. 여관 계단통에서 습격당했다. 놈들이 밧줄을 내 목에 걸고 잡아당겼다. 나는 난간 살을 하나

부러뜨려서 날 놓을 때까지 한 놈을 팼다. 코뼈를 작살냈지. 한 놈은 계단 밑에서 쓰러뜨렸는데 놈이 이빨을 박았다." 그는 팔을 들어올려 반달 모양 자국을 보여주었다. 아래윗니에 물린 흉터였다.

"그다음엔요?"

"그놈들 얼굴을 걷어찼다. 살아 돌아오지 못할걸."

"하지만 아저씨는 돌아왔잖아요."

"그래." 돌리는 미소 비슷한 것을 얼굴에 떠올렸다. "일어나 보니까 아침이었고 계단 밑에 널브러져 있었다. 한참을 생각했다. 왜 아무도 없지? 그때 여관 주인이 들어오더니 비명을 지르고 조금 울면서 손으로 내 눈꺼풀을 덮어줬다. 내가 강도와 맞서 싸워 자기를 구했다고 생각하더군. 주인 여자는 장의사를 불러 다른 시체를 치우고 내 관을 주문했다.

장의사 놈들이 흰 천으로 내 얼굴을 덮었다. 그놈들이 내 신발하고 셔츠를 훔쳐갔는데 슈트는 남겨뒀더군. 해져서 못 판다나. 내가 너무 무겁다고 놈들이 투덜거리는 소리도 들렸다. 멈추라고 말하려 했는데 손 하나 까딱할 수 없었다. 그리고 나는 관 속에 누웠다. 뚜껑이 덮였고 못이 박혔다. 못 하나가 곧장 내 귀를 뚫었다." 돌리는 손을 들어 가리켰다. 귓불에 빨간 딱지가 앉아 있었다. 그 바로 뒤의 목 윗부분, 보라색 선의 멍 바로 위에도 뚫린 상처가 있었다.

"못이 박힌 다음에는 완전히 망했다. 그대로 들려서 땅속에 놓였다. 삽질로 퍼넣는 흙 무게도 느껴졌다. 머리 위로 이불을 뒤집어쓴 것 같더군." 돌리가 말했다. "지금 막 생각이 났다." 말하면서 그는 침을 흘렸다. 양쪽 입가에 하얗게 거품이 일고 베개 양쪽에 작게 얼룩이 생겼다.

렌은 이불자락으로 거품을 닦아주었다. 그리고 젖은 곳을 접어 매트리스 밑에 쑤셔넣었다. 돌리가 땅속에 그리 오래 있지 않았다고 렌은 판단했다. 기껏해야 몇 시간 혹은 하루였을 테지만, 그래도 그가 이렇게 살아 있다는 건 기적이었다.

"나 살아 있나?" 돌리가 신음하듯 물었다.

"그런 것 같아요." 렌이 대답했다.

집안 어디선가 가볍게 쾅쾅거리는 소리가 났다. 샌즈 부인이 부엌 벽난로의 재를 내다버리는 소리였다. 돌리는 다시 흐느꼈고 렌도 다시 돌리의 발을 토닥였다. 사내의 울음은 전보다 누그러져 있었다. 그는 자신의 말을 붙잡으려는 듯, 거대한 손으로 입을 가려 막았다.

"미안하다."

렌은 돌리가 무엇을 미안해하는지 몰랐지만 대답을 갈구하는 마음은 알았다.

"괜찮아요." 렌이 대답했다.

돌리가 눈을 비볐다. 뺨과 턱에는 눈물 자국이 나 있었고, 그 때문에 누가 얼굴에 흙을 뿌리기라도 한 것처럼 불쌍해 보였다. 그는 이를 악물더니 갑자기 우람한 손으로 소년을 붙잡았다. 렌은 그가 총을 뺏으려는 줄 알고 순간 겁에 질렸지만 돌리는 그저 렌의 잘린 손목을 잡고 악수하듯 세게 쥐었다.

벤저민이 계단을 올라오는 소리가 들렸다. 렌은 손목을 비틀어 빼려고 했지만 돌리가 단단히 붙잡고 있었다.

"우리는 이제 친구지."

질문이 아니었다. 그래도 렌은 대답했다. "응."

17

벤저민은 새벽 어스름에 방으로 슬그머니 들어왔다. 옷에서 묘한 냄새가, 독한 술에 푹 담갔다 꺼낸 것마냥 알싸하고 달달한 냄새가 났다.

"자주색 슈트는 어디 갔어?"

"침대 밑에요. 눈이 아픈가봐요."

벤저민이 담요를 들쳤다. 그는 돌리가 잠든 걸 보고 마음을 놓고는 자신의 외투를 열어젖혔다. "이것 봐라." 안주머니에 지폐와 동전이 그득그득했다. 예배당 앞에서 번 것보다, 훔친 보석으로 번 것보다, '마더 존스의 착한 아이 만능 물약'으로 벌어들인 것보다도 훨씬 많았다. 그렇게 많은 돈은 평생 처음 구경했다.

"네가 병원 정문 앞에 있던 우릴 봤어야 하는데." 벤저민이 말했다. "톰은 벌벌 떨고 나도 들어가긴 다 틀렸다고 생각했거든. 그런데 그 의사가, 네가 말한 것처럼 우릴 기다리고 있었어. 돈도 다 준비해서 갖고 나왔더라." 벤저민은 동전을 한 움큼 꺼냈다. "너 그거 알아? 넌 나한테 행운이야."

소년은 고개를 저었다. 우쭐한 마음에 얼굴이 살짝 붉어졌다.

"내가 널 좀더 일찍 데려왔어야 했어."

침대 위에 돈다발을 쫙 뿌리고 둘은 함께 돈을 세기 시작했다. 렌은 손가락으로 곱셈을 할 줄 알아서, 엄지손가락으로 지폐의 귀를 부지런히 넘겼다. 열다섯. 서른여섯. 마흔둘. 예순일곱. 일흔다섯. 렌은 지폐를 차곡차곡 쌓았고, 두번째 셌을 때도 같은 액수가 나오자 벤저민은 적이 놀라는 눈치였다. 돈을 다 센 다음 벤저민은 렌에게 몇 달러를 주었다. 그리고 침대 기둥 끝의 둥근 꼭지를 돌려 뽑더니, 나머지 돈을 동그랗게 말아 그 안에 집어넣고 다시 꼭지를 제자리에 꽂았다.

"나는 새 장화나 한 켤레 사야겠다." 벤저민이 침대에 앉았다. "넌 어쩔래? 오렌지 더 먹을 거야?"

렌은 지폐를 코끝에 대고 숨을 들이켰다. 돈에서는 흙 묻은 손 냄새가 났다. 그동안 이 돈으로 사고팔았을 온갖 물건들이 머릿속에서 빙빙 돌았다. 새 옷, 복숭아, 편자, 말발굽, 목재, 책, 리본, 프라이팬. 렌은 눈을 감았다. 기력이 다 떨어져 아무 생각도 나지 않았다.

벤저민이 장화 속에서 칼을 꺼냈다. 그러고는 칼날을 펼쳐 셔츠 자락으로 닦았다. "자, 다른 게 생각날 때까지 이거 가져."

전에도 그 칼을 봤지만 가까이서 자세히 본 적은 없었다. 칼자루에 곰이 한 마리 새겨져 있는데, 나무를 오르는 것처럼 앞발을 가운데로 내밀고 있었다. 곰은 졸린 듯 자루 끝에 머리를 얹었고, 눈이 코보다 두 배쯤 컸다. 렌은 날끝을 손가락으로 만져보았다. 예리하게 번쩍이는 칼날이 렌의 얼굴에 조그맣고 환한 빛을 반사했다.

"네가 웃는 건 처음 보는군." 벤저민이 말했다.

렌은 배시시 웃고 있었다. 입이 다물어지지가 않았다. 시린 아침 공기가 이에 부딪혔고 뺨은 당기다 못해 쓰라렸다. 칼은 렌의 펼친 손바닥 안에 얌전히 자리한 채로 번쩍거리며 위협했다. 이것은 선물 그 이상이었다. 렌이 얻어낸 것이었다. 벤저민은 렌이 밤을 헤쳐나오리라 믿어 의심치 않았고, 렌은 터널 반대편 출구로 무사히 빠져나왔다.

공장에서 종이 울렸고, 또 한번 울렸다. 쥐덫공장 소녀들이 출근하는 발소리가 들렸다. 그중 하나가 잠시 렌의 방문 밖에서 기웃거렸지만 이내 계단을 내려갔다. 렌은 창문 밖으로 수십 명의 소녀들이 군청색 치마를 입고 숄을 머리에 둘러쓰고 거리를 뛰어가는 모습을 보았다. 비가 오고 있었다.

돌리가 침대 밑에서 끙끙거리는 소리가 났다. 갑자기 침대가 위로 들리더니 잠시 공중에 떠 있다가 도로 바닥에 내려앉았다. 벤저민과 렌은 벽에 바싹 붙어서, 사내의 코고는 소리가 다시 들릴 때까지 긴장했다.

"저 아저씨 어쩔 거예요?" 렌이 속삭였다.

"톰은 자기 몫을 가지고 곧장 술집으로 갔어. 몇 주 동안은 고주망태로 지내겠지." 벤저민은 맞은편 침대에 앉아 외투 단추를 풀었다. "우린 손이 더 필요할 거야."

"그럼 같이 있을 건가요?"

"가능하면."

"저 아저씨, 살인자인 것 같던데요." 렌이 말했다.

"그것도 쓸모가 있을지도." 벤저민은 베개에 머리를 푹 파묻고 똑바로 누우며 말했다. "저치가 우릴 죽이지 않는 한."

렌이 다시 잠에서 깼을 땐 해가 커튼 사이로 밝게 내리쬐고 있었다. 얼마나 잔 건지 감이 오지 않았다. 옆에 있는 벤저민의 몸에서 열기가 느껴졌다. 렌의 손에는 권총이 들려 있었다. 벤저민이 돌리를 잘 감시하라고 했는데 깜박 잠이 들어버렸다. 침대 등받이에 기대고 있던 터라 목이 뻐근했고 손가락 마디가 저릿저릿했다.

소년은 몸을 굴려 일어났다. 방 맞은편 침대 위 매트리스는 여전히 비어 있었다. 아마 벌레가 잔뜩 있을 것이다. 그 밑 마룻바닥에는 이불더미만 남아 있었다. 돌리가 없어졌다.

렌은 침대보를 확 젖혔다. 벽장 속을 확인하고, 미친듯이 창문을 열고 몸을 내밀어 길거리를 살폈다. 렌은 방문을 당겨 열고 급히 계단을 뛰어내려가다 부엌에서 작게 스치는 소리가 나는 것을 듣고 발을 멈췄다. 덜거덕거리는 소리도 났다. 무엇엔가 가로막힌 듯 텅텅거리는 소리도 들렸다.

소년은 살금살금 모퉁이를 돌아 엿보았다. 돌리가 난롯가의 궤 위에 앉아 있었다. 목까지 단추를 채운 재킷 밑으로 늘어진 배가 나왔다. 귀리죽을 한 사발 먹고 있었는데, 그의 커다란 손에선 숟가락이 장난감처럼 보였다.

"여자를 찾고 있나?"

렌이 고개를 끄덕였다.

돌리는 궤 옆면을 엄지손가락으로 가리켜 보였다.

"꺼내줘!" 렌이 소리쳤다. 렌은 죽사발을 빼앗고 돌리를 궤에서 비키라고 밀었다. "샌즈 아주머니!" 렌은 열쇠구멍에 입을 대고 외쳤다.

돌리가 일어났고 렌은 뚜껑을 열었다. 샌즈 부인은 궤 속에서 맨발로 무릎을 꿇은 채 입에 양말을 물고 있었다. 창백해 보였지만 눈빛은 형형했고, 갑작스러운 빛에 눈을 깜박였다. 렌은 부인의 입에서 축축한 모직 양말을 빼냈다.

"저건 누구냐?" 샌즈 부인이 소리질렀다. 목이 얼룩덜룩 빨갰다. 그녀가 그렇게 큰 소리를 내는 건 처음 들었다. 샌즈 부인은 궤 위로 몸을 끌어올려 밖으로 나와선 엉금엉금 바닥을 기었다. 그리고 심하게 기침을 했다. 몸속 깊은 곳에서 터져나와 온몸을 뒤흔들던 기침은 궤 속에서 더욱 무겁고 축축해진 것 같았다. 샌즈 부인은 엎드린 채로 벽난로 쪽으로 팔을 뻗어 부지깽이를 집어들고 돌리의 다리를 마구 때렸다.

죽었다 살아난 사내는 멀뚱거리며 여관 주인을 쳐다볼 뿐 그대로 있었다.

"그렇게 때리지 마세요!" 렌이 부지깽이를 붙잡아 빼앗으려 했지만 샌즈 부인은 계속 기침을 토하며 돌리를 때렸다. 돌리가 부인의 팔을 잡아 간단히 못 움직이게 하고 입을 틀어막았다. 돌리의 손이 부인의 한쪽 귀에서 반대편 귀까지 닿았다.

"그래서 궤에 집어넣은 거야."

샌즈 부인이 발을 버둥거렸다.

"아줌마를 놔줘!"

소년은 돌리의 손가락을 샌즈 부인의 입에서 떼어내려고 매달렸고, 엄지손가락을 하나 풀었을 때 마침 벤저민이 그들 방에 있던 킹 제임스 성경을 가지고 부엌으로 뛰어들어왔다. 그는 돌리를 향해 성경책을 던졌고, 돌리는 놀라서 샌즈 부인을 놓았다.

"그분은 여기 여관 주인이시다." 벤저민이 말했다. "여사님께 손대지 마." 벤저민은 죽었다 살아난 사내를 동네 꼬마 혼내듯 야단치기 시작했다.

돌리는 벽난로에 등을 기대고 섰다. "나는 그냥 뭐 좀 먹으려고 했을 뿐이다."

렌은 샌즈 부인이 의자에 앉을 수 있게 부축했다. 부인의 몸은 수척했다. 간신히 숨을 고르나 했더니 다시 기침을 계속 쏟아냈다. 벤저민이 물을 갖고 돌아와 걱정스러운 얼굴로 옆에 섰다.

"저 살인마가 날 궤에 처넣었어!"

"친애하는 샌즈 부인." 벤저민이 말했다. "저 사람이 당신을 궤에 넣은 아주 합당한 이유가 있습니다."

모두가 그 합당하다는 이유를 듣기 위해 고개를 돌렸다. 돌리는 성경책을 움켜쥐었고, 렌은 입술을 깨물었으며, 여관 주인은 혹시 그가 정신이 나간 게 아닌가 쳐다보았다.

"이 친구는 우리 사촌으로 떠돌이 전도사입니다." 벤저민이 입을 열었다. "누이가 죽었다는 소식을 듣고 우릴 찾아온 거예요."

샌즈 부인은 자주색 슈트의 냄새를 킁킁 맡더니, 얼굴 앞에 손날을 세우고 흔들며 냄새를 날리는 시늉을 했다. **"거름냄새가 나 잖소."**

"그렇게 말씀하시다니 흥미롭군요. 왜냐면 이 사람은 짐승과 인간을 불문하고 온갖 종류의 배설물을 헤치고 다녔거든요. 숲 속의 이교도들을 개종시키며 이 성경을 들고 전국을 돌아다녔습 니다. 바로 그 숲속에서 해피페더라는 이름의 인디언 공주를 만 났고, 공주는 기독교로 개종하여 이 친구와 결혼했지요. 하지만 해피페더는 끝내 주님 곁으로 오지 않았어요. 우리 사촌이 주님 의 말씀을 설파하는 동안 다른 부족의 주술사와 달아났거든요."

돌리는 벤저민이 던져준 책을 이리저리 돌려보며 살폈다. 렌 은 샌즈 부인을 바라보면서, 그녀가 언제쯤 돌리가 갖고 있는 책 이 자신의 킹 제임스 성경이고 그것도 거꾸로 들어 읽고 있다는 사실을 알아채려나 궁금했다. 여관 주인은 신발을 찾으려고 바 닥을 훑어보면서도 벤저민이 하는 말을 들으려 그쪽으로 고개를 살짝 기울이고 노여움과 궁금증이 반씩 섞인 표정을 지었다.

"그날 이후로 우리 사촌은 반쯤 미쳐서 아내를 찾아다녔고 그 날 벌어 그날 먹는 신세가 됐습니다. 그러다 오늘 아침 여사님을 봤는데 해피페더를 꼭 닮은 것이 너무나도 아름다웠던 겁니다. 그래서 이 친구가 평정을 잃은 거죠. 사촌은 아내가 다시 도망칠 까봐 겁이 났어요. 그래서 당신을 궤에 가둔 겁니다. 그놈의 사랑 때문이죠." 벤저민은 한 손으로 돌리의 재킷을 잘 펴주고, 한 손으론 가슴 언저리에 묻은 귀리죽을 털어냈다. "부디 양해해주세요, 샌즈 부인."

"**그거 이리 내놔봐.**" 여관 주인이 말했다. 샌즈 부인은 돌리한테서 성경을 휙 빼앗아 책장을 눈으로 훑었다. 테두리는 금색에 귀퉁이는 해졌고 손글씨가 깨알같이 쓰여 있었다. 부인은 얼굴을 찌푸리고 책장을 들여다보다가 다시 돌리를 올려다보았다. 그러고는 성경책을 내려놓고 빗자루를 집어들더니 닥치는 대로 두들겨팼다. 벤저민의 얼굴에 한 방 먹이고 돌리의 어깨를 휘갈겼다. 렌은 몸을 숙여 피했지만 샌즈 부인은 빗자루 손잡이로 렌의 다리를 때렸다. "**이 천하에 몹쓸 놈들!**"

세 사람은 신속히 퇴각했다. 렌이 제일 먼저 빠져나갔고, 갈피를 못 잡은 돌리가 후미를 맡았다. 그들은 문으로 달려가 비틀거리며 거리로 나왔다. 샌즈 부인이 빗자루를 들고 비척비척 쫓아왔다. "**내가 다시는 간히나봐라!**" 그렇게 소리치고 문을 쾅 닫았다. 어찌나 세게 닫았는지 문고리가 제 스스로 덜컹덜컹 노크를 했다.

세 사람은 차로와 보도 사이 도랑에 서 있었다. 렌은 손으로 다리를 문질렀고 돌리는 거대한 손가락을 구부렸다. 벤저민은 머리에 묻은 지푸라기 몇 가닥을 집어냈다.

"뭐, 오늘은 아주 굉장하게 시작했군." 벤저민은 손을 뻗으며 돌리에게 자기소개를 했다. "이승에 돌아온 걸 환영하네."

벤저민의 손이 손목까지 사라졌다. 악수를 마치고 나자 벤저민은 손가락을 굽혔다 폈다 하면서 피가 다시 돌게 해야 했다. 늦은 오후 햇살이 눈부셨고, 돌리는 눈을 가늘게 뜨고 쳐다보았다. 그곳을 오가는 사람들과 바삐 지나가는 마차에 어리둥절해하는 모습이었다. 그가 어깨를 웅숭그리고 렌에게 바싹 붙었다.

"저 친구가 널 좋아하나본데." 벤저민이 눈썹을 치켜세우며 말했다.

렌은 어쩔 줄 몰랐다. "그런가봐요."

벤저민은 아무래도 상관없다는 듯 코트를 털어 목깃에 마지막으로 붙어 있던 지푸라기를 떼어냈다. "이제 톰을 데리러 술집에 가야 할 시간이다."

시장은 파하려는 참이었고 야채가게 주인은 과일과 채소를 다시 정리하며 상한 부분을 숨겼다. 빵집 주인은 마른 빵을 토스트로 구워냈고 정육점 주인은 한쪽 구석에서 팔고 남은 뼈를 삶았다.

"배고프다." 돌리가 말했다.

"방금 먹었잖아." 렌이 받았다.

"맞아." 벤저민이 덧붙였다. "그리고 우린 아무것도 못 먹었지."

돌리가 인도에 철퍼덕 앉아서 손으로 머리를 감쌌다. 사람들이 쳐다봤고, 렌은 문득 그가 얼마나 이곳에 안 어울리는지 깨달았다. 누더기를 입은 노파가 지나가면서 코를 감싸쥐었다. 달리는 마차에서 한 소년이 몸을 내밀어 자주색 슈트를 손가락으로 가리켰다. 멀리 앞쪽 골목 어귀에선 군인 몇이 담배를 피우고 있었다. 그중 한 명이 담뱃불을 붙이려다 멈췄다. 그는 턱짓으로 그들이 있는 쪽을 가리켰다. 그리고 성냥을 떨어뜨렸다.

"여길 뜨자." 벤저민이 말했다.

"움직이기 싫어." 돌리가 거부했다.

"싫어도 해야 해." 벤저민이 말했다. 그는 군인들에게 등을 돌리고 있었다. 렌은 벤저민이 한 발 한 발 인도 쪽으로 내빼는 모습을 보았다. 벤저민은 순식간에 둘을 버리고 달아날 것이다.

"제발." 렌이 매달렸다. "제발, 돌리." 렌은 자주색 재킷을 잡았다가 다시 사내의 어깨에 팔을 둘렀다. 렌은 젖은 벨벳에 얼굴을 묻고 있다가 누군가 등을 토닥이는 느낌에 고개를 들었다.

"알았다." 돌리가 말했다. "그렇게 애태우지 마."

벤저민과 렌은 버려진 빈 예배당 뒤편에서 빗물받이 통에 든 물로 돌리를 깨끗이 씻기고 그의 슈트를 쓰레기장에 버렸다. 돌리는 반대하지 않았다. 자주색 벨벳을 슬픈 눈길로 한 번 쳐다봤을 뿐, 면도를 하기 위해 얼굴을 내맡겼다. 벤저민이 렌에게서 곰 나이프를 받아 수염을 깎았는데 살갗을 거의 베지 않았다. 구레 나룻을 밀고 긴 무릎바지를 입혀놓으니 한결 나아 보였다. 장밋 빛 뺨에 대머리가 빛났다. 전혀 죽었다 살아난 사람 같지 않았다.

그들은 돌리가 최소한 노스엄브리지에 있는 동안만이라도 변 장을 해야 한다고 결정했다. 벤저민은 렌을 받쳐올려 예배당의 열린 유리창 안으로 새 옷을 찾으러 들여보냈다. 신도용 의자는 치워졌고 스테인드글라스는 헐렸지만, 성서대와 기도서 한 무 더기는 그대로 있었다. 소년은 제단 뒤 창고를 뒤지기 시작했다. 트렁크 안에서 그리스도 탄생 연극에 쓰이는 소품들이 나왔다. 먼지 쌓인 당나귀 머리와 뒤통수에 철사로 후광을 단 아기 인형, 바닥에 끌리는 갈색 싸구려 양치기 로브.

"사제복 목깃이 더 낫겠다." 돌리에게 로브를 입혀보고는 벤 저민이 한마디했다.

"돌리는 사제가 아니에요." 렌이 말했다. "수도사예요." 딴은 그럴듯했다. 소년은 성 안토니오 수도원에서 카푸친 작은 형제 회 수도사들이 들러 아침까지 묵어가던 모습을 기억했다. 그네 들은 기이하게 고행을 했다. 먹지도 않았고 야외에 머물며 담요 도 없이 마당의 맨땅에서 잤다. 렌은 그들을 작은 아이들 방 창 문으로 내다보았다. 그들은 등이 굽었고 로브가 바닥에 끌렸다.

달빛 아래서 그들은 타락한 천사처럼 보였다.

렌은 하느님과 성령의 차이, 주님의 기도와 영광송의 차이를 최선을 다해 열심히 설명했다. 기도하면서 사용할 묵주가 없어 벤저민이 인조석으로 목걸이를 하나 만들었다. 그 허접한 장신구를 들고 렌은 돌리에게 성모송 외는 법, 로사리오 묵주로 환희의 신비, 고통의 신비, 영광의 신비를 묵상하는 법을 가르쳤다.

돌리가 무지막지한 손가락 사이에 묵주를 걸쳤다. 그러더니 멍한 얼굴로 렌을 돌아보았다. "생각이 안 난다."

"괜찮아." 벤저민이 끼어들었다. "그냥 이렇게만 해." 그는 손가락 두 개를 허공에 들어 성호를 긋는 시늉을 했다. "이러면 아무 말도 안 해도 되거든."

돌리가 성호를 그렸다.

"잘하네." 벤저민이 칭찬했다.

돌리는 다시 한번 성호를 그렸다.

"바로 그거야!" 렌이 외쳤다.

격려에 힘을 얻은 돌리는 줄기차게 성호를 그어댔다. 가볍게 그렸다가 열렬하게 그렸다가, 그렇게 끝도 없이 그어대는 바람에 렌은 돌리가 모든 감정을 두 손가락으로 표현하는 거라고 확신했다.

"우리가 때맞춰 오길 잘했네." 벤저민이 재킷 자락으로 곰 나이프를 닦으며 말했다.

"안 그랬으면 자넨 아직도 땅속에 있었을 거야."

돌리는 허공에서 손가락을 멈추고 벤저민의 말을 차갑게 음미했다. 두 손을 내리고 주먹을 쥐었다 폈다 반복했다. "그래서 뭐 바라는 게 있나?"

"아니, 천만에." 벤저민은 조심스럽게 돌리의 손이 닿는 범위를 벗어나며 대답했다. "다만 자네가 우리한테 얼마간 빚을 지고 있다는 거지. 내가 빚쟁이는 아니지만 말이야." 벤저민은 목청을 가다듬었다. "말이 나왔으니 말인데, 이제 일 얘기를 좀 할 때가 됐지."

"누구 죽이고 싶은 놈 있나?" 돌리가 물었다.

벤저민은 기가 막힌 것 같았다. "아니. 전혀. 없어."

"그럼 난 도움이 못 되겠다."

예배당 유리창이 골목에 길게 무지갯빛을 드리웠다. 벤저민은 이를 맞부딪히고 손바닥을 마주 비볐다. 그것은 사람들에게 그들의 올바른 직감을 거스르라고 설득하기 전에 벤저민이 늘 하는 준비 동작이었다. "우리한테 필요한 건 노동력이야. 땅 파는 걸 도와줄 사람이지."

"나는 혼자 일한다."

"돈 문제도 있지. 아마도 자네가 일 년 동안 구경할 수 있는 돈보다 더 많이 벌걸."

이 점에 대해서는 돌리도 수도복 소매로 턱끝을 문지르며 숙고했다.

벤저민은 칼을 렌에게 돌려주었다. "내 술 한잔 사지." 그렇게 말하는 벤저민의 얼굴에 예의 크고 밝고 눈부시게 빛나는 함박웃음이 나타났다. 렌은 돌리가 그 미소에 서서히 무장해제되며 그 자신도 일그러진 미소로 화답하는 광경을 지켜보았다. 벤저민은 손을 뻗어 돌리의 뭉뚝한 손가락을 잡고 흔들었다. "내가 좋은 데를 알거든."

벤저민은 한 손으로 렌을 밀고 다른 손으로는 돌리의 떡 벌어진 어깨를 잡고 두 사람을 중앙 광장으로 데리고 갔다. 그들은 다 무너져가는 음악당과 잡초가 무성한 연못을 지났다. 벤저민이 손가락으로 건너편을 가리켰다. 광장을 마주보는 거리에 북적이는 술집이 하나 있었다. 그러나 그쪽으로 걸음을 내딛는 순간 돌리가 우뚝 섰다.

"저기, 아는 놈들이 있다." 돌리가 말했다.

술집 문밖에 담배 파이프를 문 청년 둘이 서 있었다. 한 명은 꼭대기가 평평한 펠트 모자를 썼고, 인상을 구기고 있는 다른 한 명은 무릎까지 올라오는 각반을 차고 있었다.

"누군데?" 벤저민이 물었다.

"모자단." 돌리가 말했다.

"위험한 놈들인가?"

"놈들이 날 보면 야단이 날 거다."

벤저민이 잇소리를 냈다. "그럼 안 보면 되겠네." 벤저민은 수도복에 달린 모자를 꺼내 돌리의 머리 위에 씌우고 커다란 떡갈나무 뒤에 세웠다. "여기 있어. 눈에 안 띄게." 그리고 렌의 손을 잡고 빠른 걸음으로 모자단을 지나 곧장 오설리번 술집 안으로 들어갔다.

18

간판이라고 하기엔 뭣한 데니스 오설리번이라는 이름자와 창업 날짜가 출입 통로 위쪽 화강암 선반에 새겨져 있었다. 출입문 뒤쪽으로 벽을 따라 랜턴들이 갈고리에 걸렸고, 카운터 위에 늘어진 긴 쇠사슬 두 개에도 등이 매달려 있었다. 주황색 불빛이 어른거리며 사내들 얼굴 위로 그림자를 드리웠다. 특히 오래전에 불이 꺼진 뒤로 한 번도 기름을 보충하지 않은 채 등잔만 방치된 구석진 곳에는 그림자가 짙게 깔렸다. 단풍나무로 대충 깎아 만든 탁자는 한 세기 동안 맥주와 카드 패에 닦여 반질반질했다. 나무 탁자 위에 머리를 얹으면 그 냄새를 다 맡을 수 있었다. 지저분하고 기름때 낀 무수한 손길과 홉의 싸한 냄새가 나뭇결에서 느껴졌다. 밑에서는 울퉁불퉁한 바닥이 흔들흔들하는 의자

다리를 지탱하고 있었다. 육중한 벤치에는 칼로 그은 빗금 자국이 나 있고 의자들은 삶에 지친 인간의 말로에 끊임없이 길든 모습이었다.

술집은 만원이었다. 벤저민과 렌이 사람들 속을 요리조리 헤쳐나가도 눈길 주는 이 하나 없었다. 대화도 거의 없었다. 이들은 조용한 사내들이었고, 전날 저녁부터 혹은 이틀 전부터 오설리번에 죽치고 있었다.

벤저민과 렌은 술집 안쪽 칸막이 의자에서 빈 잔에 둘러싸여 한 잔 더 따르려는 톰을 발견했다. 몇 년은 더 늙어 보였다. 눈두덩이 시커멓고 얼굴이 쭈글쭈글했다. 뺨 전체에 주름이 생겼다. 렌은 칸막이 안의 틈 건너편으로 쪼르르 가서 섰고 벤저민은 의자 끄트머리에 엉덩이를 걸쳤다.

"신참을 받았어."

톰이 화들짝 놀라 고쳐 앉았다. "그놈은 안 돼."

벤저민은 벤치에 발을 올렸다. "우리한테 일손이 필요하다고 말한 건 자네였어."

"한 번 살해당했던 녀석이라고. 녀석이 벌떡 일어나서 나돌아다니면 살해한 놈들이 눈치챌 거란 생각 안 들어?"

"자기를 그 모양으로 만든 놈들은 이미 다 처치했다던데." 벤저민이 답했다.

톰이 소년 쪽으로 고개를 돌렸다. "진짜냐?"

렌은 어쩐지 죄책감이 들었다. "그 사람들 얼굴을 발로 찼다고 했어요."

톰은 빈 잔을 뚫어져라 바라보았다. "나는 살인자하고 엮이고 싶지 않아."

"그가 도와주면 우리 일은 배로 쉬워질 거야." 벤저민이 렌에게 동전을 주며 지시했다. "에일 앤드 비터스* 좀 갖다줘."

렌은 더 듣고 싶었지만 벤저민이 두번째로 노려보자 하는 수 없이 칸막이를 빠져나와 술집을 가로질렀다. 톰을 설득하려면 시간이 좀 걸릴 거라는 건 알고 있었지만 돌리가 밖에서 기다리고 있는 게 마음에 걸렸다.

바텐더는 자고 있었다. 등받이 없는 의자에 꺼지듯 주저앉아서 얼굴을 카운터에 박고 엎드려 있었다. 바로 옆에 놓인 수프 그릇의 내용물이 엎질러져 테이블을 타고 흘렀고, 그렇지 않아도 때묻고 지저분한 바텐더의 앞치마에 떨어졌다. 바텐더의 머리는 파인트 잔 한 부대에 둘러싸여 있었다. 렌은 그 사람을 어떻게 깨워야 하나 물어보려고 주위를 둘러봤지만 아무도 눈을 마주치지 않았다.

---

* 홉 향이 진한 에일 맥주에 쓴맛이 강한 비터스 리큐어를 섞은 술.

여자애 하나가 술잔이 가득한 쟁반을 받쳐들고 종종걸음으로 걸어갔다. 열두 살 정도밖에 안 되어 보이는데, 손님들 사이를 요령껏 누비고 다녔다. 양쪽 귀에는 조그만 링 귀고리를 달았고 피부엔 푸르스름하면서도 누런빛이 돌았다. 여자애는 카드 치는 패들의 탁자에 맥주를 내려놓고 나서 카운터로 와 빈 잔들을 쟁반에 쓸어 담기 시작했다. 렌은 그 아이에게 벤저민의 주문을 전했다.

여자애는 고개를 끄덕였다. 노란 머리를 길게 땋아 등뒤로 늘인 그애를 보자 렌은 자신의 입에 동전을 넣어준 소녀가, 그애의 까마귀 날개처럼 새카만 곱슬머리가 생각났다. 눈앞의 여자애는 곧 죽어도 예쁘다고 말하긴 어려웠지만 눈이 담갈색이었다. 담갈색 눈의 여자애는 생전 처음 봤다. 렌은 여자애가 여닫이문 안으로 들어가는 모습을 바라봤다. 여자애는 금방 술을 들고 다시 나왔다.

"자." 소녀가 말했다. 렌은 술값을 지불했다. 여자애는 맥주를 카운터에 내려놓고 치마를 들어올려 무릎 위에 앉은 딱지를 떼기 시작했다.

"고마워." 렌이 말했다.

여자애는 렌을 유심히 바라보았다. "손은 어쩌다가 그렇게 됐어?"

렌은 뭔가 재밌는 얘기를 떠올리려 했지만 소녀의 허벅지에 난 짧은 금빛 털을 보고 순간 머릿속이 하얘졌다. "사자가 먹어 버렸어." 벤저민이 했던 얘기를 더듬으며 렌은 마침내 입을 열었다. "서커스단에 있던 사자였어. 이름은 피에르고." 말이 입안에서 헛돌았다.

여자애는 다리 위 딱지를 긁던 손을 멈췄다. "거짓말도 잘 못하면서."

여자애 뒤에서 술집 문이 벌컥 열리면서 햇빛이 밀려들어왔다. 검은 옷을 입은 남자 셋이 렌이 있는 곳까지 걸어왔다. 렌은 분명 밖에 있던 돌리가 들켜서 자신들을 잡으러 왔다고 생각했다. 그런데 세 남자는 바텐더 옆에서 멈췄다. 키가 제일 작은 남자가 카운터 위로 손을 뻗어 바텐더의 눈꺼풀을 들어올렸다. 그 아래 홍채가 대리석처럼 단단하게 빛났다.

"놈들이 여기 오래 머물진 않았군. 그렇지?" 남자는 주머니에서 조그만 자루를 꺼내 재빨리 바텐더의 머리에 씌우고 목 부근에서 조여 맸다. "주인은 어디 있지?" 그가 여자애에게 물었다.

소녀는 이런 일쯤 일상다반사라는 듯 안쪽 방을 가리켰다.

"뒤를 부탁해." 남자는 다른 두 사내를 향해 이렇게 말하고 인사의 뜻으로 모자에 가볍게 손을 대더니 여닫이문을 지나 들어가버렸다.

장의업자들이 시신을 똑바로 펴려고 했지만 이미 딱딱하게 굳어 말을 듣지 않았다. 결국 그냥 마루에 굴려버렸다. 바텐더의 손에는 여전히 숟가락이 꼭 쥐어 있었다. 한 사람이 무릎 아래를 잡았고, 다른 사람은 겨드랑이 밑으로 손을 넣어 가슴팍을 들었다. 사람들은 앉아 있던 의자를 질질 끌어 길을 내주었고, 장의업자들은 문 쪽으로 어기적어기적 움직였다. 그렇게 들어 옮기는 도중에 바텐더의 팔이 손님들 머리 위로 휙 젖혀져 떨어졌다. 사람들은 고개를 푹 숙이고 카드 패를 뚫어지게 보거나 맥주잔 속에서 가라앉는 거품만 바라보고 있었다.

장의업자들은 어렵사리 테이블 사이를 헤치고 돌아나갔다. 그러다 한 명이 발부리가 걸리는 바람에 바텐더의 손가락 사이에 단단히 고정되어 있던 숟가락이 한 손님의 모자를 쳐서 떨어뜨렸다. 성직자 모자처럼 챙이 넓고 피처럼 붉은 띠를 두른 것이었다. 모자는 바람에 날린 것처럼 핑그르르 돌아서 카운터 난간 옆 먼지 구덩이 속에 떨어졌고 모양이 완전히 찌그러졌다.

모자 주인이 그림자가 벽면 위로 늘어나듯 자리에서 일어났다. 두 눈 사이가 아주 먼 남자였다. 그 넓은 양미간이 가장 먼저 눈에 들어왔다. 눈 사이가 너무 멀어서 얼굴 한가운데가 움푹 꺼져 텅 빈 벌판이 펼쳐진 것 같았다. 피부는 창백했고 긴 머리카락은 턱선에 달라붙어 있었다. 그는 가죽 외투를 입고 붉은 장갑을 끼었는데, 모자 띠와 똑같은 빨간색이었다.

장의업자들이 걸음을 멈췄다. 붉은 장갑을 낀 남자가 다가오자 그들은 바텐더를 마룻바닥에 떨어뜨렸다. "고의가 아니었습니다." 둘 중 한 사람이 말했다. 다른 사람은 뒷걸음질쳤고 근처 테이블에 앉아 있던 손님들은 자기 잔을 들고 다른 자리로 옮겼다. 붉은 장갑을 낀 남자는 한마디도 하지 않았다. 다만 사람들의 시선이 쏠린 가운데 허리띠에서 긴 칼을 꺼내 바텐더의 손목에 댔고, 톱질하듯 죽은 사내의 손을 잘랐다.

여자애가 렌의 소매를 꽉 잡고 얼굴을 묻었다. 소녀의 숨결이, 옷을 지나 피부에 닿는 뜨거운 날숨이 느껴졌다. 남자가 뼈를 썰 때 바텐더의 손이 마구 흔들렸다. 일을 끝내자 붉은 장갑의 남자는 바닥에서 모자를 집어들었다. 먼지를 털어내고 손으로 잘 매만진 다음 머리 위에 썼다. 그러고 나서 여전히 숟가락을 쥐고 있는 바텐더의 손을 가지고 자기 자리로 돌아갔다. 그가 여자애를 불렀다. "스튜 좀 가져와."

소녀는 부엌으로 뛰어들어갔고, 술꾼들은 바닥에 튄 핏덩이를 발로 차며 다시 자리로 돌아와 앉았다. 장의업자들은 안도한 것 같았다. 허둥지둥 시신을 둘러싸고 둘이서 번쩍 들어올려 문밖으로 내달렸다. 문이 닫히면서 햇빛은 구석진 곳으로 물러났고, 허리케인 램프가 다시 빛을 발하며 모든 사람들이 갑자기, 일제히,

말문을 열었다. 시신이 사라질 때까지 기다리고 있었다는 듯이.

푸르스름한 얼굴빛의 소녀가 스튜 한 그릇을 들고 나타났다. 렌은 소녀가 곡예하듯 사람들 사이로 나아가는 모습을 바라보았다. 눈을 감아도 변하는 건 없었다. 긴 칼을 앞뒤로 슥슥 써는 모양이, 속살이 드러난 바텐더의 손목 단면이 뇌리에서 사라지질 않았다. 칼날이 렌 자신의 몸뚱이를 썰어내는 것 같았다. 렌은 자신의 흉터를 꾹 누르며 손톱을 깊게 박았다.

술집 홀이 좁아지고 멀어지면서, 렌은 어느새 성 안토니오 수도원 우물 위로 몸을 굽히고 메아리치는 물소리를 듣고 있었다. 그 메아리 속 어딘가 렌에게 익숙한 공포가 서려 있었다. 이제야 기억이 났다. 손으로 만져질 듯 뚜렷했다. 술집 안에 있는 사람들 소리가 귓가에서 웅성거렸고, 그때 여자애가 렌의 팔꿈치를 잡으며 말했다. "그러다 엎지르겠어."

손에 든 에일 잔이 기울어져 있었다. 언제 카운터에서 집어들었는지도 몰랐다. 다시 잔을 똑바로 잡아 세웠다. 렌은 여자애에게 감사 인사를 했고, 소녀는 건성으로 미소를 짓고는 다시 일하러 갔다. 렌은 후들후들 떨리는 걸음으로 테이블로 돌아왔다. 벤저민과 톰은 붉은 장갑의 남자를 쳐다보고 있었고, 남자는 바텐더의 손으로 스튜를 떠먹고 있었다.

"나가자." 톰이 말했다.

"자넨 취했어."

"나도 알아. 하지만 여길 떠야 해."

"어딜 가. 아직은 안 돼." 벤저민이 말렸다.

톰은 다시 한 모금 마셨다. "이 술집에 이틀 있었는데 별로 듣고 싶지 않은 말까지 실컷 들었어." 톰은 주변 테이블을 힐끗 보더니 몸을 앞으로 숙이고 목소리를 낮췄다. "그 쥐덫공장의 맥긴티 사장 말인데, 여기서 밀수 시장을 운영하더군. 아편, 프랑스 소설, 그림엽서, 금니, 위스키, 고래기름, 권총, 상아 목걸이, 립스틱. 원하는 건 뭐든 다 구할 수 있어. 그걸 모두 자기 공장에서 관리하면서, 거래마다 수수료를 먹는 거지. 사장이 자기 몫을 떼이면, 그 밑의 부하들이 저런 식으로 뭔가를 떼는 거야."

톰은 붉은 장갑의 남자를 고갯짓으로 가리켰고, 렌에게 미안하다는 듯 두 손을 모았다. "난 내 손에 애착이 많아. 내 손하고 헤어질 생각은 없어."

벤저민은 대꾸하지 않았다. 그는 붉은 장갑이 먹는 모습을 연구하느라 정신이 없었다. 먹는 행위가 무슨 대단한 걸 가르쳐주기라도 하는 듯, 마치 수십 년간 그걸 배우고 싶어한 것처럼. 남자가 바텐더의 손을 들 때마다 벤저민의 표정이 시시각각 변했고 이윽고 그의 얼굴에 분노가 떠올랐는데, 렌은 그가 그렇게까지 화내는 건 처음 보았다. 벤저민은 탁자를 난폭하게 밀치고 외투 단추를 꾹꾹 채웠다.

"어딜 가?" 톰이 물었다.

"사업은 딱 한 번만 더 하자." 벤저민이 말했다. "한 번만 더하고, 그다음엔 여길 뜨자." 갑자기 서두르는 것 같았다. 그는 방열쇠를 렌에게 주었다. "돌아가서 샌즈 부인한테 빌어."

"돌리는 어떡해요?"

벤저민은 잠시 멈칫했다가 렌의 턱을 토닥였다. "그 녀석이 아무도 안 죽였는지만 확인해." 이 말과 함께 옷깃을 세우고 그는 두 걸음 만에 군중 속으로 사라졌다.

렌은 손안의 열쇠를 더듬었다. 톰은 모랫빛 액체를 두 잔 따라 한 잔을 렌 쪽으로 밀었다. "자." 톰이 말했다. "혼자 마시는 데 지쳤어."

"돌리를 보러 가야 해요."

"한 잔만 마셔."

렌은 잔을 들었다. 주저하면서 홀짝 한 모금을 목안으로 넘겼다. 목구멍에서 알코올이 타는 것 같았다.

"네 친구들 이름이 뭐냐?" 톰이 물었다.

"브롬하고 이키요." 렌이 대답했다.

"내 친구는 크리스천이었다."

"알아요."

톰은 한숨을 푹 내쉬었다. "친구를 잃다니 창피한 노릇이지."

렌은 위스키에 다시 혀를 댔다. 이번엔 삼키기 전에 얼마나 오래 입안에 머금을 수 있는지 참아봤다. 따뜻하고 유쾌한 화끈거림이 목 깊숙한 데서 올라왔다. "벤저민은 친구 아니에요?"

톰은 또 한 잔을 들이켰다. 발음이 새면서 말이 엿가락처럼 늘어졌다. 렌은 허리를 숙여 그가 하는 말에 집중해야 했다.

"내가 벤지를 만났을 때 말이야, 그놈은 탈영자 신세로 쫓기고 있었어. 내가 그놈하고 우연히 마주치지 않았겠니? 내가 그놈을 데려다 아주 친절하게 지붕도 마련해주고, 먹을 것도 주고, 말썽을 일으켰다 해결하는 법도 가르쳐주지 않았겠니? 카드 치는 법도 가르치고, 여자한테 속아넘어가지 않는 법도 가르쳤어. 이제 우리 둘은 더럽게 꼬였으니, 교수형 당할 때도 같은 밧줄에 매달리겠지."

"벤저민이 군대에 있었어요?"

"군대에 팔려갔었어." 톰이 말했다. "그놈 삼촌이 도박 빚을 갚으려고 팔았지. 군대에서 서부로 징집됐는데, 거기서 총에 맞아 사지가 박살나는 꼴도 보고, 터진 창자를 도로 뱃속에 밀어넣는 꼴도 봤대." 톰은 테이블에 머리를 박고 그르렁거렸다. "그때 놈은 어린애였어. 너보다 겨우 두서너 살 더 많았나."

렌은 잔을 내려놓았다가 다시 들었다. 나무 탁자 위 잔이 놓였던 자리에 동그랗게 물기가 남았다. 가늘고 끊긴 데 없는 원. 렌은 서배스천을 떠올렸다. 그가 정문 앞에서 중얼거렸던 말이 생각났다. 그걸 사용했어야 했는데. 손에 들어오자마자 써먹었어야 했어.

톰이 해준 이야기가 흩어지고 있었다. 그 말들이 술집을 나갈 때까지, 테이블 사이를 요리조리 헤치고 문밖으로 나갈 때까지 한참을 놓아두면, 그것은 한 번도 입에서 뱉은 적이 없는 말이 된다는 것을 소년은 알고 있었다. 팔을 베고 엎드린 톰은 이제 곯아떨어진 것 같았다. 렌은 의자를 뒤로 밀고 일어났다. 걸음을 막 떼려는 순간 학교 선생이 다시 고개를 들었다.

"브롬과 이키."

"네. 맞아요." 렌이 대답했다.

"이름 좋네." 톰이 다시 얼굴을 묻었다. "친구를 놓치지 마."

19

돌리는 단풍나무 밑에서 자고 있었다. 그러고 있으니 평화로워 보이기까지 했다. 꺼끌꺼끌한 나무껍질에 머리를 기대고 옷에 달린 모자를 푹 눌러쓴 채였다. 따스한 저녁이었다. 광장의 나무들은 체스판 위의 폰들처럼 일렬로 늘어서 있었다.

렌은 돌리의 귀에 대고 소리를 질렀다. 코를 꽉 눌러보기도 하고 뺨도 철썩 때려봤지만 꼼짝하지 않았다. 렌은 풀밭에 털썩 주저앉아 해가 뉘엿뉘엿 넘어가는 광경을 바라보았다. 가끔 돌리의 옷깃을 들추고 가슴이 오르락내리락하는지 확인할 뿐이었다. 사슬 문신의 고리를 세어보니 열일곱 개였다. 그렇게 많은 유령을 달고 다니면 어떤 기분이 들까.

돌리는 거의 한 시간이 지나서야 눈을 떴다.

"내가 얼마나 오래 잤어?"

"백 년쯤." 렌이 대답했다.

돌리는 얼굴을 더듬어 턱수염을 살피더니, 이를 드러내며 볼썽사나운 미소를 지었다. "근데 왜 난 안 늙었지?"

"늙었어." 렌이 대꾸했다. "그렇게 안 보일 뿐이지."

집으로 돌아가는 길은 어두웠다. 돌리는 얼이 빠진 채 따라오다가 보도블록에 걸려 넘어졌다. 렌은 그를 샛길로 이끌었고 구석에 모여 담배를 피우고 있는 군인들 옆을 지나가게 되었다. 군복은 더러웠고 총은 어깨에 아무렇게나 걸쳐져 있었다. 렌이 뒤돌아보니 군인 하나가 듬성듬성 부러진 누런 이를 드러내며 고개를 끄덕였고, 돌리는 화답하여 허공에 성호를 그렸다.

하숙집에 도착했을 때는 초저녁이었다. 걸어오면서 보니 창문이 모두 굳게 닫혀 있었다. 혹시나 하며 현관문 손잡이를 돌려봤는데 열려 있었다. 부엌은 불기운 없이 냉랭했다. 식칼과 만들다 만 파이가 조리대 위에 그대로 있었고 밀대도 밀가루투성이인데 샌즈 부인만 보이지 않았다. 렌이 식기장과 벽장을 열어보고 감자 바구니를 뒤집고 문가에 걸린 망토를 눌러보고 급기야 위층으로 후다닥 달려가는 동안, 돌리는 옆에 가만히 서 있었다.

"샌즈 아주머니?"

렌은 자기들 방 침대를 확인하고 나서 한 층 더 위로 올라가 쥐덫공장 소녀들의 방문을 벌컥 열었다. 방은 일인용 접이침대 네 개가 들어갈 만큼 넉넉했다. 벽에는 거울 조각들이 붙어 있고, 옷장 안에는 나들이옷들이 걸려 있었다. 둔중한 장화와 군청색 치마 들은 없었다. 잘못하다 립스틱 상자를 뒤엎었다. 렌은 한 층 더 위 꼭대기층으로 허겁지겁 달려갔다.

문을 두들겨도 대답이 없기에 안으로 들어갔다. 방은 길고 좁았고, 비스듬한 천장에는 채광창이 두 개 나 있었다. 창 밑에 낡은 로프베드*가 하나 놓여 있었고 그 위에 모로 누운 사람은 부엌 앞치마를 두른 채로 쓰러진 샌즈 부인이었다.

얼굴이 온통 시뻘겋고 목깃 맨 위 단추는 풀어헤쳐져 있었다. 손에는 밀가루 반죽이 잔뜩 묻은 채였다. 렌은 부인의 어깨에 손을 대고는 "샌즈 아주머니" 하고 나직이 불렀다. 부인이 몸을 떨기 시작했다. 처음에는 부르는 소리에 답하는 것처럼 가볍게 흔들더니, 나중에는 부들부들 몸서리를 치며 떨다가 하마터면 침대에서 굴러떨어질 뻔했다. 렌은 이불을 가져와 샌즈 부인의 몸 전체를 덮고 온 힘을 다해 침대 위로 눌렀다.

"네가 날 죽일 셈이로구나."

"도와드리려는 거예요."

---

* 매트리스 대신 밧줄을 가로세로로 엮어 깔개로 사용하는 침대.

샌즈 부인의 흐릿한 눈이 잠깐 렌의 얼굴에 초점을 맞췄다. 부인은 팔을 뻗어 렌을 잡았다. **"물에 빠져 죽은 소년이네."** 여관 주인이 고개를 설레설레 저었다. 그러고는 침대 시트를 움켜쥐었다. **"난 그렇게 굶주린 사람은 처음 봤어."**

"어디 아프세요?" 렌이 물었다.

"그릇은 치우지 않을게. 약속하마." 샌즈 부인은 렌의 팔을 붙들고 일어나려 했다. **"저녁 해야지."** 침대에서 빠져나오자 기침이 터졌고, 몸을 반으로 접고 콜록거렸다. 부인은 허리를 모로 꺾고 갈비뼈를 손으로 누른 채 흐느끼기 시작했다. 그녀의 입에서 핏방울이 뚝뚝 흘러 카펫 위로 떨어졌다.

"돌리!" 렌이 소리쳤다. 계단참으로 뛰쳐나와 다시 불렀다. "돌리!"

층계가 쿵쿵 울렸고 돌리가 올라오면서 발을 디딜 때마다 계단이 부서질 것 같았다. 돌리는 장님처럼 손을 앞으로 내밀고 방으로 뛰어들어왔다.

"아주머니 입에서 피가 나."

돌리는 수도복을 입은 채 바닥에 구부려앉아 여관 주인을 위아래로 훑어보더니 배를 만졌다. 샌즈 부인이 신음소리를 냈다.

"그러지 마!" 렌이 소리쳤다.

"이 여자는 아프다."

"나도 알아. 좀 도와줘."

둘이 함께 샌즈 부인을 침대 위로 올리고 담요로 둘둘 말았다. 렌은 성 안토니오 보육원에서 그와 비슷하게 열이 펄펄 끓어 쓰러진 아이들을 봤다. 기침을 하다 피를 토하면 조지프 수사는 아이들을 격리된 방으로 옮겼다. 너무 오래 지체되어 의사도 부르지 못할 지경이 되면, 예배당 옆 공터에 무덤 자리가 또하나 들어섰다.

돌리는 샌즈 부인을 계단 밑으로 날랐고, 렌은 벤저민 침대의 기둥 꼭지를 돌려 뽑았다. 돈이 필요할 거라는 생각에 안에 든 것을 몽땅 끄집어냈다. 수레와 말은 마구간에 있었다. 말을 수레에 제대로 매고 샌즈 부인을 짐칸에 눕히느라 시간이 제법 지체됐다. 부인의 쇠기침 소리를 들으면서 렌은 멀쩡한 손으로 말고삐를 꽉 쥐고 어둠 속에서 길을 잘 찾을 수 있기를 빌었다.

다리까지 가는 데 한 시간 가까이 걸렸다. 렌은 길을 세 번 잘못 들었다. 돌리는 어느 방향에서 왔는지도 기억하지 못했고 샌즈 부인은 식은땀을 흘리며 힘겹게 잠들어 있었다. 골목길에 어른거리는 사람들, 모닥불 주위로 서성이는 사람들, 벽에 기대어 선 부랑자, 치마를 허리까지 걷었다가 그들이 지나는 것을 보고 도로 내리는 늙은 여자, 소년은 그 모두가 보이지 않는다는 듯 똑바로 앞만 보고 말을 몰았다. 그러다 언뜻 다리가 보였을 때,

렌은 안도의 한숨을 내쉬었다. 이제 병원으로 가는 길은 갈림길 없이 일직선이었다.

강을 건너면서 마차는 속도를 올렸다. 렌은 물결치는 강을 내려다보았다. 물에 빠져 죽은 소년이 생각났고 그애의 영혼이 머리 위로 지나가는 자기 옷을 알아볼 수 있을까 궁금해졌다. 렌은 고삐를 단단히 틀어쥐었고 신에게 거래를 제의했다. 이 다리를 무사히 건너게 해주시면 묵주기도 열 번 할게요. 병원까지 무사히 닿게 해주시면 스무 번 할게요.

앞쪽 가로등 아래 남자 둘이 파이프 담배를 피우고 있었다. 한쪽은 펠트 모자를 비스듬히 눌러썼고, 한쪽은 무릎까지 각반을 차고 있었다. 오설리번 술집 앞에서 돌리가 얘기했던 그 둘이었다. 렌은 잠시 망설였지만 그대로 마차를 직진으로 몰았다. 그들에게 가까워지자 각반을 찬 남자가 돌아서더니 옆구리에서 평평한 원반을 꺼내 손목에 대고 탁 쳤다. 빵 소리가 나면서 원반이 실크해트로 변했다. 남자는 실크해트를 머리에 쓰고 마차 정면으로 뛰어들어 말굴레를 잡았다.

"교리문답을 하기엔 좀 늦은 시각이로군요. 안 그렇습니까, 신부님?"

실크해트를 쓴 남자는 스무 살을 넘지 않은 것 같았다. 피부가 탱탱했고 자신감에 치기가 가득했다. 그 뒤로 펠트 모자를 쓴 남자가 주머니에서 쇠사슬을 꺼내 손가락 사이로 쫙 훑었다.

"나는 수도사요." 돌리가 말했다.

"내 기억엔 아닌데." 실크해트가 말했다. "내 기억엔 자주색 슈트였어."

렌은 말고삐를 세게 당겼다. 암말이 머리를 앞뒤로 흔들었다. 돌리는 두건을 벗고 마차에서 내렸다.

"마차는 보내줘."

"아니 그냥 축복이나 해달라고." 실크해트가 말했다. "그럼 혹시 모르지, 우리가 댁을 봤다는 사실을 잊어버릴지도. 우리한 테 해줄 축복기도는 있겠지? 안 그래, 수도사 양반?"

돌리는 성호를 그으려 두 손가락을 들었다. 그때 뒤에서 펠트 모자를 쓴 남자가 쇠사슬을 들어 돌리의 뒤통수를 세게 내려쳤 다. 렌이 비명을 질렀다. 그러나 돌리는 꿈쩍도 하지 않았다. 다 만 돌아서서 남자의 목을 쥐고 으스러뜨렸다. 쇠사슬이 땅에 떨 어졌다. 돌리는 남자를 가로등으로 밀어붙이고 머리통을 기둥에 짓찧었다. 한 번, 두 번, 남자의 모자가 보도에 떨어져 나뒹굴 때 까지 계속 찧었다.

갑자기 누가 렌을 자리에서 홱 끌어내렸다. 실크해트를 쓴 남 자가 귀에 대고 뭐라 소리쳤고, 그제야 소년은 자신의 옆얼굴에 칼이 겨눠져 있음을 깨달았다. 다음 순간 두 사람은 동시에 나자 빠졌는데, 돌리가 위에서 덮친 것이다. 주먹과 발길질이 여기저 기서 마구 쏟아졌다. 렌은 볼에 찌르는 듯한 아픔을 느꼈고 발길 에 배를 차였다. 팔을 들어 얼굴을 막고 인도 옆으로 굴러 도랑 에 빠졌다. 위에서 누군가 쇳소리로 비명을 질렀고 이어 신음소 리로 바뀌더니 이내 난투가 멎고 조용해졌다. 렌의 손에 축축한 것이 닿았다. 썩은 생선 냄새 같았는데, 아니나다를까 생선이었 다. 렌은 주위를 둘러보았다. 생선 머리며 꼬리며, 그날 하루 강 에서 낚고 버린 물고기의 잔해가 널려 있었다.

돌리는 소년의 팔꿈치를 잡고 일으켜세웠다. 수도복에는 온통 피가 튀었다. 실크해트를 쓴 남자는 인도에 쓰러져 있었다. 한쪽 안구가 튀어나왔고, 미끈거리는 붉은 핏줄기가 속눈썹에서 귀까 지 흘렀다.

소년은 떨고 있었다. 다리도 젖었다. 골목에서 웅성거리는 소 리와 외침이 들리더니 점점 가까이 다가왔다. 돌리는 차분히 어 둠을 바라보고 있었고, 소년은 그가 열 명도 넘게 그렇게 죽일 수 있다는 걸 깨달았다. 렌은 침착해지기 위해 죽을힘을 다했다. 벤저민이라면 어떻게 했을까 필사적으로 머리를 굴렸다.

"저 남자들을 마차에 실어." 렌이 말했다. "어서."

두 사람은 같이 시체를 수레 뒤칸에, 샌즈 부인 양옆에 한 명 씩 실었다. 그 모든 소란이 열에 들뜬 부인을 자극했다. 여관 주인은 깨어나 있었다. 얼굴엔 열꽃이 피었고 눈썹은 땀으로 축축하게 젖어 있었다.

"이것들이 만날 내 베이컨을 훔쳐!" 샌즈 부인이 소리쳤다.

"알아요." 렌이 말했다. 소년은 담요를 끌어다 시체를 덮었다.

샌즈 부인은 시체를 이불 밑에 숨기자 기분이 한결 나아진 것 같았다. 부인은 다시 눈을 감았다. **"손님을 제대로 대접하라고."**

렌은 두꺼운 이불을 부인의 머리 밑에 괴여주고는 돌리의 손을 잡아끌었다. "가자."

돌리의 손가락이 끈적거렸다. 손바닥에 붙은 머리카락과 살점 같은 게 만져졌다. 돌리가 일부러 그런 건 아니었어, 렌은 마차에 오르며 되뇌었다. 그러나 마음속으로는 돌리가 일부러 그랬다는 것을, 몇 번이고 다시 그럴 거라는 것을 알고 있었다. 그뒤로는 아무 생각도 할 수 없었다. 그냥 축축한 피부에 닿는 바람을 느끼고, 옷에서 나는 생선 비린내를 맡았다. 가로등은 뒤로 저멀리 사라졌고, 소년은 살인자와 나란히 앉아 있음을 실감했다. 더는 신과 거래하는 일은 없을 것이다. 이제 지옥에 떨어지는 건 시간 문제였다.

렌은 되도록 마을과 거리를 넓히려 말을 재촉했다. 돌리는 원래부터 수배중일지도 모르지만, 보안관이 곧 그들 뒤를 쫓을 것이다. 체포될 생각을 하니 손바닥에 땀이 났다. 렌은 계속 뒤를 돌아보며 쫓아오는 사람이 없는지 확인했다. 머지않아 마을 경계를 벗어났고, 이어서 너른 시골 풍경이 나왔다. 좀전의 사건이 생판 남의 일인 양, 돌리는 느긋하게 허리를 뒤로 기대고 있었다. 구름 속에서 달이 나왔다. 그래도 돌리의 얼굴은 여전히 어둠 속에 있었다.

"돌리가 그 사람들을 죽였어."

"그 사람들 잘못이다."

"그렇다고 용서되진 않아." 길가의 숲속에서 부스럭거리는 소리가 났다. 렌은 고개를 획 돌렸다. 나무가 그들을 바라보는 것만 같았다. 떡갈나무와 느릅나무와 단풍나무가 머리 위로 솟아서 나뭇가지를 흔들어댔다. 렌은 회개 기도가 목구멍까지 차올랐고, 곧장 입 밖으로 흘러나왔다. 오 주여, 주님을 근심케 한 것을 저는 마음 깊이 뉘우치고 있습니다. 렌은 돌리를 힐끗 쳐다봤다. 돌리는 하늘의 별을 올려다보고 있었다. "돌리도 회개해야 해."

"뭘?" 돌리가 물었다.

"모두 다."

"그럼 수십 년은 걸리겠다." 돌리가 말했다. "게다가 나는 내가 한 짓의 반도 기억나지 않아."

"회개하지 않으면 구원받지 못해." 렌은 돌리가 그 말에 충격을 받았는지 힐끔 돌아봤다. 놀랍게도 전혀 아랑곳하지 않았다.

소년은 일곱 가지 죄와 예수 재림과 세상의 종말에 관해 온 힘을 다해 설파했다. 죽은 자들이 어떻게 산 자들 사이에서 일어나고 심판의 날에 어떻게 되고 예수가 천국에 갈 자와 영원히 지옥에 떨어질 자를 어떻게 결정하는지 열심히 들려주었다.

"나는 거기 가봤다." 돌리가 말했다. "그리고 벌써 돌아왔어."

"하지만 이건 죄라고." 렌이 말했다. "그리고 법을 어겼잖아. 감옥에 가게 될걸. 교수형을 당할 거야." 렌은 돌리의 무심함을 이해할 수 없었다. 찬바람이 불었고 콧물이 났다.

달이 구름에서 멀리 벗어났고 돌리의 얼굴도 그늘에서 벗어났다. 그는 렌의 어깨를 두드렸다. "전에도 말했잖아. 나는 천생 살인자다."

수레 뒤쪽에 누운 자들도 그 말에 동의하듯 말이 없었다. 문득 렌은 저 남자들이 아직 살아 있는 게 아닐까 불안해졌다. 말을 잠시 세우고 담요 끝자락을 살짝 들춰봤다. 펠트 모자의 챙은 한쪽으로 훌렁 뒤집어졌고, 뒤통수는 두개골이 깨져 속이 다 보였다. 다른 남자의 얼굴은 줄줄 샌 피로 엉망진창이었다. 실크해트는 길에 그대로 두고 왔나보다. 렌은 욕지기가 나는 것을 참으며 혹시 살아 있나 기다려봤다. 닥터 밀턴이 틀렸다. 사람의 몸속은 하나도 아름답지 않았다.

렌은 앞으로 곧게 뻗은 어두컴컴한 길을 바라보았다. 저 앞에 공터가 있고, 멀리 나뭇잎 사이로 병원의 부속 탑이 먹이를 기다리는 거인처럼 서 있었다. 소년은 심호흡을 한 다음, 모자단의 시체를 다시 덮고 브레이크를 풀어 말을 출발시켰다. 존 신부는 항상 심판의 날이 그들 생애중에 올 거라고 했다. 그러나 뒤를 돌아봐도 아무도 쫓아오지 않고 심판도 닥칠 것 같지 않았다.

20

애그니스 수녀가 마치 기다리고 있었다는 듯 소변기를 한아름 들고 문가에 나와 있었다. 수녀는 용기를 하나씩 건물 벽면에 대고 두드려 모두 떨어낸 다음, 발로 흙을 차서 오물을 덮었다. 한번도 일을 쉬어본 적이 없는 사람처럼 피곤에 찌들어 보였다.

마차가 가까이 다가가자 렌은 애그니스 수녀가 지하실로 통하는 길에 서 있음을 알았다. 렌은 손을 흔들려다가 벤저민이 하던 식으로 해보기로 했다. 함박웃음을 머금고 손을 흔들고 돌리에게 말고삐를 넘겼다. 렌은 브레이크를 당겼다. "우리 하숙집 아주머니가 아파요."

애그니스 수녀는 소변기를 내려놓고 문을 열었다. "전염병이라면 병원에 들일 수 없어." 수녀는 회색 앞치마에 손을 닦고 렌이 말릴 틈도 없이 마차 뒤로 돌아가 담요를 젖혔다.

렌은 수녀가 비명을 지를 줄 알았다. 아니면 울음을 터뜨리거나. 그러나 애그니스 수녀는 죽은 남자들을 흘끗 쳐다보고는 그냥 옆으로 밀치고 샌즈 부인의 체온을 재기 시작했다.

"고열." 애그니스 수녀는 샌즈 부인의 눈꺼풀을 밀어올렸다. "동공 확장." 목을 짚었다. "목도 부었고." 입을 열고 입술 사이로 안을 들여다보았다. "감염." 애그니스 수녀가 진단하는 동안 샌즈 부인은 귀찮다는 듯 계속 찰싹 때리려 들었지만, 수녀는 힘들이지 않고 슬쩍슬쩍 피했다. 애그니스 수녀는 샌즈 부인의 손목을 꼭 붙들고서 부인의 가슴께에 귀를 대고 잠시 그대로 있었다.

"괜찮을까요?"

"조용히!"

"살인마들!" 샌즈 부인이 소리쳤다.

렌의 얼굴에서 핏기가 싹 가셨다. 하지만 수녀는 샌즈 부인의 말에 전혀 동요하지 않았다. 일 분쯤 더 귀를 기울이더니 허리를 펴고 다시 담요를 잘 정리했다. "네 하숙집 주인은 유행성 독감에 걸렸어."

"위험한 병인가요?"

"그럴 수도 있지. 축축한 날씨 때문에 악화됐어. 게다가 전염성도 높아. 입원하면 다른 환자들까지 옮을 거야. 병원에서는 받아줄 수 없어." 애그니스 수녀는 숙달된 손놀림으로 샌즈 부인의 몸을 담요로 꼭꼭 감쌌다. "특실 비용을 낼 수 있다면 모를까."

렌은 호주머니에 손을 넣어 침대 기둥에서 꺼내 온 돈을 보여주었다. 애그니스 수녀는 렌의 손에서 지폐를 받아들었고, 렌은 모자라면 어쩌나 걱정이 되었다. 수녀는 조용히 돈을 센 다음, 검은 눈을 들어 마부대에 앉아 있는 돌리를 쳐다보았다. 돌리는 등을 구부정하니 숙이고 앞을 바라보고 있었다. 그는 수녀도 렌도 알은체하지 않았고, 마지막 3마일을 오는 동안은 아무것도 보지 않는 것 같았다.

"수사님."

돌리는 애그니스 수녀를 내려다보았다.

"성 안토니오 수도원에서 오셨나요?" 수녀가 물었다.

"네." 렌이 대답했다. "이분은 거기서 왔어요."

돌리는 성호를 그었고 애그니스 수녀는 그를 유심히 관찰했다.

"수레 안의 남자들은 어디서 오는 길이죠?"

수녀의 말은 힐난조였고 돌리의 얼굴이 어두워졌다. 위험을 계산하면서 수녀를 어떻게 할까 재고 있는 게 분명했다. 소년은 얼른 앞으로 나섰다.

"길에서 발견했어요."

돌리의 복장을 자세히 살피는 동안 애그니스 수녀는 수상쩍어

하는 기색이 점점 역력해졌다. 그러더니 의심을 굳힌 듯 입을 굳게 다물었다. 수녀는 소매 속에 손을 집어넣고 마차 뒤쪽을 고갯짓으로 가리켰다.

"그 사람들은 보관소로 옮겨놔. 의사 선생님은 지금 오전 회진을 하고 계시다. 하지만 분명 적절한 보상을 받을 수 있을 거야."

돌리와 렌이 시체를 담요로 감싸 지하실 문까지 나르는 동안 수녀는 가만 지켜보고 서 있었다. 문 하단에는 성 안토니오 수도원의 정문처럼 여닫이 쪽문이 있었다. 렌은 손잡이를 들어올리고 안을 엿보았다. 수화물을 받는 기다란 철제 활강로가 있었다. 돌리가 시체를 하나씩 그 안으로 넣었고, 그것들이 미끄러져내려가 어둠 속에 안착하는 소리가 들렸다.

애그니스 수녀가 계단을 올라가 특실로 안내할 즈음에는 아침 빛깔이 하늘에 번져가고 있었다. 돌리는 샌즈 부인을 팔에 안고 한 걸음씩 조심스럽게 계단을 올랐다. 렌이 그 뒤를 따랐다. 다인실에서 사람들 소리가 들렸다. 침대 속에서 뒤척이는 소리, 나직이 속삭이는 소리가 복도에 울려퍼졌다.

2층에 이르자 애그니스 수녀가 허리춤에 찬 꾸러미에서 열쇠 하나를 꺼내 병실들이 나란히 있는 긴 복도로 들어가는 문을 열었다. 병실 두 칸마다 한 명씩 채러티 수녀회 소속 수녀가 문밖에 앉아 있었다. 대부분 바느질을 하고 있었지만 졸고 있는 사람도 한두 명 보였다. 애그니스 수녀는 지나가면서 졸고 있는 수녀들을 쿡쿡 찔렀고, 그네들은 화들짝 깨서 퍼뜩 의자 깊숙이 엉덩이를 밀어넣었다.

"환자 두 명당 수녀 한 명이 배정되어 간호합니다. 스물네 시간 근무하며 식사와 세탁을 책임집니다. 부인이 뭐든 필요할 때 종을 울리기만 하면 조지핀 수녀가 바로 답할 겁니다." 나이 많고 주근깨 있는 수녀가 빈 병실 밖에서 벽에 기대어 있었다. 수녀복은 한쪽으로 불안하게 삐뚤어졌고 입은 벌린 채였다.

"새로 온 환자입니다." 애그니스 수녀가 말했다.

늙은 수녀가 눈을 번쩍 떴다. 거의 일흔은 되어 보였고 잿빛 머리카락이 몇 올 베일 밖으로 삐죽 나와 있었다. 나이에 비해서 단단해 보이는 여인이었다.

"목욕통과 물을 좀 가져오세요." 애그니스 수녀가 말했다. "이를 잡고 깨끗이 씻겨야겠어요."

조지핀 수녀는 발을 질질 끌며 복도를 걸어가면서 큼직한 팔뚝 위로 소매를 걷어붙였다. 렌이 방을 돌아보는 동안 돌리는 샌즈 부인을 침대에 뉘었다. 깨끗한 바닥과 꽃무늬 벽지, 레이스가 달린 아일릿 커튼까지 병실은 매우 쾌적했다.

"나는 이가 아니야."

"조용히 하세요!" 애그니스 수녀가 질책했다. "다른 환자들이 깨겠어요."

"그건 아주머니도 어쩔 수 없어요." 렌이 설명하려고 했다.

"얘야!"

"쉬잇." 렌은 샌즈 부인의 손을 꼭 쥐었다.

"그애한테 저녁을 만들어줘야 해. 양말도 갖다줘야 해."

렌이 입을 틀어막으려 하는데, 샌즈 부인이 렌의 손가락을 붙잡았다.

"양말을 난롯가에 놔둬."

그제야 소년은 무슨 말인지 알아들었다. 굴뚝 난쟁이를 말하는 것이었다. 샌즈 부인은 렌이 난쟁이를 봤다는 걸 알고 있었다. 장난감 말을 가져간 것도 알고 있었다.

애그니스 수녀가 소매 안에서 조그만 갈색 병을 꺼냈다. 그것을 샌즈 부인의 코밑에 대자 부인이 즉시 재채기를 했다. "너 때문에 혼란스러워하신다."

문이 활짝 열리고 조지핀 수녀가 대야 한가득 물을 받아 들고 왔다. "비켜요!" 늙은 수녀가 돌리에게 말했고 돌리는 뒤로 물러나 수녀에게 팔꿈치로 맞은 배를 어루만지며 벽에 기댔다.

"부인은 수면을 취해야 해요." 애그니스 수녀가 말했다. "두 분은 돌아가세요. 부인은 여기서 잘 돌봐드릴 겁니다. 주님을 찬미할지어다."

렌은 침대 위로 허리를 굽혔다. 샌즈 부인의 눈동자가 흐릿했고 두 손이 기운 없이 축 늘어졌다. 여관 주인의 입안이 보였다. 오른쪽 어금니 하나를 금으로 씌웠다. 조지핀 수녀는 샌즈 부인의 머리카락에서 핀을 뽑기 시작했다.

"나으려면 얼마나 걸려요?"

"알 수 없단다." 애그니스 수녀가 말했다.

"금방 돌아올게요." 렌은 샌즈 부인에게 얘기했다. 수녀들이 옷을 벗기려 하자 부인은 손을 세차게 휘저었고, 애그니스 수녀는 렌과 돌리를 병실 밖으로 밀어냈다.

"난 이곳이 싫다." 돌리가 특실 복도 문을 지나며 말했다.

"아파본 적 있어?" 렌이 물었다.

돌리는 계단참에 앉아 옷을 들어올렸다. 그는 렌에게 허벅지에 난 25센트짜리 동전만한 구멍을 봉합한 흉터를 보여주었다.

"어디서 그런 거야?"

"총에 맞았다." 돌리가 손가락으로 흉터를 더듬으며 말했다.

"어쩌다가?"

"내가 그놈 목을 조르고 있었거든." 돌리는 혀로 볼 안쪽을 밀어 부풀렸다. 자랑하는 기색이 역력했다. 돌리는 다리 반대편으로 총알이 빠져나온 구멍도 보여주었다.

"아슬아슬하게 뼈는 빗나갔군." 닥터 밀턴이 말했다. 의사는 층계 맨 아래서 난간살 틈으로 그들을 올려다보고 있었다. 슈트는 흠잡을 데 없이 몸에 꼭 맞았고 턱수염은 잘 손질됐으며 손톱은 청결 그 자체였다. "이건 예상치 못한 방문인데."

"하숙집 아주머니가 아파서요." 렌이 대답했다.

"고열인가?" 닥터 밀턴이 물었다. "몇 가지 흥미로운 사례가 있었지. 어젯밤에 환자 한 명이 고열로 사망했어." 의사는 계단을 올라와 허리를 숙이고 돌리의 총알구멍 흉터를 만졌다. "이거 아주 끔찍하게 고통스러웠을 텐데."

돌리는 멋쩍은 듯 시선을 돌렸다.

닥터 밀턴은 돌리의 거대한 손과 가슴, 네모난 대머리를 유심히 관찰했다. 그러고는 총상 흉터에서 손가락을 뗐다. "자네는 분명 아주 재미있는 삶을 영위하고 있겠군."

돌리의 시선이 되돌아왔다.

"네." 렌이 대신 대답했다. "돌리는 그래요."

병원이 서서히 활기를 띠었고 의사와 학생, 환자들이 일과를 시작하려 하고 있었다. 머시 수녀회 소속 수녀 한 사람이 드레싱 도구와 약품을 얹은 트레이를 들고 지나갔다. 젊은 학생 둘이 계단을 올라가면서 닥터 밀턴을 보고 고개를 까딱 숙여 인사했다. 피 묻은 수도복을 무릎께까지 걷어올린 돌리를 보고 당황하는 눈치였다.

"자네하고 할 얘기가 있네. 원형 강의실로 자리를 옮기지. 자."
의사는 렌과 돌리를 데리고 복도를 걸어가면서 일련의 그림들
과 굶주려 보이는 자신의 초상화 앞을 지났다. 수술실은 비어 있
었고 단상은 깨끗하게 닦은 뒤 그 위에 톱밥을 새로 깔아놓았다.
천창으로 아침햇살이 들어와 줄지어 놓인 강의실 벤치들을 비추
었다. 닥터 밀턴이 문을 닫았다.

"자네의 배달품은 잘 받았어. 그런데 문제가 있더군."

"무슨 문제인데요?"

"살해된 시체였지." 의사가 자기 눈가를 가리켰다. "여기. 그
리고 여기." 이번에는 자기 두개골 뒤를 가리켰다. "혈액이 다
마르지도 않은 상태야. 죽은 지 몇 시간도 채 지나지 않았어. 이
런 상태의 시체가 들어오면 나는 신고하도록 되어 있어."

렌은 기침이 나왔다. "사고였어요."

"그건 내 알 바 아니고."

강의실 안은 조용했다. 렌은 문가에 서 있는 돌리를 보았다.
돌리는 손을 쥐었다 폈다 하면서 미간에 주름을 잡았다. 벤저민
만 있었더라면, 렌은 속으로 생각했다. 이 상황을 모면할 이야기
가 필요했다. 렌은 사태를 설명할 궁리를 짜냈다. 그때 돌리가
다가와 의사의 어깨를 가볍게 두드렸다.

"내가 그놈들을 죽였다." 돌리가 말했다.

"뭐라고? 다시 한번 말해주겠소?" 닥터 밀턴이 말했다.

"내가 놈들을 죽였고 나는 후회하지 않아." 그렇게 말한 돌리는 뭔가 굉장한 일을 해낸 양 렌을 돌아보았다.

"흠." 닥터 밀턴은 숨을 들이마셨다. "그것 참 흥미롭군."

렌이 길에서 늘어놨던 설교는 정말 효과가 있었다. 돌리는 고해성사를 했다. 다만 번지수를 잘못 찾은 것이 문제였다. 렌은 신음을 흘렸다. 끝이네. 렌은 생각했다. 이제 우린 끝장이야. 그러나 두려움보다 안도감이 먼저 밀려들어와 스스로도 적잖이 놀랐다. 렌은 고개를 떨구고 계단참에 앉아서 닥터 밀턴이 경찰을 부르기를 기다렸다. 그러나 의사는 비상벨을 울리지 않았다. 대신 주머니에서 수첩을 꺼내 여백에 뭔가를 열심히 휘갈겨썼다.

"자네를 검사해보고 싶군." 의사가 돌리에게 말했다. "허락해주겠나?" 그는 단상 가운데 놓인 수술대 쪽을 손짓했다. 돌리는 렌을 흘끔 쳐다보고는 렌이 어깨를 으쓱하자 의사를 따라 계단을 내려갔다. 닥터 밀턴은 수술대 위에서 톱밥을 쓸어냈고 돌리는 낮잠이라도 자려는 듯 사지를 쭉 뻗고 누웠다.

의사는 수첩에 몇 줄 더 적고서 돌리의 얼굴 쪽으로 몸을 기울였다. "지금부터 머리를 만질 걸세."

"뭐하러?"

"치수를 좀 재려고." 닥터 밀턴은 돌리의 이마 양옆에 손끝을 올렸다. 그리고 천천히 두개골 전체를 손가락으로 매만졌다. 돌리의 좌우를 하나로 꿰맨 봉합선이라도 있는 것처럼 엄지손가락은 두개골 중앙선을 따라 움직였다. 천창으로 아침 햇살이 내리쬐어 의사의 얼굴 구석구석을 환히 비추었다.

"전에 한번 거인을 만난 적이 있었지." 닥터 밀턴이 말했다. "두개골이 딱 이렇게 생겼어. 그가 아프다는 소리를 듣고 계약을 하러 갔지만 한사코 자기 몸은 팔지 않겠다고 거절하더군. 그러곤 친구한테 부탁해 납으로 만든 관에 자신을 넣고 못박아서 바다에 던져달라고 했어. 나는 장의업자를 매수했고 관은 돌로 채워졌지. 그는 내 컬렉션 중에서도 일급품이야." 닥터 밀턴은 돌리의 턱을 만졌다. "살인자를 알게 된 건 처음인데. 앞으로 내 골상학 연구에 도움을 좀 줄 수 있겠나?"

돌리는 눈을 껌벅이며 무슨 소린가 하고 의사를 쳐다봤고, 잠시 후 이해했다. 눈에 어두운 안개가 서린 그는 손을 들어 한 번의 몸짓으로 의사의 팔을 잡아 뒤로 꺾었다. 닥터 밀턴은 악 소리를 지르고 다른 손으로 돌리를 잡아 뜯으며 꺾인 팔을 빼내려 버둥거렸다. 돌리는 수술대에서 일어나 앉았고 의사가 뜯거나 말거나 개의치 않았다.

의사는 큰 소리로 사람을 부르려 했고, 돌리는 샌즈 부인에게 그랬던 것처럼 거대한 손가락으로 의사의 입을 틀어막아 목소리를 죽였다. 렌은 닥터 밀턴이 몸부림치는 것을 보면서 이곳에 온 첫날 저 수술대 끄트머리에 앉아서 자기가 얼마나 겁에 질렸었는지 회상했다. 렌은 조금 더 사태를 관망하다가 이윽고 말렸다. "이제 그만해."

돌리는 의사를 놔주었다. 닥터 밀턴은 비틀비틀 단상 아래로 내려가 팔을 감싸안고 욕지거리를 했다. "팔이 부러진 것 같군."

"선생님한테 겁먹어서 그래요."

"저자가 나한테 겁먹었다고?"

"미안해하고 있어요. 그치, 돌리?"

"아니."

닥터 밀턴은 고통스러운지 잔뜩 움츠린 채 천천히 팔을 구부렸다. 소매를 밀어올리고 뼈를 만졌다. "부러지진 않았어. 하지만 삐었군. 적어도 일주일은 수술에서 손놓게 생겼어. 수술이 미뤄진 이유를 피츠패트릭 부인과 그녀의 갑상선종에게 설명하고 싶나?"

"아뇨. 그다지." 렌이 말했다.

"사람의 과거를 아는 것은 중요해." 닥터 밀턴이 설명했다. "내가 강조하고 싶었던 건 그거다. 사람의 직업이나 성격을 알면 그것이 몸의 성장에 어떤 영향을 미쳤는지 알 수 있어. 간에 질병이 있어서인지, 심장이 너무 작아서인지. 이형異形 연구는 그

길을 터주지." 의사는 수술 도구가 든 상자가 무슨 보호막이라도 되는 듯 그 앞에서 서성였다. 그리고 손끝으로 붕대를 꺼내 다친 팔을 손목까지 붕대로 쭉 감기 시작했다.

"나는 다른 사람들하고 다르지 않아." 돌리가 말했다.

"아니, 자네는 달라." 말하면서 의사는 가위를 휘둘렀다. 그는 아직도 돌리에게 겁을 먹은 게 분명했다. "자네는 살인자잖아."

가위가 어떤 신호처럼 번득였다. "우리가 데려온 남자들도 살인자였어요." 렌이 불쑥 끼어들어 내뱉었다.

닥터 밀턴은 화가 완전히 누그러진 건 아니었지만, 호기심이 동한 듯했다. "그 남자들 가족이 있나? 누구 그들을 찾을 만한 사람이 있을까?"

렌은 의사의 눈을 똑바로 쳐다보았다. "아뇨."

"정가를 다 쳐주진 않겠어." 닥터 밀턴이 말했다. "그리고 제일 조건은 저 남자를 밖으로 내보내는 거다."

"나는 렌 곁을 떠나지 않는다." 돌리가 말했다.

소년은 돌리의 팔에 손을 얹었다. "잠깐이면 돼. 밖에서 기다려."

돌리는 육중한 손가락 관절을 우두둑 꺾었다. 그는 닥터 밀턴을 위협하듯 노려보고는, 몸을 홱 돌려 수술대에서 멀어졌다. 친구가 나가는 것을 확인한 뒤 렌이 고개를 돌리자 닥터 밀턴은 어느새 팔을 삼각건에 걸어 매고 있었다. 의사는 어설픈 동작으로 지갑을 꺼내 렌의 손에 돈을 쥐여주었다. 전에 받았던 금액의 3분의 1도 안 됐다.

"자네는 똑똑한 소년이야. 저런 남자하고 같이 뭘 하고 다니는지 모르겠군."

"돌리는 제 친구예요."

"자네는 학교에 가야 해. 과학을 공부할 수도 있고. 아니면 다른 직업을, 뭔가 존경받을 만한 직업을 가져야지."

그 다양한 가능성들이 테이블 위의 카드 패처럼 부채꼴로 렌의 눈앞에 펼쳐졌다. 그러다 곧 다시 한데 합쳐지더니 선택지는 단 하나밖에 남지 않았다. 과학을 공부하는 일은 없다. 존경받을 일도 없다. 착한 아이가 되려고 애쓰는 것도 지쳤다. 렌이 할 수 있는 최선은, 벤저민이 보여준 길을 따라가는 것이었다. 이젠 발을 뺄 수 없었다.

"저자가 여기 다시 오지 않았으면 한다." 닥터 밀턴이 강조했다. "수화물로 배달되어 오는 게 아니라면 말이지. 그땐 웃돈을 얹어주마."

렌은 돌리의 뼈가 거인의 뼈 옆에 매달리는 모습을 그려봤다. "돌리가 안 좋아할걸요."

"좋아할 필요는 없지." 의사가 말했다. "그냥 죽기만 하면 돼."

21

렌과 돌리는 샌즈 부인의 서랍장을 샅샅이 뒤지고 있었다. 난
쟁이의 양말을 찾는데 잠옷만 산더미처럼 나왔다. 렌은 도대체
잠옷이 왜 이렇게 많은 걸까 의아했다. 샌즈 부인의 옷이라곤 고
작 두 벌밖에 없었다. 자주색 하나, 갈색 하나. 렌은 옷장 안에서
또 한 벌을 발견했다. 종이에 싸서 끈으로 묶어놓은 밝은 회색
실크 드레스로, 웨딩드레스가 아닐까 싶었다.

양말을 찾는 내내 렌은 그간의 일을 톰과 벤저민에게 어떻게
말해야 할지 고민했다. 가로등 밑에 서 있던 살인자들에 관해 얘
기하고 싶었지만, 돌리를 내치자고 할까봐 겁이 났다. 침대 기둥
에서 사라진 돈 문제도 있었다. 벤저민은 해명을 원할 터였고 뭔
가 이야기를 지어내려 하면 할수록 머릿속은 하얘지고 눈앞은

캄캄하기만 했다.

돌리가 조그만 상자를 열었다. 돌돌 말아서 핀으로 고정한 리본이 가득 들어 있었다. 그는 리본을 하나하나 꺼냈고, 이내 화장대 위에는 말렸다 풀린 리본들이 굴러다녔다. 돌리는 서랍장 위에 걸린 거울을 힐끗 쳐다보았다. "렌," 그가 말했다. "여기 봐!"

대들보 위에, 먼지가 뽀얗게 쌓인 장난감 한 무더기가 발견되기를 기다리며 놓여 있었다. 원숭이 모양 꼭두각시, 바이킹 함대, 알파벳 블록, 앙증맞은 돼지, 달 모양 마스크, 용이 웅크린 성, 물고기를 삼킨 상어 두 마리(따로 뗐다 붙일 수도 있었다). 돌리는 렌을 자기 어깨에 앉혔고, 둘이 같이 장난감을 모조리 쓸어다 침대 위에 늘어놓았다.

렌은 자기 방에 숨겨둔 나무 말을 갖고 와서 다른 장난감들 옆에 놓았다. 동일인의 작품임은 두말할 나위 없었다. 날카롭게 뻗은 귀의 각도며 뭉툭한 얼굴선이며, 말은 옆에 놓인 다른 생물들하고 똑 닮았다. 난쟁이는 그리 나쁜 사람이 아닐지도 모른다, 그가 이것들을 전부 만들었다면 말이다.

두 사람은 침대 발치에 있는 상자에서 손뜨개 가방을 발견했다. 그 안에 낡았지만 깨끗한 양말 한 켤레가 뻣뻣한 캔버스에 싸여 있었다. 뒤꿈치와 발가락 부분이 누덕누덕했다. 수백 번은 고쳐 기운 모양이었다. 양말을 들어보니 그 크기나 모양이 눈에 익었다. 물에 빠져 죽은 소년의 옷가지를 물려받은 사람은 렌 혼자가 아니었다.

돌리는 손뜨개 가방을 바닥까지 헤집었다. 공 모양 실뭉치와 바늘집, 조그만 가위가 나왔다. "침대 기둥이 필요하다."

"뭐에 쓰려고?"

"양말 꿰매는 데."

방으로 돌아와 돌리는 누더기 양말을 침대 기둥에 씌웠다. 그리고 바늘 하나를 골라 실을 꿴 다음, 가장자리 해진 부분을 따라 촘촘하게 수직으로 홈질하기 시작했다. 다 꿰매고 나서는 마지막 바늘땀의 양편을 긴 쪽 실을 이용해 십자 모양으로 마무리했다. 그렇게 매듭을 지은 다음 반대방향으로 다시 바느질을 시작해 안에서, 밖에서, 뒤집어서 꿰맸다.

"그거 어디서 배웠어?"

"어머니가 가르쳐주셨다."

렌은 돌리의 손끝이 자아내는 무늬를 구경했다. 돌리에게 어머니가 있었다니 믿기지 않았다. 그는 가로등 밑에서 두 남자를 죽일 때와 똑같이 차분하고 질서정연하게, 감정의 동요 없이 능숙하게 양말을 기웠다. 교묘하게 바늘을 놀려 발가락에 난 구멍에 정교한 거미집을 지었다. 발뒤꿈치도 똑같이 꿰매고 나서 입 속으로 우물거리며 조용히 바늘땀을 셌다.

"샌즈 부인은 왜 난쟁이를 돌보는 걸까?" 렌이 물었다.

"몰라." 돌리가 말했다.

"그 사람이 분명 뭔가 소름 끼치는 일을 저질렀을 거야."

"그는 난쟁이일 뿐이다." 돌리가 말했다. "크게 사고를 칠 수 있을 것 같진 않은데." 돌리는 먼젓번 양말짝을 옆으로 치우고 나머지 짝을 침대 기둥에 씌웠다. 실 끝에 침을 묻히고 그 거대한 손가락으로 바늘귀에 실을 꿰었다. 그리고 구멍난 발뒤꿈치를 깁기 시작했다. 돌리가 꿰맨 실을 쭉 당기자 구멍이 사라지고 침대 기둥 꼭지가 더이상 보이지 않았다. 렌은 돌리가 저지른 온갖 소름 끼치는 사건들을 생각해보았다. 그가 지금까지 저질러야 했었던 온갖 소름 끼치는 사건들을.

"그 사람을 죽일 거야?" 렌이 물었다.

"누구?"

"그 청부받았다는 사람."

"그러는 편이 좋을 것 같다."

"어째서?"

"선불로 받았거든." 돌리는 다 기운 양말을 침대 기둥에서 빼 렌에게 주었다. "그리고 놈은 내가 온다는 걸 알아. 내가 놈을 잡지 않으면 놈이 먼저 날 잡을 거야." 돌리는 침대 밑 자기 자리로 기어갔다. "어쨌든 지금은 너무 피곤하다. 그건 내일 할래."

렌은 매트리스 밖으로 윗몸을 내밀어 내려다보았다. "어떻게?"

돌리는 침대 밑에 꽉 끼었다. 이마가 나무판자에 닿을락 말락 했다. "목. 목이 가장 약한 부위다."

"총은 안 써?"

"소리가 너무 요란해."

렌은 침대 위에 벌렁 누웠다. 샌즈 부인의 누비이불을 어깨까지 끌어당겨 덮고, 늦은 오후 햇빛이 벽을 가로지르는 모양을 바라보았다. "내가 죽이지 말라고 부탁하면?"

돌리가 한숨을 쉬었다.

"우린 떠날 거야. 우리랑 같이 가면 돼." 말하면서 렌은 이불 자락을 손에 쥐고 비비 꼬았다.

"생각해볼게." 돌리가 말했다. "하지만 약속은 안 할 거다." 잠시 후 돌리가 몸을 뒤척이는 바람에 매트리스가 출렁였고 렌은 침대 틀과 함께 공중에 붕 떴다. 침대는 다시 바닥에 닿았지만 몇 인치 왼쪽으로 옮겨져 있었다. 돌리가 코를 골며 고른 숨소리가 들려왔다.

렌은 천장을 물끄러미 보면서 실크해트를 쓴 남자를, 병원 지하실로 던져넣을 때 무겁기 그지없었던 그의 무게를 떠올렸다. 그 남자의 칼에 베인 뺨에서 딱지가 만져졌다. 일주일이면 딱딱한 껍질은 사라질 테고 그 밑에서 연한 새살이 돋을 것이다. 렌은 고해를 하라고 돌리를 설득해 성공했다. 그가 살인하는 것을 말릴 수 있다면, 그리고 온 힘을 다해 기도한다면 아무 일도 일어나지 않은 것처럼 되돌릴 수 있을까.

벤저민은 자정이 다 되도록 돌아오지 않았다. 렌은 샌즈 부인과 한 약속을 지키려 아래층으로 내려갔다. 전에 봤던 대로 서둘러 샌즈 부인이 쓰던 저녁 쟁반을 내려서 딱딱해진 빵과 마른 소시지, 멍이 든 조그만 사과로 저녁을 차린 다음 냅킨으로 덮었다. 쟁반은 탁자 위, 돌리가 수선한 양말 바로 옆에 내려놓았다. 그러고 나서 감자 바구니 안에 들어가 기다렸다.

한 시간이 족히 흘렀고 다리에 쥐가 났다. 난쟁이가 오늘은 안 오려나보다 체념하려는 찰나, 굴뚝 안에서 소리가 났다. 잠시 후 조그만 사내가 벽난로에서 기어나왔다. 렌은 감자 바구니 안에서 난쟁이가 부엌을 한 바퀴 돌고 냅킨을 들춰보더니 콧방귀를 뀌는 모습을 지켜보았다. 그는 딱딱한 빵과 소시지는 본체만체하고, 사과를 집어들어 난롯가 의자로 가서는 능숙한 솜씨로 과일을 깎고 조각낸 과육을 그대로 칼에 꽂아 들고 먹었다. 난쟁이는 렌이 전에 봤던 것과 똑같은 옷을 입고 있었다. 짧은 갈색 웃옷, 녹색 바지, 작고 투박한 장화. 그는 잘라낸 사과 조각을 다 먹고 속까지 갉아먹은 다음 씨를 난로 안에 뱉었다. 그리고 손가락을 빨고 장화 끈을 풀어 양말을 벗고는 렌이 놓아둔 새 양말을 집었다.

난쟁이는 발가락 부분을 살폈다. 뒤꿈치도 만져 확인했다. 그리고 벌떡 일어나서 탁자를 지나 조리대 뒤로 가더니 궤의 뚜껑을 열었다. 렌은 감자 바구니 속에서 그의 움직임을 놓치지 않으려 했지만, 난쟁이는 시야를 벗어나 부엌 안쪽으로 들어가 의자를 밀치고 냄비를 덜그럭거렸다.

렌은 숨을 죽이고 귀를 기울였다. 그런데 느닷없이 누가 머리채를 홱 잡아당겼다. 렌은 마룻바닥으로 끌려나왔고, 조그만 사내의 주름지고 볼썽사나운 얼굴이 불쑥 눈앞에 들이닥쳤다.

"메리는 어딨냐?" 난쟁이가 으르렁거렸다. 사과 찌꺼기가 렌의 이마에 튀었다.

"메리가 누군데요."

"여기 사는 여자 말이다. 이 집 주인!"

렌은 머리채를 휘어잡은 손가락을 풀려고 애썼다. "병원에 있어요."

난쟁이의 손아귀가 느슨해졌다. 충격을 받은 것 같았다. "죽었어?"

"독감에 걸렸어요. 나한테 아저씨를 잘 돌봐주라고 했어요."

난쟁이는 소년을 놔주고 사과 깎던 칼을 꺼내들었다. "내가 유모가 필요한 사람으로 보여?" 칼날은 칼자루와 거의 같은 길이였고, 칼끝은 구부러진 모양이었다. 난쟁이는 벽난로로 되돌아가서 밧줄을 잡았다. "언제 돌아오는데?"

"저도 몰라요."

조그만 사내는 올라갈지 말지 망설이는 눈치였다. 그는 한탄조로 중얼거렸다. "평생 감기 한 번 앓은 적 없는 사람인데." 샌즈 부인의 독감이 굴뚝을 타고 쫓아올라와 자기마저 골로 보낼까봐 걱정이라도 되는지 그는 손에 든 밧줄을 비비 꼬았다.

렌은 좀 지나고 나서야 사내가 겁을 먹고 있음을 깨달았다. 렌은 음식을 차린 쟁반을 들었다. "뭐 좀 드셔야죠."

난쟁이는 빵과 소시지를 굽어보았다. 그리고 생각을 굳힌 듯 밧줄을 놓고 나이프를 주머니에 도로 넣었다. "식품 저장고는 열려 있지?"

두 사람은 창고 문을 열었다. 식료품실은 꽉 차 있었다. 선반마다 피클 항아리와 저장 식품이 빼곡했다. 유리 용기 안에는 기묘한 색깔과 수상한 형태의 것들이 둥둥 떠 있었다. 치즈 옷을 입혀 말린 고기, 소형 맥주 통, 갈고리에 걸린 소시지 묶음, 밀가루와 흑설탕이 든 깡통, '당밀'이라고 라벨이 붙은 통조림.

조그만 사내는 노르스름한 주황색 항아리를 골랐다. 렌이 대신 선반에서 내려주었고, 난쟁이가 칼로 윗부분을 도려내어 열었다. 안에는 말랑말랑하게 눅은 분홍색 반달 모양 알맹이가 들어 있었다. 난쟁이는 윤기 흐르는 걸로 하나 꿰어들고 입에 넣었다. "복숭아네." 그는 한입 더 먹으려고 칼을 항아리에 쑤셔넣었다. 렌에게 하나 권하는 법도 없었다. 소년은 옆에 서서 샌즈 부인이 이런 무례한 손님을 감내하는 이유가 뭘까 궁금해졌다. 난쟁이는 복숭아를 다 먹고 나서는 항아리 안에 혀를 넣어 남은 즙까지 깨끗이 핥아먹었다.

"하나 더 줘봐. 저거, 저기 있는 거." 조그만 사내는 구석에 있는 녹색 항아리를 가리켰다. 양파 피클이 가득 들어 있었다. 그는 칼로 양파 하나를 찍어올려 한 겹 한 겹 벗겨서는 반투명한 비늘줄기를 입안에 쏙 넣었다. 난쟁이는 끝도 없이 먹어댈 태세였다. 렌은 항아리를 연달아 꺼내줬고, 난쟁이는 눈 깜짝할 새 해치웠다. 빈 유리병이 저장고 벽을 따라 줄줄이 늘어섰다. 소년은 말려야 하나 고민했지만, 샌즈 부인에게 약속한 말이 생각나 이러지도 저러지도 못했다.

난쟁이는 청어까지 먹고 나서야 기세가 좀 누그러졌다. 깡통에 남은 마지막 한 점까지 우걱우걱 먹어치운 뒤, 한숨 돌리고 소매로 입을 닦더니 벽에 기대어 푹 주저앉았다. "너 열쇠 갖고 있어?"

"아뇨." 렌이 말했다.

"열쇠를 찾아야 해. 저 쥐덫공장 여자애들은 한 시간이면 여길 싹쓸이할 거야." 그는 허리띠를 풀고 아예 바닥에 드러누웠다. "어이구."

"아저씨는 왜 굴뚝에 살아요?" 렌이 물었다.

"굴뚝에 살다니. 난 지붕 위에 살아."

"샌즈 아주머니가 허락한 거예요?"

"이 집의 반은 내 거야. 어머니가 우리 둘에게 남기셨으니까."

렌은 깜짝 놀라서 난쟁이를 쳐다봤다가 노려보는 눈빛과 마주쳤다. 어디 한번 비웃어보라는, 감히 비웃을 수 없게 만드는 눈빛이었다. 렌은 조지핀 수녀가 샌즈 부인을 씻기려 했을 때가 생각났다. 부인은 오로지 이 조그만 사내가 양말을 제대로 가져가나 그것만 걱정했다.

"돌아가셨어요?"

난쟁이는 냅킨에 손을 닦았다. "당연히 죽었지. 어머니들이란 원래 그러잖아."

렌은 빈 항아리를 들고 뭐라도 하나 건져보려 했다. 병 안에 남은 알맹이 하나가 손끝에 만져졌다. "겨울에 저 위는 춥겠어요."

"춥지. 그래도 안전해."

"아래서는 뭐가 안전하지 않은데요?"

"너나 나 같은 사람들을 싫어하는 작자들이 있잖아." 난쟁이는 턱끝으로 렌의 흉터를 가리켰고 소년은 본능적으로 손목을 소매 속으로 집어넣었다.

"너는 숨길 수라도 있지."

렌은 발뒤꿈치로 바닥을 앞뒤로 쓸었다. 허를 찔린 기분이었다. 슬며시 손목을 소매 밖으로 내밀었다. 볼썽사납게 기운 연분홍색 흉터. 그러나 난쟁이에 비하면 그리 흉하지 않았다. 정말이지 나쁘지 않았다.

사내는 작게 트림을 하더니 조그만 자기 배를 살살 문질렀다. "난 저 위에 집이 있어. 난로도 하나 있지." 그는 셔츠를 다시 바지 속에 쑤셔넣고 힘껏 몸을 일으켜세웠다. "한번 볼래?"

"보고 싶어요." 대답하고 나니 진짜로 어떻게 생겼는지 몹시 궁금해졌다. "아주 많이."

난쟁이는 즐거워하는 듯 보였다. 식품 저장고가 잠겨 있지 않다는 걸 알았을 때만큼이나 기뻐했다. 그는 굴뚝으로 기어들어 갔다. "이쪽으로 몸을 밀어올려야 해." 난쟁이가 밧줄을 쥐고 설명했다. "발로 버티는 거야. 한 발은 밑에, 다른 발은 맞은편을 단단히 디뎌. 그리고 될 수 있으면 입을 다물고 눈도 감아. 그래야 재가 들어가지 않으니까." 난쟁이는 자기 허리에 밧줄을 매고 난롯가 벽난로의 철망을 딛고 올라선 다음, 몸을 굴뚝 속으로 밀어넣었다.

렌은 밑에서 올려다보면서 난쟁이의 등이 벽돌에 스치는 소리를 들었다. 그는 꼭대기까지 힘들이지 않고 금방 올라가는 것 같았다. 곧 난쟁이의 모습이 사라졌고, 파리한 하늘이 손바닥만하게 어둠 속에 떠올랐다.

빈 연통으로 밧줄이 휙 던져졌다. 중량감이 생각보다 약했고 끝은 닳아서 바스러져 있었다. 렌은 난쟁이처럼 밧줄을 허리에 둘러맸다. 굴뚝 안을 한번 올려다봤다. 좀전보다 더 길어진 것 같았다. 렌은 벽난로 안으로 기어들어가 철망 위에 올라서서, 얼마 안 남은 재투성이 장작을 발로 차면서 연통 속으로 머리를 디밀었다.

비좁은 연통 안은 겨우 렌의 어깨너비만했다. 안쪽 면은 검게 그을렸고 시커먼 재가 두껍고 딱딱하게 내려앉아 있었다. 렌은 손가락을 대봤다. 벽돌이 차가웠다. 그는 멀쩡한 손으로 밧줄을 움켜쥐고 다른 쪽 팔꿈치로 뒤편 벽을 짚은 뒤, 한쪽 발뒤꿈치를 구석에 찔러넣으며 몸 전체를 굴뚝 안으로 밀어넣었다.

3분의 2쯤 올라가니 통로가 더 좁아졌다. 렌은 양어깨를 귀퉁이에 밀어붙이고 머리는 한쪽으로 튼 상태로 비스듬히 있을 수밖에 없었다. 올라가려면 무릎을 들어야 하는데 그럴 공간이 없었다. 렌은 밧줄에 의지한 채 겁에 질렸다.

"끼었어요!" 렌이 소리쳤다.

렌은 이쪽저쪽으로 옴짝달싹해봤다. 주르륵 몇 피트를 미끄러지다 갈라진 틈에 발끝을 끼워넣어 겨우 떨어지는 걸 면했다. 벽에서 검댕 구름이 일어났고, 재가 코와 목으로 들어와 이 사이사이와 혀 밑에 끼었다. 팔은 긁혀서 쓰라렸고 발목은 비틀려 아팠다. "떨어진다고요!"

난쟁이가 투덜거리는 소리가 들렸다. "젠장." 렌은 허리를 끌어올리는 힘을 느꼈다. 처음엔 서서히 그리고 이내 속도가 붙어, 머리를 찧고 팔꿈치를 부딪히며 위로 쑥 당겨졌다. 발이 허공에 뜨면서 물고기처럼 밧줄 끝에 대롱대롱 매달린 신세가 됐다. 잠시 후 렌은 굴뚝 밖으로 얼굴을 내밀어 시원한 바람을 맞았고, 조그만 사내가 렌의 웃옷을 잡고 확 끌어내 지붕 위에 내렸다.

그는 렌의 등을 가볍게 두들겼다. "내려가는 건 더 쉬워."

렌은 소맷자락으로 얼굴을 훔쳤다. 콜록거리면서 입안의 재를 뱉어냈다. 아침이 가까워 해가 동쪽 지평선을 환히 비추고 있었다. 지붕 위에 서니 마을 전체가 한눈에 들어왔다. 쥐덫공장이 도시 한가운데 불쑥 솟아 있고, 강이 공장을 보호하듯 휘감고 돌았다. 남쪽 광장에 시장이 있었다. 서쪽으로는 강을 건너는 다리가 보였고 길은 숲속으로 이어졌다. 숲 너머에는 야트막한 야산이 여럿 있었다. 저기 어딘가에 노스엄브리지의 남자들을 죄다 잡아먹은 탄광 입구가 있을 터였고, 그 너머는 병원으로 가는 길이었다.

지붕 위 공기는 훨씬 상쾌했고 거리의 역한 비린내가 없었다. 렌은 성 안토니오 보육원을 떠난 이래 자신이 겪어온 모든 일들을, 자신을 이곳까지 데려다준 걸음들을 모조리 떠올려보았다. 눈앞에 펼쳐놓으니, 이 도시도 자신의 과거도 별것 아닌 듯 느껴졌다. 렌은 깨달았다. 위에서 내려다보면 모든 것이 실제보다 나아 보인다는 사실을.

난쟁이는 자기 집으로 들어가면서 렌에게 따라오라고 몸짓했다. 집은 겉에서 보면 그냥 가축우리였다. 안 쓰는 비둘기장에 넝마를 덮어놓은 것 같았다. 그러나 막상 안으로 들어가니 제법 아늑한 방이었고, 벽에는 짐승 가죽이 쭉 둘러져 있었다. 해진 가죽과 돼지껍질 같은 것으로 모피 조각들을 팽팽하게 이어붙인 것이었다. 다람쥐와 라쿤, 비버 털가죽으로 바닥을 덮고 한구석에는 커다란 사슴 가죽을 깔았다. 사슴 머리가 그대로 붙어 있는데, 얼굴에는 유리 눈알이 박혀 있었다. 난쟁이는 거기서 자는 모양인지 베개가 놓여 있고, 그 위에 책 선반이 몇 개 걸려 있었다.

반대편 구석에는 앙증맞은 배불뚝이 화로가 놓였고, 난쟁이가 바쁘게 그 주위를 왔다갔다했다. 그는 주머니에서 종이와 나무 토막을 꺼내 철망 안에 쑤셔넣고, 조그만 도기 항아리에 담긴 물을 오목한 냄비에 받아 화로 위에 올린 뒤, 기왓장 밑에서 부싯돌을 끄집어내 돌에 그어 일으킨 불꽃으로 불을 지폈다.

난쟁이는 나무상자 안을 쑤석이더니 나무뿌리와 잎이 담긴 조
그만 주머니를 꺼내 끓는 냄비 안에 던져넣었다. 선반에서 머그
잔 두 개를 꺼내서는 찻물을 휘젓다가 조심스럽게 나누어 따랐
다. 렌은 잔을 받았다. 쓴맛이 났고 혀를 뎄다.

　"쑥차야." 난쟁이가 말했다. "우리가 아프면 어머니가 늘 이
차를 끓여주셨지. 메리한테 갖다주게 이따 병에 좀 담아주마."

　"직접 갖다주지그래요?"

　"나는 지붕에서 안 내려가." 난쟁이가 대꾸했다.

　"왜요?"

　난쟁이는 찻잔을 바닥에 내려놓았다. "부엌에는 내려가지. 거
기까지만이야."

　"외롭지 않아요?"

　"전혀." 난쟁이가 코웃음쳤다.

　렌은 못 미더웠다.

　모퉁이에는 책이 쌓여 있었고 벽에 달린 선반에는 더 그득했
다. 렌은 책 제목을 읽어보려고 가까이 다가갔다. 그리스어와 라
틴어로 된 책도 있고, 렌이 모르는 다른 나라 말도 있었다. 『셰익
스피어 전집』이 바닥에서 균형을 잡고 그 옆에 시집과 소설, 『로
마제국사』 그리고 삽화가 수록된 크고 두꺼운 『돈키호테』가 놓
여 있었다. 렌은 『돈키호테』를 들어 첫 장을 펼쳤다. 손끝에 느껴

지는 종이가 가볍고 단단했다.

물이 다시 끓고 있었다. 난쟁이는 화로 쪽으로 돌아가서 누이에게 줄 병을 채웠다. "몇 권은 우리 아버지 거지만 대부분은 노스엄브리지에 살던 어떤 여자 거였어. 좀 넋이 나간 여자였지. 어느 날 보니까 그 여자가 시장을 가로질러 쭉 걸어가더니 곧장 강에 뛰어들더군. 가져간 바구니는 손에서 놓으니까 물결에 휩쓸려 둥둥 떠내려갔어. 여자는 한 발 한 발 물속으로 들어가서 나중엔 치마가 흠뻑 젖었지. 낚시하던 남자들이 여자를 끌어내더군. 그 남자들이 여자를 집으로 데려다줬어. 치마가 질질 끌려서 강에서 그 여자 집까지 물에 젖은 자국이 길게 났지."

"그리고 어떻게 됐어요?" 렌이 물었다.

"사라졌어." 난쟁이가 말했다. "들리는 바로는 오라비가 어디 시설에 보내버렸다고 하던데. 나중에 그 여자의 책을 시장에서 팔길래 메리한테 좀 사다달라고 했지." 난쟁이는 허리를 숙이고 책장을 휘리릭 넘겨 맨 앞에 그려진 그림을 보여주었다. 비루먹은 말에 올라탄 돈키호테가 그려져 있고, 그 맞은편 구석에 휘갈겨쓴 이름이 있었다. 마거릿 맥긴티. 난쟁이는 손가락으로 페이지를 훑었다. "그 여자의 오라비가 쥐덫공장 사장이야. 돈이라면 아쉬울 게 없는 놈이지. 그런데도 여동생을 무슨 범죄자 취급하면서 동생 물건을 몽땅 내다팔더군."

렌은 『돈키호테』를 덮고 다시 선반 위에 꽂았다. 난쟁이가 왜 두려워하는지 알 것 같았다. 샌즈 부인이 없으면 그에겐 음식도, 옷도, 가족도 없었다. 의지가지없는 신세였다.

밖에서 종이 울렸다. 난쟁이가 문을 열었다. 공장에서 연기가 피어올랐다. 쥐덫공장의 군청색 작업복을 입은 소녀들이 거리로 쏟아져나왔다. 몇몇은 먹다 만 아침거리를 손에 든 채였다. 그들은 도시 구석구석에서 나와 한 방향으로 흘러갔다.

"창고 문을 잠가야 해." 조그만 사내가 얘기했다. "안 그럼 그 여자들이 다 먹어치울 거야."

"식대를 내지 않나요?"

"하루에 두 끼씩이지. 하지만 지금 누이가 없으니 아주 부엌을 거덜낼걸."

지붕 꼭대기에 아침이 펼쳐졌다. 해가 하도 말개서 도랑의 구정물까지 반짝였다. 저 밑의 길거리는 서서히 활기를 띠었고 상점은 문을 열고 유곽은 문을 닫았다. 쥐덫공장 여자애들은 전부 공장 안으로 사라졌고 그네들 뒤에서 공장 문이 거인의 입처럼 닫혔다.

렌은 도시를 휘감은 강줄기를 내려다보았다. 소년은 외투 가장자리를 만지작거렸다. 솔기를 따라서 어깨를 지나 소매 아래쪽으로 이어진 바느질 선은 비뚤어진 데 없이 곧고 땀 간격도 가지

런했다. 렌은 샌즈 부인이 물에 빠져 죽은 소년의 옷에서 물기를 짜내고 렌의 몸에 딱 맞춰 실과 바늘을 놀리는 모습을 떠올렸다.

차가 담긴 병을 난쟁이가 렌에게 건넸다. "메리를 보거든 나를 끝까지 돌보기로 했지 않느냐고, 그 말 기억하라고 전해. 어머니가 돌아가신 다음에 약속했거든. 약속은 약속이니까."

렌은 난쟁이와 처지를 바꾸었으면 하는 생각이 들었다. 샌즈 부인이 항상 굴뚝 저 밑에 있다면, 지붕에서 살아도 상관없지 싶었다. 렌은 벽돌에 손을 얹고 캄캄한 연통 속을 내려다보았다. 성 안토니오 보육원에 있던 우물처럼 수직으로 뻗어 있었다. 렌은 병을 꼭 끌어안았다. 샌즈 부인에게 전할 차는 묵직했다. 소년은 밧줄을 허리에 묶고 굴뚝 꼭대기를 넘어가면서 병이 깨지지 않기를 빌었다.

22

내려가는 건 쉬웠다. 밧줄을 꼭 잡고 연통 안쪽을 발로 디디며 몸을 조금씩 아래로 떨어뜨리기만 하면 됐다. 딱 한 번, 갑자기 어깨에 피로가 몰려와서 살짝 미끄러지는 바람에 병을 놓칠 뻔했지만 말이다. 렌은 밤낮이 완전히 뒤바뀌어 언제가 하루의 시작이고 끝인지 불확실해졌다. 이제는 새벽 네시면 눈이 떠졌고, 낮에는 잠깐 어두운 구석에서 웅크리고 눈을 붙였다. 존 신부의 서재에 있던, 해와 달이 하루를 아침과 저녁으로 이등분한 시계 문자판처럼, 렌은 늘 하루가 물리적으로 나뉘어 있다고 생각했다. 그러나 이제는 밤이 가고 아침이 오는 정확한 시각은 없다는 것을 알았다. 완전히 새로운 날이란 건 없었다.

굴뚝 밑에 닿자 부엌에서 나직이 주고받는 목소리가 들렸다.

렌은 조용히 벽난로 바닥으로 떨어졌고, 벤저민과 토끼 입술 소녀를 보았다. 토끼 입술이 벤저민의 무릎 위에 앉아서 병에 든 설탕 절임을 그에게 떠먹여주고 있었다.

벤저민의 손이 소녀의 치마 속에 들어가 있었다. 치마 한쪽이 올라가서 검은 스타킹이 보였다. 뜯어진 솔기 사이로 오금의 부드러운 속살이 드러났다. 벤저민이 소녀에게 귓속말을 했고, 여자애는 웃었다.

"나 벌써 늦었어." 토끼 입술은 뺨이 발그레해져서는 벤저민의 무릎에서 미끄러져내려왔다. 소녀는 벽난로 안에 서 있는 렌을 발견하고는 쑥스러워하는 건지 화가 난 건지 알 수 없는 표정을 지었다. 그러더니 못에 걸린 숄을 낚아채 렌에게 혀를 내밀어 보이고는 밖으로 나갔다.

렌은 문이 닫힐 때까지 기다린 다음, 부엌으로 기어나와서 차가 든 병을 바닥에 잘 놓았다. 그리고 허리에서 밧줄을 풀고 옷에서 먼지를 털었다.

"산타클로스 할아버지!" 벤저민이 외쳤다. 그는 새 옷을 입고 있었다. 그의 눈 색깔에 잘 어울리는 푸른 벨벳 목깃이 달린 외투를 걸치고 앞코가 둥그런 신상품 부츠를 신었다. 가죽은 수제품이었고 신발끈에는 구김 한 점 없었다.

"어디 갔었어요?" 렌이 물었다.

"바텐더를 뒤쫓았지. 시골에 사는 사람이라 한참을 가야 했는데 따라간 보람이 있었어. 온 가족이 다 죽었더군. 열병으로 쓰러져서." 벤저민은 렌의 웃옷에서 숯검댕을 쓸어냈다. "도대체 년 어쩌다 굴뚝에서 나온 거야?"

마땅한 변명거리를 마련하지 못했으므로 렌은 사실대로 털어놓기로 했다. 쓰러져 있던 샌즈 부인을 발견했고, 길에서 모자단을 만났다. 벤저민은 살인 얘기를 듣고 잔뜩 찌푸리다가 칼에 베인 렌의 뺨을 어루만졌다. 그러나 렌이 돈 얘기를 꺼내자마자 소년의 멱살을 잡고 주머니를 뒤졌다. 그는 주머니에 남아 있던 지폐 몇 장을 꺼내 탁자 위로 던졌다.

"나머지는?"

"병원비로 냈어요."

벤저민은 렌을 밀치고 난롯가로 가 장작을 던져넣기 시작했다.

렌은 의자를 잡고 가만히 서 있었다. "아주머니가 죽을지도 모른다고 했어요."

"다른 사람들한테 훔쳤어야지. 내가 아니라."

"훔친 거 아니에요."

"훔친 게 아니면, 그럼 그게 뭐냐?"

렌은 벤저민이 길에서 했던 말이 생각났다. 농부의 말을 훔쳐 달아난 직후였다. "빌린 거예요. 선의로."

벤저민은 천장과 은밀한 대화라도 하듯 위를 올려다보며 고개를 설레설레 흔들었다. 그리고 불 위에 땔감을 하나 더 던졌다. "야. 사람들 시중을 다 들어주고 다닐 순 없어. 사람들은 점점 너한테 매달릴 테고, 그럼 떠나야 할 때 못 끊게 된다고."

렌은 불길을 살리려 허리를 굽힌 벤저민을 바라보았다. 농부의 아내가 저녁을 대접하려고 깜부기불을 살리던 때, 부엌을 꽉 메웠던 매캐한 냇내와 똑같은 냄새가 났다.

"끊고 싶지 않다면요?" 렌이 말했다.

"누구 말이야?" 벤저민이 물었다. "그 시체 놈?"

"시체 아니에요. 내 친구예요."

"나 원, 말이나 못하면." 벤저민이 솔가지를 불꽃에 던졌고 솔잎이 타닥거리면서 연기가 났다. "그 녀석을 너하고 놔두고 가는 게 아니었는데."

"하지만 갔잖아요." 렌은 바닥에서 쑥차 병을 집어들어 조심스럽게 부엌 탁자에 올려놨다. "돌리한테 우리랑 같이 있어도 된다고 얘기했어요."

화덕에서 불길이 일었고, 뜬숯에 불이 붙어 불꽃이 튀었다. 벤저민은 턱끝을 쓸어내리며 한숨을 쉬었다. 그는 의자를 앞으로 당겨 렌에게 앉으라는 시늉을 했다.

"돌리는 네 친구가 아냐. 살인자라고. 놈이 마음만 먹는다면 우리 중 누구라도 죽일 수 있어." 렌이 반박하려는 순간 벤저민이 손을 들었다. "나는 저런 인종을 많이 봤어. 아무런 느낌도 감정도 없는 사람들. 술 한잔 사주더니 갑자기 목을 딴다거나 옆에 있는 여자의 배를 가른다거나, 아니면 아무 이유 없이 사람 손목을 톱질한다거나." 벤저민은 코를 문지르고 소년이 자기 말을 알아듣는지 쳐다보았다. 렌은 붉은 장갑을 낀 남자, 바텐더의 손가락으로 스튜를 떠먹던 그 남자가 떠올랐다. "돌리의 쓸모는 오로지 그가 우리한테 뭘 해줄 수 있느냐 하는 거야. 난 그동안 내가 아는 걸 너한테 전수해주려고 노력했어. 그와 엮이는 건, 사지로 한 발 내딛는 셈이라고."

렌은 얼굴이 화끈거렸다. 불이 너무 셌다. 샌즈 부인이라면 땔감을 낭비하는 걸 용서하지 않을 터였다. 또 난쟁이가 저녁 먹으러 내려올 무렵까지 굴뚝이 식지 않으면 어쩌나 걱정도 됐다. 벤저민도 새 외투를 껴입고 분명 더울 텐데, 이마에 땀이 송글송글 맺혔는데도 자리를 지키면서 렌의 입에서 그가 듣고 싶어하는 대답이 나올 때까지 기다리고 있었다.

"나는 사지 근처에는 가지도 않아요."

"좋아." 벤저민이 말했다.

그날 오후에는 톰을 찾으러 나갔다. 렌은 오설리번 술집을 찾아봤고, 벤저민은 다비가에 있는 유곽 세 군데를 돌았다. 하지만 톰을 봤다는 사람은 아무도 없었다. 하숙집으로 돌아오는 길에 호두 한 봉지를 산 벤저민은 부엌 식탁에서 하나씩 하나씩 껍질을 깨고 알맹이를 꺼내 전부 먹어치웠다.

"곧 돌아오겠지." 말은 그렇게 했지만 벤저민도 걱정하는 기색이 역력했다.

두 사람은 돌리가 어떤지 보러 2층으로 올라갔다. 복도 끝에서부터 코고는 소리가 들렸다. 벤저민은 침실 바닥에 쭈그려앉아, 처분할지 말지 고민되는 자산을 보듯 매트리스 아래서 자고 있는 사내를 재고 있었다.

"이 사람은 왜 이렇게 오래 자는 걸까."

"몸이 잠을 필요로 해서 그런 게 아닐까요." 렌이 대답했다.

벤저민은 몸을 일으키고 무릎의 먼지를 털었다. "넌 어떨지 모르겠지만," 벤저민이 말했다. "인생에 두번째 기회라는 게 있다면, 난 미련 없이 갈아탈 거야."

저녁으로 먹을 만한 게 별로 없었다. 쥐덫공장 여자애들은 난쟁이가 예언한 대로 짧은 시간 내에 저장 식품 창고를 거덜냈다. 그래도 소금에 절인 돼지고기와 감자는 그대로 있었다. 벤저민은 돼지고기를 썰어 돼지기름에 구웠다. 감자도 몇 개 썰어 고기 위에 얹었다. 그리고 마당의 닭장에서 꺼내 온 달걀 여섯 개를 그 위에 깨뜨린 다음, 팬을 통째로 오븐에 넣었다. 조금 후 꺼내보니 내용물이 딱딱하게 굳었다. 벤저민은 그걸 파이 자르듯 여러 조각으로 잘랐다.

"그게 뭐예요?" 렌이 물었다.

"멕시코에서 배운 요리야."

렌은 한 조각 입에 넣었다. 오도독 깨물리는 느낌이 낯설었다. 음식을 삼킬 방법을 찾느라 입안에서 한참 굴렸다.

"거긴 아주 지독해요?"

벤저민이 포크로 음식을 찍어들고 후 불었다. "사람 살 만한 곳은 아니지. 그래도 거기가 마음에 든다는 놈들도 없진 않았어."

렌은 그런 곳이 마음에 든다는 사람들은 어떻게 생겼을까 상상해보았다. 그리고 깨달았다. 아마도 돌리 같은 사람들이리라. 렌은 감자를 한 조각 집었다. "내가 군대에 징집될 거라는 거 알고 있었어요?"

"존 신부가 말한 것도 같군."

"그게 날 데려온 이유예요?"

"그런 것도 있고."

렌은 고개를 들었다. 고마움을 표시해야 할 것 같았다. 그래서 그렇게 했다.

이번만은 벤저민도 겸연쩍은 듯 할말을 찾지 못했다. 그는 헛기침을 하고선 접시를 거두었다. 조리대로 갖고 가서 내려둘 곳을 찾다가, 샌즈 부인이 입원한 뒤로 쌓여가기만 하는 설거지감 꼭대기에 조심스럽게 올렸다.

누군가 창문을 두드렸다. 벤저민은 안도하는 눈치였다. "톰일 거야."

렌은 문가로 가서 손잡이에 체중을 실어 돌린 다음 저녁 햇살 속으로 현관문을 확 열어젖혔다. 눈을 가늘게 떴다가, 한 번 감 았다 떴다. 두번째로 감았다 떴다. 문 앞에 브룸과 이키가 서 있 었다. 온통 젖은 채로 부들부들 떠는 모습이 겁에 질려 얼이 빠 진 상태였다.

"네 친구들을 데려왔다." 톰이 비틀거리면서 쌍둥이를 집안으 로 거칠게 밀었다. "드디어 우리는 가족이 된 거야."

쌍둥이는 바닥에 엎어졌다 발딱 일어나 허둥지둥 한쪽 구석에 달라붙었고, 되도록 집안 가구를 사이에 두고 톰에게서 멀리 떨 어지려고 했다. 해진 셔츠하며, 짤막한 바지, 너덜너덜한 구멍투 성이 웃옷, 렌의 눈에 그들이 거지처럼 보였다.

"정신 나갔어?" 벤저민이 소리질렀다. "애를 셋씩이나 뭐에다 써?"

톰은 외투를 벗어 바닥에 던지고 의자에 무너지듯 앉았다. 톰 이 이렇게까지 멀리 나간 건 처음 봤다. 그는 거의 걷지도 못할

지경이었다. 쌍둥이를 데려오기 위해 존 신부에게 뭐라고 말했을지는 둘째치더라도, 성 안토니오 수도원까지 그 먼길을 어떻게 다녀온 건지 도무지 짐작이 가지 않았다. 순간 렌은 조지프 수사가 브롬과 이키에 관해 했던, 아무도 쌍둥이를 입양하지 않을 거라는 말이 생각났고, 성 안토니오 보육원은 자신을 벤저민에게 내준 것처럼 쌍둥이도 금방 내보냈으리라는 걸 깨달았다.

톰은 흠뻑 젖은 가방을 뒤져 어렵사리 담배를 찾아내 탁자 위로 던졌다. 다른 쪽 주머니에서는 술병을 꺼냈다. "그놈들은 렌의 친구야." 톰이 주먹으로 탁자를 쾅 내려쳤다. "아이들은 친구가 필요한 법이야."

"돌려보내. 오늘밤 당장." 벤저민이 말했다.

"내가 그애들 아버지야." 톰이 대꾸했다.

"헛소리하지 말고."

"자네한텐 렌이 있잖아."

벤저민은 한데 뭉쳐 한껏 움츠린 브롬과 이키에게 다가갔다. 한 명씩 차례로 턱을 잡고 햇빛에 잘 보이게끔 앞으로 끌어냈다. 벤저민은 믿을 수 없다는 듯 고개를 젓고 양손을 쳐들었다. "쌍둥이라니! 이제 불운이 득달같이 달려들겠군. 벌써부터 느껴진다."

브롬과 이키는 울고 있었다. 눈이 새빨갛고 얼굴도 엉망이었다. 렌은 친구들의 팔꿈치를 잡고 구석에서 끌고 나와 2층 침대

방으로 데려갔다. 쌍둥이는 지칠 대로 지쳐서 아무것도 묻지 못하고 렌이 가자는 대로 그저 따랐다. 그들은 렌이 보육원을 떠났을 무렵보다 어쩐지 더 어려 보였고, 거의 같은 또래인데도 아기 같았다. 렌은 쌍둥이를 다시 보게 되어 반가웠고 그들끼리만 있게 되자 곧장 둘을 얼싸안았다.

"너한테 데려다준다고 했어." 브롬이 말했다. "하지만 믿을 수가 있어야지." 브롬은 마르고 창백해 보였다. "이키는 나가기 싫어했어."

"아냐. 나가고 싶었어."

"웃기지 마. 싫어했잖아. 마당에 숨어선 짐도 안 챙긴 주제에. 쟤는 오는 내내 울었어. 아빠가 완전 열받아서 이키가 울음을 안 그치면 우리 둘 다 목 졸라 죽여버린다고 했어."

"우리보고 자기를 아빠라고 부르랬어."

"아빠라고 안 부르면 또 우리 둘 다 목 졸라 죽여버린다고 했어."

이키가 렌의 웃옷을 잡고 물었다. "정말로 우릴 목 졸라 죽여버릴 거라고 생각해?"

렌은 친구들이 이미 충분히 공포에 떨었음을 알았다. 그래서 샌즈 부인이 있었더라면 해주었을 법한 일을 하기로 했다. 렌은 쌍둥이가 손과 얼굴을 씻을 수 있게 물을 가져다주었다. 그리고 부인의 방에서 잠옷과 누비이불을 몇 개 더 갖고 왔다. 아이들은 진흙투성이 옷을 벗어버리고 재빨리 잠옷으로 갈아입더니 둘이 같이 침대 속으로 기어들어가 이불을 덮었다.

"우리 돌을 뺏었어."

"돌을 길에 던져버렸어."

"존 신부님보고 사기꾼이래."

"게다가 하느님 같은 건 없대."

쌍둥이가 누워 있는 침대 매트리스가 흔들렸다. 쌍둥이는 영문을 몰라 서로 얼굴만 쳐다봤다. 침대가 저 혼자 공중에 붕 뜨더니 앞뒤로 출렁이다가 다시 내려앉았다. 이키는 비명을 질렀고 브롬은 침대 기둥을 꽉 붙잡았다.

"돌리 때문에 그런 것뿐이야. 돌리가 몸을 뒤척이면 침대가 움직여." 렌이 설명했다.

쌍둥이는 침대 가장자리로 몸을 내밀어 힐끔 들여다봤다. 밑에서 돌리가 수도복을 입은 채로 입을 벌리고 자고 있었고 가슴이 매트리스에 닿을 듯 오르락내리락했다.

"저 사람은 어디서 만났어?" 브롬이 물었다.

렌은 망설이다가 대답했다. "길에서 만났어."

이키가 팔을 내려 손가락으로 돌리를 쿡 찔렀다. "왜 침대 밑에서 자는데?"

"그냥 거기가 좋은가봐."

아래층에서 톰이 고함치는 소리가 들렸다. 접시 깨지는 소리가 나고 의자 날아가는 소리도 났다. 쌍둥이는 걱정스럽게 렌을 쳐다봤다.

"생각했던 거하고 전혀 다르네."

"돌려보내달라고 부탁하면 우릴 보육원에 다시 데려다줄까?"

"너도 우리랑 같이 가면 돼."

렌은 성 안토니오 보육원 시절을 떠올렸다. 조지프 수사와 존 신부, 자선 모임 할머니들이 씻겨주던 일, 아침마다 작은 아이들 방에서 잠 깨던 일. 그리고 보육원을 나온 첫날밤 지하실에서 혼자 썼던 편지도 생각났다. 부치지는 않았다. 하지만 이제 그것이야말로 친구들에게 필요한 것임을 깨달았다. 좋은 소식 말이다.

렌은 쌍둥이에게 새 옷을 보여주었다. 물에 빠져 죽은 소년의 윗옷과 바지가 얼마나 잘 수선됐는지, 안에 속옷은 또 얼마나 길이가 넉넉한지, 양말은 또 얼마나 세심하게 꿰맸는지 보여줬다. 렌은 샌즈 부인의 아침식사 얘기도 했다. 머핀과 신선한 우유, 달걀과 베이컨과 소시지가 잔뜩 나오고, 두 번 세 번 얼마든지 더 먹어도 된다는 얘기도 했다. 술집에 가면 위스키도 사주고, 늦게까지 안 자도 상관없다. 그때 난쟁이가 만든 장난감에 생각이 미쳤다. 렌은 살짝 방을 빠져나가 장난감을 한아름 품에 안고 돌아와서는 산이 무너지듯 와르르 쏟아놓았다.

장난감을 갖고 놀 나이는 이미 지났지만 복잡하게 조각된 나무 장난감을 보는 순간 쌍둥이의 얼굴에서 공포와 피로가 싹 사라졌다. 쌍둥이는 장난감을 하나씩 들어올려 서로 주고받으면서, 꼬마 돼지를 쓰다듬고, 물고기 입을 열었다 닫았다 하고, 꼭두각시를 침대 머리판에 올려 춤추게 했다. 이키는 달 가면을 써보고 창문가에 서서 "나는 보름달이다!"라고 선언했다. 그다음엔 옆으로 반쯤 돌아서서는 "이젠 반달이다!" 하고 외쳤다.

렌은 친구들이 노는 모습을 구경만 할 뿐, 별로 끼려 하지 않았다. 셋이서 갖고 놀던 망가진 군인이, 아직도 우물 밑바닥 어딘가에 그 검푸른 물 저 아래 있을 양철 군인이 생각났다. 이 방 안의 세 소년 말고는 아무도 그 인형이 거기 있는 줄 모른다.

이키는 거울 속에 비친 제 모습을 더 잘 보려고 까치발로 섰다. 달 가면은 얼굴에 비해 지나치게 컸다. 코가 나와야 할 곳으로 눈이 빼꼼 비쳤다. 그 반대편에서는 브롬이 담요 위에 바이킹 함대를 전열하고 이불로 대양의 파도를 만드느라 입술을 깨물며 온 정신을 쏟고 있었다. 앞에서 거대한 폭풍이 일었고, 뒤이어 파도가 들이닥쳤다. 브롬은 이불자락을 들어올렸고, 전 함대가 요동쳤다.

23

개구리가 잠에서 깼다. 좀전까지 비가 왔고, 어둠 속에서 늪
지대를 지나 마차를 달리는 지금은 당김음 리듬의 개구리 합창
이 들렸다. 벤저민은 랜턴이 쓰러지지 않게 발판에 균형을 잡아
놓고 마부대에 앉았다. 톰이 그 옆에 앉고 돌리와 아이들은 수레
뒤에 앉아서 도로의 돌멩이나 구덩이 때문에 마차가 덜컹일 때
마다 양옆을 꽉 붙잡았다. 말은 밤길에서 그들 모두의 무게를 짊
어지고 안간힘을 썼다. 반 마일마다 말은 도저히 더는 못 간다는
듯 멈춰 섰다. 벤저민이 채찍을 가볍게 휘둘렀고, 암말은 다시
터벅터벅 걸었다.

"어디 가는 거야?" 이키가 귓속말로 물었다.

렌은 어둑한 가운데 똑같이 등을 웅크리고 있는 벤저민과 톰

을 흘낏 쳐다봤다. "낚시하러." 렌이 대답했다.

마차가 지붕 있는 다리를 건너자 다리가 신음하듯 삐걱거려 영원히 반대편에 닿지 못할 것만 같았다. 다리를 건너자마자 남쪽으로 방향을 틀었다. 시골길은 늪과 습지투성이였다. 렌은 반쯤 겁먹고 반쯤은 들뜬 브롬과 이키에게서 눈을 떼지 않았다. 성 안토니오 보육원에서 여기까지 쌍둥이가 참 먼길을 왔다는 생각이 들었다. 렌은 호주머니에 손을 넣어 자기 이름이 수놓인 헝겊을 만지작거렸다. 푸른 실로 수놓인 이름 석 자가 부적이라도 되는 양, 렌은 이제 어딜 가든 항상 그것을 지니고 다녔다.

강가의 나무가 들판을 감싸고 길을 열어주었다. 여기저기 흩어진 울타리가 농장 사이 경계를 표시했다. 왕왕 근처 농가에서 빛이 흘러나왔다. 브롬과 이키는 서로 귓속말을 주고받으며 바로 옆에서 등을 기대고 자는 돌리를 훔쳐봤다. 마부대 끄트머리에 기대앉은 톰은 창백한 얼굴로 숙취에 시달리고 있었다. 마차가 튀어오를 때마다 신음소리를 냈다.

"전적으로 자네 잘못이야." 벤저민이 매정하게 잘라 말했다.

"말 걸지 마." 톰이 말했다.

"자네 때문에 일이 늦어지고 있다고."

"난 괜찮아. 그냥 입 좀 다물어."

톰이 술에서 깨기까지 꼬박 하루 밤낮이 걸렸었다. 정신을 차리고 나서는 샌즈 부인의 정원으로 구르듯 달려나가 웃자란 로즈마리 관목 옆에 쭈그려앉아 몇 시간을 보냈다. 쌍둥이는 걱정스럽게 입술을 물어뜯으며 창문 밖으로 그 모습을 내려다봤다. 렌은 쌍둥이의 해진 신발과 몸에 맞지 않아 끈으로 대충 잡아맨 외투를 바라보았다. 쌍둥이는 목적지를 몰랐고, 렌은 가르쳐주지 않을 것이다.

그들은 교회 묘지에 도착했다. 감시탑도, 철문도, 따야 할 자물쇠도 없었다. 무덤은 따로 돌보는 사람 없는 개방된 공터였고, 어슬렁거리는 소들이 들어오지 못하도록 수수한 나무계단과 낮은 돌담에 둘러싸여 있을 뿐이었다.

벤저민이 마차를 세웠다.

산들바람이 불어 머리 위에서 나뭇잎이 살랑 나부꼈다. 톰은 인상을 쓰고 마차 옆으로 어기적 내렸다. 그러고는 랜턴과 삽을 들고 돌담을 넘어 곧바로 축축한 풀밭을 질러갔다. 쌍둥이는 뒤쪽으로 기어내려와 길가에 섰다. 렌을 봤다가 묘지를 봤다가 다시 렌을 쳐다봤다.

벤저민은 말고삐를 나무에 매고 수레에서 자루를 내리고는 고갯짓으로 돌리를 가리켰다.

"깨워."

렌이 돌리의 손을 꼬집었다. 돌리는 눈을 뜨고 불안정한 걸음걸이로 마차에서 내렸다. 벤저민이 그에게 삽 한 자루를 건넸다.

"빚을 갚을 시간이야."

돌리의 손에 쥐인 삽은 장난감 같았다. 돌리는 눈썹을 찡그렸다.

"부탁해." 렌이 말했다. "우린 돌리의 도움이 필요해."

소년의 말이 떨어지자마자 돌리의 망설임은 온데간데없이 사라졌다. 그는 부러져라 삽을 꾹 쥐고 말했다. "어딘지만 말해."

벤저민이 앞장을 서고 두 사람은 계단을 넘어갔다. 어른들이 사라지자 곧장 렌은 수레 안에 쪼그려앉아 친구들과 눈이 마주치지 않게 뭔가 고치는 척했다. 그러나 쌍둥이는 즉시 렌의 뒤를 쫓아왔다.

"우린 여기 뭐하러 온 거야?"

"너 우리한테 거짓말했지."

브룸은 힘으로 대답을 다그칠 수 있다고 자신하듯 렌의 멱살을 잡았지만, 렌은 그 손을 밀쳐냈다.

"이제 알았으니 됐잖아." 렌이 응수했다.

그때 묘지 안에서 누가 고함을 질렀다. 벤저민이 렌의 이름을 부르고 있었다. 아이들은 화들짝 놀라 싸우던 것을 멈추고 계단을 한달음에 넘어 달렸다. 땅바닥에 삽이 나동그라져 있고, 돌리가 벤저민의 멱살을 쥐고 들어올려 나무둥치에 들이대고 있었다.

"맙소사." 벤저민이 새로 맞춘 푸른 외투 앞섶을 잡힌 채 대롱대롱 매달려 있었다. 다리를 마구 버둥거렸지만 허공을 찰 뿐, 돌리는 꿈쩍도 하지 않았다.

"내려놔!" 렌이 소리쳤다.

"나는 죽은 사람을 파내지 않는다. 네가 말해도 안 한다. 다른 누가 말해도 안 한다."

벤저민의 재킷이 미끄러졌고 돌리는 더욱 힘주어 나무에 대고 눌렀다. 돌리의 손이 벤저민의 목을 향해 움직였다. 렌은 몸을 던져 돌리의 팔에 매달렸다. 온 체중을 실어 흔들었지만, 돌리의 팔은 나무에서 뻗은 가지처럼 견고했다.

"내 말 좀 들어봐." 벤저민의 음성이 거의 속삭이는 것처럼 들렸다. "들어보라고."

안개 속에서 불쑥 무거운 철제 삽을 어깨에 멘 톰이 나타났다. 그는 조용히 뒤로 다가가 삽을 힘껏 휘둘러 돌리의 뒤통수를 가격했다. 돌리는 잠시 그대로 서 있다가 경련을 일으키더니, 벤저민을 잡은 채로 쿵 무너졌다. 돌리의 몸뚱이가 지면에 부딪히면서 천둥 같은 소리가 났다.

"이 자식 좀 치워." 벤저민이 씩씩거렸다. 톰과 아이들이 달려들어 돌리를 굴려서 벤저민의 다리를 풀어주었다.

렌은 돌리의 손을 다시 꼬집었다. 이름도 불러봤다. 그러나 돌리는 꿈쩍도 하지 않았다. 렌은 돌리의 입에 귀를 대고 소리를 들었다. 물에서 바람이 새어나오듯 낮게 웅웅거리는 공기 소리 같은 것이 들렸다.

톰이 기대섰다. "그 녀석 두통은 나보다 훨씬 심할걸."

"때릴 것까진 없었잖아요." 렌이 말했다.

"그렇단 말이지." 톰이 말했다. "그럼 넌, 사람을 목 졸라 죽이려는 놈을 막는 더 좋은 수가 있냐?"

그들은 어둠 속에서 돌리의 주위에 모여 힘겹게 숨쉬는 소리를 가만 듣고 있었다. 렌과 쌍둥이는 돌리를 나무에 기대앉히려고 젖 먹던 힘까지 다했다. 돌리는 여전히 기절한 채 머리를 나무껍질에 기댔고, 수도복 밑으로 무릎이 삐죽 나왔다.

"돌리가 빠지면 일을 제시간에 마칠 수 없을 텐데." 벤저민이 풀밭에 쭈그려앉아 머리카락을 꺼당겼다. 그러다 아이들을 올려다보았고 그의 눈매와 입매가 점점 날카로워졌다. 그는 돌리의 삽을 가져와 렌의 손에 쥐여주었다. 바깥에서 비바람을 맞으며 오래 방치된 탓에 나무 손잡이가 꺼끌꺼끌했다.

벤저민은 쌍둥이를 잡아끌어 묘지 쪽으로 밀었다. "표시된 곳을 찾아. 동트기 전까지 여길 떠야 해."

공터 중앙에 있는 묘석들은 슬레이트였는데, 기다랗고 시커먼 조각이 땅에서 불쑥 솟아 있었다. 가장자리로 가면 대리석으로 비석을 세우고 납골단지를 갖춘 것도 있었고, 슬픔에 잠겨 죽은 이의 이름을 내려다보며 흐느끼는 천사상들도 있었다. 벤저민은 가장 멀리 떨어진 구석진 곳을 가리켰다. "십자가 밑에 흰 돌멩이를 몇 개 놔뒀어. 어두워도 보일 거야."

톰이 한 줄로 땅을 파기 시작했다. 바로 거기였다. 렌도 이제 알아보았다. 새로 조성된 무덤이 나란히 있었다. 모두 네 기였다. 두 기에는 중간 크기의 십자가를 세웠고, 나머지 두 기에는 더 작은 십자가가 있었다. 바텐더와 그의 가족들이었다.

"늙은이를 먼저 꺼내."

"말 안 해도 하고 있어." 톰은 이미 발목 깊이까지 파내려가고 있었다. 그는 숨을 무겁게 헐떡였고 삽질을 하면서 서서히 혈색을 되찾았다.

벤저민은 그 무덤 줄에서 더 먼 십자가 쪽으로 아이들을 데려갔다. "무덤 전체를 다 파헤치진 마. 관의 끝부분만 보이면 돼."

렌은 삽을 질질 끌고 멍하니 걸어갔다. 십자가 밑에는 깨끗한 수정 조각이 하나 놓여 있었다. 렌은 수정을 집어들고 엄지손가락으로 표면을 쓸었다. 가장자리는 매끈했고 아주 작고 아롱아롱한 빛 조각들이 손안에서 반짝였다. 렌은 수정을 주먹 안에 꼭 쥐고는 쌍둥이를 향해 돌아섰다. "땅을 파야 해."

브롬이 고개를 흔들었다.

"나는 하기 싫어." 이키가 조그맣게 말했다.

렌은 삽을 땅에 꽂아넣어 흙을 약간 퍼올렸고, 삽자루를 손목 그루터기로 받쳤다. 저녁에 내린 비로 흙은 무거웠고 봉분 맨 위는 단단하게 다져져 물기가 없었다. 렌은 눈앞의 묘비나 이름 — 새뮤얼의 아내 세라라고 새겨져 있었다 — 을 보지 않으려고 애써 눈길을 돌렸다. 돌리가 했던 말이 생각났다. 돌리는 자신의 무덤을 파는 소리를 전부 들었다고, 흙을 퍼내면서 가까이 오는 소리를 들었다고 했다.

톰은 쌍둥이에게 욕설을 퍼부어 기어이 삽질을 하게 만들었다. 브롬과 이키는 교대로 삽을 들었고 렌은 자갈과 돌을 치웠다. 파도 파도 끝이 없을 것 같았다. 한참을 파고 들어갔는데 갑자기 삽이 탁 하고 나무를 때리는 소리가 났다. 렌은 흙구덩이 가장자리에 엎드렸다. 저 밑에 옅은 색 소나무 관이 보였다. 이불 속에서 머리만 삐죽 내민 것처럼 흙속에서 관 끝부분이 보였다.

벤저민이 자루가 긴 삽을 가지고 앞으로 나왔다. 그는 아이들을 옆으로 밀어내고 삽을 아래로 내렸다. 세번째 시도에서 날이 걸렸고 이어서 나무판이 우지끈 부서지는 소리가 났다. 벤저민은 삽을 꺼냈고, 톰이 양끝에 커다란 금속 갈고리가 달린 쇠사슬을 가져왔다. 두 사람은 갈고리를 무덤 안으로 내렸고, 렌은 그것이 푸줏간에서 봤던 고기용 갈고리라는 걸 알아챘다.

"됐어?" 벤저민이 물었다.

"거의." 톰이 대꾸했다. "잠깐만. 응. 됐어."

두 사람은 시체 겨드랑이에 갈고리를 걸어 끌어당겨 꺼냈다.

새뮤얼의 아내 세라는 웨딩드레스 차림으로 묻혔다. 비단은 아니었고, 뻣뻣하고 성긴 리넨에 목깃과 어깨선에는 둥글게 분홍색 꽃을 수놓은 드레스였다. 목에서 가슴까지 진주 단추가 일렬로 달려 있었다. 코바늘로 뜬 장갑 한 벌이 죽은 여인의 손에 끼워져 있었다.

렌은 피부가 밀랍같이 뻣뻣하며 차갑고 머리카락은 지푸라기 같은 여인의 끔찍한 얼굴을 외면하고 되도록 드레스에만 시선을 고정했다. 벤저민이 고기 갈고리를 치우고 손으로 직접 풀밭으로 끌어다놨다. 웨딩드레스가 흙바닥에 질질 끌렸고, 하얗게 칠한 나뭇가지처럼 작고 하얀 가죽부츠가 치마 밑으로 슬쩍 드러났다. 검푸른 입술은 살짝 벌어져 있었다.

"칼 좀 줘봐." 벤저민이 말했다.

렌은 처음에 무슨 말인가 했지만 이내 벤저민의 의도를 파악하고는 주머니에서 곰 나이프를 꺼내 넘겨주었다. 벤저민은 칼날을 여인의 웨딩드레스 목깃에 대고 단번에 진주 단추를 후두둑 훑어내렸다. 진주가 쌀알처럼 공중으로 튀었다가 풀밭으로 흩어졌다. 달빛이 진주를 자잘한 얼룩으로 바꿔놓았다.

벤저민은 칼을 렌에게 돌려주었다. "옷도 벗겨. 저 드레스라면 최소한 5달러는 나갈 거야." 그는 아이들을 남겨두고 톰 쪽으로 걸음을 옮겼고, 두 남자는 다음 무덤을 파기 시작했다.

렌은 칼을 손에 들고 친구들 쪽으로 고개를 돌렸다.

"이제 어쩌려는 거야?" 브롬이 속삭였다.

"나 집에 가고 싶어." 이키가 울음을 터뜨렸다.

렌은 이키를 발로 차고 싶어졌다. "우린 아무 데도 안 가."

렌은 여인의 어깨에서 웨딩드레스 소매를 빼려고 했지만 팔이 구부러지질 않았다. 렌은 브롬과 이키를 협박했고, 결국 쌍둥이는 무릎을 꿇고 렌을 도왔다. 쌍둥이는 새파랗게 겁에 질려서 시키는 대로 따르기만 할 뿐 다른 엄두는 내지 못했다. 아이들은 고심하다 마침내 여인을 굴려서 뒤로 엎어놓고, 뒤쪽 매듭을 자르고 솔기를 따라 뜯어서 드레스를 등에서부터 벗겨냈다. 여인은 드레스 밑에 수수한 흰색 페티코트와 코르셋을 받쳐 입고 있었다. 목 뒤에 난 갈색 사마귀 두 개가 아주 조그만 입처럼 보였다.

아이들은 여인의 주위에 서서 벌벌 떨었고 죄책감에 시달렸다. 이키가 입을 달싹거리며 기도문을 외기 시작했고, 브롬도 금방 따라했다. 하늘에 계신 우리 아버지. 렌은 그 옆 무덤으로 시선을 돌렸고, 땅바닥에 누워 있는 벌거벗은 노인이 보였다. 성기는 흐느적거리는 밧줄 조각 같았고, 눈은 부릅뜨고 있었다.

다 끝나기까지 몇 시간이 걸렸다. 아이들은 팔이 저리고 등이 결리고 손가락에 물집이 잡힐 때까지 삽질을 했다. 벤저민은 이따금 길가로 나가 바깥 동태를 살폈다. 현장으로 돌아올 때마다 그는 점점 초조해했고 더 빨리 하라고 다그쳤다.

마지막 자루를 수레에 신고 나자 톰이 담요로 시신들을 잘 덮은 뒤 주머니에서 술병을 꺼내 마시기 시작했다. 쌍둥이는 마차 뒤쪽으로 기어올라가 탈진해 쓰러졌고, 벤저민은 마부대에 앉았다.

"돌리는 어떡해요?" 렌이 물었다.

벤저민의 표정은 단호했다. "어서 타."

말이 방향을 틀었다. 잠시간, 어둑어둑한 밤 한가운데 들리는 것이라곤 말의 숨소리뿐이었다. 이윽고 렌은 한 발 한 발 뒷걸음질쳤고, 이어 돌리가 있는 쪽으로 계단을 넘어 냅다 달음질쳤다. 뒤에서 쫓아오는 발소리가 들렸고, 점점 빨라졌다. 벤저민이 렌을 붙잡아 양팔로 단단히 끌어안았다.

"돌리는 우리한테 도움이 안 돼."

렌은 벗어나려고 발버둥쳤다.

"돌리하고 같이 있을래? 그럼 너는 나랑 여기서 헤어지는 거다?"

렌은 돌리의 옆모습을 겨우 알아보았다. 엉뚱한 곳에 솟아 있는 산 같았다. 여전히 나무 밑에서 눈을 감고 있었다. 렌은 친구

곁을 떠나기 싫었다. 하지만 교회 묘지에 홀로 버려지는 건 더 싫었다. 렌은 기운이 빠져서 조용해졌다. 벤저민은 안았던 팔을 풀어 렌을 땅에 내려놓고는 마차로 데리고 돌아왔다.

"내가 분명히 경고했지." 벤저민이 말했다.

멀어지면서 렌은 돌리가 있는 나무를 바라보았다. 십자가와 묘비가 말없이 옆에 서 있는 어둠 속에서 자신을 찾고 있는 친구의 모습이 떠올랐다. 길모퉁이를 돌자 묘지가 어슴푸레해졌고 렌은 웃옷에 얼굴을 묻었다.

"자, 이제 기운 내. 이까짓 거 대수냐, 친구들이 다 모였잖아!" 톰이 말했다.

브롬과 이키는 인형처럼 멍하니 앉아 바로 옆에 쌓아놓은 시신더미에 시선을 던졌다. 톰은 기침을 하고 코트 속에서 술병을 꺼내 길게 한 모금 마신 후 입맛을 다셨다.

"노래나 하자."

고아 소년들은 대답하지 않았다.

"뭐 아는 거 없냐? 너희한테 노래도 하나 안 가르쳐주던?"

"찬송가는 좀 알아요." 브롬이 용기 내어 말했다.

"라틴어로 된 거예요." 이키가 보탰다.

"쳇, 그런 건 흥이 안 나잖아. 〈헤이 나니 노〉*라든가 〈보니 마이 보니〉**는 어때?"

"그런 노래 몰라요."

"지금부터 알면 되지." 톰이 다시 병나발을 불었다. 그는 목청을 가다듬고 노래를 부르기 시작했다. 목소리 톤이 높았고 뜻밖에 듣기 좋았다.

라벤더는 파릇하고, 디들디들
라벤더는 풋풋하다
내가 왕이 되면, 디들디들
너는 여왕이다

"이 노래, 자네도 알지." 톰이 술병을 벤저민에게 던져주며 말했다.

팔팔한 젊은이가, 디들디들
하녀를 만났다
그리고 그늘 아래서, 디들디들
그녀를 눕혔다

---

* 17세기 작자 미상의 영국 민요.
** 작자 미상의 스코틀랜드 민요.

벤저민은 한 모금 마시고 다시 병을 뒤로 던졌다.

"자." 톰은 술병을 브롬에게 넘기며 말했다. "불러. '디들디들' 하고 후렴구만 할 줄 알면 돼."

브롬은 시험삼아 술병을 홀짝 들이켜고는 인상을 찌푸렸다. 이키도 따라서 마셔보고는 콜록거리며 넘겼던 것을 다 뱉었다. 하지만 그 와중에도 후렴 부분이 나오자 작게 톰의 노래를 따라 불렀다.

너와 나는, 디들디들
이제 하나다
그리고 자리에 누울 때, 디들디들
더는 혼자가 아냐

렌은 친구들을 바라보았다. 노래 덕분에 기분이 한결 나아진 모양이었다. 그러나 후렴구가 머리 위에서 경고처럼 울렸다. 나뭇잎이 전혀 나부끼지 않았다. 솔잎 사이로 바람 한 점 불지 않았다. 나무들이 죄다 귀를 기울이려고 멈춘 것 같았다. 렌은 마부대의 벤저민을 힐끗 쳐다봤다. 벤저민은 어깨를 웅숭그렸고 노래도 부르지 않았다. 그는 전방의 사거리를 주시하고 있었다.

사거리 표지판이 가까워질수록 마차 안에 긴장감이 흘렀다. 렌은 옆으로 몸을 내밀었다. 멀리 사람 그림자가 보였다. 여행자 무리가 그들 쪽으로 오고 있었다. 벤저민은 욕설을 내뱉으며 허리를 곧추세웠고 톰은 담요를 더 가져다 시신들을 덮었다.

말을 탄 사내 다섯이었다. 달을 등지고 있어 나무처럼 보였고 그림자가 길게 앞으로 드리웠다. 사내들은 각기 다른 모양과 크기의 모자를 쓰고 있었다. 중산모자, 밀짚모자, 야경꾼 캡, 실크 해트, 그리고 피처럼 붉은 띠를 두른 모자.

"미스터 냅." 승마용 코트를 입은 남자가 말을 걸었다.

벤저민이 마차를 세웠다. 그리고 사내들을 둘러보았다. "처음 뵙는 분인 것 같은데요." 벤저민이 말했다.

남자는 코트 목깃을 내렸다. 오설리번 술집에서 바텐더의 손을 잘랐던 붉은 장갑을 낀 사내였다. 안장에 긴 엽총을 꽂고 있었지만, 들어올리려는 움직임은 보이지 않았다.

벤저민이 빙그레 웃어 보였다. "뭔가 착오가 있었나봅니다."

"착오는 무슨." 붉은 장갑의 사내는 손가락을 들어 수레를 가리켰고, 중산모자와 밀짚모자가 수레 옆으로 말을 몰았다. 밀짚모자가 상체를 내밀어 엽총으로 자루를 쿡쿡 찌르고 옆면을 철썩 때리자 새뮤얼의 아내 세라의 얼굴이 드러났다.

"잠시만요." 벤저민이 손을 들어올렸다. "이 사람들은 전부 제 친척입니다. 제게 남은 유일한 혈육이에요. 이분들은 이런 거지 같은 촌구석이 아니라 저희 가족과 함께 묻혀야 합니다. 그래서 제대로 묻어드리려고 고향으로 모시는 겁니다. 별거 아니에요."

렌은 붉은 장갑의 사내가 안장 위에서 고쳐 앉는 모습을 바라보았다. 그는 담배를 씹으면서 말고삐 끝을 잡고 손가락으로 빙빙 꼬았다.

"이 사람들이 누군지, 어디서 구했는지는 내 알 바 아니고." 사내가 심드렁하게 말했다. "다만, 여기서 한 발짝도 더 나아갈 수 없어."

벤저민은 어깨를 으쓱했고 그대로 손을 들고 있었다. 그러다 갑자기 허리를 숙이고 들고 있던 채찍으로 말 등을 철썩 내려쳤다. "이랴!" 암말이 모자단의 벽을 뚫고 달려나갔다.

"꽉 잡아!" 톰이 외쳤다.

마차가 마구 덜컹거리는데다 구덩이에 걸리는 바람에 렌은 거의 날아갈 뻔했다. 속도가 붙자 옆면을 꽉 붙잡았다. 바퀴가 또다시 도랑에 빠졌고 브룸과 이키는 수레 끄트머리까지 내동댕이쳐졌다. 렌은 브룸의 셔츠를 움켜잡았고, 무게 때문에 팔이 저릿저릿했다. 톰이 다리를 내밀어 이키가 뒤로 미끄러져 떨어지기 직전 발로 잡았다.

벤저민은 이제 자리에서 일어나 있었다. 그는 계속 채찍을 날렸다. 모자단은 이제 전열을 정비해 추격해오고 있었다. 렌은 뒤를 돌아보았다. 먼지 속에서 그들이 말에 박차를 가하는 모습이 보였다. 나뭇가지가 렌의 옆얼굴을 때렸고, 마차 바퀴 소리와 말발굽 소리가 귓속에서 천둥처럼 울렸다. 두 사내가 권총을 꺼내 들었다. 어느새 그들은 마차 바로 옆에서 나란히 달렸다. 그들은 앞으로 나갔다가 길이 좁아지면 뒤로 물러났다.

톰이 시체를 향해 손을 뻗으며 렌에게 고갯짓을 했다. 둘은 수레 가장자리로 시체를 끌고 갔다. 자루를 그대로 싣고 도망치기는 힘들었다. 렌은 목구멍에 먼지가 낀 것 같았다. 톰이 시신 하나를 밖으로 밀어버렸는데 야경꾼 앞으로 떨어졌다. 말이 시신에 걸려 굴렀고, 야경꾼은 땅바닥으로 떨어졌다.

톰과 렌은 하나 더 붙잡아서 뒤로 미끄러뜨리기 시작했다. 머리 위로 총알이 날아왔다. 톰은 몸을 숙이고 발로 시체를 찼다. 시체가 길 위로 굴러떨어졌지만, 이번에는 다들 말 옆구리를 차서 뛰어넘었다. 마차가 바퀴를 삐거덕거리며 코너를 돌았고 브롬과 이키가 이쪽 끝에서 저쪽 끝으로 미끄러졌다. 쌍둥이는 렌바로 옆면에 부딪히고 나서 렌을 움켜잡았다. 그들의 손톱이 살갗을 파고들었다.

모자단 두 명이 무리에서 빠져나와 숲으로 들어갔다. 잠시 후그들은 길 앞쪽에 나타나 달리는 속도를 떨어뜨렸다. 붉은 장갑과 밀짚모자였다. 그들은 마부대 바로 옆으로, 마음만 먹으면 벤 저민을 잡을 수 있을 정도로 가까이 다가왔다. 두 사내가 총을 들었다.

"위험해요!" 렌이 비명을 올렸다.

그들이 말을 쐈다. 첫 발과 두번째 발은 짐승의 목에 맞았고, 세번째 발은 다리를 꿰뚫었다. 암말은 중심을 못 잡고 좌우로 기울었고, 비틀거리면서도 똑바로 걸으려 애쓰다가 마침내 쓰러졌다. 수레가 말 위로 넘어갔고 지지대가 땅에 부딪혀 부러졌다. 벤저민이 퉁겨나가고 이어 마차가 기울며 뒤집혔다. 마치 발밑에서 땅이 갈라져 그 틈으로 추락하는 것 같았다. 렌은 어딘가에 얼굴을 찧었고 등 전체에 엄청난 압박을 느꼈다.

이어지는 적막 속에서 렌은 자신을 향해 다가오는 나무들을 느꼈다. 나무들이 껍질 속에서 투덜거리며 나뭇가지를 내뻗는 소리를 들었다. 렌은 다른 사람들에게 경고하려 했지만 목이 꽉 막혔다. 누군가 렌을 들어 날랐고, 움직일 때마다 장화발에 걸어 차이는 느낌이었다.

"죽었나?"

또다시 장화발이 렌을 찼다. 발톱이 달린 장화였다. 렌은 숨을 쉴 수가 없어 도움을 청하려 했다. 공기가 아주 조금 폐로 들어왔다. 렌은 미친듯이 공기를 빨아들였다. 이어서 얕은 숨이 들어왔고 한번 더 들이마셨다.

모자단이 습지에 내려섰다. 마차는 완전히 전복되어 반쯤 가라앉았고, 바퀴는 부러진 채 흙탕물을 뚝뚝 흘렸다. 브롬과 이키는 한쪽에 서 있었다. 야경꾼 캡을 쓴 사내가 권총을 겨누고 있었다. 톰은 수레 밑에 갇혀서 뭐라고 외치는지 잘 들리지 않았고, 코트 밑자락만 겨우 보였다. 중산모자와 밀짚모자가 톰을 끌어내려 했다.

실크해트를 쓴 남자가 렌을 옮기고 있었다. 챙이 넓고 공단으로 옆면을 댄 모자 한쪽에 검붉은 얼룩이 묻어 있었다. 돌리가 가로등 아래서 죽인 남자가 썼던 바로 그 모자였다. 틀림없었다. 그러나 지금 그 모자를 쓰고 있는 남자는 나이가 더 들었고 턱수염을 기르고 있었다.

"파일럿." 실크해트 2세가 불렀다. "하나 더 찾았어."

붉은 장갑의 사내는 그 자리에 선 채로 렌을 쳐다보았다. "딴 놈들하고 같이 놔."

말은 아직 살아 있었다. 콧구멍으로 가쁜 숨을 내쉬고 있었다. 암말은 파리떼가 덤벼들 때처럼 빠르게 눈을 깜박였다. 렌은 말의 콧등에 입맞추던 농부가 생각나 마음이 몹시 아팠다. 파일럿이 엽총을 재장전했다. 탄환을 넣고 탁 쳐서 닫은 다음 말의 머리에, 귀 바로 밑에 총구를 대고 방아쇠를 당겼다. 탕 소리가 습지에 울려퍼졌다.

"저게 너였어야 하는데." 파일럿의 말을 듣고 렌은 그제야 땅 위에 웅크린 벤저민을 발견했다. 푸른 재킷은 찢어지고 눈 바로 위에 상처가 났으며 오른쪽 뺨도 부어오른 것 같았다.

수레 밑에서 외마디소리가 들렸다. 톰이었다. 그는 자신을 파내고 있는 두 사내에게 욕을 퍼부었다. 그러다 흐느끼기 시작했고, 밤이 찢어져라 고래고래 새된 비명을 질렀다. 중산모자를 쓴 사내가 다시 나타났다.

"다리가 부러졌어."

"조용히 하라고 해." 파일럿이 말했다.

실크해트가 렌의 주머니를 뒤져 곰 나이프를 빼앗았다. 그리고 다시 렌을 들어올려 쌍둥이가 있는 곳으로 데려가 둘 사이에 내려놨다. 아이들은 머리끝부터 발끝까지 온통 진흙으로 뒤발해 있었다. 얼굴과 옷에 똑같이 갈색 물이 튀었다. 생전 처음으로 렌은 둘을 구별할 수 없었다.

"귀에 물이 들어갔어."

"저 사람들이 우릴 죽일까?"

렌은 대답하려 했지만 옆구리가 결렸다. 벤저민이 파일럿에게 얘기하는 게 보였다. 이 상황을 모면하려면 진짜 근사하고 끝내주는 이야기여야 할 것이다. 렌은 공기를 타고 하나씩 하나씩 전달되는 벤저민의 문장을 상상했고 로사리오 묵주에 대고 기도하는 것처럼 그 문장들에 대고 기도하기 시작했다. 반복할 때마다 힘과 기운을 더해서 한 바퀴를 온전히 돌렸다.

벤저민은 이제 손짓까지 하며 이야기 중 한 구절을 몸소 보여주고 있었다. 파일럿은 고개를 끄덕이며 경청하더니 엽총의 개머리판을 들어올려 벤저민의 얼굴을 내려쳤다. 코피가 터졌다. 파일럿은 코트를 더럽히기 싫은 듯 한 발짝 뒤로 물러섰다. 그가 중산모자와 실크해트에게 뭔가 말하자, 두 사람이 앞으로 나와 인정사정없이 벤저민을 두들겨패기 시작했다. 마침내 벤저민이 땅바닥에 쓰러졌고 팔로 머리를 막으면서 그만두라고 빌었다. 렌은 눈을 감았다. 귀도 막았다. 시신을 모으고 말을 정렬시키는 동안에도 절규는 계속됐고, 톰이 수레 밑에서 끌려나왔다. 절규는 렌이 기도를 그칠 때까지 내내 숲속을 메아리치며 울부짖었다.

3부

24

모자단이 노스엄브리지에 진입하자 늙은 어부들은 다리 밑으로 내려갔고, 부랑자들은 골목으로 피했고, 과부들은 상점 유리창을 닫고 덧문을 내렸다. 파일럿과 그의 포로들을 반기는 유일한 광경은 이른 아침 햇살에 반짝이며 쥐덫공장에서 뿜어내는 연기뿐이었다. 렌은 지붕 위에서 봤던 공장이 생각났다. 작업복을 입은 여자아이들이 단 하나의 문으로 흘러들어가는, 대양이 강으로 좁아지던 풍경이 떠올랐다.

모자단 둘은 시체들을 치우러 갔다. 남은 사람들은 밧줄을 잘라 톰을 풀어주었다. 모자단은 수레에서 뜯어낸 널빤지에 톰을 묶어 말 뒤에 매달아 끌고 왔다. 톰은 처음 4분의 1마일을 오는 동안 비명을 질러대다가 그다음엔, 일행 모두에게 다행스럽게도 기절했다.

파일럿이 말에서 내렸다. 그리고 말 등 위로 다시 손을 뻗어 렌의 팔을 잡고 땅으로 홱 끌어내렸다. 파일럿의 앞자리에 앉아 말 고삐를 잡은 붉은 장갑을 바라보며 안장을 붙든 채 몇 시간을 달려오는 동안, 등뒤에 밀착한 파일럿에게서 열기가 전해졌고 가죽냄새가 풍겨왔다. 렌은 흉터를 소매 안으로 숨겼다. 노스엄브리지에 닿을 때까지 렌의 심장은 내내 말발굽소리에 맞춰 쿵쿵거렸다.

렌은 친구들을 찾아 둘러보았다. 쌍둥이가 뒤집어쓴 진흙은 이제 다 말라서 얼굴 전체에 갈색 뭉치가 덕지덕지했고, 두텁게 발린 팔꿈치께까지 거미줄처럼 금이 가 있었다. 브롬은 야경꾼의 안장에 앉아 다리를 대롱거렸다. 이키는 인도에 쌓인 물건더미 위로 맥없이 쓰러졌다. 벤저민은 몸을 사리며 천천히 내려왔다. 옷은 여기저기 찢기고 얼굴이 벌겋게 부어올라 전혀 다른 사람 같았다.

파일럿은 땅바닥에 침을 뱉고 공장 출입구를 주먹으로 탕탕 두 번 쳤다. 또다른 모자를 쓴 사람이 문을 열어주었다. 건물 안에서는 예배당과 비슷한 냄새가 났다. 서늘하고 축축했고 흙냄새도 약간 섞여 있었다. 그들은 중앙 계단으로 올라갔고, 사내 둘이 톰을 데리고 뒤를 따랐다. 사방이 온통 덜그럭거리며 기계

돌아가는 소리로 가득했다. 발밑에 딛고 선 바닥마저 움직이는 것 같았다.

계단 꼭대기에서 공장의 심장부로 들어가는 문이 양쪽으로 활짝 열렸다. 일렬로 늘어선 작업 의자, 설비, 자재, 그리고 소녀들. 쥐덫상자가 사방 벽에 쌓였고, 널빤지들과 톱밥은 구석에 잔뜩 모여 있었다. 소녀들은 회전톱에 널빤지를 넣고 자르고, 넣고 자르고 했다. 그 옆줄에서는 나무판자를 조립했다. 한 조가 재빨리 가장자리에 아교를 칠하면, 다른 조는 바이스에 끼우고 모서리에 못을 박았다.

작업장 가운데는 금속공들의 차지였다. 한 조는 경첩을 달고, 한 조는 가장자리를 구부리고, 한 조는 기계의 크랭크를 맡았다. 기계 한쪽 끝에서 가느다란 철사를 기어에 물리면, 다른 쪽 끝에서 뱀처럼 구불구불한 기다란 용수철을 바닥에 뱉었다. 한 소녀가 용수철을 싹둑 잘라서 다른 조에 전달했고, 거기서 쥐덫에 용수철을 끼웠다. 손에 윤활유를 새카맣게 묻힌 채 철사 작업대에 앉은 사람들 중에 토끼 입술 여자애가 있었다.

토끼 입술은 일행이 오는 것을 보았다. 작업장으로 들어설 때 렌은 소녀의 모습을 어렴풋이 알아챘다. 토끼 입술은 벤저민의 부은 얼굴을 보고 일손을 멈췄었다. 그러나 지금은 고개를 푹 숙인 채 손을 부지런히 놀리면서 바느질하듯 철사를 능숙하게 끼우고 있다.

40대의 대머리 공장장이 통로를 걸어가면서 밤 근무 동안 사용한 등을 껐다. 그가 렌 옆을 지나가는데 뒤쪽에서 비명소리가 났다. 여자애들 몇 명이 자리에서 일어나 달려갔다. 한 소녀가 손을 입에 넣고 회전톱 옆에 서 있었다. 턱으로 피가 흘러내렸다.

"다들 제자리로! 자리를 지켜!" 공장장이 고함을 질렀다. 여자애들은 망설이다가 총총걸음으로 자기 작업대로 돌아갔다. 처음 비명을 지른 후로 소녀는 한마디도 하지 않았다. 그냥 거기서서 피를 흘리고 있을 뿐이었다. 렌은 소녀 주위의 톱밥이 검붉게 물들어가는 모습을 바라보았다.

"자." 공장장이 소녀에게 수건을 건네려고 했다.

소녀가 바닥으로 고꾸라졌다. 공장장은 소녀의 손을 수건으로 싸매고 밖으로 데리고 나갔다. 몇 분 후 돌아온 그는 토끼 입술 쪽으로 성큼성큼 걸어가 그녀의 팔을 잡고 회전톱 쪽으로 갔다.

"승진이다!"라고 외친 공장장이 토끼 입술을 작업 줄로 밀어넣었다. 공장장이 뒤로 돌아서자 소녀는 눈알을 굴렸고 벤저민쪽을 한번 더 힐끔 쳐다봤다. 토끼 입술 소녀는 입술을 깨물고톱밥을 한 줌 가져다 기계 위에 뿌렸다. 톱밥이 붉게 물들었고, 소녀는 손가락으로 톱밥을 바닥으로 쓸어내고는 부츠를 신은 발로 한쪽으로 밀어 치웠다.

파일럿은 직공들 사이를 교묘히 헤치고 작업 대열을 이리저리 돌아 두 사내가 지키는 계단을 올랐다. 일행이 지나갈 때 보초들이 옆으로 살짝 비켜섰다. 계단 너머 복도에는 녹색 꽃무늬 카펫이 길게 깔렸고, 아주 푹신해서 렌이 밟고 지나가도 발소리가 전혀 나지 않았다. 융단의 털 속으로 발이 푹 가라앉자 렌은 수도원 뒤편 숲속 나무가 쓰러진 데서 자라는 진한 초록빛 이끼가 생각났다.

복도 건너편 문은 열려 있었다. 모자단이 톰을 들어 날랐다. 렌도 뒤따라서 사무실처럼 생긴 방으로 들어갔다. 한쪽 구석에 계산기가 놓였고 거래 원장 한 무더기가 이미 적재량을 초과한 선반 옆에 쌓여 있었다. 한쪽 모퉁이에 엄청나게 큰 나무 책상이 있었는데, 상판은 긁힌 자국과 얼룩으로 엉망인 반면 손잡이는 반들반들 윤이 났다. 책상이 방을 거의 다 차지하고 있었다. 렌과 쌍둥이는 저녁 식탁 주위를 돌듯 책상을 돌아 줄줄이 걸어들어갔다.

"여기서 기다려." 파일럿이 말했다.

"이건 전부 오해입니다." 벤저민이 말했다.

"오핸지 아닌지 곧 알게 되겠지." 모자단은 톰을 융단 위에 내려놓고 실실 웃으며 방에서 나갔다. 파일럿이 문을 쾅 닫고 잠갔다.

벤저민은 조심스럽게 갈빗대를 어루만지며 벽에 기댔다. 입술이 두 배로 부어올랐고 눈 주위가 까지고 멍들었다.

"다쳤잖아요." 렌이 말했다.

벤저민의 목소리는 컬컬했다. "괜찮을 거야."

"이제 어떡하죠?"

"생각해야지. 놈이 어디까지 아는지, 뭘 원하는지." 벤저민은 턱선을 따라가며 손으로 더듬었다. 그러다 입속에 손가락을 집어넣고 움찔하더니 이 하나를 끄집어냈다.

렌은 방안을 둘러보며 맥긴티가 원하는 게 있기나 할까 궁금해했다. 이미 돈은 넘쳐나는 모양이었다. 소파는 질 좋은 가죽을 씌운 것이고, 청동 램프는 반짝반짝 빛이 났다. 책상 위에는 황금 펜이 한 세트 놓였고, 그 뒤로 벽에 사냥 장면을 묘사하는 그림 연작이 걸려 있었다. 말을 이끄는 트럼펫 주자, 말을 타고 언덕을 넘는 일선의 사냥꾼들, 풀밭 위를 흩어져 달려나가는 개떼. 그리고 여기저기 붉은색으로 조그맣게 그려진 여우가 있었다. 들판을 가로질러 질주하는 여우, 겁에 질려 움츠린 여우, 발견되기 직전의 여우.

사무실 저쪽 편은 공장 작업장이 내려다보이는 커다란 유리창이었다. 벤저민이 비실비실 창 쪽으로 걸어가 유리창을 손으로 밀어보았다. 어디 열리는 곳이 없나 살펴보는 듯했지만, 아무것도 발견하지 못하자 팔을 옆으로 축 늘어뜨렸다.

"화장실 가고 싶어." 이키가 말했다.

브롬이 이키를 확 떠밀었다. "그런 건 미리미리 말했어야지."

렌은 쌍둥이의 싸움을 지켜보았다. 렌은 쌍둥이의 불운이 이런 사달을 불러왔다는 심증을 떨칠 수가 없었다. 톰이 저애들을 입양하지 않았기를 바랐다. 저애들과 친구가 아니었기를 바랐다.

이키가 훌쩍훌쩍 울기 시작하자 렌은 양심에 찔렸다. "뭔가 쓸 수 있는 게 있을 거야"라고 말하며 렌은 방안을 둘러봤다. 연필이 가득 꽂힌 낡은 젤리 단지가 눈에 띄었다. 렌은 연필을 쏟아 버리고 유리 단지를 이키에게 건넸다. 이키는 살았다는 표정으로 한쪽 구석으로 달려가 바지 앞섶을 풀었다. 일을 마치고 이키는 밝은 노란색 액체가 담긴 단지를 들고 그대로 서 있었다.

"이거 어떻게 하지?"

"이리 줘." 렌은 단지를 도로 받았다. 손가락에 닿은 유리 단지가 뜨뜻했다. 렌은 마개를 돌려 닫은 다음 책상 서랍을 열고 연필과 같이 그 안에 숨겼다.

톰이 신음소리를 냈다.

다들 톰에게로 달려갔고, 벤저민이 톰의 다리를 조심스럽게 만졌다. 그러나 벤저민이 손을 대자마자 톰은 비명을 질렀다. 벤저민은 조용히 하라고 말하고는 외투를 벗은 뒤 셔츠를 한 자락

찢어냈다. 그리고 부러진 다리에 천을 감았다.

톰이 다시 소리쳤다. "내 새끼들!"

브롬과 이키는 입을 딱 벌리고 톰의 다리에서 흐르는 피를 바라보았다.

"너희 부르잖아." 렌이 말했다.

"꼭 가야 해?"

톰의 손톱이 렌의 팔을 파고들었다.

"응."

브롬이 앞으로 나와 톰의 손을 잡았다. 이키도 다른 쪽 손을 잡았다. 학교 선생은 쌍둥이의 머리 위 어딘가를 응시하다가 눈을 감고 기절했다. 벤저민이 렌의 손을 잡아끌어 자신이 셔츠 자락으로 묶은 곳에 놓으며 꾹 누르라고 했다. 렌은 상처를 힘주어 눌렀다. 톰의 다리에서 뛰는 맥박이 느껴졌다.

"의사를 불러달라고 할 수 있을까요?" 렌이 물었다.

벤저민은 고개를 저었다. 이어서 문 쪽으로 시선을 돌렸다. 누군가 오고 있었다.

실크해트와 밀짚모자가 총을 들고 들어와 입구 양편에 각각 자리잡았다. 그다음 파일럿이 들어와 끼고 있는 가죽장갑을 매만졌다. 그리고 노란 슈트를 입은 남자가 안으로 들어오도록 문을 열어주었다.

남자는 뭔가 증명이라도 할 작정인 양 걸어들어왔다. 재킷은 벗어서 어깨에 걸쳤고 멜빵은 단단히 조였고 셔츠 소매는 돌돌 말아 분홍색 리본으로 묶었다. 조지프 수사만큼이나 뚱뚱했고 지방이 주로 배에 몰려 있어서 방을 가로질러 광대한 책상 앞에 앉기까지 딴딴한 공처럼 생긴 배를 앞서 밀고 나아갔다. 그는 짜증이 나 있는 듯했다. 마치 중요한 볼일이 있는데 그곳에 모인 사람들이 그걸 못 하게 막고 있는 것처럼 굴었다. 방안의 모든 것이, 벽에 걸린 그림, 발밑의 카펫, 유리창 저편의 공장이 그의 소유인 것만은 틀림없었다. 사일러스 맥긴티.

그가 손가락을 들어 벤저민을 가리켰다.

"냅입니다." 파일럿이 이름을 댔다.

"모르는 이름인데."

"알 가치가 없는 놈이었으니까요." 파일럿이 대답했다.

"이젠 가치가 생겼다?" 맥긴티가 자세를 바꾸었다. 그가 말하는 단어들은 강판에 갈려나오는 것마냥 잘디잘게 부서져 허공에서 우수수 떨어져내렸다. "저애들은?"

"우리 망꾼입니다." 벤저민이 대답했다.

"셋이나 필요한가?"

"사방에 한 명씩이죠."

맥긴티는 셔츠 소매에 달린 리본을 만지작거리다가 이윽고 바닥으로 주의를 돌렸다. 톰의 다리에서 흘러나온 피가 서서히 카펫으로 스며들고 있었다.

벤저민은 거래를 할 준비가 된 듯 두 손을 모아 그러쥐었다. "저희 누님 식구들이 지난주에 열병으로 돌아가셨습니다. 근데 마을 사람들이 병이 퍼질까봐 두려워 우리 가족에게 기별도 하지 않고 매장해버렸어요. 제가 그 소식을 듣고, 누님과 매형과 조카들을 다시 기독교식으로 묻어주려고 데려가는 중이었습니다." 벤저민이 미소 지었다. 렌은 속으로, 무척 아플 텐데 하고 생각했다.

맥긴티는 호주머니에서 손수건을 꺼내 코를 풀었다. "좋은 얘기야." 맥긴티의 반응이었다. "나도 얘기 하나 해주지. 옛날에 먹고 자고 가끔은 똥에서 뒹구는 걸 좋아하는 돼지가 한 마리 있었어. 어느 날 돼지 주인이 와서 멱을 따고 내장을 발라내 푸짐한 엉덩이살로 베이컨을 해 먹었지. 얘기 끝."

벤저민의 미소가 굳었다.

"넌 교회 묘지에 손을 댔어." 맥긴티가 말했다. "재미없어. 전혀."

"제발, 일 분만 제 말을 들어보세요." 벤저민은 다급해졌다.

렌은 맥긴티의 얼굴에 난 주근깨와 콧날에 붙은 혹을 바라보았다. 사장의 인내심이 바닥나고 있었다.

"용납할 수 없어. 우리 도시에서는 절대로 안 돼." 맥긴티가 파일럿 쪽으로 고개를 돌렸다.

"저자가 얼마짜리라고?"

"700달러입니다."

"제법 센데. 분명 그만한 값어치가 나가는 재밌는 짓을 했겠지."

파일럿이 코트 주머니에 손을 넣어 구겨진 전단을 꺼내 읽기 시작했고, 단어 하나하나가 차례로 방안에 내려앉았다. "방화, 열차 강도, 은행 강도, 가축 절도, 단순 절도, 탈영, 불법 도박 및 내기, 경찰 사칭, 해군 대령 사칭, 성직자 사칭, 횡령, 부랑 죄, 풍기문란 죄, 흉기 폭행, 음란 죄, 배회 죄, 증서 위조 및 판매."

렌은 벤저민을 쳐다보았다. 그의 얼굴이 파일럿이 들고 있는 게시물처럼 새하얘졌다. 맥긴티가 책상 서랍을 열고 총을 한 자루 꺼내 책상 위에 올려놓았다. 방안에 있는 사람들 모두, 그가 총알 상자를 흔들어 탄환 몇 개를 손바닥에 덜어내서 권총에 장전하는 모습을 지켜보았다.

"대답해보시지, 미스터 냅. 당신은 신실한 사람인가?"

벤저민이 고개를 저었다.

맥긴티는 탄창을 탁 닫고 내밀었다. "여기 새겨진 문장을 봐봐."

벤저민은 머뭇거렸다.

"자, 어서." 맥긴티가 재촉했다. "총신에 뭐라고 쓰여 있는지 읽어봐."

벤저민이 윗몸을 앞으로 기울여 읽었다. "의인의 영혼은 하느님의 손안에 있다."

"하느님의 손길을 느껴본 적 있나?"

벤저민이 들여다본 것만으로 때가 타기라도 한 듯 맥긴티는 문구가 새겨진 부분을 손수건으로 깨끗이 닦았다.

모두들 벤저민의 대답을 기다렸다. 이키의 배에서 꼬르륵 소리가 났다. 문가에서 톰이 뒤치락거리며 신음을 흘렸다. 벽에는 시계가 걸려 있었다. 좀전까지만 해도 몰랐는데 머리 위에서 시계추가 왔다갔다하며 초 단위로 째깍째깍 소리를 내고 있었다.

"네 죄를 보아하니 나는 널 쏴도 무방해. 아님 현상금을 받고 넘길 수도 있지. 그 멋진 리스트를 감안하면, 넌 교수형 감이야." 맥긴티는 총을 다 닦고 나서 총신을 빙그르르 돌렸다. 한 번. 두 번. 그리고 턱짓으로 톰을 가리켰다. "저놈이 카펫 다 버리겠어."

쌍둥이가 잔뜩 겁먹고 맥긴티를 쳐다보았다. 쌍둥이는 여전히 서로 손을 잡고 있었고, 나머지 손은 톰의 양손을 하나씩 잡은 채 셋이서 동그랗게 원을 그리고 있었다. 그러다 돌연 톰이 전염병 환자이기라도 한 듯 얼른 톰의 손을 놓아버렸다.

렌은 벤저민이 더 그럴듯한 얘기를 해주기를, 여기서 벗어날 수 있는 근사한 얘기를 해주기를 기다렸다. 그러나 벤저민은 완전히 꺾인 듯 그 자리에 가만 서 있을 뿐이었고, 얼굴에 시시각각 붓기가 심해지는 것 같았다. 이 자리에서 뭔가 해야 한다면 렌 자신이 나서는 수밖에 없었다. 렌은 앞으로 나와 외투를 벗어 카펫 위에 펼쳤다. 옷으로 카펫을 문질러 핏자국을 닦으려 했다. 그런데 방안이 조용해진 느낌이 들어 고개를 드니, 모두 자신을 내려다보고 있었다.

맥긴티는 총을 느슨하게 내리고 자리에서 일어나 있었다. 그의 시선이 렌의 소매와 얼굴을 획 훑었다가 다시 소매에 쏠렸다.

"저건 누구지?"

"그냥 어린애입니다." 벤저민이 대답했다.

맥긴티가 눈꼬리를 치켜올렸다. 그가 권총을 든 손을 까딱거리자, 파일럿이 벤저민의 뒤통수에 총구를 갖다댔다. 다들 숨을 멈춘 듯 방안은 한층 더 고요해졌고, 벤저민만이 물에 빠진 것처럼 호흡 곤란을 겪기 시작했다. 실크헤트가 렌의 먹살을 쥐고 책상 앞으로 끌고 갔다.

가까이 가자 맥긴티에게서 페퍼민트 향이 났다. 주근깨가 얼굴뿐 아니라 목과 손에도 깨알같이 박혀 있었다. 양쪽 겨드랑이 밑은 땀에 축축하게 젖어 타원형 땀자국이 풀 먹인 셔츠 옆선을 따라 번지고 있었다. 그가 렌을 붙잡아 소매를 밀어올리고 손목 단면을 유심히 바라보았다. 렌은 손목을 빼려고 했지만, 맥긴티의 아귀힘이 셌다. 그는 흉터를 손가락으로 더듬다가 손바닥 안에 그러쥐고 렌이 아파할 때까지 뼈를 꾹 눌렀다.

"어디 출신이지?"

렌은 거짓말할 엄두도 내지 못했다. "성 안토니오 수도원이요."

"고아냐?"

"네."

"운좋은 놈이군." 맥긴티는 이제 숨을 헐떡이고 있었다. 그는 손목을 놓아주고 렌의 뺨을 꼬집었다.

"그냥 어린애입니다." 벤저민이 조용히 말했다. 총구가 여전히 그의 뒤통수를 겨누고 있었다. "신경쓸 가치도 없는 애예요."

맥긴티는 렌을 놓아주고 황금 회중시계를 꺼내 뚜껑을 열었다. 그는 렌을 쳐다보고 다시 시계를 보았다. 그리고 팔짱을 끼고 생각에 잠겼다. 한동안 누구 얘기도 흥미 없다는 태도였다. 벤저민은 눈을 감았다. 나머지 사람들은 방안의 열기에 압도되어 그저 기다렸다.

렌은 뭔가 신호를 기대하며 벤저민을 쳐다봤지만, 벤저민의 얼굴은 참담하게 굳어 있을 뿐이었다. 렌은 꿀꺽 침을 삼켰다. 존 신부의 서재에서 벌을 기다리던 시절이 머릿속에 되살아났다. 체벌보다 침묵이 더 싫었다. 렌은 슬금슬금 뒷걸음쳤고 그 때문에 마법이 깨진 것 같았다. 맥긴티가 파일럿에게 고갯짓을 했고, 벤저민의 뒤통수에서 총구가 거둬졌다.

총신이 머리를 받치고 있었던 것처럼 벤저민의 고개가 뒤로 젖혀졌다. 그가 눈을 떴다. "제가 현상금보다 더 많이 드리겠습니다."

"돈은 관심 없어." 맥긴티가 말했다.

벤저민은 문을 흘낏 봤다. 파일럿이 문 앞에서 칼을 닦고 있었고, 시선은 단 한 순간도 벤저민의 움직임을 놓치지 않았다. "무슨 말씀이신지 모르겠군요."

"너는 오늘밤 이 도시를 떠난다." 맥긴티가 선언했다. "그리고 두 번 다시 보이지 않는다. 네 이름도 들리지 않는다. 너에 대한 그 어떤 얘기도 내 귀에 들어오지 않는다."

파일럿이 문을 열었다. 그는 카펫을 가리켰다. 실크해트와 밀짚모자가 톰의 좌우에 각각 구부리고 앉아 카펫을 둘둘 말아 톰을 싸버리기 시작했다. 그들은 전에도 여러 번 해본 듯 한마디도 묻지 않았다. 브롬과 이키는 옆으로 물러서서 톰이 카펫 속으로 말려들어가는 모습을 지켜보았다. 모자단은 둥글게 만 카펫을 양쪽에서 잡고 복도로 끌어냈다. 쌍둥이가 그 뒤를 따랐다.

벤저민이 렌의 손을 잡았다. 벤저민의 손톱 하나가 찢겨나가고 없었다. 나가려고 돌아서면서 렌은 벤저민의 손가락 관절이 시커멓게 멍든 것을 알아차렸다. 파일럿이 문 앞을 막아섰다. 그는 주머니에서 조금 전에 읽어내려간 전단을 꺼내 종이를 반으로 접었다. 그리고 또 반으로 접었다.

맥긴티가 허리를 젖혀 의자 등받이에 지그시 기댔다. "애는 놔 둬."

벤저민은 망설였다. 그의 손이 렌의 손을 놓고 파일럿이 총구 를 댔던 뒤통수 부근에서 머뭇거렸다. 렌은 그를 쳐다보며 심장 이 두방망이질 쳐서 귓속까지 울렸다.

"작별인사하지." 맥긴티가 말했다.

렌은 벤저민의 말을 기다렸다. 뭔가 설명하기를 기다렸다. 이 것이 착오인 이유를. 우리가 헤어질 수 없는 이유를. 그러나 벤 저민은 렌을 쳐다보지도 않았다.

"잘 있어라." 벤저민이 말했다.

다음 순간 렌은 방에서 끌려나왔고, 무릎 아래 녹색 카펫이 흐 릿하게 번졌다. 파일럿은 렌을 계단 아래로 집어던지고 쥐덫 작 업 대열 옆을 지나갔다. 소녀들은 듣지도 보지도 못한 척 일을 계속했다. 그러나 렌은 몇 명이 일손을 멈추고 쳐다보고 있음을 알았다. 토끼 입술 여자애는 아까 그 자리에 그대로 있었다. 순 간 두 사람의 시선이 마주쳤지만, 파일럿이 금방 렌을 끌고 다른 문을 지나 복도를 내려갔다. 그는 종이와 상자가 높이 쌓인 어느 창고에 렌을 팽개쳤다.

"정말 운좋은 놈이군." 한마디 던진 후 파일럿은 창고 밖으로 나가 문을 닫고 자물쇠를 잠갔다.

25

창고에는 창문이 없었다. 수많은 나무상자가 벽을 쌓고 바닥을 뒤덮고 있었다. 한쪽 구석에는 조그만 책상과 등받이 없는 의자와 더불어 파일 캐비닛 두 개가 놓여 있었다. 책상 위로 붙박이 잉크병과 맥긴티의 사무실에서 본 것과 똑같은 황금 펜 세트가 보였다. 조그만 연통이 달린 배불뚝이 난로가 벽에 붙어 있어 철망을 열어봤는데 재만 가득했다.

렌은 의자에 앉아 책상 위에 머리를 얹었다. 뺨에 닿는 나무의 감촉을 느끼고 싶었다. 몸뚱이가 천근만근이었고, 누가 밧줄을 매서 땅 밑으로 잡아당기는 것 같았다. 이렇게 비참하고 외로운 심정은 생전 처음이었다.

이건 모종의 계획의 일부라고, 한두 시간 내로 문이 열리고 톰과 쌍둥이와 미소를 띤 벤저민이 자신을 기다리고 있을 거라고, 새 말과 새 마차와 700달러가 생겼을 거라고, 마음 한편에선 믿고 싶어했다. 그러나 아침이 가고 배고픔에 위가 쓰라릴 지경이 되자 렌은 낙심하기 시작했고 벤저민이 자신을 실망시킨 그 순간을 곰곰 생각해보았다. 믿을 수 없었다. 그럴 리 없었다.

벤저민을 원망할수록 자신이 그와 똑같은 짓을 돌리에게 했다는 사실도 분명해졌다. 자신이 돌리를 버린 것이다. 자기 혼자 살려고 도망쳤다. 돌리는 지금쯤 깨어나 자신의 이름을 부르며 길을 헤매다 암말의 시체를 발견했을지도 모른다. 렌은 파일럿이 말 머리에, 농부가 입맞추던 바로 그 자리에 엽총을 쏘던 장면이 떠올랐다.

샌즈 부인의 부엌으로 돌아가고 싶었다. 부인은 절대로 렌을 버리지 않을 터였다. 빗자루를 들고 쥐덫공장으로 뛰어들어와 모자단을 인정사정없이 패버리고 렌을 품안에 꼭 안아올리는 샌즈 부인을 상상했다. 꼭 벤저민의 얘기에 나오는 한 대목 같았다. 부인의 반짝이는 삐뚤삐뚤한 치열이 보이고 파일럿의 어깨를 후려치는 빗자루 소리가 들리고 맥긴티를 바닥에 메치는 모습도 그려졌다. 렌은 부인의 발소리를 들으려 복도 쪽으로 귀를 기울였다. 장면마다 자잘한 사항을 보태가며, 다시 한번 귀를 기울였다.

하루가 지나자 렌은 지쳐버렸고 안절부절못하면서 방에 널린 상자들을 살펴보기 시작했다. 심지어 성 안토니오에게 빌기까지 했다. 칼이든 밧줄이든 탈출에 도움이 될 만한 걸로 뭐든 발견하게 해달라고. 그러나 나무상자들 안에는 스프링과 나무 부스러기와 종이 따위뿐이었다. 그중 하나에 샌즈 부인의 부엌에서 본 것과 비슷하게 생긴 고장난 쥐덫이 몇 개 들어 있었다. 하나를 꺼내들고 조그만 금속 문을 손끝으로 살짝 밀었다 놨더니 탁 하고 닫혔다.

렌은 책상 속을 샅샅이 뒤진 끝에 낡은 공책 한 무더기를 찾아 꺼냈다. 안에는 쥐덫 그림이 그려져 있었다. 난해하게 고안된 조그만 살상 기계를 묘사한 그림이 몇 장이고 계속됐다. 활강식 덫에서 쥐가 미끄러져 물에 빠지는 것, 거대한 스크루가 돌아가면서 컨테이너의 지붕이 내려와 쥐를 압사시키는 것. 그리고 갈수록 통로가 줄어들고 좁아져 결국 쥐가 오도 가도 못하게 되는 복잡한 미궁도 있었다.

특허를 위한 아이디어나 특허 받은 발명품을 그린 것이었다. 세상에서 원치 않는 것을 제거하는, 가능한 모든 방법.

렌은 방안을 이리저리 걸었다. 벽에 닿을 때마다 뒤로 돌아 걸었고, 그렇게 방안을 빙빙 돌다가 하마터면 열쇠구멍에 열쇠 끼우는 소리를 못 들을 뻔했다. 문이 열리고 사람 머리 크기와 모양의 종이봉투를 든 맥긴티가 들어왔다. 업무용 차림새였다. 노란 재킷의 단추를 단정히 채우고 소매의 리본은 잘 묶어서 접어넣었다. 맥긴티는 들고 있던 꾸러미를 책상에 올려놨다.

"자."

렌이 봉투를 쳐다봤다.

"네 거다. 열어봐."

소년은 손을 뻗어 부스럭거리는 종이를 만졌다. 떨리는 손가락으로 천천히 접힌 봉투 입구를 열었다. 등뒤로 맥긴티의 눈길이 들러붙는 게 느껴졌다.

봉투에는 사탕이 가득 들어 있었다. 페퍼민트 스틱, 롤리팝, 조각 퍼지, 쫍조름한 태피, 새콤한 볼, 초콜릿 바, 레몬 바이트, 피닛 브리틀, 버터스카치, 나뭇잎 모양의 단풍 설탕 과자, 스펀지 캔디, 캐러멜, 과일향 엿, 그 밖에 하루종일 빨아먹을 수 있는 각양각색의 사탕들. 그런 게 있다는 말을 들어보기는 했고 상점 유리창 너머로 구경하기도 했지만 먹어본 적은 한 번도 없었다. 달달한 냄새가 코앞에서 구름처럼 떠돌았고 눈앞이 핑글핑글 돌며 입안에서 군침이 흘렀다.

맥긴티가 봉투에 든 것을 쏟았다. 온갖 색깔의 달콤한 소용돌이가 책상 위로 우르르 굴러나와 공책을 뒤덮고 바닥에도 떨어졌다. "어서." 맥긴티가 권했다. "먹어봐."

렌은 사탕에 독을 묻힌 게 아닐까 의심했다.

"이건 내가 제일 좋아하는 거지." 맥긴티가 페퍼민트 스틱을 하나 집었다. 탁 때려서 조각내더니 잠시 우물우물 빨아먹으면서 입안에서 굴리고 이로 우적우적 씹었다. 그는 하나 더 집어들어 렌에게 건넸다. "먹어봐."

소년은 비밀이라도 털어놓는 양 틀니를 꺼내던 바워스 씨가 떠올랐다. 잼을 먹는 아이들은 이렇게 되지. 렌은 고개를 저었다.

"먹어보란 말이다, 젠장!" 맥긴티가 으르렁거렸다.

렌은 사탕을 낚아채서 통째로 입안에 쑤셔넣었다. 달콤함에 얼이 나갈 것 같았다. 입안 가득 침이 고였고 독이 묻었건 말건 개의치 않게 되었다.

"그래야지." 맥긴티가 흡족해했다.

렌은 초콜릿 바의 포장지를 벗겨내고 세 입 만에 먹어치웠다. 입안에서 살살 녹았다. 소년은 이를 부딪혀가며 얼음사탕을 꽉꽉 깨물어 부쉈고, 태피를 집어들고 눈앞에서 몇 인치나 쫙 늘였다. 과일향 엿을 쪽쪽 빨아먹고, 양볼이 미어져라 터키시 딜라이트를 입안에 물었다. 그건 이에 달라붙어 천천히 녹았다.

"저걸 봤나?" 맥긴티가 쥐덫 스케치북을 가리켰다.

렌은 입술을 닦았다. "네."

맥긴티가 공책 하나를 골라 펼쳤다. 한 장 넘기고, 또 한 장 넘긴 다음 렌에게 내부에 소형 단두대를 장치한 상자 그림을 보여주었다. 쥐가 치즈를 쫓아가다 레버를 건드리면, 조그만 쥐 머리가 반대편으로 굴러나오게 되어 있었다.

"나는 쥐잡이꾼으로 시작했다." 맥긴티가 말했다. "검은 쥐, 갈색 쥐, 붉은 쥐. 검은 쥐는 배수관을 타고 올라오고, 갈색 쥐는 가정집 벽 속에 살아. 붉은 쥐는 가축을 쫓아다니지. 그놈은 개도 먹고, 기회만 있으면 아기도 먹을걸."

맥긴티는 몇 장을 휘리릭 넘기더니 또다른 그림을 보여주었다. 벽의 구멍으로 아기를 밀어넣으려는 쥐들이 있었다. 몇 놈은 밀고 몇 놈은 당기고, 몇 놈은 그 사이에서 구멍을 갉아 키우고 있었다.

"생쥐는 쥐만큼 머리가 좋진 않아. 하지만 번식력이 강하지. 내가 쥐덫을 만들기 시작한 초창기에는 조립하자마자 다 팔려나갔어. 하지만 얼마 후에 그 쥐덫들은 무용지물이 됐지. 생쥐란 놈들이 알아차린 거야. 놈들은 각기 후손들에게 정보를 전달했어. 그래서 나는 쥐덫을 새로 설계했고 다시 먹혀들었지. 그게 안 먹히면 또 새걸 설계했고. 여기서 핵심은 덫을 계속 바꿔주는 거야. 그래야 놈들이 뭣에 당했는지 잊어버리니까."

맥긴티가 공책을 탁 덮었다. 그리고 사탕을 한 조각 더 입에 밀어넣었다. "넌 진짜 못생긴 아기였다."

렌은 여전히 과일향 엿을 녹여 먹고 있었다. 손에 요령이 붙어서 이제야 좀 엿이 말랑해지려는 참으로 엿 표면에 지문이 찍혔다.

"하긴 넌 누이를 닮지 않았지. 그애를 하나도 안 닮았어."

맥긴티는 재킷 안에 손을 넣어 회중시계를 꺼냈다. 끝부분을 누르자 뚜껑이 홱 젖혀졌다. 한쪽 면은 수제 시계였고, 반대편에는 젊은 여자의 작은 초상화가 들어 있었다. 여자는 아름다웠고 밤색 머리카락에 피부는 하얗다못해 빛이 났다. 부드럽게 다문 입술에 생기 있게 반짝이는 눈은 짙푸른색이었다. 여자는 그림을 그리는 화가를 놀리고 있는 것 같았다. 맥긴티가 시계 뚜껑을 닫고는 엄지손가락으로 뚜껑을 쓰다듬다가 시계를 책상 위에 내려놓았다.

"내 여동생이다." 맥긴티는 페퍼민트 스틱 한 조각을 골라 이로 부쉈다. "누이는 나한테 아기가 손을 잃은 직후 죽었다고 했어. 거짓말이라는 걸 알아챘어야 했는데."

과일향 엿이 다 녹았다. 손이 엉망진창이었다. 손가락은 끈적거렸고 사탕은 바닥에서 두 동강 났다. 렌은 시계를 바라보았다. 다시 열어서 보고 싶었다. 책상 위에서 조그만 금속 심장이 째깍거리는 소리가 들렸다.

"뭔가 잘못 아신 거예요." 렌이 말했다.

맥긴티가 페퍼민트 스틱을 씹다가 멈췄다. "내 사전에 잘못이란 건 없다."

아랫배에 묵직하게 뭉쳐 있던 사탕이 도로 목구멍 위로 올라왔다. 렌은 책상 끄트머리를 붙잡고 허리를 굽혀 빈 쥐덫상자에 토했다. 다 토하고 나서 소맷자락으로 입을 닦았다. "집에 가고 싶어요." 렌이 외쳤다. 하지만 입 밖에 내는 순간 그 말에 담긴 공허함을 깨달았다. 렌은 집이 없었다.

맥긴티가 책상에 비스듬히 기댔다. 그러고는 황금 펜을 들어 손톱 밑에 낀 때를 파내기 시작했다.

"넌 고아라며."

"네." 렌은 쥐덫상자 위로 상체를 수그리고 있었다. 당황스럽고 겁도 났다. 이 남자가 진짜로 렌을 자기 조카라고 여긴다면 그는 자신의 조카를 창고에 가두는 삼촌인 것이다.

"사탕 더 먹어."

렌은 페퍼민트 조각을 집었다. 냄새만 맡아도 속이 뒤집어졌다. 페퍼민트를 입안에 쑤셔넣고 되도록 혀를 대지 않으려 애쓰면서 이로 물고만 있었다.

맥긴티가 발로 렌을 쿡 찔렀다. "그동안 널 데리러 온 사람이 아무도 없었나?"

렌은 고개를 절레절레 흔들었다.

"확실해?"

렌은 힘없이 고개를 끄덕였다.

"사탕 하나 더 먹어."

"난 가족이 없어요!" 렌이 소리쳤다. "아무도 없다고요!"

"글쎄." 맥긴티가 잠시 손을 멈췄다. "이젠 내가 있잖니." 그는 한쪽 볼에 사탕 하나를 또 쑤셔넣어 색색깔의 기다란 이쑤시개처럼 물고 있었다.

렌은 맥긴티와 함께 공장에서 사는 자신을 잠시 상상했다. 공장 소녀들이 오가는 걸 구경한다. 나머지 시간은 이 창고에 갇혀 지낸다.

맥긴티는 렌의 얼굴을 물끄러미 쳐다보고 있었다. "넌 나를 안 믿지."

"안 믿어요."

사장은 천천히 차양을 당겨 유리창을 가리듯 아래턱을 슬그머니 내밀어 표정을 바꾸었다. "내 보여주지, 그 증거를."

그러더니 소년의 팔뚝을 잡고 렌이 어리둥절해하는 사이 방을 빠져나왔다. 모자단이 복도에 정렬해 있다가 두 사람이 지나가자 옆으로 비켜섰다. 모자단 중 한 명이 앞서 달려가 문을 열었고 두 사람은 곧장 계단을 내려갔다. 맥긴티는 걸으면서 내내 소년을 단단히 붙잡고 있었고, 단 한 번 후문으로 거리에 나서기 직전 파일럿에게서 오버코트를 받아 걸칠 때만 손을 놨다.

저녁 무렵이어서 상점들은 벌써 문을 닫았고 사람들은 아궁이에 불을 지피고 유리창 너머 집안을 밝혔다. 렌은 모퉁이를 돌 때마다 목을 길게 빼고 벤저민을 찾았다. 친구들이 기다리고 있기를 바랐지만, 모자단만 더 늘어나 길가의 사람들을 밀치며 앞을 틔우고 옆을 막고 뒤를 지켰다. 맥긴티는 형형한 눈빛으로 씩씩대며 걸었고 손으로는 소년의 팔을 꽉 죄었다.

그들은 마을 광장으로 가서 공원을 가로질렀다. 맞은편에 높고 검은 철망을 둘러친 묘지가 딸린 교회가 서 있었다. 갈수록 맥긴티의 표정은 단호해졌다. 퉁퉁한 뱃살을 앞으로 내밀고 노란 슈트 자락을 바람에 펄럭였다. 렌은 교회 탑을 올려다보았다. 꿈에서 보았는지 건물이 낯익었다. 렌은 불현듯 깨달았다. 그곳은 돌리가 묻혀 있던 묘지였다. 그곳에서 첫번째로 파낸 시체가 돌리였다. 맥긴티는 벤저민이 바늘로 열었던 자물쇠 옆에 서서 열쇠를 돌렸다.

모자단이 교회 주변에 쫙 깔렸고, 파일럿이 묘지로 들어가 맥긴티에게 문을 열어주었다. 맥긴티는 렌의 어깨를 잡아끌고 줄지은 무덤가를 요리조리 빠른 걸음으로 지났다. 같은 성들이 양편에서 반복되어 나타났다. 벡포드, 바틀릿, 헤일, 우드. 렌은 죽 늘어선 조그만 묘석에 걸려 발을 헛디뎠다. 어느 가문의 신생아들이 일 년 간격으로 묻혀 있었다.

마침내 그들은 교회 뒤로 돌아 부지 안쪽에 자리잡은 크고 음침한 영묘로 향했다. 마차 차고만한 크기의 건물이었다. 석조계단을 오르자 작은 주랑현관이 나왔고 그곳에 또 문이 있었다. 문양쪽에 놓인 대리석 항아리에 분홍색과 노란색 장미가 한가득 담겼다. 주랑현관 위에는 작은 탑이 있고, 가운데에 종이 달려 있었다. 맥긴티가 주머니에서 열쇠를 꺼내 문을 열었다. 그 안쪽에 천사들이 새겨진 문이 또 있고, 그 위 아치에는 땅에서 솟는 샘을 묘사한 색유리 창이 달려 있었다.

맥긴티가 소년의 등을 떠밀어 먼저 들여보냈다. 바닥에는 화강암을 깔았고 내부는 서늘하고 어두웠다. 왼쪽으로 벽에 바짝 붙인 하얗고 커다란 테이블이 보였다. 구석진 곳은 먼지와 마른 나뭇잎 차지였다. 천장은 낮고 벽과 벽 사이는 비좁았다. 밖으로 나가는 유일한 길은 맥긴티에게 막혀 있었다.

"저기 네 엄마다."

맥긴티가 테이블을 가리켰고 렌은 그제야 그것이 테이블이 아니라 묘임을 알았다. 소년은 가까이 다가가 비문을 읽었다. 마거릿 앤 맥긴티. 글씨체는 훌륭했고 망설임 없이 단호한 솜씨였다. 의인의 영혼은 하느님의 손안에 있다. 렌은 손가락으로 글자를 더듬었다. 대리석은 매끈했다. 긁힌 자국 하나 없었고, 돌 깊숙이 깎아들어간 글자의 가장자리만 날카로울 뿐이었다.

렌은 마거릿의 초상화가, 장난꾸러기처럼 재미있어하는 눈빛
이 떠올랐다. 호주머니에 손을 넣어 맥긴티의 시계를 만지작거
렸다. 창고에서 나올 때 책상 위에 있던 것을 슬쩍했다. 금속은
따뜻했고 초침의 째깍거리는 움직임이 느껴졌다.

색유리를 지나온 빛이 맥긴티의 노란색 슈트에 아롱졌다. 마
거릿의 무덤 위쪽 벽에 십자가가 하나 걸려 있었지만 맥긴티는
눈길도 주지 않았다. 그는 얼굴에 자리잡은 표정을 지워 없애려
는 듯 손으로 얼굴을 쓸기만 했다. 그리고 렌을 묘 끝자락 어두
운 구석으로 몰았다.

"가봐." 사장이 명령했다. "가서 보라고."

뒤쪽 벽에 붙은 더 조그만 테이블 외엔 더 볼 것도 없었다. 렌
은 불안한 마음으로 발걸음을 옮겼다. 덮개는 마거릿의 것과 똑
같은 대리석이었고, 가까이 가니 상판에 새겨진 이름이 보였다.
레지널드 에드워드 맥긴티.

"어디." 맥긴티가 소년을 돌아보았다. "네가 그 안에 있는지
한번 보자."

파일럿이 모자단 넷을 거느리고 안으로 들어왔다. 모두들 기
다란 쇠 지렛대를 들고 있었다. 그들은 렌을 한쪽으로 밀치고 지
렛대를 대리석 상판 밑에 끼운 다음 들어올렸다. 육중한 무게를
감당하며 삐걱대는 소리가 묘실 안을 메웠다. 상판을 바닥에 내

려놓으니 관 속에서 곰팡이와 축축한 찻잎이 섞인 듯한 묘한 냄새가 흘러나왔다.

렌은 몸을 기울여 안을 들여다보았다. 딱 아기 크기와 모양의 조그만 꾸러미가 보자기에 싸여 있었다.

꾸러미 위에 고운 잿빛 가루가 뿌려져 있었고 여기저기 벌레가 쏠았거나 시간이 지나면서 해진 구멍이 있었다. 얼핏 옷이 보였다. 렌의 이름자가 쓰인 목깃과 똑같은 두꺼운 리넨 천이었다. 렌은 콜록거렸고, 목구멍 안쪽에서 담즙 맛이 났다. 관 속에 자신이 들었을 리가 없다는 건 알고 있었지만 그럼에도 온몸의 털이 쭈뼛 섰다.

파일럿이 맥긴티에게 칼을 건네주자 맥긴티가 보자기 아래 칼날을 넣고 솔기를 따라 쫙 그어 꾸러미를 펼쳤다. 그러고 나서 숨을 헐떡거리며 뒤로 물러섰고, 그의 신랄한 웃음소리에 소년은 용기를 쥐어짜 그것을 들여다보았다. 한가운데가 찢긴 헝겊 안에는 돌만 가득했다. 다양한 색깔과 모양의 돌이었다. 뾰족한 것, 부서진 것, 주워 온 곳의 흙이 여전히 붙어 있는 것도 있으며 렌의 손바닥 안에 쏙 들어갈 정도로 조그만 것도 있었다.

더 가까이 허리를 굽혀 살펴보니 앙증맞은 스타킹 한 켤레가 눈에 들어왔다. 누군가 제대로 갖춘 아기 옷 한 벌에 돌을 집어넣고 꿰맬 시간이 있었던 듯했다. 소맷부리를 한데 모아 붙였고 목 부분도 바느질로 꿰맸다. 목깃에는 레이스를 달았고 옷과 한 벌인 아기용 모자는 리본으로 챙을 줄여 묶었다. 맥긴티가 아기 옷을 찢어발기자 돌들이 대리석 위로 쏟아졌다. 소년은 저도 모르게 앞으로 나가 돌 하나를 집어들었다. 조금도 특별할 것 없는, 표면이 얽은 회색 돌. 성 안토니오 보육원의 그 어떤 아이도 이런 건 모으지 않을 것이다.

26

그날 밤 렌은 쥐덫공장에서 생쥐를 봤다. 창고에 다시 갇힌 다음 문 저편에서 자물쇠가 돌아가자마자 쥐들이 후다닥 바닥을 가로지르는 소리를 들었다. 파일럿이 두고 간 램프를 쳐들어보니 어미 쥐와 새끼 쥐 두어 마리가 바닥에 떨어진 초콜릿으로 잔치를 벌이고 있었다. 렌은 의자를 반대쪽 구석으로 끌고 가서 방해가 되지 않게 발을 의자 가로대에 올리고 앉았다.

소년은 어둠 속에서 기다렸다. 정신이 멍했고 발끝이 시렸다. 결국 의자를 옮겨놓고 부서진 쥐덫상자에서 나무를 떼어내 난로의 뱃속에 넣었다. 램프의 불로 땔감에 불을 붙이자 곧 조그만 불꽃이 일었다. 렌은 신발을 벗고 난로의 철문에 발바닥을 댔다. 물에 빠져 죽은 소년의 양말을 통해 서서히 따스함이 전해졌다.

무덤을 파헤치고 난 후 맥긴티는 진이 빠진 것 같았다. 그는 파일럿에게 손짓을 했고 렌은 다시 창고로 끌려왔다. 이제 렌은 쌓아올린 상자들과 가운데가 내려앉은 천장, 산개한 생쥐들을 바라보고 있었다. 이곳은 잊힌 방이었다. 소년은 이 벽 안에 갇혀서 보낼 며칠 그리고 몇 년을 상상했다.

렌은 훔친 시계를 꺼내 뚜껑을 열었다. 마거릿 맥긴티의 초상화가 렌을 마주보았다. 그녀의 목은 길고 우아했으며 밤색 머리칼을 귀 뒤로 얌전히 넘겼다. 진주 목걸이를 걸고 목걸이와 한 벌인 귀고리를 했다. 렌은 손가락으로 그녀의 완벽한 콧날을 따라 그렸다.

렌은 시계를 책상 위에 내려놓고 자신의 얼굴을 만졌다. 귀와 코와 입 모양을 더듬으며 어디라도 그녀와 닮은 데가 있나 알고 싶어했다. 렌은 거울 앞에 선 적이 별로 없었다. 보육원에는 거울이 존 신부의 서재에 딱 하나 있어 벌받기를 기다리면서 방 건너편에서 흘낏 비춰본 게 다였다. 때론 몇 달 동안 거울을 볼 기회 없이 살기도 했다. 거울을 보면 언제나 깜짝 놀랐다. 낯선 이와 인사하는 느낌이었다.

소년은 외투 호주머니를 뒤져 자기 이름자가 박힌 목깃을 꺼냈다. 늘 보던 대로였다. R자와 E자는 힘있게 수놓았고, N자는 옆으로 비스듬히 눕혀 마무리했다. 렌은 조그만 돌기들을 손으로 만져보았다. 그리고 천조각을 뒤집어 매듭을 살폈다. 마지막 글자의 끝부분 바로 아래 구멍이 나 있었다. 바늘을 넣기는 했는데 미처 실을 꿸 시간이 없어 급히 멈춘 것 같았다. N인 줄 알았던 글자는 N이 아니었다. M의 시작 부분이었다.

살아오는 동안 항상 궁금했던 것들, 나는 누구일까, 누가 나를 성 안토니오 수도원의 쪽문 안으로 밀어넣었을까는 이제 아무래도 상관없었다. 나는 이름이 있다. 어머니도 있다. 그리고 문득 생각났다. 외삼촌도 있다.

문이 열리고 실크해트와 중산모자가 흔들 목마를 끌고 들어왔다. 눈알은 유리로 박고 안장에는 페인트칠을 하고 꼬리는 진짜 털로 만든 것이었다. 모자단은 커다란 상자를 몇 개 더 들여오고는 목마를 구석에 두었다. 렌이 왜 자신을 여기 가둬놓았냐고 묻자 중산모자를 쓴 사내는 실크해트를 쳐다봤고, 실크해트는 낄낄 웃기만 하더니 문가의 종이 뭉치들을 발로 차서 치우고 문을 닫았다.

목마는 렌보다 훨씬 어린 아이들을 위한 것이었다. 상자들 사이에 끼어 움직이지도 못할 것 같았다. 그래도 청동 등자에 가죽 굴레까지 달린 몹시 훌륭한 장난감이었다. 자연히 굴뚝 난쟁이가 조각한 말의 조잡한 칼질과 콧구멍이랍시고 파놓은 조그만 구멍과 비교되어 훨씬 근사해 보였다. 이 동물의 머리에는 있어야 할 것이 다 있었고, 하얗게 페인트칠된데다가 콧구멍은 손가락이 들어갈 정도로 컸다.

맥긴티가 방으로 들어왔을 때 렌은 막 엄지손가락을 말의 콧구멍에 집어넣은 참이었다. 사장은 코트를 벗고 새하얀 셔츠의 소매를 팔꿈치까지 말아올린 차림이었다. 셔츠 앞판에 핏방울이 점점이 튄 자국이 있었다. 손등의 마디가 찢기고 부었고, 단추를 풀어헤친 목깃은 양쪽 높이가 맞지 않았다. 그는 목마의 엉덩이를 두드렸다. "맘에 드나?"

렌은 사장의 셔츠에 묻은 핏자국을 눈여겨보았다. 그리고 고개를 끄덕였다.

"그럼 어서 타봐."

소년은 말 등에 올라앉았다. 발이 등자에 들어가지 않았고 다리가 양쪽 다 바닥에 끌렸다.

"타라고 했다."

렌은 무릎을 세우고 발가락 끝을 등자에 밀어넣었다. 필사적으로 말갈기를 움켜쥐고 균형을 잡았다. 맥긴티가 뒤로 걸어가서 한 번 밀자 소년의 몸이 앞뒤로 흔들리면서 옆에 쌓인 상자들에 부딪혔고, 마침내 목마가 움직이며 조금씩 창고 바닥을 달리기 시작했다.

"그거야." 맥긴티가 말했다. "즐겁지?"

달리는 사람과 말이 박자에 맞춰 나무바닥을 때리고 있었다. 렌은 무릎으로 말을 꽉 붙들었다.

"좋아." 맥긴티가 손가락으로 허벅지를 가볍게 두드리다가 주먹을 입에 댔다. 뾰족한 턱이 여동생과 닮았다. 그러나 눈동자는 푸른색이 아니라 회색이었고, 목은 짧아서 어깨에 파묻힌 것 같았다.

"널 여기 데려온 놈 말인데, 그놈이 누굴 죽여본 적 있는 것 같으냐?"

벤저민 얘기를 듣자 렌의 마음속에 상실감이 밀려왔다. "아닌 것 같은데요." 렌은 우물우물 대답했다.

맥긴티는 책상 끝에 엉덩이를 붙이고 다리를 쭉 뻗어서 꼬았다. "그놈은 아마 널 팔려고 했을 거야."

"나는 아무짝에도 쓸모가 없다고 했어요."

맥긴티가 날카롭게 노려보았다. "너도 그렇게 생각하나?"

"아니요." 렌이 말했다.

"그래. 그렇게 믿는 편이 좋을 거야. 누이는 그랬다."

렌은 질 좋은 리넨에 짙푸른 실로 수놓은 머리글자를 떠올렸다. 비록 마무리하지는 않았지만, 엄마는 분명 완성할 생각이었다. 그에게 이름을 남길 생각이었다. 그리고 이름을 지었다는 건, 찾을 생각이라는 뜻이었다.

"엄마는 어떻게 돌아가셨어요?"

맥긴티가 렌을 쏘아보았다. 그리고 의자 쪽으로 걸어가더니 난로 앞으로 의자를 당겨 주저앉았다.

"열병으로 죽었다. 네가 태어나고 며칠 후에." 그는 두 손을 마주잡았다. 난롯불이 어둠에 잠긴 맥긴티를 비추며 방안에 쌓인 상자들 위로 깜박였다. 렌은 등자에서 발을 빼 바닥에 내려놓았다.

"어떤 분이셨어요?"

맥긴티는 부지깽이를 집어들어 난로 문을 열었다. 안에는 쥐덫이 다 타서 재가 되어가고 있었다. "태어날 때부터 점이 있었지. 조그만 점이 옆얼굴에 있었어. 그애는 점을 가리려고 항상 보닛을 푹 눌러썼다. 사람들이 쳐다보는 걸 싫어했어. 그 점 때문에 누이는 뭔가 달랐지. 특별한 사명을 타고난 것 같았달까.

아버지는 그애를 못난이라고 부르곤 했다. 누이를 밤에 못살게 구는 소리를 내가 들었는데도 말이야. 어느 날 집에 와보니 아버지가 누이의 몸에 뭔가 끔찍한 걸 넣으려고 하더군. 그땐 나도 충분히 커서 그 짓을 영원히 못하게 막았지." 맥긴티는 부지깽이를 난로에 쑤셔넣었다. "나중에 그애가 강가에 있는 걸 찾아냈다. 맨발로, 치마를 말아올리고, 피를 씻어내고 있더군. 그저 두 손을 물속에 담그고 있었어. 내 옷도 가져가더니 같이 빨았지. 그러고 나서 시체를 숲속으로 끌어다 묻었다.

그뒤로는 좋은 날이 이어졌다. 그저 우리 둘뿐이었지. 나는 쥐덫을 팔아서 둘이 먹고살 만큼 벌었고, 그다음엔 공장을 세웠고, 그러고선 누이가 원하는 건 뭐든지 사줄 수 있을 만큼 떼돈을 벌었다. 하지만 그애는 마을에서 살질 못했어. 종종 숲속으로 들어가 사라져버렸고, 그때마다 부하들을 내보내 찾아야 했지.

한번은 며칠 동안 행방불명이 된 누이를 부하들이 찾아서 집으로 데려왔어. 광산 밑에 들어가 있었다고 하더군. 오래된 동굴을 하나 발견하고선 안으로 기어들어간 모양이지. 자기 드레스를 찢어서 횃불을 만들었다나. 비단으로 만든 값비싼 드레스였는데 그걸 망가뜨리다니 돌아버리겠더군. 누이는 거기서 발견한 사람들 얘기만 했어. 죽은 남자들, 겹겹이 쌓여서 뼈밖에 안 남은 망자들 얘기만 말이야. 온기를 유지하려고 그랬을 거야, 라고 끝없이 중얼거렸어. 어둠 속에서 서로를 찾았을 거야, 라고.

그날 이후로 모든 게 달라졌다. 나는 누이가 드디어 제정신이 들었다고 생각했지. 누이는 교회에 다니기 시작했다. 혼자서 숲속을 헤매지도 않고 매일 시장에서 물건을 사들였어. 일요일이면 리본이 잔뜩 달린 코트를 입고 깃털이 달린 좋은 모자를 쓰고 토끼털 목도리를 둘렀어. 더없이 아름다운 모습이었다.

그러다 느닷없이 물에 빠져 죽으려고 한 거야. 노인네 여럿이

서 그앨 데리고 왔는데, 온통 물에 젖어서 세상 끝난 것처럼 울어대더군. 나는 그애를 어린애처럼 대했어. 그 옛날 강물에 하염없이 손을 씻던 그 어린애로만 알았지." 맥긴티는 부지깽이를 다시 꺼내들었다. 자루를 하도 세게 움켜쥐어서 손등의 상처가 벌어져 다시 피가 흘렀다. "그러고 몇 달 후 누이는 너를 낳았지. 애 아비가 누군지 말을 않더군."

렌은 목마의 고삐를 잡았다. 흔들림은 멈췄지만 조금만 삐끗해도 맥긴티의 말이 끊길까봐 움직일 엄두도 내지 못했다. 난롯불이 사위었다. 불씨만 몇 개 남았을 뿐, 방안은 다시 어스레한 그늘 속으로 가라앉았다. 어둠이 맥긴티의 침묵과 더불어 두 사람 사이에서 몸집을 불렸고, 렌은 남자의 의도를 마침내 깨달았다.

그것이 렌을 창고에 가둔 이유였다. 사탕과 목마를 안겨준 이유였다.

렌은 안장에서 내렸다. "나도 아버지가 누군지 몰라요."

맥긴티가 코를 훔쳤다. "알 텐데."

렌은 말의 갈기를 잡고 있었다. 결이 거칠고 푸석푸석한 것이, 살아 있는 몸체에 붙어 있던 때는 수십 년 전인 듯했다. "찾으면 어떻게 할 건데요?"

"그놈이 한 짓에 응분의 대가를 치르게 해야지."

"못 찾으면요?"

맥긴티는 대답하지 않았고, 소년은 자신의 아버지를 찾지 못하면 자기 자신이 대가를 치러야 할 것임을 알았다. 그 응분의 대가를 실행하는 오만 가지 수법들이 머릿속을 꽉 메웠다. 렌은 강물 속으로 걸어들어가는, 강물의 흐름을 온몸으로 느끼는 엄마를 생각했다. 자신이 태어나기도 전에 같이 죽으려고 했던 엄마를.

"엄마는 분명 나를 아주 싫어했겠죠."

맥긴티가 부지깽이를 바닥에 내려놓았다. 그는 소매를 도로 내리고, 목깃을 바로 한 다음 풀려 있던 단추를 제자리에 채웠다. 다시 업무로 돌아갈 채비를 마친 것이다. 그러고는 주머니에서 열쇠를 꺼냈다.

"그건 나도 알 길이 없지." 맥긴티가 말했다. "하지만, 나는 몹시 싫었다."

27

불길은 낮게 사그라졌고 그나마도 하나둘 꺼져갔다. 소년은 온기를 유지하려고 외투 속에 종이를 쑤셔넣었고, 스케치북 하나를 꺼내 펼쳐서 날카로운 철사와 스프링이 그려진 도안으로 어깨를 덮었다. 저녁 내내 생쥐가 바닥을 가로지르는 소리를 들으며 공습 날짜를 벽에 쭉 기록하듯 그동안 알아낸 사실을 전부 눈앞에 펼쳐놓고 생각해보았다.

어머니가 있지만 지금은 죽었다. 외삼촌이 있지만 자신을 싫어한다. 이제 진실을 알아버렸으니, 몇 년 동안 상상하고 즐기며 집착했던 허구의 가족은 모두 사라졌다. 소년은 왕족이 아니었다. 신부와 수녀의 결합이 낳은 산물도 아니었다. 인디언에 의해 살해된 서부개척자의 아들도 아니었다. 소년이 한 번쯤 생각해봤던 그 어떤 것과도 들어맞지 않았다.

지금까지 렌은 가족에 대한 비밀이 밝혀지는 순간만을 기다리며 살아왔다. 그런데 그것이 밝혀진 지금, 오히려 별 느낌이 없어서 스스로도 놀랐다. 그 때문에 더 강해지지도, 더 용감해지지도, 마음이 평온해지지도 않았다. 소년은 언제나와 똑같은 어린애에 불과했고, 달라진 점이 있다면 이제는 다른 삶을 살 기회가 사라졌다는 것뿐이었다. 렌은 여기까지 오게 된 과정을 하나하나 지우개로 지워버리고 싶었다. 복도로 다시 나가, 맥긴티의 사무실을 통과해서, 공장 작업대를 지나, 보도까지 뒷걸음질쳐서, 무한한 가능성이 열려 있던 그때로 돌아가고 싶었다.

렌은 스케치북을 더 바짝 잡아당겼다. 그 무게에 가슴이 눌렸고, 소년의 생각은 다시 친구들에게로 향했다. 돌아가서 돌리를 찾겠다고, 쌍둥이한테 더 잘 대해주겠다고, 벤저민을 찾아서 용서해주겠다고 하느님에게 약속하기 시작했다. 그런 생각들로 렌은 뱃속이 쥐어짜듯 아팠고 통증이 계속 덮쳐와 마침내 온몸이 쑤셨다. 소년은 어둠 속을 빤히 응시했다. 잠이 오지 않았다.

자정이 지나 렌은 또다시 열쇠 소리에 고개를 들었다. 경첩이 삐거덕거리고 문틈으로 은빛이 새어들었다. 눈을 껌벅이면서 또 맥긴티겠거니 생각하자 뱃속이 두려움으로 묵직해졌다. 그런데 그림자 하나가 창고 안을 살짝 엿보았다. 렌은 눈이 빛에 적응되자 문가에 서 있는 토끼 입술 소녀를 알아보았다.

소녀는 쥐덫공장 작업복 차림이었다. 앞치마를 대충 두르고 부츠도 급히 꿰신은 티가 났다. 허리께에 조그만 꾸러미를 들고 있었다. 소녀가 안으로 휙 들어와 문을 닫은 다음 문에 등을 기대고 섰다. 토끼 입술은 가득 쌓인 상자들과 방안에 흩어진 사탕들, 귀여운 흔들 목마, 그리고 무릎 위에 책을 덮은 채 책상에 벌러덩 누운 렌까지 모두 삼킬 듯 훑어보았다.

"아주 살 만하네?"

"여긴 어떻게 왔어요?" 렌이 웅얼거렸다.

"널 꺼내주려고 왔어." 토끼 입술은 들고 있던 꾸러미를 바닥에 던졌다. "나도 하고 싶어서 하는 건 아냐."

렌은 책상에서 구르듯 내려와 소녀가 가져온 꾸러미를 펼쳤다. 군청색 원피스였다. 쥐덫공장 작업복.

"난 이거 못 입어요."

"그럼 여기서 살든가." 토끼 입술이 응수했다. "여기 있는 게 그렇게 맘에 들면." 소녀는 뒤로 돌아 문고리에 손을 얹었다. 그러나 손잡이를 돌리지는 않았다.

문 저편에서 사람들 발소리가 들렸다. 문 앞에서 발걸음이 느려지자 토끼 입술은 그 자리에 얼어붙었다. 렌과 소녀는 거의 숨도 못 쉬고 마주 쳐다보았고, 그제야 렌은 소녀가 여기까지 오느라 얼마나 큰 위험을 무릅썼을지 깨달았다. 발소리는 잠시 멈추었다가 다시 복도를 따라 멀어졌다. 토끼 입술은 발소리가 사라질 때까지 손잡이를 꼭 붙잡고 있었다. 문고리에서 손을 뗄 때는 손가락을 부들부들 떨었지만 렌 쪽으로 돌아섰을 땐 득의만만한 표정을 지었다. 한순간 이 여자애가 그리 못생기지 않았다는 생각이 들었다. 렌은 원피스를 머리 위에서부터 꿰어 입었다.

토끼 입술이 단추를 잠가주었다. 작업복은 작았고 등이 거의 터져나갈 지경이었다. 둘이서 씨름한 끝에 겨우 팬티 위에 짧은 여자 바지를 입었다. 렌이 옷을 다 입자, 토끼 입술은 얼굴을 가리도록 보닛을 눌러씌우고 어깨 위에 숄을 걸쳐주었다.

"왜 나를 도와주는 거예요?"

토끼 입술은 그저 시간이나 죽이고 있는 사람처럼 책상에 느긋이 기댔다. 그러고는 썩은 이를 드러내며 애써 싱긋 웃었다. "벤저민이 나한테 청혼했어."

렌은 자기 귀를 의심했다.

"진짜야. 우린 내가 열여덟 살이 될 때까지 기다리기로 했어. 일 년만 있으면 돼."

"열다섯도 아직 안 됐으면서."

토끼 입술이 눈을 치켜떴고 렌은 볼이 붉어졌다. 이 여자애랑 결혼하려는 사람이 있을 리가 만무했다.

　소녀가 렌의 표정을 읽었다. 토끼 입술이 렌의 팔을 잡고 손목을 잽싸게 뒤로 꺾는 바람에 렌은 혀를 씹었다. 뺨을 한 번, 두 번, 귀가 얼얼할 때까지 맞았다. 그러더니 소녀는 허리를 숙이고 때렸던 곳에 키스했다. 입술로 렌의 귀를 빨면서 끈적끈적하고 불쾌한 축축함을 남겼다. 렌은 벗어나려고 몸부림쳤다. 팔이 아팠고 치마는 허리 부근에서 감겨 뭉쳤다. 토끼 입술은 창고를 가로질러 렌을 떠밀고는 능청스럽게 웃으면서 렌이 미친듯이 얼굴에서 키스 자국을 닦아내는 모습을 구경했다.

　"이제 문 연다." 토끼 입술이 주의를 환기했다.

　복도는 대부분 어두침침했고 윤활유 냄새가 났다. 두 사람은 모퉁이를 돌아서 나무상자로 가득찬 창고를 몇 군데 지났다. 실크해트가 창고 문가에 기대어 가느다란 갈색 담배를 피우고 있었다. 그는 앞을 지나는 두 사람을 바라보았다. 렌은 보닛 챙이 땅바닥을 향하게 하고 걸었다. 토끼 입술이 실크해트 쪽으로 보닛 챙을 살짝 뒤집었고 실크해트는 소녀의 얼굴을 보자마자 막 불려던 휘파람을 멈췄다.

　머리 위에서 램프가 공장의 작업 대열에 어두침침한 빛을 드리우고 있었다. 토끼 입술은 가장 어두운 구석으로 렌을 데려가서 작업줄의 다른 소녀들 사이에 끼워 자기 작업대 바로 옆에 세우고, 널빤지를 들어 회전톱 속에 비스듬히 넣었다.

"고개 들지 마." 토끼 입술이 속삭였다. "무슨 일이 있어도." 다른 소녀들이 홀끗 쳐다봤지만 이내 하던 일로 돌아갔다. 그들은 렌을 모른 체했지만 다 알고 있었다. 소녀들은 고개를 숙이고 손가락을 부지런히 놀려 공장장이 어깨 너머로 감시하기라도 하듯 열심히 쥐덫을 만들었다. 공장장은 작업실 한편에서 코트를 덮고 자고 있었다.

그렇게 한 시간이 흘렀다. 또 한 시간이 흘렀다. 렌은 잘린 손목을 숨기고 토끼 입술 옆에 바짝 붙어 소녀의 움직임을 그대로 흉내내면서 내내 들킬까봐 전전긍긍했다. 손가락에 윤활유가 잔뜩 묻었고 판자가 잘리면서 나는 쇳소리와 더불어 미세한 톱밥 가루가 가랑비처럼 얼굴 위로 내렸다. 한번은 손목이 받치지 못해 판자가 손에서 미끄러지며 쾅 떨어지는 바람에 나뭇조각이 온 사방에 튀었다. 토끼 입술이 팔을 앞으로 뻗어 재빨리 판자를 제자리로 거뒀다. 공장장은 잠깐 머리를 들었다가 다시 뒤로 기대어 눈을 감았다.

렌은 어깨가 아프기 시작했다. 하지만 토끼 입술 옆에 오래 서 있다보니 이 소녀에게 하루하루가 어떤 것인지 이해가 갔고, 쥐덫공장의 소음과 먼지를 겪으면서 소녀에 대한 마음이 한층 누그러졌다. 렌은 소녀가 부지런히 판자를 자르고 쌓는 모습을 지켜보았다. 렌을 구한 것은 간절히 탈출구를 바라는 소녀 자신의 마음이 반영된 것임을 깨달았다. 렌은 소녀에게 벤저민이 이미 떠났다고 털어놓을 마음이 생기지 않았다.

공장의 호각이 울렸고 토끼 입술은 서둘러 자기 자리를 정리하고 렌의 손을 잡았다. 소녀의 손바닥이 땀으로 미끄러졌다. 다른 소녀들이 각자 자리에서 나와 두 사람을 동그랗게 에워쌌다. 바짝 붙어서 걸었기 때문에 그들 원피스에 묻은 기름과 머리카락에 붙은 톱밥, 싸구려 향수와 파우더 냄새까지 맡을 수 있었다.

소녀들은 렌을 가운데 두고 무리 지어 이동했다. 밖으로 나가려면 공장장 앞을 지나야 했다. 멀리 앞쪽에 코를 후비면서, 문을 나서는 일꾼들의 수를 세는 공장장이 보였다. 토끼 입술이 렌의 손가락을 꽉 쥐었고, 쥐덫공장 소녀들이 더욱 바짝 붙었다. 렌은 금방이라도 들통나리라 확신했다. 뛰고 싶은 것을 억지로 참았다.

거의 공장장 바로 앞까지 다다랐을 때, 하숙집 소녀 중 하나인 앞니가 벌어진 여자애가 무리에서 떨어져나갔다. 여자애는 공장장에게 다가가 작업복 목깃을 열어젖히고 깔깔거리며 말을 걸었고, 바로 그 순간 렌이 지나갔다.

정문을 빠져나가 거리로 나선 뒤에도 쥐덫공장 소녀들은 그대로 렌을 둘러싸고 있었고, 입구 근처에서 어슬렁거리는 모자단

앞을 지날 때는 큰 소리로 떠들면서 숄을 머리 위에 둘러썼다. 렌은 소녀들이 하는 대로 시늉을 내면서 두꺼운 울 목도리로 얼굴을 감았다. 그러고 나자 토끼 입술이 다시 렌의 손을 잡았고, 등 뒤의 공장을 내내 의식하면서 둘은 함께 파도를 타듯 군중 속을 헤쳐나갔다. 마침내 모퉁이를 돌았다. 토끼 입술이 "지금이야" 하고 속삭이며 무리에서 떨어져 렌을 골목으로 홱 잡아끌었다.

렌과 토끼 입술은 숨을 헐떡이며 벽에 기대섰다. 머리 위에는 건물과 건물을 잇는 빨랫줄이 걸려 있었다. 깨끗한 시트, 수건, 긴 바지와 속옷이 깃발처럼 눈부시게 빛났다.

"난 누나 이름도 모르네요." 렌이 말했다.

"제니." 토끼 입술이 말했다. 소녀는 렌의 손가락에서 손을 뗐다. 그러나 렌은 다시 소녀의 손을 홱 잡아서 입술로 가져갔다. 렌이 쓰고 있는 보닛의 챙이 소녀의 손목에 닿았고, 소녀의 펼친 손바닥에 렌의 더운 입이 닿았다. 다음 순간, 렌은 소녀의 손을 홱 떼어 던지고 자기가 방금 한 짓에 어쩔 줄 몰라 했다. 소녀는 코웃음치려 했지만 얼굴이 일그러지고 말았다. 소녀는 렌이 키스했던 손을 감싸쥐며 말했다. "다신 오지 마."

28

커튼을 끝까지 내린 병원은 곤히 잠든 듯 새벽 어스름을 등지고 있었다. 이제 몇 시간 후면 의사와 학생, 환자 들을 환대하며 문이 열릴 터였지만, 당장 렌은 정문 너머로 유리창을 주시하며 바깥에 서 있었다. 저기 어딘가 유리창 안쪽에 샌즈 부인이 있을 것이다. 렌은 부인을 만나고 나면 노스엄브리지를 떠나리라 결심했다.

맥긴티가 자신의 탈출을 알게 되기까지 시간이 얼마나 걸릴지 렌은 전혀 알 수 없었다. 모자단이 벌써 말을 몰고 이 길을 따라 달려오고 있을지도 몰랐다. 걸음을 멈추는 것은 모험이었지만 렌은 작별인사를 해야만 했다. 그다음 일은, 스스로도 정해둔 바가 없었다. 다음에 무슨 일이 일어날지, 어디로 갈지, 어떻게 혼자서 먹고살지 생각하는 것 자체가 두려웠다. 생각을 많이 하면 앞으로 나아갈 수가 없을 것이다. 소년은 계속 가야만 했다. 오늘 그리고 내일. 적어도 모레까지는.

렌은 정문 초인종 끈을 찾아 당겼다. 잠시 후 지하실 문이 열리고 손에 랜턴을 든 닥터 밀턴이 나타났다. 여전히 슈트를 차려입은 모습이었다. 약간 구겨졌지만 그래도 깔끔했다.

"아, 자네였군." 의사는 기다리고 있었다는 듯 말했다. 그는 열쇠를 꺼내 정문을 열었다. "어서 와라. 사람들이 기다리고 있어. 이제 막 시작하려던 차거든."

렌은 의사를 따라 앞뜰을 건너 지하실로 들어갔다. 닥터 밀턴이 뒤에서 지하실 문에 빗장을 질렀다. 시체를 운반하는 철제 활강로가 계단을 내려가는 렌의 걸음을 따라 나란히 이어졌다. 벽에는 온통 거미집이었다. 앞이 캄캄해 렌은 내려가면서 손을 뻗어 길을 더듬었다. 계단이 끝나자 먼지투성이 바닥에 공기가 축축하고 서늘한 지하실이 나왔다. 천장에는 램프가 켜져 있고 수술대가 몇 개 자리하고 있었다. 가운데 자리잡은 수술대에 뻗어 있는 사람은 톰이었다. 쌍둥이가 양옆에 무릎을 꿇고 앉아서 지난번처럼 톰의 손을 잡고 있었다.

그들을 보자 렌의 가슴에 안도감이 밀려들었다. 쌍둥이가 일어나 자신의 이름을 부르자 그동안 지고 다녔던 두려움이 눈 녹

듯 사라졌다. 브롬은 웃었고 이키는 비틀거리며 렌에게 달려왔다. 옷에 묻은 진흙이 그대로였다. 팔은 온통 멍들고 긁혔다. 그래도 성 안토니오 보육원에 있을 때와 똑같은 브롬과 이키였다. 불운이 행운으로 바뀌었다.

"너희들 어떻게 여기 왔어?" 렌이 물었다.

"브롬이 당나귀 마차를 훔쳤어."

"마차 주인 여자가 돼지들을 풀어서 우릴 추격했어."

"우린 돼지한테 돌을 던졌지."

"우린 널 찾았어."

"하지만 아빠가 병원에 가야 한댔지."

"그리고 비명을 질렀어."

"그리고 우릴 때렸지."

"그러더니 조용해졌어."

"병원에 닿기도 전에 아빠가 죽을까봐 겁났어."

"우리는 기도했지만, 아빠는 안 했어." 이키가 말했다.

렌은 학교 선생의 초췌한 얼굴을 내려다보았다. 뺨에는 핏기가 하나도 없고, 턱수염은 제멋대로 헝클어졌고, 나뭇가지며 풀이 잔뜩 붙어 있었다. 렌은 손을 내밀어 톰의 턱수염 속에서 가시를 하나 뽑았다.

톰이 눈을 떴다. "벤지는 어디에?"

친구들을 보고 샘솟은 기쁨이 싹 말라버렸다. 렌은 방안을 둘러보았지만 약병과 옷걸이, 바구니, 물동이밖에 없었다. "같이 있던 거 아니었어요?"

쌍둥이가 고개를 설레설레 저었다.

톰이 신음했다. 그의 다리는 나무통만큼이나 부어올랐고 빨갛고 딴딴해진 피부에 물집이 생겼다. 렌은 별안간 톰이 죽어버리면 어쩌나 불안해졌다. 쌍둥이도 똑같은 생각을 하고 있는 게 얼굴에 쓰여 있었다.

닥터 밀턴이 앞으로 나와 랜턴을 수술대 위에 내려놓았다. "그러니까 이건 예상치 못한 만남이군. 어쨌든 이 사람의 다리를 완전히 절단하고 싶지 않다면 지금 손을 써야 한다."

의사는 아이들에게 각각 지시를 내렸다. 이키는 상처를 깨끗이 닦고, 브롬은 붕대를 들고 옆에 서 있고, 렌은 닥터 밀턴이 톰의 다리를 곧게 펴는 것을 도와야 했다. 뼈를 제대로 맞추려면 그들 모두가 필요했고 일사불란하게 움직여야 했다.

의사는 아이들에게 길을 비키라고 하더니 잠시 방 안쪽으로 들어가 열쇠로 뒷방 문을 열고는 위스키를 가지고 돌아왔다. 브롬이 술병을 잡아주었고 톰은 젖병을 빨듯 들이켰다. 아이들은 닥터 밀턴이 준비하는 걸 신속히 거들었고, 의사가 톰에게 주의 사항을 일러주는 동안 얌전히 기다렸다. 이 사이에 가죽 벨트를 물릴 때도 톰은 여전히 반쯤 정신이 나간 상태였다. 렌은 톰의 발목에 손바닥을 얹었다. 앞으로 일어날 일에 대한 예감에 손이 떨렸다.

의사가 코트를 벗고 소매를 걷어붙였다. "준비됐소?"

톰이 고개를 끄덕였다.

"그럼." 닥터 밀턴이 신호했다.

렌은 톰의 발목을 잡고 똑바로 편 다음 잡아당겼다. 톰은 곧바로 가죽을 뱉어내고 샌즈 부인보다 더 크게 소리질렀다. 가로등 밑에 있던 사내들보다도 크게 쇳소리를 질렀다. 닥터 밀턴은 부러진 곳을 압박하며 피부 속의 뼈를 제자리에 맞췄다. 톰이 하도 크게 비명을 질러대서 렌은 귀가 뻥 하고 뚫렸다가 먹먹해졌고, 모호하고 기묘하며 공허한 울림만이 남았다.

이키가 미리 준비한 비누와 끓는 물을 가져와 상처에 천천히, 아주 천천히 부었다. 의사와 렌의 손, 톰의 옷과 바닥까지 다 젖었다.

브롬이 면 붕대를 가져와 톰의 다리에 감기 시작했다.

"너무 조이진 말고." 닥터 밀턴이 뼈를 맞춰 잡고 있으면서 주의시켰다. 붕대가 다 감기자 의사는 부목을 댔고 그동안 이키는 톰의 이마를 닦아주었다. 브롬은 수술대에서 한 발짝 물러나 렌을 옆으로 끌었다.

"닥터 밀턴이 시체들이 어디 있는지 알고 싶대." 브롬이 귀띔했다.

"넌 뭐라고 했는데?"

"네가 보관하고 있다고 했지." 브롬이 렌의 어깨에 손을 올렸다. "안 그럼 아빠를 치료해주지 않을까봐."

닥터 밀턴은 톰의 다리를 삼각건에 걸어 고정시켰다. 발목 밑에 끈으로 지지대를 매고 엉덩이에서 발뒤꿈치까지 판자 두 개를 조심스럽게 댔다.

"목발을 짚으면 금방 걸을 수 있게 될 거요." 의사는 담요를 톰의 머리 밑에 살짝 밀어넣어 받쳤다. "부기를 가라앉히는 연고를 드리지. 마시는 진통제하고."

브롬이 돌아와서 톰의 손을 잡았다. 이키는 허리를 숙이고 톰의 턱수염에서 잡초를 떼어냈다. 의사는 렌에게 위스키를 가지러 들어갔던 안쪽 방으로 따라오라는 시늉을 했다. 그러고는 열쇠로 문을 열고 자기 사무실로 렌을 안내했다.

사방 벽이 책장이었고, 책과 서류와 라벨을 붙인 박스가 산재했다. 딱 하나 있는 창문은 시커멓게 칠했고 빗장도 잠겨 있었다. 닥터 밀턴은 온갖 병과 돋보기, 말린 나비 표본이 든 상자 등등으로 어질러진 책상 위를 조금 치워 공간을 마련한 다음 곧바로 작업에 착수했다. 마치 부엌의 요리사처럼 이 선반에서 가루

약을 갖고 오고 저 선반에서 약초를 좀 덜고 하더니, 그 모든 재료를 고풍스럽게 생긴 막자사발에 넣고 갈았다.

렌은 랜턴을 들어올렸다. 가장 어두운 안쪽 구석에서 뭔가 반짝이고 있었다. 테이블이 하나 있고, 그 위에 커다란 무언가가 담요를 덮고 뻗어 있었다. 소년은 가까이 다가가 랜턴을 내렸다. 테이블 옆에 물이 가득 든 대야가 보였다. 물속에서 각종 칼들이 번득였다. 입안에서 쇠맛이 났다. 렌은 담요를 젖혔다.

테이블 가운데 한 남자가 똑바로 누워 있었다. 가장자리에 턱이 있는 얕은 트레이 안에서 달달한 향을 풍기는 갈색 액체 속에 반쯤 잠긴 채였다. 두 다리는 없었고 한가운데 즉, 목부터 사타구니까지 구멍이 뻥 뚫려 있었다. 갈비뼈 끝이 튀어나온 게 보였다. 피부는 고무처럼 두껍고 질겨 보였지만, 속에는 아무것도 없었다. 내장이 죄다 사라졌다. 빨갛고 하얗고 드문드문 자주색이 섞인 덩어리가 껍질만 남아 물에 젖은 채 흔들거릴 뿐이었다. 남자는 더는 인간으로 보이지 않았고 얼굴도 움푹 꺼졌다. 그럼에도 금발과 어깨 위에 새긴 파랑새 문신이 눈에 들어왔다.

닥터 밀턴이 가루를 다 갈고 나서 끈끈한 액체가 들어 있는 단지에 부었다. 그리고 조끼에서 회중시계를 꺼내 시간을 확인했다. "십 분 동안 담가놔야 해." 그는 헛기침을 하고 테이블 위에 놓인 남자 쪽으로 발걸음을 옮겼다. "왜 위스키를 사용하는지 궁금한 모양이군." 닥터 밀턴은 트레이 속 액체에 손가락을 적셨다가 렌의 팔에 슥 문질렀다. "금방 증발하지? 알코올은 시신의 부패 속도를 늦춘다. 뭐 그래 봤자 며칠뿐이지만. 더 좋은 방법을 계속 찾는 중이야."

닥터 밀턴은 파이프를 꺼냈다. 그러나 불을 붙이는 대신 파이프로 시신의 갈빗대 사이를 찔러 피부를 들어올린 후 그 속을 응시했다. "이 남자는 오늘 아마 열 명의 목숨을 살렸을 거다. 내가 살렸다고는 할 수 없지. 안 그래?"

렌은 목구멍이 깔깔했다. 위스키 냄새가 콧속을 메웠다. 렌은 뒷걸음치다가 벽에 등을 부딪혔다. 여러 겹의 가느다란 근육 아래, 손등 마디처럼 하얗고 단단하게 삐져나온 우둘투둘한 척추뼈가 보였다.

"어지러운가보군." 닥터 밀턴이 말했다. 그는 선반에서 라벤더 오일이 담긴 병을 꺼내 손수건에 한 방울 떨어뜨린 다음 손수건을 렌에게 내밀었다. "처음엔 다들 그렇지. 하지만 익숙해질 거다."

소년은 손수건에 코를 대고 숨을 깊이 들이마셨다. 목소리가 손수건에 막혀서 먹먹하게 들렸다. "어떻게요?"

의사는 두 손가락으로 턱밑을 두드렸다. "어떻게 불쾌한 일에 익숙해지느냐. 일을 하면서 감정을 걷어내고 당장 눈앞에 닥친 작업이 아니라 그 이후를 보는 거지. 그러다보면 어느 순간 무감각해지고, 그럼 못할 게 없다는 걸 알게 돼."

렌은 손수건을 내리고 시신을 다시 쳐다보았다. 금방 메스꺼워져 얼른 다시 코에 댔다.

닥터 밀턴은 실망한 기색이 역력했다. 그는 시체 위에 다시 담요를 덮고 칼이 들어 있는 대야를 들었다. "자넨 시신 다섯 구를 가져오기로 했잖아. 우리 학생들이 기다리고 있어."

렌은 벽에 기대어 몸을 추슬렀다. 벽은 차가웠고, 손가락을 떼어보니 응결된 물방울이 묻어 있었다. "우린 여길 떠날 거예요. 더는 가져올 게 없어요."

의사가 다시 대야를 내려놨다. 선홍빛 물이 가장자리로 약간 넘쳤다. "이것 참 낭패인데." 그가 방을 가로질러 가서 책상 서랍을 열고 수첩을 찾았다. 갑자기 골치가 아파졌는지 손가락으로 이마를 짚었고, 또 헛기침을 했다. "그럼 우리가 만나는 건 이번이 마지막이군."

"네."

"그럼 방금 내가 치료한 다리 접골 비용은 어떻게 댈 텐가? 자네 하숙집 주인의 남은 입원비는?"

렌은 호주머니에 손을 넣어 뭔가 흥정할 만한 것이 있는지 찾았다. 맥긴티의 금시계가 만져졌고, 마지못해 그것을 의사에게 주었다. 닥터 밀턴은 뚜껑을 열어 초상화를 살펴보더니 도로 돌려주었다.

"자네 글 읽을 줄 아나?"

"네." 렌이 답했다.

"그렇다면 더 좋은 생각이 있네."

닥터 밀턴은 책상 앞으로 의자를 끌어오더니 종이 한 장을 꺼내고 펜에 잉크를 적셨다. 의사가 뭔가 써내려가는 동안 렌은 책장을 둘러보았다. 제퍼슨의 헌책방처럼 책들이 아무렇게나 던져져 책장에 쌓여 있고, 바닥에도 세로로 거대한 탑을 이루고 있었다. 렌은 왼쪽으로 비스듬히 고개를 젖혀 책등에 적힌 제목을 몇 개 읽었다. 『기도와 실천』 『골상학사』 『인체의 구조에 관하여』.

"자." 닥터 밀턴이 펜을 넘겨주고 책상에서 몇 발짝 물러났다. "이름으로 서명할 줄 모르면 그냥 X라고만 써."

그 문서는 렌을 간단히 열두 살 남자아이라고만 언급하고 닥터 밀턴이 아래 사실의 증인이며, 렌은 국법을 충분히 인지한 가운데 과학의 더욱 위대한 목적을 위하여, 해부학적 지식과 이해를 증진시키기 위하여, 전 인류와 그들의 이익을 위하여, 자신의 시신을 노스엄브리지병원의 소유로 넘길 것을 약속한다는 내용이었다.

렌은 종이에서 고개를 들었다.

"네 몸을 지금 달라는 게 아니다." 닥터 밀턴이 말했다. "그건 약속이야. 나중을 위한."

펜이 외과 의사의 칼처럼 무겁게 느껴졌다. 칼이 피부를 베고 근육을 벗겨내고 옆구리를 열어 마침내 칼끝이 뼈에 닿는 광경을 상상했다. 그 얼마나 끔찍한 일인가. 옆구리에 쇠붙이가 닿는 느낌이 들었다. 렌은 팔로 갈빗대를 꽉 눌렀다. 모든 것을 다 잃었지만, 소년은 텅 비지 않았다. 아직은 아니다.

잉크 방울이 손가락 위에 톡 떨어졌다. 렌은 촉 가까이 펜을 감싸쥐고 자신의 새 이름을, 너무나 낯선데다 꿈에도 제 이름일 거라고 상상치 못했던 이름을 적어넣었다.

29

위층 특실의 창문은 살짝 열려 있었다. 샌즈 부인의 병실에 들어가니 시원한 바람이 피부를 스쳤다. 커튼 너머로 아침이 밝았고 핑크빛 하늘에는 잿빛이 섞여 폭풍우의 전조가 보였다. 샌즈 부인의 머리와 어깨 쪽으로 드리워진 얇은 망사 휘장이 희끄무레한 빛을 머금고 타오르는 것 같았다.

침대 옆 흔들의자에 애그니스 수녀가 앉아 바늘 위로 고개를 숙이고 뜨개질을 하고 있었다. 렌이 손을 뒤로 돌려 문을 닫자, 수녀는 렌이 어디 잠깐 나갔다 들어오기라도 한 것처럼 눈을 들 뿐이었다.

"아주머니는 어때요?"

"많이 좋아졌어." 애그니스 수녀가 말했다. "주님을 찬미할지어다."

렌은 앞으로 다가가 망사 휘장 자락을 젖혔다. 더운 수증기가
확 덮쳐왔고 젖은 공기가 살갗에 끈적끈적하게 달라붙었다. 샌
즈 부인을 병원으로 데려온 게 일주일 전이었다. 부인은 얼굴이
평안했고 머리는 양갈래로 단정히 땋아내렸다. 하얗고 깨끗한
잠옷을 입고 단추를 목까지 채우고 있었다. 침대 옆 협탁 위에선
뜨거운 물주전자가 끓고 있었고, 주둥이에서 뿜어나오는 작고
하얀 구름이 부인 주위의 공간을 채웠다.

애그니스 수녀가 소년을 바라보다가 뜨개바늘을 내려다보고
는 다시 고개를 들었다. 마치 소년과 뜨개바늘을 어떻게든 짝지
어보려고 노력하는 것 같았다. "작별인사하러 왔구나."

"네." 렌이 말했다.

"돌아올 거니?"

렌은 어깨에 파랑새 문신을 하고 지하실에 누워 있는 시체가
떠올랐다. "언젠가는요."

애그니스 수녀는 뜨개질감을 가방에 넣었다. 수녀가 흔들의자
를 앞뒤로 굴리자 쥐덫공장에 있던 흔들 목마와 똑같이, 굴대가
바닥에 닿으며 삐걱삐걱 규칙적인 소리가 났다.

"아주머니가 말없이 떠나는 저를 용서해주실까요?"

애그니스 수녀의 입매가 굳었다. "나도 모르겠구나." 수녀는

흔들거림을 멈추고 창밖을 내다보았다. 베일 끝자락을 만지작거리던 손이 다시 무릎 위로 내려왔다. "전에 너하고 같이 왔던 남자, 성 안토니오 수도원 사람이 아니었지."

"네. 아니에요." 잠시나마 렌은 돌리가 자신을 찾아 여기 왔을지도 모른다는 기대에 부풀었다.

"하지만 너는 성 안토니오 수도원에서 왔고, 그곳에서 자랐겠지."

렌은 애그니스 수녀가 어떻게 그 사실을 알아낸 건지 궁금했다. 하지만 수녀와 신부와 수사들은 언제나 보이는 것보다 더 많이 꿰뚫어보는 것 같았다.

"그분은 잃어버린 물건의 수호성인이시지." 애그니스 수녀가 말했다. "나는 항상 그곳에 퍽 잘 어울리는 이름이라고 생각했어." 수녀는 접힌 종이를 꺼내 렌에게 내밀었다. 렌은 천천히 종이를 펼쳤고 조지프 수사의 글씨체를 알아보았다.

친애하는 수녀님께

수녀님의 편지는 매우 흥미롭게 읽었습니다. 말씀하신 소년은 팔 개월 전 친척이 데려가기 전까지 이곳에서 살았습니다. 그 친척이라는 자의 의도가 수상하긴 했지만 문제를 제기할 만한 입장이 못 되었고, 아시다시피 우리 성 안토니오에도 공간에 한계가 있기 때문에 하느님께서 주시는 도움은 어떤 형태이든 받아들일 수밖에 없습니다.

아이가 당신께로 가는 길을 발견했다니 정말 다행입니다. 만약 그 아이를 다시 보게 되신다면 부디 저희의 축복을 전해주십시오. 그 아이가 가진 『성자들의 삶』을 좋은 용도로 썼기를 바란다고, 세 번의 불운이 그의 행운을 쫓지 않도록 제가 매일 밤 기도하고 있다고 전해주십시오. (무슨 말인지 아이는 알 겁니다.)

주님의 가호가 함께하기를.

조지프 울프 수사.

"왜 수사님께 편지를 쓴 거예요?" 렌이 물었다.

"네가 그 아이가 맞는지 확인해야 했거든." 애그니스 수녀는 초조해 보였다. 수녀는 의자를 뒤로 한껏 젖혔다가 다시 앞으로 밀면서 흔들었다. "몇 년 전에 어떤 여자가 한밤중에 병원을 찾아왔어. 여자의 말로는 자신이 기독교 신자라고 하더군, 주님을 찬미할지어다. 그런데 치마는 온통 피로 물들었고, 고열로 반쯤 제정신이 아니었지. 여자는 자기가 아기를 죽였다고 했어." 애그니스 수녀는 깍지를 끼었다가 다시 고쳐 꼈다. "드문 일이지. 하지만 간호사로 일하면서 그런 지경까지 몰린 여자를 한 번인가 두 번 본 적이 있어. 나는 그 여자에게 우리가 제대로 아이의 장례를 치러줄 수 있게 시신을 가져오라고 했어. 여자는 아기를 정문 옆 길가의 풀숲에 숨겨놨더군. 사내애가 이불에 잘 싸인 상태였고 겹겹이 싼 천을 벗기고 보니까 아직 살아 있었어. 생후 몇 주밖에 안 된 아기였어." 애그니스 수녀는 잠시 손으로 입을 막았다가 다시 말을 이었다. "한쪽 손이 잘려 있었지."

렌은 샌즈 부인을 쳐다보았다. 샌즈 부인만 바라보았다. 부인이 깨어나서 소리지르길 바랐다. 그러나 부인은 아주 조용히 곤하게 잠들어 있었다.

"나는 아기를 품에 안고 병원으로 달려왔고, 의사들이 아기의 생명을 살렸어, 주님을 찬미할지어다. 아기가 고비를 넘기자, 나는 여자의 품에 아기를 안겨주려고 했어. 그녀는 아기를 안고 흐느꼈지만, 아이가 살아 있다는 걸 인정하려 들지 않았어. 여자는 가장 안쪽 잠옷만 남기고 아기 옷을 벗기더니, 마당에서 돌을 주워 그 옷을 채웠어. 그렇게 만든 돌 인형을 안은 채, 자기가 돌아올 때까지 아기를 잘 봐달라고 했어. 여자는 자기 이름도, 아이 이름도 얘기해주지 않았지.

두 주가 지나도 아기 어머니가 돌아오지 않아서, 나는 아기를 성 안토니오 수도원으로 데려갔어. 병원에서는 혼자 남겨진 아이들은, 일부러 놓고 갔든 부모가 죽어서 그렇게 됐든 모두 거기로 보내. 마차를 타고 가다 네거리에서 내렸고 수도원까지 걸어갔어. 빗줄기가 퍼붓기 시작했지. 아이가 하도 조용해서 이불 속에서 숨이 막힌 게 아닌가 걱정했어. 이불을 들춰봤더니 아이가 독특한 표정으로 날 바라봤어. 그러더니 뭉툭해진 손목을 입안에 집어넣더구나.

그 무렵 나는 몇 년 동안 성 안토니오 수도원의 쪽문으로 아이들을 들여보내는 일을 해왔다. 그 의무를 좋아하진 않았지만 불만 없이 수행했지. 나는 얼른 짐을 벗고 병원으로 혼자 돌아가면서 묵상할 시간을 갖고 싶었어. 하지만 아기가 엄마 젖을 빨듯자기 손목을 빠는 모습에 감정을 떨치기가 너무 힘들었다. 아기를 품에 안고 정문에 난 작은 쪽문 앞에 한참 서 있었어. 아기 엄마가 울면서 맨 처음 병원에 왔을 때가 계속 생각났어. 내가 아기를 죽였어요. 내가 아기를 죽였어요라고 말하던 그 모습이.

비 때문에 베일 속 머리까지 젖었다. 그렇게 오한이 들 때까지 서 있다가 마지막으로 담요 속을 한 번 들여다보고는 아이를 모포로 잘 싸매고 쪽문으로 넣었어. 하지만 넣자마자 후회했다. 아침까지 기다릴걸, 누군가 아이를 확실히 받을 때까지 기다릴걸. 하지만 그러면 사람들이 수녀가 낳은 아이라고 의심했을 거야. 혹은 내 아이라고 생각했을지도 모르지. 그러면 우리 수녀원의 불명예이자 수치가 되었을 거야. 그래도 혹시 담요를 잡아 아이를 다시 끄집어낼 수 있을까 해서 쪽문 안으로 손을 뻗어봤어. 하지만 이미 어디로 굴러가버렸는지 손이 닿지 않았지. 그렇게 팔을 뻗어 문안에 집어넣고 온 사방을 더듬었어. 그러다 어둑새벽이 왔고, 나는 병원으로 돌아와야 했다."

애그니스 수녀는 자기 손을 응시했다. 그러고는 손가락을 겹쳐 깍지를 끼고 앞뒤로 비틀었다. "널 그 빗속에 놔둔 건 잘못한 일이었어. 몇 년을 두고두고 그 생각을 했다."

"난 괜찮아요," 렌이 말했다. "사람들이 금방 찾았어요."

"주님을 찬미할지어다. 그 말을 들으니 기쁘구나." 수녀는 다시 자기 모습으로 되돌아온 것 같았다. 수녀가 한숨을 쉬었다. "이제 곧 아침이군."

렌은 가는 새벽을 바라보았다. 새날이 다가오고 있었다. 베개에 누운 샌즈 부인의 얼굴은 잠이 걱정의 세월을 걷어간 듯 몇 년은 더 젊어 보였다. 렌은 손을 뻗어 부인의 손을 잡았다. 샌즈 부인의 피부는 부드러우면서 종잇장처럼 약했고 손가락은 차가웠다. 렌은 손가락이 온기를 되찾을 때까지 잡고 있었다. 그리고 가만히 내려놓았다.

"저는 밀턴 선생님하고 계약을 맺었어요." 렌이 말했다.

애그니스 수녀가 의자에서 일어났다. "무슨 계약?"

"선생님이 말하길, 그걸로 샌즈 아주머니가 나을 때까지 병실비하고 치료비까지 다 해결될 거래요. 얼마나 오래 입원하든 상관없이."

애그니스 수녀는 난감한 표정을 짓더니 다시 한숨을 쉬었다. 수녀는 자신이 책임지고 모든 것을 돌보겠다고 다짐했다. 렌은 수녀에게 조지프 수사의 편지를 내밀었고 수녀는 도로 밀면서 사양했다. "수사님은 네게 축복을 보낸 거야. 네가 가져가는 게 맞아."

주전자에서 나온 수증기가 휘장을 빠져나와 소용돌이쳤다. 증기는 렌을 안개처럼 감싸고 소년의 허파 깊숙이 자리잡았다. 렌은 공기가 들락날락하는 것을 느끼며 숨을 깊게 들이쉬었다 내뱉었고, 물기가 내려앉은 코밑을 소매로 슥 닦았다.

샌즈 부인의 이마에 잔머리가 흘러내려 둥글게 말렸다. 렌은 손을 뻗어 머리카락을 귀 뒤로 넘겨주었다. 렌은 몸을 가까이 숙여 부인의 어깨에 팔을 두르고 목에 얼굴을 묻었다. 샌즈 부인이 콜록거렸다. 부인은 손을 들어 렌의 머리를 매만졌다. 그러더니 눈을 번쩍 뜨고 렌의 귀를 아프도록 잡아당겼다.

"집에 데려다다오."

"샌즈 아주머니!"

"너 지금 떠나려는 거지."

"가야 해요. 죄송해요."

"흥, 집어치워." 부인은 침대에서 나오려고 했지만 애그니스 수녀가 단호하게 다시 누이고 다정하게 도로 이불을 덮어주었다.

"병원이라면 지긋지긋해."

"아직 다 낫지 않았어요." 애그니스 수녀가 말했다. "적어도 며칠은 더 입원해야 해요."

"남동생한테 저녁을 지어줘야 해, 걔는 저녁을 먹어야 하고, 안 그럼 죽을 거야."

"죽는 사람은 아무도 없어요." 애그니스 수녀가 대꾸했다.

"날 집에 데려다줘." 샌즈 부인이 소리쳤다.

"그럴 수 없어요." 렌이 말했다.

하숙집 주인은 베개 위로 풀썩 쓰러졌다. 그러고는 참담하게 입술을 씹었다. "나는 약속했단 말이야."

난쟁이에게 저녁을 챙겨준 뒤로 사흘이 지났다. 샌즈 부인이 집에 갈 수 있으려면 한참 더 있어야 했다. 렌은 조그만 사내가 굴뚝으로 내려왔다가 빈 부엌과 이미 털린 식품 저장고를 발견하고, 집에 쥐덫공장 소녀들밖에 없다는 걸 알게 되는 광경을 상상했다.

"넌 착한 아이지."

"그러려고 노력해왔어요." 렌이 대답했다.

"나도 안다." 샌즈 부인이 말했다. "내가 너한테 부탁할 권리
는 없지." 부인은 렌의 어깨를 붙잡고 가까이 끌어당겼다. 부인
은 낮게 속삭이려고 애썼다. "마당의 닭장 근처에 묻어놓은 돈이
좀 있다. 그 돈을 가지고 시장에 가서 내 동생이 먹을 음식을 충
분히 사다줘. 그리고 나머지는 네가 가져라."

렌은 길을 수색하고 있을 모자단을 떠올렸다. 맥긴티는 쥐덫공
장 안의 사무실에서 왔다갔다하고 있을 것이다. "전 못 돌아가요."

"부탁이다." 부인이 말했다. "그애를 혼자 놔두다니. 나는 그
애한테 절대 혼자 내버려두지 않겠다고 약속했어." 그러더니 울
음을 터뜨렸고 그러다 기침이 터지면서 샌즈 부인의 허파가 공
기를 찾아 몸부림쳤다. 애그니스 수녀가 나서서 부인의 등을 세
게 치기 시작했는데, 어찌나 세게 때렸던지 샌즈 부인의 나이트
캡이 날아가 바닥에 떨어졌다.

렌이 허리를 숙여 그것을 집어들었다. 아무 장식 없는 하얀 면
모자였다. 렌은 모자를 코에 대고 비누 냄새를 들이마셨다. 상쾌
하고 좋은 냄새가 났다. 벤저민이라면 아무렇지도 않게 휙 떠나
버렸을 것이다. 그러나 샌즈 부인은 그러지 않았다. 자기 어머니
소유의 하숙집을 꾸려나갔다. 남동생의 양말을 기웠다. 그리고
아직도 매일 무릎을 꿇고 땅에 귀를 대 땅속에 있는 남편의 소리

를 찾으려 했다.

샌즈 부인이 다시 기침을 하고 렌의 손을 그러잡았다. "**렌.**"

"알았어요." 렌이 대답했다. "제가 돌볼게요. 이제 그만 조용히 쉬세요." 소년이 말했다.

그리고 부인은 그렇게 했다.

30

하숙집으로 돌아가는 길 내내 비가 내렸다. 하늘에서 번개가 번쩍였고, 렌은 당나귀의 고삐를 잡아끌면서 숫자를 셌다. 이어서 천둥이 우르르 쾅 울렸고, 짐승은 길가의 나무를 향해 돌진하려 했다. 뒤쪽 수레에선 쌍둥이가 톰의 양쪽에서 담요를 붙들었고, 톰은 수레 바닥에 다리를 펴고 앉아 있었다. 병원에서 노스엄브리지까지 오는 동안 내내 비바람이 따라왔다. 렌은 말발굽 소리가 들릴 때마다 수레를 숲속으로 끌어 관목 밑에 숨겼고 나뭇가지 아래 숨어서 다른 여행자들이 지나가기를 기다렸다.

한 걸음 한 걸음 내디딜 때마다 렌은 스스로에게 '나는 벤저민과 다르다'고 타일렀다. 속옷까지 흠씬 젖었고 젖은 몸이 한없이 무거웠다. 머리 위로 퍼붓는 비가 눈에까지 흘러들어갔다. 렌은 조지프 수사를, 『성자들의 삶』을, 작은 아이들 방에서 밤늦게까지 읽었던 이야기들을, 성 세바스티아누스와 성녀 딤프나와 다른 순교자들을, 옳은 일을 행하기 위해 그들이 견뎌내야 했던 그 모든 지독한 시련을 생각했다.

다리를 건너기 전에 렌은 쌍둥이에게 톰과 같이 숨으라고 말한 뒤 그들 모두를 담요로 덮었다. 그리고 담요 하나를 더 꺼내 두건처럼 어깨에 둘러쓰고 얼굴을 가렸다. 폭풍우가 쳐서 다행이라는 생각이 들었다. 거리는 텅 비다시피 했고, 비를 피하기 위해 서둘러 지나가는 과부가 이따금 보일 뿐이었다. 렌은 당나귀를 천천히 하숙집 쪽으로 끌었다. 모자단이 없나 계속 주위를 경계하며 쥐덫공장을 지나지 않아도 되도록 샛길을 택했다. 다른 집들의 지붕 위를 굽어보는 거대한 건물은 렌의 일거수일투족을 좇듯 어디에서나 시야에 들어왔다. 빗속에서도 굴뚝은 시커먼 연기를 쿨렁쿨렁 허공으로 끈끈하게 내뿜었다.

하숙집 현관문은 열려 있었고 안은 엉망이었다. 쥐덫공장 소녀들은 식품 저장고를 철저히 바닥낸 뒤에 다른 하숙집으로 옮겨가버렸다. 난장판이 된 식탁 위엔 더러운 접시가 수북이 쌓여 있었다. 비바람에 지붕이 새 냄비와 팬, 양동이가 마룻바닥 여기저기에 빗물받이로 놓여 있었다. 아이들은 힘을 합쳐 톰을 안으로 데려와 벤치에 앉혔고, 학교 선생은 쉬지 않고 욕을 내뱉으며 끙끙거렸다. 그러고 나서 쌍둥이는 마른 옷과 이불을 찾으러 갔고, 렌은 당나귀를 마구간으로 데려갔다. 일단 짐승을 풀어놓고 렌은 샌즈 부인의 돈을 찾으러 뒷마당으로 나갔다.

닭장은 마당 한 귀퉁이에 있었다. 땅에 말뚝 네 개를 박고 그 위에 지붕을 비스듬하게 얹힌 형태였다. 렌은 쭈그려앉아 손으로 젖은 땅을 팠다. 먼저 네 개의 말뚝 근처를 하나하나 파보다가 닭장과 울타리 사이까지 진출했다. 마지막엔 좁은 닭장문 앞 흙속으로 손을 넣었다. 땅속에서 딱딱한 무언가의 가장자리가 만져졌다 싶은 순간, 닭 한 마리가 문틈으로 머리를 내밀고 렌의 손을 쪼았다. 렌은 깜짝 놀라 뒤로 펄쩍 뛰었다가 팔을 들어 문틈을 막았다. 땅속에서 돈을 꺼내는 동안 닭이 렌의 팔꿈치를 쪼았다.

돈은 샌즈 부인이 저장 식품을 보관하던 용기와 똑같이 생긴 유리 단지 안에 밀봉되어 있었다. 렌은 겉에 묻은 진흙을 닦아냈다. 안에는 두툼하게 말린 지폐 묶음이 들어 있었다. 난쟁이의 저녁거리를 사기에도 넉넉하고, 그들이 길을 떠나기에도 충분했다. 시장이 열리는 아침까지 기다리기만 하면 됐다. 렌은 단지를 옆구리에 끼고 집을 향해 서둘러 걸었다. 문가에서 렌을 기다리고 있던 쌍둥이가 앞서거니 뒤서거니 달려나왔다.

"우린 돌아갈 거야." 브롬이 속삭였다.

"성 안토니오 보육원으로." 이키가 말했다.

"우린 너도 우리와 같이 가야 한다고 생각해."

"톰 아저씨는 어쩌고?" 렌이 물었다.

"죽었다고 하지 뭐."

"딴사람이 오겠지."

"딴사람이 우릴 데려가겠지."

렌은 친구들을 바라보았다. 바지는 너무 짧고 윗도리는 해져서 실밥이 너덜너덜했으며 앞날은 불투명했다. 둘 다 아직 어린 애처럼 보이던 시절에 따로 떨어졌더라면 기회가 있었을지도 모른다. 하지만 지금 돌아가면 군대에 팔려갈 게 뻔했다. "아무도 너희를 입양하지 않을 거야."

"무슨 소리야, 그게?"

"조지프 수사님이 그러셨어. 예전에 너희한테 말했어야 했는데."

쌍둥이는 이해할 수 없다는 표정이었다. 이키는 귓불을 잡아당겼고 브롬은 의심스럽다는 듯 고개를 곧추세웠다. "왜 아무도 우릴 원하지 않는다는 거야?"

"너희 엄마 때문에." 렌이 털어놓았다. "너희 엄마가 자살했으니까."

브롬이 괴성을 지르며 달려들어 렌의 배를 주먹으로 때렸고 두 아이는 뒤로 넘어져 팔다리가 뒤엉킨 채 집안으로 굴렀다. 유리 단지가 바닥에 떨어져 박살났다. 렌도 바닥에 쿵 하고 떨어져 샌즈 부인의 돈뭉치 바로 옆에 벌러덩 자빠졌다. 소년의 속에서 뭔가 뚝 하고 끊기면서 악에 받쳐 싸우기 시작했다. 발로 차고, 성한 손으로 주먹을 날리고, 다른 쪽은 팔꿈치로 질렀다. 밑에서 누가 발목을 홱 잡아당겨서 돌아보니 이키가 올라타 마구 때리고 있었다. 이키의 주먹은 셌다. 렌이 지금까지 겪어봤던 것보다도 훨씬 셌다.

아이들은 한데 뭉쳐져 부엌으로 데굴데굴 굴러갔다. 주먹질과 발길질이 사방으로 날아다녔다. 렌은 온갖 종류의 분노와 비탄으로 날뛰며 고함을 질렀고, 아무거나 물고 차고 쳤으며, 그러다 누군가의 머리끄덩이를 잡았다. 브롬이 렌의 귀에 대고 소리를 질렀다. 손톱에 팔이 긁히고 손목 살갗이 벗겨지는 와중에도 렌은 상대를 놓지 않았다.

누군가 얼음처럼 차가운 물을 렌의 머리 위로 쏟아부었고 물이 귓속으로 들어가 소리가 먹먹해졌다. 먹다 남은 음식 찌꺼기와 깨진 접시와 머그잔이 물에 쓸려 부엌 바닥을 가로질러 헤엄쳤고 렌은 콜록콜록 기침을 했다. 톰이 빗물통을 들고 세 아이를 내려다보고 있었다. 톰은 양동이를 휘둘렀고 렌은 옆얼굴을 맞고 쓰러졌다. 그사이 브롬과 이키는 흠뻑 젖어 물을 뚝뚝 흘리며 기어나왔다.

"그 애들 건드리지 마라!" 톰이 소리쳤다. "건드리지 말고 그냥 놔둬!"

렌은 숨을 헐떡이며 옆으로 누웠다. 뺨이 쓰라렸다. 눈앞은 널빤지를 댄 벽이었고, 옹이며 어두운 구멍이며 죄다 사람 얼굴처럼 보였다. 손가락에는 머리카락 몇 올이 여전히 감겨 있었다. 누구 건지는 알 도리가 없었다.

톰이 힘겹게 몸뚱이를 끌고 벽난로 앞 벤치로 되돌아갔다. "내 새끼들, 이리 와라." 쌍둥이가 비척대며 다가가자 그는 아이들에게 양팔을 두르고 품안으로 끌어당기더니 흐느끼기 시작했고, 아이들 이마에 입을 맞추고는 다시 흐느꼈다. 브롬과 이키는 머쓱하게 돌처럼 서 있었다. 톰은 눈가를 문질러 닦고 쌍둥이의 어깨를 가볍게 두드리고는 말했다. "자 이제 뭔가 마실 것 좀 가져와라."

쌍둥이는 렌을 한 번 노려보고는 술병을 찾으러 나갔다. 말소리가 들리지 않을 정도로 애들이 멀어지자 톰은 곧바로 렌의 멱살을 쥐고 끌어당겼다. 그는 쉰내 나는 숨을 가쁘게 몰아쉬었다. "왜 애들 엄마에 관해서 얘기 안 했어?"

"그게 아저씨한테 중요한 문제일지 몰랐어요." 렌이 말했다.

"당연히 중요하지." 톰의 목소리가 갈라졌다.

렌이 뒤로 홱 몸을 뺐고, 톰은 앞으로 쓰러져 바닥에 엎어졌다. 브롬이 와인을 가지고 방으로 돌아왔고 바닥에서 허우적거리는 톰을 보고는 그 옆에 쭈그려앉았다.

"위층으로 모시자."

"너희 아빠잖아." 렌이 쏘아붙였다.

브롬이 다가오더니 렌의 허벅지를 때렸다. 싸움이 아직 끝나지 않았음을 경고하기에 충분할 만큼의 힘이 실려 있었다. 브롬은 다시 톰에게로 가 술병 마개를 따서 건넸다. 그리고 부목을 다시금 단단히 묶고 톰을 성한 쪽 무릎으로 일으킨 다음, 부축하여 의자에 앉혔다. 이키가 곰팡이 슨 담요를 갖고 와서 톰의 어깨에 둘러주었다. 쌍둥이는 샌즈 부인이 식품 저장고 옆에 놓아두는 나무 바구니 안에 남아 있는 땔감을 날랐다. 이키가 아궁이 앞에 쭈그려앉아 나뭇가지에 불을 붙였고, 브롬이 밖에서 땔감을 한 짐 더 날라 와 철망 주위에 젖은 장작을 기대어 세웠다. 그런 후 젖은 외투를 벗고, 톰의 것도 벗겨서 맨틀피스에 걸어 말렸다. 빗줄기가 끊임없이 머리 위 지붕을 두드리고 홈통을 씻어내렸다. 렌은 한쪽 귀퉁이에 앉아서 화끈거리는 뺨을 문지르며 그들 모두를 증오했다.

톰은 술을 또 한 모금 마셨다. "이제 상황 파악을 좀 하자." 그는 다리를 앞으로 쭉 뻗고 움찔하면서 담요를 끌어당겨 무릎을 덮었다. "그 쥐덫공장 사장이 우리한테 원하는 게 뭐냐?"

"내가 자기 조카인 줄 알아요." 렌이 투덜거렸다.

톰이 턱수염 속을 긁작거렸다. "네 생각은 어떤데?"

"맞는 것 같아요."

"거참 곤란한 일일세." 톰은 병째로 또 한 모금 들이켰다. "눈에 안 띄게 잘 숨어야겠네. 어디 숨을 만한 데가 있을 거야, 분명."

"언제까지?"

렌의 질문에 톰은 놀란 것 같았다. "벤지가 돌아올 때까지."

렌은 양동이로 얻어맞은 데를 만졌다. 작별인사할 때 벤저민의 얼굴에 떠오른 표정이 생각났다. "안 돌아올 거예요."

톰이 손을 내저었다. "그 친구는 항상 돌아왔어. 난 열두 번도 더 당해봤다."

"그 사람들이 날 죽일 수도 있었어요. 근데도 벤저민은 눈 하나 깜짝 안 하고 그냥 날 버렸어요. 그리고 다리가 부러지고 카펫에 둘둘 말려 길바닥에 팽개쳐진 아저씨도 버렸다고요. 브롬과 이키가 병원에 데려가지 않으면 아저씬 지금쯤 이 세상 사람이 아닐걸요."

톰은 또 한번 술병을 들이켜고 난롯불을 응시했다. 장작은 이제 방을 덥히며 활활 타올랐고, 남자의 젖은 등에서 수증기가 피어오르기 시작했다. 마치 그의 영혼이 서서히 증발하는 것 같았다.

"한 시간 내로 벤저민이 저 문을 노크할 거다."

"그럴 리 없어요." 렌이 말했다.

톰은 고개를 저었다. 그러나 달리 할말을 찾지 못해서 그런 거였다. 그는 브롬과 이키에게 손짓했고, 쌍둥이는 톰이 절뚝이며 부엌을 나가 힘겹게 계단에 다리를 올리는 동안 균형을 잡도록 도왔다. 렌은 문가에서 그들이 느릿느릿 발을 옮기는 모습을 바라보았다. 이키는 거치적거리는 카펫을 치웠고 브롬은 어깨로 톰을 부축했다. 톰은 층계참에서 잠시 쉬며 거칠어진 숨을 골랐다. "나는 여기 있을 거야. 소식을 들을 때까지."

"노스엄브리지에 있으면 맥긴티 사장한테 잡힐 거예요." 렌은 말다툼하는 것도 지긋지긋했고 스스로 모든 것을 감당해야 한다는 데도 진저리가 났다. 소년은 팔짱을 끼고 벽에 기대어 주르륵 내려앉았다. "그럼 이제 날 보고 뭘 어쩌라고요."

난간에 기대선 톰이 머리 위에서 렌을 신중히 가늠했다. 그리고 코를 슥 훔쳤다. 마치 모든 게 다 렌의 탓이라는 듯.

"네가 시작이잖아." 톰이 마침내 내뱉듯 말했다. "뭔 수든 네가 생각해봐."

비바람은 밤새 위세를 떨쳤다. 렌은 엉망진창이 된 부엌을 샅샅이 뒤져 곰팡이 핀 빵 몇 덩이를 찾아냈다. 그리고 담요 한 장을 감자 바구니에 깔고 안으로 기어들어갔다. 숨을 자리로는 너무 뻔했지만, 최소한 자신과 세상 사이에 가림막은 되어주었다. 그저 편히 쉴 수 있는 몇 시간이 간절했다.

부엌 창문으로 번개가 번쩍했다. 렌은 폭풍의 거리를 계산하며 다시 숫자를 세기 시작했다. 하나, 둘, 셋, 몇 마일 밖에서 천둥이 울렸다. 잠시 후 또다시 하늘에서 빛이 명멸했다. 하나, 둘, 이번에는 벽이 흔들렸다. 번개가 가까이에서 쾅 내리쳤다. 하나, 천둥이 우르릉거렸다. 집을 둘로 쪼갤 듯 머리 꼭대기 위에 정통으로 떨어졌다.

이윽고 천둥 번개가 잠잠해졌고 렌은 머리를 감싸고 있던 팔을 내렸다. 바로 그때 현관에서 소리가 났다. 노크 소리가 아니라 육중하고 단단한 것이 부딪는 소리로, 누군가 어깨로 문짝을 힘껏 들이받는 모양이었다. 렌은 바구니 속에서 제발 소리가 그치길 빌었고, 아무래도 멎지 않자 기어나와 난롯가에서 부지깽이를 집어들었다. 집에 들어올 때 문에 빗장을 질러놨는데, 현관 쪽으로 가보니 판자가 뒤틀려 휘어지고 있었다.

경첩이 떨어져나가려고 했다. 렌은 두 팔로 몸뚱이를 꼭 감싸안았다. 빗방울이 문지방을 넘어 바닥으로 흘러들었다. 그리고 순식간에 발밑에 닿았다.

"렌." 문 뒤의 목소리가 말했다.

소년은 손을 뻗어 빗장을 풀었다. 거센 바람에 문이 활짝 열리면서 안쪽 벽에 쾅 부딪혔고, 사람 그림자가 어둠 속에서 비틀비틀 걸어들어왔다.

"돌리!" 렌이 큰 소리로 외치며 팔을 앞으로 벌렸지만 돌리는 렌을 옆으로 홱 밀어젖히고 부엌으로 걸어들어가 의자와 식탁을 연이어 아무렇게나 쓰러뜨리고 난롯가로 갔다. 돌리의 얼굴은 가로등 밑에서 사람을 죽였을 때와 마찬가지로 음울하게 가라앉아 있었다. 그는 난로의 재를 뚫어져라 바라보면서 거대한 손을 쥐었다 폈다 했다.

"넌 날 버렸다." 돌리가 말했다.

"그러지 않으려고 했어." 렌은 변명했다.

돌리는 이제 돌아서서 난롯불에 등을 쪼였다. 돌리의 수도복에서 작은 물방울이 떨어져 바닥에 흩뿌려지면서 그의 주위로 동그랗게 젖은 원을 그렸다. 그는 원 안에 서 있었고 옷이 다리에 착 달라붙었다.

렌은 후회로 낙심했다. 털썩 주저앉아 의자에 머리를 기댔다. 돌리는 심판관처럼 소년을 굽어보았다. 금방이라도 발을 들어올려 렌을 땅속으로 처박을 것처럼.

"내 잘못이 아니었다고." 렌이 말했다. 그리고 지금까지 일어난 일을 모조리 돌리에게 이야기했다. 톰이 돌리의 뒤통수를 친 것부터 벤저민이 자신을 쫓아와 붙잡은 것까지. 얘기를 하는데도 돌리는 전혀 듣지 못하는 것 같았다. 돌리는 표정에 변화가 없었고 화로 속 철망처럼 어둡고 단단했다. 머리 위에서 천둥이 우르릉댔지만 어느새 한층 누그러졌다. 1마일 정도 떨어진 곳에서 울리고 난 뒤 번개가 유리창 밖으로 희미하게 깜빡일 뿐이었다.

여덟 달 동안 묵과했던 참회와 고해가 그 순간 밀어닥쳤다. "네 말이 맞아." 렌의 목소리가 갈라졌다. "널 버리고 떠난 거였어. 미안해."

돌리가 물방울 원에서 걸어나와 소년 옆에 웅크리고 앉았다. 그는 렌의 머리에 손을 얹었다. 양쪽 귀까지 닿는 우람한 손으로 소년의 머리를 부숴버릴 듯 잡고서 재빨리 옆으로 기울이더니 소년의 이마에, 자기 손가락 사이로 난 빈 자리에 입을 맞추었다. 그리고 소년을 놓아주고는 잠시 고개를 돌려 소맷부리로 코를 닦았다. 돌리가 다시 얼굴을 돌렸을 때, 그의 표정은 지친 듯 온화했고 벽은 이미 무너지고 없었다.

"다시 친구다." 돌리가 말했다.

31

렌은 땔감을 더 넣었다. 나무는 금세 우직우직 타들어가 난롯
가에 온기를 입혔다. 돌리는 장화와 옷을 벗어 말렸다. 그는 긴
속옷만 입은 채 벤치에 앉아, 배가 고프다고 선언했다. 렌은 남
은 빵 몇 덩어리를 주고, 다시 부엌을 이 잡듯 뒤져 조그만 사과
두 알을 찾아냈다. 그중 한 알을 건네고 돌리 옆에 앉아서, 둘이
나란히 수도복이 마르는 모양을 구경했다.

옷은 거의 누더기였다. 밑단이 여기저기 찢겼고 소매는 흙투
성이였다. 어깨솔기는 뜯어지기 일보 직전이었고 가슴팍에는 마
른 핏자국이 여기저기 남아 있었다. 원래 일 년에 한 번 크리스
마스 때 입는 무대의상이니 오래갈 물건은 아니었다.

천장에선 여전히 물이 샜고 바닥에 놓인 양동이와 냄비로 빗

방울이 똑똑 떨어졌다. 렌은 물속으로 빗방울이 떨어지는 소리에 귀를 기울이며 돌리가 먹는 모습을 가만 바라보았다. 돌리의 턱이 끈적거렸다. 가슴털은 속옷 단추에 엉켰다. 씹을 때마다 이마에 주름이 졌고 눈이 더 커졌지만, 모아놓고 보면 평온한 얼굴이었다. 돌리는 느릿느릿 먹으며 손가락을 빨았다. 돌리가 다 먹고 나자 렌은 나머지 사과도 마저 내밀면서 어떻게 돌아왔는지 물었다.

"길을 따라왔다." 돌리가 대답했다. "진창에 바큇자국이 있었어. 나는 수레를 봤다. 말도."

렌은 암말에 대해 까맣게 잊고 있었다. 목이 부러지고 눈은 공포로 휘둥그레져서 늪지에 반쯤 가라앉은 암말에 대해서. 그곳에서 그렇게 죽어가면서 무슨 생각을 했을까. 자기를 그렇게 사랑했던 농부를 기억하기나 했을까.

돌리의 목에 났던 상처는 거의 아물어 있었다. 밧줄에 쓸린 희미한 흉터만 피부에 남았다. 렌은 둘이서 함께 보낸 첫날 밤이, 돌리를 흙에서 막 파냈을 때가 떠올랐다. 벤저민이 수레 안에서 시체 자루를 열었을 땐 꼭 그가 시체에 마법을 건 것 같았다. 벤저민이 순전히 의지의 힘으로 돌리를 도로 살려낸 것 같았다.

돌리가 폭탄이 터지듯 재채기를 해 렌의 옆얼굴에 온통 침이 튀었다. 소년은 부엌을 뒤져 행주를 하나 찾아내 뺨을 닦고는 친구에게 건넸다. 렌은 생각했다. 아침이면 어떻게든 집을 나서 다리를 건너 노스엄브리지에서 되도록 멀어지자고. 돌리와 함께라면 해낼 수 있었다. 렌은 풍비박산한 부엌을 둘러보았다. 건질게 거의 없었다. 그래도 소년은 친구에게 짐을 챙기자고 했다.

돌리는 코를 풀었다. "다른 사람들은?"

"그 사람들은 우리가 없어야 더 잘살 거야." 렌은 잠시 꾸물거리며 그것이 사실임을 받아들이려 애썼다. 자신이 떠난 걸 알고 나면 브룸과 이키는 몹시 화를 낼 것이다. 하지만 톰은 여기 머물기로 결심했고, 다리가 나으려면 쉬어야 했다. 그리고 이제 보니 쌍둥이가 기꺼이 그를 돌볼 것 같았다. 톰 또한 기꺼이 쌍둥이를 돌볼 것이다.

렌은 일어나서 챙길 수 있는 것들을 챙겼다. 아침 일찍, 아직 아무도 일어나지 않았을 때 떠나야 할 것이다. 소년은 바닥에서 담요 두 장을 끌고 와서 둘둘 말아 가방에 넣었다. 프라이팬과 돼지기름 한 컵도 챙겼다. 감자 바구니 밑바닥에 방치된 채 싹이 난 감자 두 알도 발견해 같이 넣었다.

"우린 어디로 가는데?" 돌리가 물었다.

"아직 안 정했어." 렌이 말했다. "그냥 아무도 우릴 못 알아보는 그런 데."

"난 늘 멕시코에 가보고 싶었다."

렌은 문득 벤저민도 멕시코로 간 게 아닐까 하는 생각이 들었다. "거기도 괜찮겠네."

"아니면 캘리포니아."

그 새로운 땅들이 렌의 머릿속에 끝없는 사막처럼, 땅끝이 보이는 지평선처럼 펼쳐졌다. 뜨거운 태양과 너른 초원, 풍화되어 흙먼지를 날리는 붉고 완만한 산.

렌은 돌리가 일어나는 것을 도와주고는 감자 바구니를 바로 세웠다. 그리고 쥐떳공장 직공들이 휩쓸고 지나간 난장판을 돌아다니며 더 가져갈 만한 게 없나 고민했다. 썩은 내 나고 끈적끈적한 더러운 그릇들이 조리대와 찬장에 산처럼 쌓였고, 바닥에도 잔뜩 어질러져 있었다. 깨진 찻잔과 휘어진 포크, 금간 그릇, 가장자리를 따라 곰팡이가 핀 접시.

식품 저장고 안에서 터진 밀가루 부대 뒤에 숨어 있던 조그만 피클 항아리를 주워 가방에 쑤셔넣었다. 렌은 샌즈 부인이 자신들을 후려쳤던 빗자루를 지나쳤다. 주님의 기도 견본이 난로 선반 위에 걸려 있었다.

렌은 가지고 다닐 수 있는 것만 골랐다. 코트 속에는 이름자가 수놓인 목깃과 성 안토니오 보육원에서 이키가 준 돌, 부모의 가짜 두피, 맥긴티의 금시계가 있었다. 가방에는 훔친 『디어슬레이어』와 난쟁이가 만든 장난감 말, 이곳에 온 첫날 샌즈 부인이 입혀준 잠옷을 넣었다.

렌은 잉크와 종이를 찾아서 테이블 위에 놓았다. 자리에 앉으니 오래전에 쌍둥이에게 쓴 편지가 생각났다. 그때는 친구들이 자신은 행복하다고 알아주기를 절실히 바랐다. 이제 렌은 친구들이 자신을 용서해주기만을 간절히 바랐다. 브롬과 이키에게, 라고 쓰고 나서 그만뒀다. 그러곤 종이를 뒤집어 다시 쓰기 시작했다.

샌즈 아주머니께

작별인사도 없이 떠나고 싶진 않았어요. 돈은 말씀하신 곳에서 찾았어요. 약속드린 대로 꼭 할게요.

여기 제 친구가 두 명 있는데, 이름은 브롬과 이키예요. 저를 돌봐주신 것처럼 친구들도 잘 돌봐주시길 바랍니다. 개네들은 깨끗하고 정직해요, 비록 쌍둥이긴 하지만.

렌 올림.

추신. 그릇들은 정말 죄송해요.

렌은 편지지를 두 번 접었고, 그다음엔 어떻게 해야 할지 몰라 망설였다. 결국 계단을 올라가서 편지를 샌즈 부인의 침대에 올려놓았다. 내려오는 길에 예전에 쓰던 방 앞을 지났다. 톰이 잠결에 뒤척이는 소리, 이키가 쌕쌕 코로 숨쉬는 소리가 들렸다. 브롬에게선 아무 소리도 나지 않았다. 뭔가 추억할 만한 것을 간직하고 싶어서 계단에서 머뭇거려봤지만 결국 아무 소리도 듣지 못했다.

부엌으로 내려가니 돌리가 수도복을 다시 입고 있었다. "말랐다. 만져봐."

렌은 결이 거친 갈색 옷감을 만지작거렸다. "좀더 괜찮은 옷을 구해야겠다."

난롯불이 꺼졌다. 렌은 바닥에 담요를 깔았다. 예전에 농부의 마구간에서 잠자리를 준비하면서 벤저민이 했던 것처럼, 행주를 장화 안에 쑤셔넣고 누비이불을 어깨에 두른 다음 공처럼 몸을 둥글게 말아 웅숭그렸다. 돌리가 옆에 와서 발을 재 속에 집어넣고 앉았다. 주위에 밤이 내렸고 난롯가에도 냉기가 돌기 시작했다.

"나 결정했다." 돌리가 말했다. "그 사람 죽이지 않을 거다."

"누구?"

"살인 청부받은 남자."

렌은 담요에 닿는 자신의 숨결을 느꼈다. 여태껏 해온 모든 일이 지금 이 순간에 달린 것 같았다. "왜?"

"네가 하지 말라고 했으니까."

돌리의 말이 어둠을 헤치고 앞으로 나아갔고, 렌은 더 가까이 붙어 돌리의 다리에 기댔다. 남자와 소년은 함께 빗소리가 가늘어지다가 그치는 것을, 주위 바닥에 널린 냄비와 팬이 이윽고 잠잠해지는 것을 감상했다.

몇 시간 후, 렌은 자다 깨기를 거듭하다 돌리의 코고는 소리에 소스라쳐 잠이 깼다. 옆에 있는 친구의 온기를 느끼며 렌은 한참 동안 유리창을 바라보았고 그때껏 일어난 일을 전부 되새겼다. 바깥 하늘이 검은색에서 청회색으로 어슴푸레 밝아졌다. 새들이 노래하기 시작했다. 밤이 끝났다.

렌은 고개를 들었다. 처음에는 쥐덫에 잡힌 쥐가 발톱으로 입구를 긁어대나 했다. 하지만 찍찍거리는 소리가 제법 컸고 게다가 거실 쪽에서 들렸다.

"뭐지?" 돌리가 물었다.

"나도 몰라." 렌은 누비이불을 젖히고 거실로 나갔다. 뒷문 밖에서 희미한 쇳소리뿐 아니라 이제는 바닥을 스치는 발소리도 들렸다. 렌은 문손잡이를 눈여겨보았다. 찰칵 소리가 나더니 조그만 줄톱이 열쇠구멍에서 떨어져 문 바로 안쪽 널돌에 쩔랑 부딪혔다.

렌은 쏜살같이 부엌으로 돌아가 문을 잠근 뒤 등을 기대고 섰다. 돌리는 채비를 마치고 난롯가에 서 있었다.

"창문으로!" 렌이 소리 죽여 속삭였다. 그러고는 가방을 들었다. 조리대 위로 기어올라 차가운 창유리에 얼굴을 댔다. 모자단이 뒷문 앞에 떼로 모여 있었고, 이제 막 문을 열고 하숙집 안으로 들이닥치는 중이었다.

렌은 미친듯이 조그만 금속 고리 두 개로 이루어진 걸쇠를 찾아 벗기고, 체중을 실어 온몸으로 유리창을 힘껏 밀었다. 차갑고 상쾌한 공기가 얼굴과 손에 끼쳐왔다.

누군가 렌의 다리를 잡고 집안으로 끌어내렸다. 렌은 발을 힘껏 차냈지만 실크해트는 손을 놓지 않았다. 모자단 세 명이 돌리에게 달려들었다. 밧줄을 돌리의 팔과 목에 걸고 바닥으로 쓰러뜨리려 했다. 돌리가 한 명의 목을 잡았지만 다른 두 명이 몽둥이로 사정없이 돌리를 내려쳤다. 그때 파일럿이 걸어들어왔다.

그는 공연을 보고 박수를 치듯 양 손바닥을 짝짝 부딪혔다. 모자단이 정말로 싸움을 멈추는 바람에 돌리와 렌은 적잖이 놀랐다. 파일럿은 여전히 팔이 다리보다 두 배쯤 더 길어 허수아비처럼 보였다. 그는 부엌 식탁 위를 휙 쓸어서 접시며 쓰레기며 반쯤 먹다 남은 그릇 따위를 치워버렸다. "여기 놔."

실크해트가 앞으로 걸어가 렌을 식탁 위로 던졌다.

파일럿은 상체를 약간 숙이고 렌을 내려다보았다. "너는 네 외숙부님께 실망을 안겨드렸어. 그분이 네게 그 모든 걸 베푸셨는데도 말이야."

"달라고 한 적 없어요."

파일럿이 외투에서 자루를 하나 꺼내 보였다. 벤저민과 톰이 묘지에서 썼던 것과 똑같이 생긴 자루였다. "어쨌든 그분은 아직 너한테 볼일이 있으시다."

그러고는 자루를 중산모자에게 건넸고 중산모자는 렌을 다리부터 자루에 넣기 시작했다. 렌은 팔이 비틀려 마비될 정도로 몸부림쳤다. 중산모자와 실크해트가 렌의 어깨를 잡고 허리까지 쑤셔넣었다. 나머지도 자루 속으로 밀어넣고 자루를 머리 위로 당겨올렸다.

그때 방 저쪽에서 굉음이 울리고 지붕 꼭대기가 뜯겨나가는 것처럼 집 전체가 들썩이면서 좌우로 흔들렸다. 무언가 식탁에 쾅 부딪혔고, 식탁은 비스듬히 기울어져 잠시 두 발로 섰다가 그대로 쓰러졌다. 렌도 같이 휩쓸려 옷 뭉치인지 사람 몸인지 알수 없는 것 위로 떨어졌다. 누군가 욕지거리를 하는 게 들렸다. 사람 몸이었다. 상대의 숨냄새가 느껴졌다. 누군가 자루 옆에 서 있었고, 렌은 손가락으로 자루를 찢었다. 다행히 손가락에 감각이 있었다.

돌리가 렌을 일으켜세우고 곧바로 자루에서 꺼내주었다. 파일럿이 입안 가득 피를 물고 문을 막고 서 있었다. 오른팔은 어깨부터 빠져 대롱거렸고 왼쪽 손으로는 힘겹게 외투에서 총을 꺼내려는 중이었다. 밀짚모자는 죽었고 중산모자와 야경꾼은 바닥에 널브러져 있었다. 모자단 중 유일하게 남은 실크해트가 의자를 들어 머리를 방어하고 있었는데, 돌리가 그에게 빈 자루를 집어던지고 렌을 벽난로 쪽으로 밀었다.

"올라가." 돌리가 말했다. "도망쳐."

실크해트가 의자를 던졌다. 돌리가 렌을 몸으로 막으며 돌아섰고 의자는 돌리의 등에 맞고 산산조각이 났다. "얼른." 돌리는 소년을 재차 떠민 다음, 부지깽이를 꺼내 쥐고 손에 피가 튈 때까지 실크해트의 얼굴을 내려쳤다.

렌은 한쪽 발로 난로 벽을 짚었다. 어깨 너머로 돌아보니 파일럿이 총을 꺼내들고 있었다. 빨리 피해야 한다는 걸 머리로는 알았지만, 계속 발이 벽돌에서 미끄러져 안으로 들어갈 수가 없었다. 그때 돌리가 바로 밑에 서더니 렌을 굴뚝 속으로 힘껏 밀어올렸고, 검댕이 우수수 두 사람 위로 떨어졌다. 돌리는 렌의 발을 받쳐 위로 들어올렸고, 렌은 손을 걸칠 만한 곳을 발견하고 몸을 1인치 정도 끌어올렸다. 두번째 시도에서는 돌리한테서 완전히 발을 뗐다.

렌을 둘러싼 벽돌은 아직 따스했고 먼지 때문에 눈이 따끔거렸다. 안이 너무 좁아서 내려다보기가 힘들었다. 그러나 어떻게든 고개를 돌려서, 새카만 구멍으로 자신을 올려다보고 있는 친구와 겨우 눈을 맞췄다.

그리고 별안간 폭발음이 터졌다. 사방 벽이 부르르 떨렸다. 이어서 두 번, 세 번, 총성이 울렸다. 렌의 숨이 순간 육체를 떠나 연기처럼 어둠 속으로 빨려올라갔다가 곧 다시 차디찬 공기와 함께 돌아왔다. 손가락이 싸늘하게 곱았고 냉기가 뼛속에 사무쳤다. 몸은 그저 몸일 뿐, 굴뚝에서 떨어져 죽든 총에 맞아 죽든 언제 어떤 식으로든 죽을 수 있다는 사실을 온몸으로 깨달았다.

렌은 계속 부스러지는 벽에 발을 딛고 버텼다. 손바닥에 땀이 나서 미끄러웠다. 렌은 기어오르다 미끄러졌고, 다시 기어올랐다. 그때 난데없이 위에서 밧줄이 내려왔고, 렌은 밧줄을 붙잡고 다리로 벽을 밀었다. 몸이 연통 위로 쭉 끌어올려졌고 얼굴로 검댕과 모래가 떨어졌다. 렌은 손가락으로 밧줄 매듭을 부여잡고 연통 끝으로 빠져나왔다. 바람이 얼굴을 때렸다. 난쟁이가 렌의 어깨를 붙잡아 지붕 위로 끌어냈다.

렌은 몸을 돌려서 굴뚝 위를 붙잡고 허리를 숙여 아가리를 쩍 벌린 구멍 속을 내려다보았다. "돌리!" 렌이 소리쳤다. "돌리!" 대답을 기다렸다. 그러나 돌아온 것이라곤 연통 꼭대기를 스치며 낮게 깔리는 희미한 바람 소리뿐이었다.

"지붕에 있다!" 모자단 중 한 명이 밑에서 소리쳤다. 렌은 뒤로 물러났고, 난쟁이가 바싹 다가섰다. 조그만 사내의 머리는 산발이었고 자그만 코트의 단추도 미처 잠그지 못한 채였다.

"놈들이 금방 올라올 거야." 난쟁이는 지붕 가장자리로 달려가 난간 위로 기어올라가더니 아래로 뛰어내렸다. 렌은 소리를 지르며 허둥지둥 뒤따랐다. 난간에 닿으니 모자단이 이미 10피트 아래 있는 옆 건물 지붕 꼭대기에 올라서 있는 게 보였다. 난쟁이가 고개를 기울여 힐끗 보더니 손을 흔들었다. "어서."

뒤쪽에서 모자단이 웅성대는 소리가 들렸다. 사다리를 찾은 모양이었다. 사다리가 하숙집 옆 벽을 긁는 소리가 났다. 렌은 눈을 질끈 감고 뛰어내렸다.

그다음 이어진 몇 집은 지붕이 낮았고, 사이에 경계석을 돋워 구분하고 있을 뿐이었다. 난쟁이는 가볍게 돌을 뛰어넘으면서 질주했고 렌이 그 뒤를 따랐다. 모자단이 길에서 그들을 쫓았고, 그중 둘은 하숙집 지붕 위로 올라왔다. 난쟁이는 굴뚝과 채광창 뒤로 날쌔게 피한 뒤 박공판을 기어올랐다. 소년은 힘겹게 그를 쫓아갔다. 모서리에서는 바람이 휘몰아쳤고 비가 와서 지붕 타일이 미끄러웠다. 그러다 삐끗 발을 헛디뎌 무릎이 쓸리며 미끄러졌다. 렌은 떨어져내리다 빗물받이를 붙잡고 겨우 멈췄다.

그다음 지붕은 15피트쯤 떨어져 있었는데, 3층 건물 두 곳 사이였다. 난쟁이가 캔버스 천 밑으로 손을 집어넣더니 널따란 판자를 하나 꺼냈다. 그는 건물 사이에 널빤지를 걸쳐놓고 후다닥 건너서는 건너편에서 판을 붙잡고 소리쳤다. "서둘러."

렌은 한 발씩 올리고 양팔을 벌려 균형을 잡으면서 조심조심 나아갔다. 시선이 아래로 내려가는 걸 간신히 참았다. 뒤에서 지붕 위로 쫓아오는 소리, 아래서 위를 보고 고함치는 소리가 들렸다. 난쟁이가 욕설을 퍼부었다. "놈들이 왔어!" 렌은 다리가 후들거려 아예 엎드려 널빤지를 손으로 잡고 기었다. 그때 길에서 총성이 울렸다. 널빤지가 흔들리며 나뭇조각 몇 개가 날렸다. 난쟁이가 팔을 뻗었고, 렌은 그의 손을 붙잡고 길 위 허공에 매달렸다가 올라왔다. 모자단이 건너편에서 막 넘어오려는 순간, 난쟁이가 널빤지를 홱 끌어당겼다.

한 놈이 균형을 잃고 굴러떨어질 뻔했다. 다른 쪽은 물러섰고, 둘 다 총을 꺼냈다. 유리와 금속 파편이 렌과 난쟁이에게 쏟아졌다. 풍향계가 파편에 맞아 빙그르르 돌았다. 모자단 한 무리가 앞쪽에 나타났다. 그들은 앞길을 막으며 내려왔고 창에서 지붕 위로 기어올랐다. 그들은 두 사람을 향해 다가오면서 다른 모자단에게 총을 쏘지 말라고 손을 흔들었다.

"안으로." 난쟁이가 말했다. "얼른." 그가 지붕널더미를 피해 굴뚝 쪽으로 달리더니 순식간에 벽돌을 기어올라 굴뚝 꼭대기로 갔다. 난쟁이는 고개를 돌려 렌을 보고 따라오라 손짓하고는 연통 속으로 사라졌다.

소년은 허겁지겁 난쟁이를 쫓아갔다. 한 발을 굴뚝 가장자리에 걸치고 안쪽에 발 디딜 데를 찾아 한 발을 집어넣었다. 모자단이 들이닥쳐 소년을 잡으려고 팔을 뻗는 찰나, 렌은 돌에 옆구리가 쓸리며 굴뚝 속으로 들어갔다.

어둠 속으로 반 피트 정도 들어가자 통로가 좁아졌다. 몸이 껴서 더는 내려갈 수가 없었다. "도와줘요!" 렌이 소리쳤고 난쟁이가 렌의 장화를 잡고 끌어내렸다. 렌은 팔꿈치로 밀며 몸부림쳤다. 하지만 꼼짝도 할 수 없었다. 모자단 중 하나가 굴뚝 속으로 팔을 집어넣어 렌의 머리칼을 한 줌 잡았고 다른 사내가 윗도리를 챘다. 렌은 이른 아침 햇살 속으로 다시 끌려나왔고 난쟁이의 손에는 장화 두 짝만 덩그러니 남았다.

32

렌은 쥐덫공장을 내려다보며 사무실에서 맥긴티를 기다렸다. 새벽부터 쭉 그곳에 갇혀 있었다. 이제 정문이 삐거덕 열리고 새로 교대하는 소녀들이 자기 자리로 가는 모습이 보인다. 소녀들은 머리에 숄을 두르고 서둘러 종종걸음 쳤다. 각자의 자리로 가면 숄을 내려서 허리에 둘러맸다. 공장장이 통로를 어슬렁거리면서 뒤에서 소녀들을 쿡 찌르기도 하고 찰싹 때리기도 했다. 한쪽 구석, 회전톱 앞에서 판자를 넣고 자르는 토끼 입술을 발견했다. 표 나게 올려다보지는 않았지만, 소녀가 유리창에 기댄 자신을 힐끗 쳐다봤음을 렌도 알고 있었다.

바닥으로 희미하게 기계의 진동이 전해졌다. 렌은 신발도 없이 양말 바람으로 서서 그 울림을 느꼈다. 창문에 손을 대니 유리가 부르르 떨었다. 등뒤에 걸린 여우 사냥 그림이 흔들렸다.

사무실 문이 벌컥 열렸다. 맥긴티 뒤로 모자단 두 명이 들어와 입구 양쪽에 자리를 잡았다. 한 사람은 중산모자였다. 코뼈가 부러졌고 목은 상처투성이였다. 한 사람은 실크해트를 썼는데 챙에 혈흔이 묻어 있는 그 모자였다. 그러나 모자 아래 얼굴은 또 바뀌어 있었다. 마치 모자가 바닥으로 새 몸을 내려 쭉쭉 자라는 것 같았다.

맥긴티는 한마디도 하지 않고 소년을 공장 창문에 거칠게 밀어붙이고는 주머니를 뒤졌다. 목깃, 머리 가죽, 돌멩이 등 손에 닿는 대로 끄집어내 던지다가 마침내 시계를 발견했다. 일단 시계를 손에 넣자 렌을 홱 밀쳤다. 그는 뚜껑을 열고 마거릿의 얼굴을 들여다보며 초상화부터 확인하고 마음을 놓은 후, 손수건으로 사진을 닦기 시작했다. 다 닦고 나서 시계 뚜껑을 닫고 태엽을 감으면서 곁눈으로 렌을 힐끔 쳐다보더니, 다시 시선을 돌려 시곗바늘을 맞췄다.

"넌 도둑이야." 맥긴티가 말했다.

"그런 것 같네요." 렌이 대꾸했다.

"그다지 똑똑한 도둑은 못 되지. 나한테 잡혔으니까. 그것도 두 번이나." 그는 조끼 속 깊숙이 시계를 집어넣고 책상 앞에 앉았다. 그리고 파일럿의 칼을 주머니에서 꺼내 렌 앞에 내려놓았다. 바텐더의 손을 잘랐던 바로 그 칼이었다.

"너하고 같이 있던 놈 말인데."

"돌리는 괜찮아요?"

"놈한테 파일럿이 죽었다. 다른 세 명도 죽었고."

"돌리는 내 친구예요."

"대단한 친구를 뒀군." 맥긴티가 칼날 끝을 손가락으로 쓸었다. "놈은 한 달 전쯤 날 죽이러 여기 왔지. 나는 놈을 제거하라고 부하 두 명을 보냈어. 그런데 그들이 도리어 놈한테 당한 것 같군." 맥긴티는 칼을 집어들었다. "그놈이 내가 찾던 놈인 게야. 응분의 대가를 치를 준비가 됐겠지."

"돌리는 내 아버지가 아니에요."

"그럼 누군지 말해."

"모른다고 했잖아요."

렌은 맥긴티가 자신을 때릴 줄 알았다. 하지만 그는 칼을 책상에 꽂았다. "기억나게 해주지."

맥긴티는 서랍을 열고 검정 실로 수놓은 비단 주머니를 꺼냈다. 주둥이를 묶은 장식 술도 검은색이었고 맥긴티는 그것을 푸느라 몇 분을 허비했다. 그는 주둥이를 열고 정육면체로 된 유리 상자를 꺼내 책상 위에 올려놓았다. 그 안에는 다섯 갈래로 나뉜 마디 같은 게 떠 있었다. 그것은 조그만, 아주 조그만 손이었다.

맥긴티가 입술을 합죽 오므려 부딪쳤다. "어디서 많이 보던 거지?"

렌은 책상 위의 손을 뚫어져라 바라보았다. 유리 너머로 보이는 손톱은 진주처럼 반투명했고 피부는 여전히 핑크빛이었다. 그런데 주름이 있었다. 수백 개의 자글자글한 주름 탓에 아주 늙은 사람의 손 같아 보였다. 천 년쯤 산 사람의 손 같았다.

"보관해두고 있었지." 맥긴티가 말했다. "기념삼아서." 그가 허리를 숙이고 그다음 말을 렌의 귀에 속삭였다. "누이는 네 아비 이름만 대면 되는 거였다. 그런데 말을 안 하는 거야. 내가 널 책상 위에 올려놔도, 칼을 갖다대도, 입도 벙긋 않더군."

렌은 맥긴티를 밀치고 문을 향해 뛰었다. 하지만 문고리를 잡기도 전에 실크해트와 중산모자에게 잡혔다. 맥긴티의 고갯짓에 두 남자가 렌을 들어다 책상 위에 올렸다. 렌은 발버둥치며 뻗댔지만 모자단이 곧바로 소년을 제압해 양팔을 잡고 좌우로 쫙 펼쳐 상판에 단단히 붙박았다.

"나는 말로 해보려고 했다. 잘해주려고 애썼어." 맥긴티가 책상에 꽂혀 있던 파일럿의 칼을 뽑았다. 그리고 렌의 왼팔을 잡고 흉터를 살폈다. 그는 소년을 한 번 쳐다본 뒤, 책상 반대편으로 돌아갔다.

렌은 오른팔에서 핏기가 가시고 손가락에 감각이 없어지는 것 같았다. 맥긴티가 허리를 깊이 숙였고 렌은 그의 숨결까지 느낄수 있었다. 그는 칼끝을 소년의 손목에 대고 엄지손가락 뿌리 바로 밑을 스윽 그었다. 살갗이 실처럼 갈라지며 선홍빛 줄이 선명하게 나타났다. "일단 표시를 해놓는 게 좋지." 맥긴티가 말했다. "노려야 할 곳을."

렌의 손목에서 핏방울이 뚝뚝 떨어졌다. 맥긴티는 소년의 손목을 따라 방금 그어놓은 상처에 칼날을 지그시 댔다. 렌은 칼날에 비친 자신의 모습을, 양팔 끝에 뭉툭한 손목 그루터기밖에 남지 않은 모습을 보았고, 비명을 지르고 지르고 또 질렀다.

"그놈 이름을 대." 맥긴티가 말했다. "난 그놈에 대해 전부 알아야겠어."

렌을 둘러싼 공기가 갑자기 달라졌다. 무겁고 쇠맛이 나는 공기에 금방이라도 폭풍우가 들이닥칠 듯했다. 사무실 안에 우레가 형성되고 대기는 전기를 한껏 머금었다. 티끌만한 틈만 있으면 렌은 천둥 번개를 방출할 수 있을 것 같았다. 혈관이 어둠을 배경으로 반짝거렸다.

아래는 바닥이다. 엄마가 걸었던 바닥. 엄마가 앉았던 의자다. 엄마가 팔꿈치를 기댔던 바로 그 책상이다. 그때와 똑같은 기계음이 창문으로 전해진다. 엄마의 발을 간질이던 진동이다. 이 방은 한때 엄마를 품었고 지금은 렌을 품고 있다. 엄마는 여기서 렌을 사랑해주었다. 지금도 그 사랑이 이 네모난 벽 안에 존재한다. 느낄 수 있었다. 렌은 입을 열었고 말이 쏟아져나왔다.

"아버지는 서부에서 왔어요. 인디언 사냥꾼이었죠. 인디언 부족 안에서 자랐는데도 말예요. 할아버지와 할머니가 누군지는 아무도 몰라요. 그냥 사람들 얘기로는 집시들이 서부로 가는 마차 대열에서 아기를 훔쳐 구슬과 총을 받고 인디언에게 넘겼대요. 하지만 아버지는 분명히 백인이었고 영어도 배웠어요. 지나가던 학교 선생이 아버지와 인디언식 생활에 반해서 해피페더라는 인디언 처녀와 결혼해 그대로 눌러앉았대요. 그 사람이 아버지한테 영어를 가르쳐줬고요."

맥긴티가 천천히 렌의 손목에서 칼을 거뒀다. 그러고는 실크 해트와 중산모자에게 고개를 까딱했다. 모자단은 손아귀에 힘을 풀었고, 렌은 그대로 천장을 보며 이야기를 계속했다. 가슴속에서 심장이 두방망이질했다.

"아버지는 어릴 적부터 머리 가죽을 찾아다녔어요. 머리 가죽을 가져가면 죽은 사람의 친척들이 사례금을 지불했거든요. 희생자의 시체에서 머리를 도려낸 방법만 보아도 어느 인디언 부족이 그랬는지 어떤 종류의 칼을 썼는지, 때론 어느 전사가 그랬는지까지 아버지는 한눈에 알아냈어요. 그리고 말을 타고 몇 주 동안, 어떨 땐 몇 달 동안, 몇 번인가는 일 년이나 인디언들의 행방을 쫓았어요. 그래도 아버지는 반드시 돌아왔고, 새들백 안에는 땋은 머리나 곱슬머리 가죽이 들어 있었죠. 그러면 사람들은 무덤을 파서 관을 열고 빠진 조각을 채워넣어, 망자들이 영면할 수 있도록 하는 거죠.

몇 년 후, 아버지는 대초원에 만족하지 못하고 동부로 떠났어요. 말을 팔고 바다로 나갔죠. 상선을 타고 전 세계를 돌아다녔고 아프리카, 인도, 유럽, 동방까지 항해했어요. 아무나 오를 수 없는 높은 산꼭대기에 있는 마을, 호수 밑에 가라앉은 유리상자 안의 마을, 방이 수천수만 개나 있어서 날마다 다른 방에서 자도 끝이 없을 만큼 거대한데다 상아와 황금으로 만들어진 성도 있었대요.

거기서 아버지는 포경선을 타고 몇 년 동안 바다 괴물을 추격했어요. 해적들과 싸우기도 하고, 화산과 원숭이밖에 없는 외딴 섬도 발견했어요. 아버지는 이상한 생물들과 싸우는 씨름꾼으로 유명해졌어요. 바다에 뛰어들어 거대한 오징어나 바다뱀과 싸웠고 그러면 배의 동료들은 난간에서 구경하면서 내기를 하는 거예요.

그러던 어느 날 밤, 어마어마한 폭풍우가 밀어닥쳐 배가 산산조각나며 화염에 휩싸였고 사람들은 사방으로 내동댕이쳐졌죠. 아버지는 유일한 생존자였어요. 아버지는 집까지 헤엄치기로 했어요. 해파리와 상어, 거북 등 그를 잡아먹으려는 온갖 것들과 싸우면서 수천 마일을 헤엄쳐 돌아왔어요. 마침내 해안에 닿았을 땐 물속에 너무 오래 있어서 뼈와 가죽밖에 남지 않았고, 반쯤 미쳐 있었대요.

한 어부가 아버지를 발견해 건강을 회복할 때까지 돌보다가, 도박 빚을 갚기 위해 아버지를 군대에 팔았어요. 아버지의 상관은 땍땍거리며 명령하고 남보다 열 배는 먹어치우는 성난 난쟁이였어요. 하지만 작고 하얀 망아지를 타고 있으면 무척 근사해 보였고, 또 부하들의 사기를 잘 북돋았어요. 오 년 후 난쟁이는 고향에 가보라고 아버지에게 휴가를 줬어요. 하지만 아버지는 어느 시골마을로 갔고, 거기서 우연히 오래된 탄광 입구를 발견했는데 그 탄광 안에서 어머니를 만난 거예요."

맥긴티는 잔뜩 기대하는 얼굴로 의자 깊숙이 허리를 펴고 앉았다. 그는 유리상자를 손바닥에 얹고 빙빙 돌렸다. 렌은 밤톨만 한 손이 시계 속 톱니바퀴처럼 돌아가는 모습을 바라보다가 나머지 이야기를 이어갔다.

"어머니는 아버지에게 땅속에 갇힌 광부들 얘기를 했어요. 어머니는 아버지를 데리고 터널로 들어가 시체들이 온기를 찾으려 서로 안고 포개져 있는 곳으로 갔어요. 죽음이 닥쳤을 때 그들에겐 서로의 곁에 있는 것 외엔 아무것도 중요하지 않았대요. 비단

드레스를 입은 어머니가 아버지의 손을 꼭 잡은 순간, 아버지의 온갖 모험과 고된 세상살이는 눈처럼 녹았어요. 아버지는 세상이 끝날 때까지 그 여인만을 사랑할 거라는 걸 깨달았대요. 어머니와 있으면 상어한테 물어뜯기거나 흉폭한 인디언들한테 쫓긴 기억 따위 깡그리 사라졌어요. 아버지는 두 팔을 벌렸고, 어머니가 그 품으로 들어왔지요.

아버지는 부대가 서부로 이동한 후에 어머니에게 매일 편지를 썼고, 어머니를 향한 그리움과 걱정과 두려움에 거의 얼이 나갈 지경이었죠. 마침내 답장이 왔어요. 아이를 낳을 거라는 내용이었죠. 어머니는 아버지에게 돌아와달라고, 같이 노스엄브리지를 떠나 자신과 아이에게 그의 성을 붙일 수 있게 해달라고 간청했어요. 그날 밤 아버지는 탈영했어요. 주둔지를 무단이탈하는 바람에 현상범이 됐죠. 낮에는 숲속에 숨어 있다가 밤에만 이동했어요. 살아남기 위해 수년 동안 몸에 익힌 속임수를 써가면서요. 하지만 그 모든 책략도 어림없었는지, 결국 군인들에게 붙잡히고 말았죠. 군인들은 아버지를 굶기고 때려서 더는 사람이라고 부를 수도 없는 산송장이 될 때까지 망가뜨렸어요. 아버지는 가죽만 남아 몇 달이 지나도록 자기가 누군지 어디서 왔는지도 기억하지 못했어요. 유일하게 기억나는 건 어머니의 얼굴이었는데, 그렇지만 그게 누군지도 몰랐대요.

군인들은 아버지의 감옥에 엄청나게 손이 큰 살인범을 같이 가뒀어요. 두 사람은 친구가 되었고, 살인범은 마침내 군인들의 목을 으스러뜨리고 빗장을 부순 다음 아버지와 함께 탈출했어요. 그때쯤엔 아버지도 제정신을 찾아 바로 노스엄브리지로 향했지만 이미 늦은 뒤였죠. 어머니가 죽었다는 걸 안 아버지는 세상에 등을 돌리고 술을 마시기 시작했어요. 싸구려 술집을 전전하며 술잔이 빌 때까지 마시고 또 마셨고, 인생의 가장 어둡고 깊은 나락으로 떨어졌죠.

그리고 몇 년이 흘렀어요. 아버지는 밑바닥 사람들과 어울리며 그 생활을 즐겼고, 술값을 벌기 위해 밑바닥 일을 했어요. 그러다 내가 살아 있다는 소문을 들은 거예요. 그리고 바다 생물들과 사투하고 화산을 오르고 대양을 헤엄치던 자신의 일부를 기억해냈죠. 아버지는 당시의 힘을 되찾을 수 있으리라, 그 힘을 당신의 유일한 아들을 찾는 데 쓸 수 있으리라 확신했어요. 아버지는 오래전에 익힌 사냥 기술과 바다에서 익힌 방향감각, 군대에서 훈련한 기술을 모조리 살려냈어요. 매일 밤 광대한 하늘의 어둠을 올려다보며 내게 자신이 오고 있다고 말해줬죠. 나한테 무서워하지 말라고 했어요. 이제 조금만 기다리면 나는 외톨이가 아니게 될 거라고, 온 마음을 다해 아버지가 나를 찾고 있다고 말해줬어요.

그리고 어느 날 아버지는 나를 찾아냈어요. 수천 명의 아이들 가운데 있던 나를 단번에 짚어냈어요. 나도 한눈에 아버지를 알아봤어요. 왜냐면 꿈속에서 아버지가 날 찾아왔거든요. 그래서 무서워하지 않았어요. 낯설지가 않았어요. 우리는 서로를 꼭 붙잡고 함께하면서 두 번 다시 헤어지지 않을 거라는 걸 알았죠."

맥긴티가 손바닥으로 책상을 내려쳤다. "그거면 충분해. 더는 듣고 싶지 않다. 내가 알고 싶은 건 그놈 이름이야. 그놈의 진짜 이름 말이야."

"아버지의 이름은," 렌이 말했다. "벤저민 냅이에요."

33

그뒤의 모든 일들은 일사천리로 진행됐다. 맥긴티는 실크해트와 중산모자에게 고함을 질렀고, 두 사람은 복도를 향해 소리쳐 다른 모자단원들을 불러모았다. 사람들이 꾸역꾸역 사무실로 몰려들어왔다. "놈을 데려와." 맥긴티가 외쳤다. 그는 씨근덕거리며 짧게 숨을 몰아쉬었다. "지금 당장 그놈을 데려와."

렌은 창가로 달려갔다. 모자단원들이 공장 작업장으로 뛰어내려가는 모습이 보였다. 소녀들은 남자들이 우르르 지나가자 하던 일을 멈추고 제자리에서 멀뚱멀뚱 바라보았다. 토끼 입술만이 눈도 돌리지 않고 꾸준히 널빤지를 넣고 자르고, 넣고 잘랐다.

맥긴티는 자리에서 벌떡 일어나 여우 그림 앞을 왔다갔다했다. 그는 창가에서 걸음을 멈추더니 공장을 내려다보았고, 너무

기쁜 나머지 표정이 일그러졌다. 그는 렌의 어깨를 탁 치고, 둘 사이에 모종의 협상이라도 있었다는 듯 어깨를 꽉 움켜잡았다. "잘해줬다, 꼬마야!"

문이 열렸고, 벤저민 냅이 들어왔다.

중산모자와 실크해트가 벤저민을 양쪽에서 부축하고 있었다. 머리에는 핏물에 젖은 파란 헝겊을 동여맸다. 얼굴은 핏기 하나 없고 상처투성이다. 그전에 있던 멍자국은 코 옆에서 검푸른 줄무늬가 되어 있었다. 웃옷은 한쪽 소매가 뜯어지고 없었고 한쪽 팔은 부러진 것 같았다. 어쨌든 그는 거기 있었다. 그가 살아 있었다.

"미스터 냅." 맥긴티가 입을 열었다. "애당초 나는 네놈을 지목하고 있었어. 맨 처음부터."

벤저민이 고개를 들었다. 그는 렌을 보고 미소를 지었다. 하지만 렌이 기억하던 밝고 환한 미소가 아니었다. 앞니가 부러지고 입술이 갈라져 피가 났다. 모자단은 벤저민을 바닥에 내동댕이 쳤다. 벤저민이 손을 내밀었고 렌은 그의 손을 마주잡았다.

"굉장한 얘기를 들려줬다더군." 벤저민이 말했다. "내 배역이 괜찮은 거였음 좋겠는데."

"난 벤저민이 벌써 떠난 줄 알았어요." 렌이 말했다. "우릴 버렸다고 생각했는데."

"설마 그럴 리가." 벤저민은 아픈 듯 움찔하더니 자세를 바꿔 팔을 무릎으로 받쳤다. 그는 소년의 눈을 똑바로 쳐다보았다. "기도하는 법을 아직도 기억한다면 지금이야말로 기도가 필요한 때야."

"네 아버지는 내 손님이었지." 맥긴티가 말했다. "내가 지하실에 마련한 특실에 모셨다고. 나는 거기서 내가 만든 쥐덫을 전부 시험해보거든. 난 널 보자마자 그놈이라는 직감이 들었어. 아비가 아니고서야 그 많은 고아들 중에서 병신을 고를 리가 없지."

"거짓말이었어요." 렌이 말했다. "다 내가 지어낸 얘기라고요."

맥긴티가 책상 앞으로 걸어갔다. 그러고는 서랍을 열고 권총을 꺼내서 책상 위에 올려놓았다. 총신에 문구가 새겨진 그 총이었다. 맥긴티는 탄환 상자를 꺼내 하나씩 탄창에 밀어넣기 시작했다. 다 채우고 나서 그는 고개를 떨어뜨렸다. 어쩐지 실망한 것처럼 보였다.

"마거릿은," 벤저민이 입을 열었다.

"그 이름을 입에 담지 마라."

"저는 아기에 관해 전혀 몰랐습니다. 그녀가 죽고 나서 알았어요."

"넌 거짓말쟁이야."

벤저민이 렌의 손을 꽉 쥐었고 소년은 깨달았다. 렌이 벤저민을 자신의 아버지라고 주장하기 훨씬 전에, 벤저민은 이미 렌이 자신의 아들이라고 주장했음을. 렌이 창고에 갇혀 있는 동안 내내, 심지어 책상 위에 눕혀놓고도, 맥긴티는 렌이 무슨 얘기를 할지 이미 다 알고 있었다.

실내에 땀내가 차오르기 시작했다. 맥긴티가 고갯짓을 하자 모자단이 앞으로 나왔다. 실크해트가 렌을 한쪽으로 밀쳤고, 중산모자가 가느다란 밧줄을 벤저민의 목에 감았다. 순식간에 일어난 일이라 벤저민은 숨을 들이쉴 새도 없었다. 벤저민은 손으로 줄을 잡고 필사적으로 떼어내려 했다. 얼굴이 흑빛이 됐다. 마구 내지르는 발길에 거대한 책상이 쾅쾅 걷어차였다.

"됐어." 맥긴티가 말했다.

중산모자가 밧줄을 헐겁게 풀었고, 벤저민은 무릎을 꿇고 그대로 앞으로 쓰러졌다. 그렇게 이마를 카펫에 대고 기침을 하더니 쌕쌕거리며 숨을 들이켰다. 오른손에는 이마에 둘렀던 푸른 붕대가 들려 있었다. 맥긴티는 책상 건너편에서 이를 모두 지켜보고 있었다.

"시간만 낭비했잖아."

벤저민이 휘청대며 일어났다. 목둘레에 빨갛고 가느다란 선이 생겼다. 그가 입을 열었고 목소리가 갈라져 나왔다. "유언장을 쓰고 싶습니다."

"남길 게 있기나 해?"

"내 몸뚱이가 있죠. 아이가 시체는 팔 수 있을 테니까."

맥긴티는 잠시 생각에 잠겼다. 그는 서랍에서 종이 몇 장을 꺼내고 황금 펜을 책상 건너편으로 밀었다.

벤저민은 부러진 팔을 책상에 기댔다. 오른손으로 잉크 뚜껑을 열고 펜촉을 적셨다. 그러곤 써내려가기 시작했다. 그는 오래전부터 생각해둔 것처럼, 어떤 식으로 문장을 구성하고 어떤 순으로 결론을 맺을 것인지 암기한 것을 기억해내듯 단숨에 휘갈겼다. 다 쓰고 나서는 펜에 다시 한번 잉크를 찍어 맥긴티에게 내밀었다. "증인이 필요합니다."

맥긴티는 종이를 낚아채고 맨 밑에 서명했다. 그리고 펜을 바닥에 집어던졌다. "다 된 거지."

"다 됐습니다." 벤저민은 다시 바닥에 앉아 푸른 붕대를 손가락 사이에 끼워 돌렸다.

맥긴티가 총을 들었다. "이제 응분의 대가를 받아내야지."

렌은 책상 모서리를 잡았다. 책상은 방의 대부분을 차지했다. 나무에 기름을 먹인 지 얼마 안 된 듯, 손끝에 기름이 묻어났고 책상 위에는 지문이 남았다. 발치에 렌의 이름이 수놓인 목깃이 있었다. 맥긴티가 렌의 주머니를 뒤지면서 던진 것으로 세 글자가 계시처럼 렌을 빤히 쳐다보고 있었다. 렌은 손을 뻗어 헝겊을 집어들었다. N자, 원래는 M이었던 글자에 기름이 묻어 더러워져 있었다.

맥긴티는 소년이 낡은 목깃을 내밀자 눈을 부릅떴다. 이내 표정이 변하더니 가까이 다가와 엄지와 검지로 리넨을 쓰다듬었다. 맥긴티는 글자를 하나하나 손가락으로 따라 그렸고, 또 한번 따라 그렸다. "이거 어디서 난 거냐?"

"보육원에 버려졌을 때 갖고 있던 거예요."

"이걸로는 아무것도 증명되지 않아."

"어머니가 우리를 사랑했다는 증거예요. 어머니가 아버지의 성을 붙이려고 했다는 증거예요."

맥긴티는 목깃을 내려놓았다. 그는 혀로 치열을 핥았다. "이건 누이의 바느질 솜씨가 형편없었다는 증거일 뿐이야." 그는 다시 목깃을 집어들어 책상 서랍을 열고 안으로 던져넣었다. 렌은 자신의 이름자가 사라지는 것을 지켜보았다. 이제 남은 건 아무것도 없다. 끝났다.

맥긴티의 얼굴에 묘한 표정이 스쳤다. 그는 다시 서랍을 열고 조그만 유리 단지를 꺼냈다. 그러고는 단지를 불빛에 비춰보고 이상하다는 듯 책상 위에 올려놨다. "이게 도대체 뭐지?" 단지 안에는 선명한 노란색 액체가 들어 있었다. 렌은 얼떨떨해하며 쳐다보다가 문득 깨달았다. 이키의 오줌이었다.

중산모자와 실크해트가 겁에 질렸다. 렌은 아무것도 모르는 척 딴청을 피워야만 할 것 같았다. 그러는 사이 벤저민은 유리창으로 기어가서, 아래 작업장에 있는 누군가에게 신호를 보내듯 푸른 붕대를 깃발처럼 허공에 쳐들었다.

맥긴티가 마개를 돌려 열고 단지 안에 든 것의 냄새를 쿵쿵 맡았다. 숨을 들이쉬는 순간 불그죽죽하던 얼굴이 시뻘게졌고, 그 얼굴은 곧장 렌을 향했다. 그는 렌의 멱살을 거머쥐고 책상 위로 냅다 잡아끌었다. 펜이며 종이며 와장창 책상 바깥으로 날아갔다. 맥긴티가 온 체중을 실어 밀어붙이는 서슬에 램프가 넘어져 산산조각이 났다.

"이 더러운 거지새끼!"

"내가 그런 거 아녜요!"

"너 말고 여기 또 누가 있었어! 딴 놈들이 그럴 새가 어딨어!"

맥긴티가 권총을 찾아 들어 소년의 턱밑에 들이대고 힘껏 눌렀고, 렌은 숨이 막혀 캑캑거렸다. 렌은 붙들 것을 찾아 팔을 마구 휘저었다. 그러다 손끝에 유리 단지가 걸렸다. 렌은 단지를 붙잡아 안에 든 것을 맥긴티의 얼굴에 뿌렸다.

맥긴티가 침을 퉤퉤 뱉으며 렌을 잡은 손을 놓았다. 그는 공장이 내려다보이는 유리창에 등을 기대고 섰다. 슈트 앞섶이 푹 젖었다. 노란 슈트 위에 노란색이 더해졌다. 방안에 지린내가 진동했다. 모자단이 앞으로 달려와 렌을 책상에서 끌어냈다. 그 속에서, 무릎을 꿇고 상체를 일으킨 벤저민이 미친듯이 머리 위로 푸른 붕대를 휘두르고 있었다. 마치 그들의 목숨을 구해줄 생명줄이라도 되는 양 필사적으로 흔들어댔다.

그때, 탕 소리가 나고 창유리가 깨지면서 파편이 사방으로 흩어졌다. 중산모자와 실크해트는 얼굴을 가리며 바닥에 납작 엎드렸다. 렌은 책상 밑으로 굴러들어갔다. 뭔가 자글자글한 것이 살갗에 잔뜩 묻었고, 팔을 움직이는데 수십 군데가 베이고 긁히는 느낌이 들었다. 렌은 얼굴을 살짝 내밀어 먼지와 파편이 흩날리는 방안을 둘러보았다. 휑하니 뚫린 창으로 난데없이 바람이 살랑 들어왔다.

맥긴티는 깨진 창문 앞에 서 있었다. 선 채로 비틀거렸다. 한숨을 내쉬고 기침을 하는데 가슴팍에 새빨갛게 피가 번졌다.

중산모자가 포복으로 방을 가로질러 다가가 맥긴티를 바닥에 눕혔다. 실크해트가 창가로 뛰어가 총을 꺼내들었다. 그는 총구를 공장에 대고 쥐덫공장 소녀들을 향해 이리저리 겨냥했다. "누구냐? 누가 쐈어?"

그 아래 작업장의 소녀들은 각자의 자리에서 부지런히 손을 놀리고 있었고, 기계음이 그들 주변에서 웅웅거렸다. 아무도 올려다보지 않았다. 접착조는 상자 모서리에 본드를 발랐고 스프

링조는 상자 안에 철사를 끼웠다. 절단조는 널빤지를 앞에 밀어넣고 자르고, 밀어넣고 잘랐다. 그리고 거기에, 자기 자리에 서서 뺨이 발갛게 상기된 채로, 자기가 맡은 쥐덫 위로 고개를 푹숙인 토끼 입술이 있었다.

맥긴티는 몸을 돌리려 했다. 유리 파편이 갈라진 피부 껍질처럼 그의 몸에 달라붙었다. 중산모자가 여전히 그를 붙잡고 있었다. 중산모자는 의사를 불러올 테니 기다리라고 했다. 그러나 맥긴티는 고개를 저었다.

"아이를 데려와." 실크해트와 중산모자는 서로 마주본 다음, 렌을 책상 밑에서 끌어내 데려갔다. 맥긴티의 가슴에 뚫린 구멍은 깊고 너덜너덜했다. 숨을 쉴 때마다 노란 슈트 위로 파도처럼 피가 번졌다. 맥긴티는 갈구하듯 렌을 바라보았다. 그러곤 눈을 감았다. "마거릿," 맥긴티가 중얼거렸다. "문을 열어줘." 그리고 숨을 거두었다.

34

간헐적으로 내리는 비에 거리는 젖어 있었다. 공기는 상쾌했
고, 도시에 눌어붙은 생선 비린내와 매연도 잠깐이나마 하늘에
서 씻겨나갔다. 렌은 양말 바람으로 비틀거리며 밖으로 나왔다.
얼굴엔 자잘한 생채기투성이였고 심장이 벌렁거리는 와중에 벤
저민이 소년의 손을 꼭 쥐고 있었다.

두 사람은 사무실이 혼란의 도가니에 빠진 틈을 타 빠져나왔
다. 모자단원들이 맥긴티의 시신을 둘러쌌고 공장 안은 비명과
고함이 난무했다. 돈을 찾으려고 즉시 책상을 뒤지는 사람도 있
었고, 카펫을 돌돌 말거나 벽에서 그림을 떼어 가는 사람도 있
다. 곧바로 사람들이 몰려들어 저마다 가져갈 수 있는 것을 챙겨
급히 복도로 달려나갔다. 벤저민은 렌을 잡고 사람들을 교묘히

피해 계단을 내려와 소녀들 틈에 섞였다. 토끼 입술이 불안한 얼굴로 미소를 지으며 후문을 열어주었고, 두 사람은 공장을 빠져나왔다. 길을 따라 내려가는데 모퉁이에 무리 지어 있던 군인들이 어슬렁 걸어가는 두 사람을 보고 무슨 일인가 하고 돌아보았다. 이윽고 하숙집 쪽으로 방향을 튼 둘은, 달리기 시작했다.

길 여기저기 물웅덩이가 있었고, 양말이 점점 물에 젖어 미끄러웠다. 렌은 벤저민을 올려다보았다. 얼굴은 여전히 부어 있었지만, 머리에 감았던 붕대는 어디론가 사라지고 없었다. 팔도 부러진 것 같지 않았다. 약간 비틀거리긴 했지만 거의 렌의 보폭에 맞춰 성큼성큼 걸었다.

"안 다쳤잖아요."

"다쳤어." 벤저민이 말했다. "놈들이 생각했던 것만큼 상태가 나쁘지 않았을 뿐이지."

"그래도 앞니는 어떡해요."

벤저민이 손으로 입을 가렸다. "바우스 씨를 찾아가봐야지."

등뒤에서 쥐덫공장의 종이 울리기 시작했다. 공장 소녀들을 불러모을 때처럼 한 번이나 두 번이 아니라 끝없이 울려댔다. 마침내 길거리에 누워 있던 부랑자들이 고개를 들었고, 집집마다 창문과 현관을 열고 과부들이 몸을 내밀었으며, 강에서 낚시하는 늙은이들이 얼굴을 찡그리며 낚싯줄을 거두었다.

오설리번 술집에서 단골 취객들이 도대체 무슨 소란인가 하는 얼굴로 비틀거리며 문밖으로 나왔다. 군복을 단정치 못하게 걸친 군인 둘이 달려가는 렌과 벤저민을 쳐다봤다. 그러다 상관이 소리를 지르자 총을 고쳐 매기 시작했다. 벤저민은 렌을 샛길로 끌어당겼다. 예전에 토끼 입술과 같이 서 있었던, 머리 위에서 빨랫줄이 교차하는 그 골목이었다. 두 사람은 쓰레기통 뒤에 숨어서 숨을 고르며 군인들이 지나가기를 기다렸다.

"그 사람이 벤저민을 놔줬다고 생각했어요." 렌이 말했다.

벤저민은 고개를 저었다. "그는 내가 누군지 알고 있었어. 처음부터." 벤저민은 옆구리에 손을 얹고 쓰레기통에 기댔다. "단지 네 입에서 그 말을 듣고 싶었던 것 같아."

"벤저민이 내 아버지라는 걸요?"

"그래."

렌은 이 사실도 다른 것들처럼 사라져가길 기다렸다. 하지만 그러지 않았다. 두 사람 사이 허공에 그대로 머물러 있었다. 머리 위 빨랫줄에 널린 옷가지들처럼 현실이었다. 렌은 꼭 동화 속 이야기의 주인공이 된 것 같았다. 큰 소리로 말하기만 하면 뭐든지 현실이 될 것 같았다.

"이거 받아." 벤저민이 코트 주머니에 손을 집어넣어 맥긴티가 서명한 종이를 꺼냈다. "톰에게 전해줘. 톰 말고는 아무한테도 주지 마."

렌의 손가락 사이에 들린 종이는 얇고 날카로워서 빳빳한 가장자리에 베일 것 같았다. "떠나는 거예요?"

"놈들이 벌써 나를 찾고 있어. 당분간은 사라져줘야지."

"하지만 벤저민이 그 사람을 죽인 게 아니잖아요." 렌의 목소리가 갈라졌다.

벤저민은 렌의 등을 가볍게 토닥였다. "자자, 사나이가 그럼 쓰나."

이미 너무 늦었다. 렌은 소리 내어 울고 있었다. 소년은 민망한 듯 코를 슥 닦았다. "나도 같이 가면 안 돼요?"

"나는 일을 바로잡으려고 애쓰는 중이야." 벤저민이 대답했다. "더는 힘들게 하지 말아줘." 그는 손을 위로 뻗어 셔츠와 오버올, 재킷을 빨랫줄에서 잡아당겼다. 그리고 입고 있던 찢어진 코트를 벗고, 긴 내복 위에 새 옷을 걸치면서 한 발로 중심을 잡느라 잠시 콩콩 뛰었다. 옷을 갈아입고 나니 완전히 딴사람처럼 보였다. 걱정을 짊어진 남자. 아버지.

"왜 진작 말 안 해줬어요?" 렌이 물었다.

벤저민은 잠깐 심각한 표정을 짓더니, 이내 소년의 어깨를 세게 쿡쿡 찔렀다. "네가 안 믿을 것 같았거든."

렌은 웃음을 터뜨리려 했지만 몸이 덜덜 떨렸다. 바람이 마치 두 사람의 등을 떠밀어 내쫓으려는 듯 골목 안으로 휘몰아쳤다. 거리에 먼지가 흩날렸고, 침대보가 펄럭이며 두 사람의 머리를 때렸다.

벤저민은 빨랫줄에서 스웨터를 한 장 끄집어내렸다. 그러고는 렌의 머리 위로 스웨터를 씌운 뒤 한 팔씩 소매를 차례로 끼워주었다. 스웨터가 너무 길어서 렌의 무릎까지 내려왔지만, 두껍고 따뜻해서 조금 전처럼 추위가 매섭게 느껴지지는 않았다.

"가만 있어봐." 벤저민이 손을 내밀어 소년의 볼에서 유리조각 하나를 떼어냈다. 그리고 렌이 소원을 빌기를 기다리기라도 하듯 반짝거리는 조각을 그대로 들고 서 있었다.

"네가 세상에서 제일 바라는 게 뭐야?"

소년은 눈을 감았고, 벤저민은 아이의 손안에 무언가를 떨어뜨렸다. 네모난 모양에, 아기의 손가락이 뻗은 부분이 아주 살짝 도드라진 것이 느껴졌다. 얼어붙은 인사. 손바닥 안에 들어온 유리는 따스했고, 그 안의 손가락 끝이 자신의 손안에서 구부러지는 기분이 들었다. 소년의 왼손은 오른손을 다시 만나고 나서야 주먹을 쥐려고 얌전히 기다리고 있던 것만 같았.

렌이 골목에서 나왔을 때도 종은 여전히 울리고 있었다. 렌은 길을 내처 달려가면서, 기도 시간을 알리듯 거리마다 흔적을 남기며 서서히 울려퍼지는 종소리를 들었다. 다섯 번, 네 번, 세 번, 두 번. 오래전에 체념한 말들이 구식 호흡법처럼 한꺼번에 밀려왔다. 아버지의 나라가 임하시며, 아버지의 뜻이 이루어지이다. 우리 죄를 용서하소서. 이제와 우리 죄인을 위하여 빌어주소서. 이제와. 이제와. 그리고 그 시간에. 렌은 기도를 멈췄다. 그리고 다시 시작했다.

숄을 움켜쥐고 있는 쥐덫공장 소녀들 옆을 스쳐서 여전히 지난밤의 드레스 차림으로 공장을 내다보는 매춘부들 앞을 지났다. 그들 너머로 보이는 하숙집은 폐가처럼 기척 하나 없었다. 굴뚝에 연기도 없었다. 창마다 덧문은 굳게 닫혔다. 문도 모두 잠겼다. 렌은 문짝을 두들기며 창문에 대고 소리쳤다.

안에서 가구를 치우고 걸쇠를 벗기는 소리가 들렸다. 문이 열렸고 쌍둥이가 서 있었다. 렌은 쌍둥이를 얼싸안았다.

"너 괜찮은 거야?" 브롬이 물었다.

렌은 고개를 끄덕였다. 이키가 렌의 팔꿈치를 잡고 안으로 들였다. 하숙집은 전보다 더 상태가 나빴다. 벽 여기저기에 구멍이 뚫렸고, 가구도 박살나 있었다.

"싸우는 소리를 들었어." 이키가 말했다.

"아빠를 깨웠어."

"아빠가 총을 잡았어."

"우리가 아빠를 데리고 아래층으로 내려와보니까 넌 없어졌더라."

"부엌에는 시체가 잔뜩 널렸고."

"시체는 마구간으로 끌어다 치웠어."

"놈들이 널 데려가서 죽였다고 생각했어." 쌍둥이는 용감한 척했지만, 생각만으로도 벌벌 떨었을 게 뻔했다.

"아빠가 문에 바리케이드를 치라고 했어."

"놈들이 우리를 죽이러 다시 올까봐 무서웠던 거야."

쌍둥이가 이야기를 늘어놓는 동안 렌은 핏자국을 보았다. 커다란 소용돌이 모양으로 카펫 위를 뒤덮은 핏자국은 나무바닥 위에 길게 줄을 긋고 여기저기 얼룩을 남기며 뒤뜰로 이어졌다.

"돌리는 어디 있어?"

쌍둥이가 서로 눈짓을 주고받았다.

"총에 맞았어." 이키가 마침내 대답했다. "너무 많이 맞아서 일어나지 못했어."

돌리는 농부의 말을 매두던 마구간에 있었다. 거름냄새가 약간 엷어진 대신 흙먼지와 탄약 냄새가 그 자리를 메웠다. 돌리는 누비이불에 덮여 있었고, 머리 밑에 받쳐놓은 베개는 샌즈 부인의 응접실에 있던 쿠션이었다. 돌리의 목에는 붕대가 감겼고 어깨에도 빙빙 둘러 있었다. 팔과 다리와 가슴에 탄환이 박혔고,

서서히 스며나온 피가 돌리의 수도복을 적셨다. 그 아래 깔린 땅이 검붉게 변해 있었다.

마구간 밖에는 주도면밀하게 쌓은 이불더미가 있었는데, 파일럿과 모자단의 시체를 숨긴 것이었다. 그 옆에서 당나귀가 한가롭게 건촛더미를 헤치며 오물거리고 있었다. 톰은 잔뜩 구겨진 얼굴로 의자에 앉아서, 한쪽 발을 쭉 뻗고 무릎 위에 총을 올려놓은 채 풀을 먹는 짐승을 바라보고 있었다. 문가에 들어서는 렌을 보더니 톰의 표정이 누그러졌다. "우리 동료잖아."

렌은 안으로 들어가서 돌리의 목에 감긴 붕대를 만졌다. 손가락 끝에 와인색 얼룩이 묻어나왔다.

"널 굴뚝 속으로 밀어올렸다고 하던데."

"그랬어요."

톰이 눈꼬리를 치키고 발 위치를 바꿨다. "언젠가는 저리 될 줄 알았다."

렌은 돌리의 가슴팍에 머리를 기댔다.

"이미 죽었어." 톰이 말했다.

렌은 계속 귀를 기울였다.

학교 선생은 총을 외투에 쑤셔넣었다. 그대로 앉아서 한동안 소년을 바라보았다. 그리고 고개를 저었다. "안으로 들어가자."

"싫어요." 렌이 말했다.

톰은 턱수염을 잡아당기며 한숨을 쉬었다. 그러더니 일어나 균형을 잡고 부목을 댄 발을 옮긴 다음, 다리를 끌며 마구간 밖으로 나갔다. 뜰을 가로질러 하숙집으로 들어가 문을 닫는 소리가 들렸다.

오후가 저녁으로 흐르고 있었다. 렌은 친구에게 그동안 일어난 일을 전부 들려주면서 기다렸다. 말할 거리가 더 생각나지 않을 때까지 얘기하고, 다시 무언가 생각해내서 또 얘기했다. 마구간 반대쪽에서 당나귀가 우물거리는 소리가 들렸다. 때때로 짐승은 렌의 다음 얘기가 궁금하다는 듯 길쭉한 회색 코를 울타리 위로 내밀었다. 별이 나오자 이키와 브룸이 초와 누비이불을 더 가져다주었다. 렌은 어깨 위로 이불을 둘러썼다. 마구간을 떠나고 싶지 않았다. 아직은.

새벽이 오자 렌은 돌리가 새소리를 들을 수 있도록 창문을 열었다. 새의 노래가 그치지 않고 쉴새없이 이어졌다. 렌은 목이 쉬고 목구멍이 깔깔해졌지만, 조금만 더 돌리에게 말을 걸면 자기 목소리가 그에게 닿을 것만 같았다. 맞는 말을 찾아낸다면 무슨 일이든 일어날 것이다. 렌은 성 안토니오 석상을 떠올렸고, 그 앞에서 잃어버리지도 않은 것을 찾아달라고 숱하게 빌었던 빈껍데기 기도를 떠올렸다.

렌은 돌리에게 보육원에 대해 얘기했고, 성 안토니오의 일화도 들려주었다. 성인이 어떻게 물고기들에게 설교했고, 어떻게 레오나르도의 발을 다시 붙였고, 어떻게 죽은 꼬마를 되살렸는지 얘기했다. "그리고 생의 마지막에 가서 성 안토니오는 호두나무 속으로 들어갔대. 더는 땅을 딛고 싶지 않았던 거야. 그는 할 수 있는 한 하늘에 가까이 닿고 싶어했어."

소년은 돌리의 커다란 손에 자기 손을 포갰다. 돌리의 손은 차가웠고, 손가락은 굳어서 펴지지 않았다. 밖에서 아침 새들이 지저귀며 서로를 불러댔다. 마구간의 서까래 위에 자리잡은 제비 둥지에서도 제비 한 가족이 활기차게 지저귀기 시작했다. 한 마리가 소리쳐 울어대자 그 짝이 화답했다. 새끼들이 입을 벌리고 먹이를 달라고 아우성쳤다. 렌은 돌리의 베개에 기댔다. 소년은 무슨 징조가 있지 않을까 살피면서 인간 세상을 떠난 성인에 관해 쉬지 않고 얘기했다. 어떻게 성인이 나뭇잎 사이로 올라가 남은 생을 살았고, 그후에 어떻게 예수가 그 앞에 나타났고, 어떻게 나뭇가지 위에서 기적이 일어났는지에 관해서.

35

　그들은 가구 잔해를 마저 해체해서 널빤지와 의자 다리 등을
벽난로에 던져넣었다. 현관문 앞을 막아놓은 잡동사니도 치우
고, 응접실 소파 속을 꺼내 불쏘시개로 썼다. 금방 불이 일었다.
톰과 렌과 쌍둥이는 불 주위로 모여들었다.

　부엌은 폐허였다. 식탁은 박살나고 냄비와 팬은 휘고 구부러
져 제 모양이 거의 없었으며, 음식 찌꺼기가 천장까지 튀었고,
벤치도 산산조각났다. 난롯가는 검댕과 재 천지였다.

　도망가려고 챙겨놨던 가방이 부서진 요강 밑에서 나왔다. 피
클 단지는 깨졌고, 컵에 담았던 돼지기름은 옷에 다 쏟아졌다.
렌은 칼을 찾아서 마지막 남은 감자 몇 개의 껍질을 벗겼다. 브
롬이 물을 받아 냄비에 부어 불 위에 올렸고, 돼지기름을 치고

싹 난 감자와 천장에 매달려 있던 말린 파슬리도 조금 넣었다.

의자가 하나도 없어서 바닥에 쭈그려앉았다. 밥을 먹는데 어쩐지 서글퍼졌다. 넷이서 덩그러니 불을 마주보고 앉아 각자 접시에 담긴 신 피클에서 유리 조각을 골라내며 저마다 겪어온 일을 할 수 있는 한 최선을 다해 얘기했다.

"벤저민은 목숨이 아홉 개야." 렌의 얘기를 듣고 난 후 톰이 말했다.

"벤저민이 돌아올까요?"

톰은 포크로 감자를 찍어 한입 베어 물었다가 덜 익었는지 인상을 쓰면서 도로 냄비에 집어넣고 소맷부리로 입을 훔쳤다. 그는 고개를 저었다.

"그럼 우린 어떡해요?" 렌이 물었다.

"보육원으로 데려다주마."

그 말에 아이들은 순간 싸늘해졌다. 그럴 수는 없었다.

톰이 접시를 내려놓았다. "어떻게 애를 셋씩이나 먹이고 입히냐. 내 한몸 건사하기도 벅차."

"난 안 가요." 렌이 말했다.

"그럼 거리에서 살래? 도둑이 될 거야? 아님 구걸하려고?"

렌은 아무 말 없이 가만히 앉아 있었다. 둘 다 이미 해본 짓이었다.

"네 친구를 봐." 톰이 말했다. "돌리가 어떻게 됐는지 보라고."

"돌리는 날 지키려 했던 거예요." 렌이 말했다.

"그는 살인자였어. 그런 식으로 죽을 운명이었다고. 하지만 넌 달라."

불속에는 부엌 의자 한 벌과 벤치 토막, 그리고 샌즈 부인의 궤 뚜껑이 들어가 있었다. 뚜껑이 타면서 경첩이 시뻘겋게 달아올랐다. 렌은 방안을 둘러보았다. 머리 위 육중한 들보가 아래로 휘어져서 하숙집은 금방이라도 무너질 것 같았다. 그들은 폐허 위에 앉아 있었다. 가라앉는 배.

"내가 한 짓 중 유일한 선행이 되겠지." 톰이 말했다.

렌은 스웨터를 바싹 끌어내렸다. 그 온갖 일을 겪고 나서 다시 원위치라니, 도저히 믿어지지 않았다. 렌은 뺨을 쓸어내렸고, 손가락에 붉은 것이 묻어나왔다. 유리 조각은 없어졌지만 흔적이 남았다. 호주머니에 손을 넣으니 벤저민이 준 종이가 만져졌다. 렌은 종이를 펼쳐서 톰에게 주었다.

학교 선생은 눈을 가늘게 뜨고 내려다보기 시작했다. 그는 처음부터 끝까지 읽었다. 그리고 다시 읽었다. 또 한번 통독했다. 그러더니 종이를 마구 휘저으며 낄낄거리다 렌에게 돌려주었다. 브롬과 이키도 렌의 어깨에 기대어 종이를 들여다보았다. 셋은 함께 그 문장들을 연구했다.

나는 정신과 기억이 명징한 상태에서 이 마지막 유언장을 구성하고 지정함에 있어, 이전에 내가 작성한 모든 유언을 전부 파기하여 무효로 할 것을 선언한다. 먼저 정당한 부채와 장례 비용을 청산한 다음, 나의 사망 후 동산과 부동산 전부를 나의 조카 레지널드 에드워드 맥긴티에게 증여한다.

그리고 맨 밑에 급하게 휘갈겨쓴 서명이 있었다. 사일러스 맥긴티.

"이게 무슨 말이에요?" 렌이 물었다.

"그게 무슨 말이냐면, 네가 그 공장의 주인이 된다는 거야." 톰이 대답했다.

렌은 편지를 무릎에 떨어뜨렸다. 영문을 몰라 어리둥절했다. "내가 쥐덫공장을 갖다 어디에 써요?"

"쥐덫을 만들면 되지 않을까?" 이키가 거들었다.

톰이 수염 속을 긁기 시작했다. 처음에는 한 손으로 긁더니 곧 두 손으로 수염에서 정전기가 일어날 때까지 턱을 벅벅 긁어댔다. "녀석은 처음부터 이걸 계획했던 거야." 톰이 씨익 웃으며 말했다. "애초부터 이럴 생각이었던 거야."

렌은 벤저민의 부러진 앞니가 떠올랐다. 부러진 팔도. 일부러 낭패한 몰골을 연출하던 벤저민. 수십 년 동안 꿈꿔왔던 것처럼 단숨에 유언장을 써내려가던 벤저민. 증인이 필요하다며 유언장을 내밀던 벤저민. 벤저민은 맥긴티가 서명하기 전에 내용을 읽어보지 않으리라는 것을 알고 있었다. 존 신부가 렌을 체벌한 사실을 알았던 것처럼, 말을 훔쳐도 농부가 뒤쫓아오지 않으리란 걸 알았던 것처럼, 그는 다 알고 있었다.

"그 공장은 분명 값이 꽤 나갈 거야." 톰이 말했다.

"하지만 벤저민은 떠났잖아요." 렌은 의아했다. "벤저민은 아무것도 얻은 게 없잖아요."

"돈 때문에 한 게 아냐." 톰은 렌에게서 유언장을 도로 받아들고 다시 한번 살폈다. "녀석은 널 위해서 한 거야. 자기의 작은 괴물을 위해서."

현관문이 마치 그때까지 얘기를 듣고 있었던 양 덜컹 소리를 냈다.

톰과 아이들의 눈길이 부딪쳤다. 학교 선생이 웃옷에서 권총을 빼들었다. 브룸은 부지깽이로 손을 뻗었고 이키는 불속에서 나무토막을 집었다. 렌은 무기가 될 만한 것이 없을까 둘러보다가 움푹 팬 프라이팬을 집어서 머리 위로 치켜들었다. 네 사람은 천천히 현관으로 움직였고 톰은 다리를 끌어 옮겼다. 톰이 고갯짓을 했고, 렌과 쌍둥이는 문 앞에 쌓여 있던 부서진 가구 파편들을 옮기고 빗장을 열었다. 그러곤 다시 그늘 속으로 몸을 숨겼고 렌이 문 건너편을 향해 말했다. "들어오세요."

덜커덩 소리가 멈췄다. 문고리가 돌아갔다. 모습을 드러낸 사람은 샌즈 부인이었다. 부인은 예의 낡은 갈색 치마와 앞치마를 입고 두꺼운 담요로 어깨를 감싼 채 하얀 모자를 머리에 핀으로 고정한 모습이었다.

"내 집 문이 잠겨서 못 들어가다니! 세상에 이걸 누가 믿겠어? 여기 물에 빠져 죽은 아이가 있군, 그래, 어서 와서 날 환영해줘야지!"

렌은 프라이팬을 내렸다. 여관 주인은 말라 보였다. 창백해 보였다. 하지만 어쩐지 키가 커졌고, 뼈마디도 강해졌고, 기운도 더 펄펄한 것 같았다. 눈에서 활기가 넘쳤고 얼굴도 활짝 피었다. 샌즈 부인이 팔을 벌리자 렌은 뛰어가서 부인의 치마폭에 얼굴을 묻었다.

부인에게서 전과 똑같이 부풀린 이스트와 따뜻한 물 내음이 났다. 샌즈 부인은 허리를 굽히고, 렌이 처음 하숙집에 왔을 때처럼 품에 안고 들어올렸다. **"아니지."** 부인이 말했다. **"이젠 물에 빠져 죽은 아이가 아니지. 우리 아이야. 내 새끼지."** 샌즈 부인은 삐뚤빼뚤한 이를 드러내며 웃었고 렌을 앞뒤로 마구 흔들었다. 한참을 그러고 있다가 소년을 내려놓았고 고개를 돌리며 치마로 얼굴을 훔쳤다. 치마는 렌의 눈물에 부인 자신의 눈물까지 더해져 축축하게 젖었다.

"그 병원이란 데는 영 배겨내질 못하겠더구나."

쌍둥이는 엄청난 고함소리에 어안이 벙벙한 채로 한쪽에 서 있었다. 마침내 브룸이 부지깽이를 내려놓았고 이키도 나무토막을 도로 불속에 던졌다. 톰은 권총을 허리띠 속에 찔러넣고 외발로 뛰어가 샌즈 부인의 손을 잡았다. 부인은 톰이 손을 잡도록 허락하긴 했지만, 톰이 입술을 댔을 때는 좋아하는 건지 싫어하는 건지 알 수가 없었다. 샌즈 부인은 네 사람을 둘러보고는 고개를 설레설레 저었다.

"도대체 무슨 짓을 했길래 그 꼴들이야?"

렌은 때와 핏물에 전 자기 옷을 내려다보았다가, 수염이 사방으로 뻗치고 한쪽 다리에 붕대를 감은 톰을 쳐다봤다가, 지저분한 맨발에 아사 직전의 핼쑥한 얼굴을 잔뜩 찡그린 쌍둥이를 바라보았다.

"우리는 길을 잃었어요." 렌이 말했다.

"애그니스 수녀님도 그 얘길 해주더군. 나머지 얘기도 다 들었다. 아무도 거두려 하지 않았던 내 새끼 얘기도. 그리고 그애가 나한테 해준 일도. 곰곰 생각해보니까 나를 위해서 그렇게까지 해준 사람은 아무도 없었단다. 그렇게까지 돌봐준 사람은 없어. 그렇지. 이제야 우리는 서로를 찾은 거야, 안 그러냐? 오랜 시간을 헤매다 이제야 서로를 찾은 거야."

부인은 훌쩍이면서 치마를 다시 잡아올려 코를 찍었다. 렌은 샌즈 부인을 부엌으로 끌고 가 불 앞에 데려다놓았고, 그제서야 앉을 의자가 하나도 없다는 게 생각났다.

샌즈 부인은 치마를 놓고 부엌 안을 둘러보았다. 갈가리 뜯긴 소파와 망가진 카펫과 박살난 거울을 응시했다. 찢어진 책과 깨진 화병과 토막난 쿠션도 보았다. 부서진 창틀과 바닥에 흩어진 핏자국과 숯검댕, 해체된 가구 한 무더기도 보았다. 부인은 손으로 벽을 짚었다. 손끝에 먼지가 묻어났다. 그러고는 감자 껍질더미를 옆으로 찼다. 주님의 기도를 수놓은 레이스 천을 집어들고 찢어진 구멍에 손가락을 넣었다.

"도대체 우리 집에 무슨 짓을 한 거야?" 샌즈 부인은 렌을 내던지고 돌연 불끈 힘이 솟은 듯 냄비며 팬이며 음식 찌꺼기에 발부리를 차이면서 의자며 식탁이며 남은 가구들을 한쪽으로 밀어붙이고 부엌을 돌아다니다가, 텅 빈 식품 저장고의 활짝 열린 문 앞에 섰다. 여관 주인이 비명을 질렀다. 그리고 유일하게 제자리에 남아 있던, 낡고 해진 조그만 생가죽 고리로 못에 매달려 있던 빗자루를 집어들고 닥치는 대로 두들겨패기 시작했다. 톰과 브롬과 이키와 렌 전부 다. "도대체 우리 집에 무슨 짓을 한 거냐고!" 그들은 사방으로 흩어져 달아났고, 샌즈 부인은 한 사람도 놓치지 않고 모조리 두들겨팼다. 렌은 빗자루에 등허리를 얻어 맞으면서 원래대로 해놓겠다고 무릎을 꿇고 싹싹 빌었다.

에필로그

    장례식은 묘지에서 가장 오래된 구역에서 치렀다. 묘비는 슬레이트로 세웠다. 나무들이 깊이 뿌리를 박고 심지어 무덤에서 곧바로 자라난 나무들도 있는 구역이었다. 렌은 늙은 느릅나무를 쳐다보았다. 나무의 둥치는 묘역 한가운데 자리잡았고, 딱딱한 나무껍질이 묘석에 둘러싸여 두께를 더하고 있었다. 나무가 묘지를 완전히 차지하는 것은 시간문제였다.

    렌은 샌즈 부인의 팔꿈치를 잡았다. 부인은 자기 옷 가운데 가장 좋은 옷인, 목에 카메오가 달린 연한 회색 실크 드레스를 입고 있었다. **"우리 가족은 모두 이쪽에 묻혔지."** 부인이 말했다. **"나도 여기 묻히게 될 거야."** 부인은 호랑가시나무 관목과 단풍나무 사이의 빈터를 가리켰다. **"그리고 내 동생 자리도 여기고.**

너도 때가 되면 우리와 함께하겠지."

소년은 닥터 밀턴에게 서명한 계약서가 생각났다. 샌즈 부인은 렌을 데리고 곧장 병원으로 쳐들어가 뒤뜰에서 파낸 돈을 의사에게 지불한 다음, 집에 와서 계약서를 난로에 넣고 불태워버렸다. 의사는 계약서가 든 봉투를 돌려주면서 못내 아쉬워했지만, 애그니스 수녀는 두 사람을 내보내고 병원 문을 잠그면서 베일 뒤로 살짝 미소 지었다.

목사가 목청을 가다듬고 성경을 펼쳤다. 젊은 목사였다. 상당히 젊었다. 갓 목사가 된 그는 사기충천하여 세상에 선행을 베풀준비가 되어 있었다. 목사가 주기도문을 읽자, 모두들 따라 암송하기 시작했다. 렌과 브룸과 이키는 "우리를 악에서 구하소서"까지만 하고 멈췄고, 가톨릭이 아닌 나머지 사람들은 계속 읊었다. "나라와 권세와 영광이 아버지께 영원히 있사옵나이다. 아멘."

톰은 모자를 벗었다. 며칠간 그는 부엌 식탁에서 펜과 잉크를 가지고 몇 시간씩 씨름하면서 렌의 법적 서류를 작성하고는, 부러진 다리를 끌고 공장으로 가 맥긴티의 경영 기록을 샅샅이 검토하는 놀라운 면모를 보였다. 그는 공장장과 함께 공장을 재가동하는 문제를 상의했고, 모자단이 훔쳐간 각종 물품의 견적을 냈다. 모자단은 도시를 떠나기 전에 벗겨갈 수 있는 것은 몽땅 쓸어갔다. 그만하면 샌즈 부인의 용서를 구하기에 충분했고 덤으로 브롬과 이키의 방까지 구했다. 톰은 쌍둥이를 보육원으로 돌려보내지 않겠다고 약속했다. 일단 톰에게는 실천하기 그리 어렵지 않아 보이는 약속이었다. 가끔 취하지 않은 맨정신으로 일하고 있을 때면, 예전 그의 모습이었을 법한 성실한 학교 선생이 언뜻 비치기도 했다.

톰과 쌍둥이들 뒤편으로 쥐덫공장의 토끼 입술과 앞니가 벌어진 소녀, 그리고 다른 소녀들 모두가 나와 있었다. 못생긴 소녀들 한 무리가 교회 갈 때 입는 드레스를 입고, 해를 가리려 보닛을 푹 눌러쓰고, 무거운 음식 바구니를 몇 개씩 맞잡고 서 있었다. 교회 담벼락 너머에서 과부들이 서로 인사를 주고받으며 가게 문을 여는 소리가 들렸다.

목사가 추모를 끝내고 렌에게 앞으로 나오라고 손짓했다. 소년은 구덩이를 내려다보았다. 아주 깊었다. 돌리의 관이 바닥에 놓였고, 렌은 흙을 한 줌 집어서 관 위에 뿌렸다. 그리고 무덤 파는 사람들이 나머지를 메우는 광경을 바라보았다. 렌은 수십 년 전에 죽은, 탄광에 묻힌 광부들이 생각났다. 그들 중 몇 명은 바로 이 교회 묘지 밑에, 돌리의 무덤 바로 밑 몇 피트 아래에 있을지도 모른다.

돌리가 땅속에서 외롭지 않을 거라고 생각하니 마음이 놓였다. 렌은 폐쇄된 터널과 어둠 속에서 서로 포개져 있었을 실종된 광부들을 떠올렸다. 광부들이 자신의 친구를 동료로 삼아 위안이 됐기를 바랐다. 최소한 그들이 돌리를 무서워하지 않기를 바랐다.

"자," 샌즈 부인이 말을 꺼냈다. "그럼 이제 끝났구나."

쥐덫공장 소녀들이 돗자리를 깔았고, 샌즈 부인은 요리를 나눠주기 시작했다. 로스트 치킨, 신선한 빵과 옥수수와 감자와 애플파이와 크림. 톰은 목발을 짚고 서서 유리컵을 한 줄로 세우고 사과주스를 따랐다. 이키는 수줍게 소녀들에게 냅킨을 권했다. 브롬은 사람들 사이를 걸어다니며 팔에 수건을 걸치고 크림을 숟가락으로 떠주었다.

본격적인 여름의 첫날이었다. 풀은 파릇파릇하고 강에서 산들바람이 불어왔다. 쥐덫공장 소녀들은 자기 몫의 음식을 다 해치우고 태양이 높이 떠서 묘석의 그림자가 사라질 때까지 두 번 세번 더 먹으러 왔다. 소녀들은 묘석에 등을 기대고 먹었고, 화강암과 하얗고 시원한 대리석에 고개를 얹었다. 톰은 그들 사이에 앉아 손가락을 빨았다. 다 먹은 다음 톰은 살짝 트림을 하고 시를 낭송하기 시작했다. 그 재주에는 다들 감탄했지만 관심을 보인 건 몇 명뿐이었다.

샌즈 부인은 난쟁이 몫으로 남은 음식을 챙기느라 바빴다. 난쟁이는 분명 근처 지붕 위에서 사람들을 지켜보고 있을 것이다.

벽난로에서 기어나온 첫날 밤, 샌즈 부인을 본 난쟁이는 얼른 얼굴을 숨기고 몸단장을 다 마칠 때까지 근처에도 오지 못하게 했다. 그러고 나서 샌즈 부인이 병원에 있는 동안 일어난 일들을 늘어놓으며 큰 소리로 푸념을 했다. 굶어죽을 뻔했고, 혼자 버려졌고, 지붕 위로 기어올라온 살인자들과 쥐덫공장 여자애들 때문에 미쳐버리는 줄 알았다고 불평했다. 샌즈 부인도 그에 맞서 대식가라느니 살금살금 몰래 돌아다닌다느니 호통을 쳤고, 사다리를 걸치고 지붕에 올라가보면 자신의 병조림 중 절반 이상은 난쟁이 침대 밑에 숨겨져 있을 거라고 받아쳤다. 난쟁이는 배신당했다는 표정으로 렌을 노려봤고, 샌즈 부인은 껄껄 웃다가 기침이 터져서 앉아야만 했다. 소년과 난쟁이는 둘 다 걱정스러운 얼굴로 샌즈 부인이 다시 좋아질 때까지 곁을 지켰다.

"이제 저녁은 스스로 차려 먹어야 할 거야." 하지만 기운을 차린 샌즈 부인은 남동생을 위해 다시 음식을 하기 시작했고, 매일 밤 그들의 저녁식사 중 일부를 따로 챙겨두었다. 그후로 몇 달 동안 부엌은 서서히 제 모습을 찾으며 깨끗해졌다. 식탁을 다시 만들었고, 식품 저장고에는 병조림이 다시 차곡차곡 들어찼다. 샌즈 부인은 케이크를 만들면 여러 조각으로 나누어 톰과 쌍둥이들에게 돌렸고, 제일 큰 조각은 렌과 난쟁이에게 돌아갔다.

식사가 끝나자 사람들은 무덤가에서 술래잡기를 시작했다. 앞니가 벌어진 소녀가 무덤 사이로 왔다갔다하며 브롬을 쫓았다. 브롬은 추모비와 십자가 사이를 날쌔게 헤집으며 금방 추격을 물리쳤다. 쥐덫공장 소녀가 한 명 더 끼어들었고 거기에 이키도 가세해, 삽시간에 고함과 비명이 난무했고, 브롬은 내내 잘도 피해다녔다.

토끼 입술 소녀가 무거운 숄을 벗어 비석에 걸쳤다. 묘비는 약간 기울어진 채 이끼에 덮여 있었고, 비바람에 이름이 깎여 잘 보이지 않았다. 그 아래 누워 있는 이는 세상에서 까맣게 잊혔고 이제 애도하는 사람도 없었다. 그러나 순간, 렌의 눈에는 조그맣고 새카만 슬레이트가 다정해 보였고 자기를 선택해줘서 고마워하는 것 같았다. 소녀는 근처에 서서 묘지 가장자리를 눈으로 훑었다. 렌은 그런 소녀를 몇 분 동안 바라보다가 소녀가 벤저민을 찾고 있다는 걸 깨달았다. 소녀의 표정은 생기 있고 희망에 가득 차 있었다.

렌은 벤저민이 저기 나무들 사이에 숨어 있을까 살폈다. 몇 분이 지나자 담벼락 뒤나 교회 모퉁이 너머 다른 장소들도 여기저기 수상쩍게 느껴졌다. 그제서야 깨달았다. 소년은 항상 벤저민을 찾고 있었다. 렌은 손을 들어 해를 가렸다. 정문을 지나 공원 너머, 강까지 훤히 보였다. 멀리서도 강물의 흐름이 느껴졌다. 깊은 물의 약속.

브롬은 무덤을 폴짝 뛰어넘고 좌우로 날렵하게 몸을 피하면서 쥐덫공장 소녀들을 멀찌감치 떼어놨다. 브롬이 렌 바로 옆을 지나 달리며 등뒤로 바람을 일으켰다. 이키가 그 뒤를 따라 질주했고, 이어서 소녀들이 하나둘씩 줄지어 뛰었다. 소녀들이 입은 드레스의 갖가지 색깔이 흐릿하게 번졌다. 렌은 벌떡 일어나 놀이에 가담했다. 금방 그들 바로 뒤를 따라잡았다. 렌은 손가락을 앞으로 뻗었고, 닿을 듯하다가 놓치고 놓치고 놓치고 또 놓쳤다.

소설을 쓴다는 것은 여기저기 도움을 받고 신세를 지는 일이다. 나의 에이전트 니콜 아라지는 의심할 바 없는 출판업계 최고의 에이전트로서 그녀의 실력을 거듭 증명했다. 담당 편집자 수전 카밀은 열정적으로 나의 영감을 자극했고, 내 미숙한 원고가 온전한 상상의 세계로 변신할 수 있도록 편집을 통해 일조했다. 나의 독자 헬렌 엘리스와 앤 나폴리타노는 지치지 않고 나의 초고를 읽으며 가장 힘든 작업을 무사히 넘길 수 있도록 지탱해주었고, 이야기를 풀어내는 데 필요한 얼개를 짜는 것을 도와주었다. 릴리 위와 짐 행크스를 비롯해 노아 에이커, 테리사 조로, 수전 코코런, 엘리자베스 헐스보스, 그리고 다이얼 프레스의 모든 분들이 제반 세부 사항에 신경써주었고, 『착한 도둑』이 제 모습을 갖추어 세상에 나올 수 있도록 지원해주었다. 블루마운틴 센터와 유크로스는 이 고된 작업을 해치우기에 딱 좋은 쾌적한 공간과 조용한 시간을 제공했다. 마리베스 바챠, 마리-헬레네 베르티노 그리고 〈원 스토리〉 직원분들은 내가 밤을 꼴딱 새워야 할 때마다 느슨한 부분을 지적해주었다. 나는 〈원 스토리〉를 편집하는 특권을 누리면서 백 명에 달하는 작가분들께 좋은 소설가가 되는 법에 대한 가르침을 받았다. 대니 샤피로는 현명한 충고를 아끼지 않았고, 마이클 마렌, 안토니오, 카를라 세르살레와 함께 나를 이탈리아로 초대했다. 나의 친구 유카와 카림 로런스, 카린 슐츠, 신시아 머달리, 프란체스코 비텔리는 음식과 술을 베풀며 내 얘기를 들어주었다. 나는 견공 캐나다 덕분에 긴 산책을 해야 했고, 그럴 때면 기분전환도 하고 오감도 맑아졌다. 무엇보다도 우리 가족에게 제일 많이 빚을 졌다. 오웬 틴티-케인과 헤스터 틴티-케인, 호노라 틴티는 울고 싶을 때마저도 나를 웃게 했다. 아버지 윌리엄 틴티는 계속 앞으로 나아갈 수 있는 용기를 주셨고 어머니 헤스터 틴티는 신뢰와 사랑으로 나를 북돋아주셨다. 또한 어머니는 이 책의 제목을 생각해낸 장본인이기도 하다. 고마워요, 엄마.

해나 틴티

사기꾼, 떠돌이 약장수, 무덤 약탈자, 시체 도굴꾼.

그들이 거쳐간 직업을 나열하면 참 답이 없어 보이는데, 그들의 삶은 답을 찾아간다. 19세기 미국 뉴잉글랜드를 배경으로 보육원 소년의 여정을 그린 이 작품에서 『올리버 트위스트』가 떠오르는 것은 자연스럽다. 실제로 작가 해나 틴티는 찰스 디킨스를 좋아하고 그로부터 많은 영향을 받았다고 밝혔다. 『착한 도둑』의 서사는 그렇게 고전의 품격을 이어받았지만, 인물 조형은 무척이나 현대적이고 스마트하다. 특히 사기를 예술로 치는 벤저민은 도저히 종잡을 수 없는 캐릭터다. 재미있는 것은, 벤저민이 작가의 손조차 교묘히 피해 다녀서 작가 본인도 온전히 파악하기를 포기했다는 사실이다. 틴티는 벤저민에게 온갖 배경 정보를 추가해보기도 하고, 그의 이전 삶에 대한 곁가지 이야기를 전체적으로 써보기도 했지만, 도무지 들어맞는다는 느낌이 들지 않았다고 한다. 그래서 그냥 있는 그대로 받아들이기로 하고 원고지 위에서 그와 싸우기를 멈췄더니, 천연덕스럽게 제자리를 잡았다. 원래 틴티는 전체 줄거리를 세워놓고 글을 쓰는 타입이 아니다. 이야기가 펜을 이끌도록 놔두는 걸 선호한다고. 한 장면을 쓴 뒤 '그전에 무슨 일이?' '그다음에 무슨 일이?' 하고 생각하는 방식이다. 일단 문장을 써내려가기 시작했는데 처음 생각과 완전히 다른 방향으로 가고 있더라, 하는 일도 종종 있었다니, 캐릭터들이 알아서 자기들 세상을 살아가는 셈이다. 그만큼 틴티의 이야기는 작위성이나 덜컹거림 없이 날렵하게 흘러가며, 고딕 공포를 소재로 삼았지만 시종일관 경쾌하다.

작가가 어릴 때 읽었다는 귀신 이야기 중 이런 게 있었다. 한 남자가 젊은 아내의 장례를 막 치르고 돌아왔는데 그날 밤 아내가 자신을 부르는 소리가 들렸고, 정말로 아내는 피범벅이 된 채 집으로 오고 있었다. 남자는 대문을 잠그고 숨었지만 이내 아내가 죽은 게 아니라 깊이 잠든 채로 땅에 묻혔었음을, 무덤 도굴꾼들이 그녀의 치아를 뽑으려 하는 바람에 무덤에서 깨어났음을 알게 된다.

귀신 이야기는 종종 역사적 사실과 결합되기도 한다. 작가는 무덤 약탈과 시체 도굴에 관한 책들을 많이 읽었고, 특히 런던의 두 도굴꾼에 대한 재판을 다룬 논픽션 『이탈리안 보이*The Italian Boy: A Tale of Murder and Body Snatching in 1830s London*』(2004)와 유명 외과의사면서 시신을 매입하던 존 헌터의 전기 『나이프 맨 *The Knife Man: The Extraordinary Life and Times of John Hunter, Father of Modern Surgery*』(2005)에서 많은 도움을 받았다. 당시 도굴꾼들은 실제로 보석과 금품만 가져간 게 아니라 시신에서 이를 뽑아 치과의사한테 팔았다. 그렇게 치과의사 바워스 씨와 외과의사 닥터 밀턴이라는 캐릭터가 실존 인물을 모티브로 만들어졌다.

2008년에 처음 나온 작품을 2009년에 번역했고, 2020년에 한국어판이 나온다. 시간이 꽤나 흐른 만큼 혹시나 거슬리는 부분은 없는지 우려하며 다시 손을 보았다. 특히 주요 등장인물 대부분이 남자인 만큼 조심스러웠으나, 작가는 남자가 머릿수는 더 많지만 어떤 식으로든 뭔가를 잃어버린 사람들이라고 설명한다. 이 설명에 감상적 연민은 없다. 여자들은 남자들과는 다른 방식으로 파워풀하게 선한 영향력을 발휘하며 이야기 전개에 핵심적인 역할을 한다. 19세기 뉴잉글랜드에서 여성들은 주로 집안에 머물며 조용한 삶을 살았지만, 그와 동시에 수천수만의 여자들이 로웰과 메사추세츠 등 전국 각지의 공장에서 일했다. 틴티는 주요 흐름을 아주 많이 분산시키지는 않는 선에서 그 어린 여성

직공들의 삶도 보여주고 싶었다고 한다.

이야기꾼과 사기꾼은 한끗 차이일지도 모른다. 벤저민은 입만 열면 능수능란한 거짓말로 상대를 현혹해 위기를 모면하곤 하는데, 그의 거짓말, 즉 '이야기'의 재미가 굉장하다. 청산유수로 흥미진진하게 이야기가 흘러가는 그 순간만큼은 벤저민표 현실왜곡장이 펼쳐진다. 하지만 그런 '사기꾼' 벤저민의 입에서도 진실이 툭툭 던져질 때가 있다. 아니, '이야기꾼' 벤저민은 처음부터 진실을 이야기하고 있었지만 상대가 들을 준비가 되어 있지 않았을 뿐임을, 작품의 끝에 가서 우리는 비로소 알게 된다. 막판에 가서는 렌 역시 그간 들었던 벤저민의 이야기를 밑천삼아 스스로 이야기를 짓다가 저도 모르게 진실에 도달하고, 그렇게 원이 한 바퀴 돌아 그 끝이 맞물리는 순간, 이 작가에게는 다 계획이 있었구나 감탄하게 된다.

흡사 무협지를 읽는 듯 속도감 있는 전개, 담담한 필치로 위트 있게 풀어내는 묘사, 또렷하게 자기 말을 하는 캐릭터 그리고 소년의 성장과 모험을 다룬 내용 덕분에 이 작품을 영어덜트 장르로 분류해야 할지, 일반 소설로 분류해야 할지 모르겠다는 하소연이 있다지만, 그만큼 누가 읽어도 각자 누릴 몫의 재미가 있다는 얘기로 이해된다. 제주어로 '요망지다'는 표현이 딱 어울리는 렌, 밝고 환한 함박웃음을 지으며 번드르한 이야기를 막힘없이 풀어내는 벤저민, 우리집에 모시고픈 살림의 여왕 샌즈 부인, 배짱 두둑한 명사수 소녀 제니. 작가는 그들의 후일담도 염두에 두고 있다는데 과연 언제쯤 볼 수 있으려나 궁금하다.

엄일녀

옮긴이 **엄일녀**

서울대학교 언론정보학과를 졸업하고 출판 기획과 잡지 편집을 겸하다 전업 번역가로 활동하고 있다. 옮긴 책으로 『나이트 워치』『비바, 제인』『섬에 있는 서점』『여자는 총을 들고 기다린다』『고저스』『거짓말 규칙』『비극 숙제』『샬럿 스트리트』『너를 다시 만나면』『미스터 세바스찬과 검둥이 마술사』『함정』 등이 있다. 세라 워터스의 『리틀 스트레인저』로 제10회 유영번역상을 수상했다.

문학동네 세계문학

착한 도둑

초판 인쇄 2020년 8월 24일 | 초판 발행 2020년 8월 31일

지은이 해나 틴티 | 옮긴이 엄일녀 | 펴낸이 염현숙
책임편집 이현정 | 편집 임선영 | 디자인 김이정 이원경 | 저작권 한문숙 김지영 이영은
마케팅 정민호 이숙재 양서연 박지영 | 홍보 김희숙 김상만 지문희 김현지
제작 강신은 김동욱 임현식 | 제작처 영신사

펴낸곳 (주)문학동네
출판등록 1993년 10월 22일 제406-2003-000045호
주소 10881 경기도 파주시 회동길 210
전자우편 editor@munhak.com | 대표전화 031) 955-8888 | 팩스 031) 955-8855
문의전화 031) 955-3576(마케팅) 031) 955-2652(편집)
문학동네카페 http://cafe.naver.com/mhdn | 트위터 @munhakdongne
북클럽문학동네 http://bookclubmunhak.com

ISBN 978-89-546-7487-4 03840

www.munhak.com